Helen Brown

Glück mit kleinen Fehlern

Roman

Aus dem Englischen
von Andrea Stumpf und
Gabriele Werbeck

Deuticke

Die Originalausgabe erschien
erstmals 2014 unter dem Titel *Tumbledown Manor*
im Verlag Arena/Allen & Unwin, Australien.

1 2 3 4 5 19 18 17 16 15

ISBN 978-3-552-06277-1

Satz: Eva Kaltenbrunner-Dorfinger, Wien
Druck und Bindung: GGP Media GmbH, Pößneck
Printed in Germany

MIX
Papier aus verantwortungsvollen Quellen
FSC® C014496

Für Martina Schmidt,
meine österreichische
Seelenverwandte

Ein Glas Prosecco in der Morgendämmerung ist romantisch. Es prickelt verheißungsvoll, während der Morgen mit einem Gähnen erwacht.

Wenn der Tag älter wird, verleiht ein Schluck Sekt einem trägen Nachmittag magischen Schimmer.

Doch verfärbt sich schließlich der Himmel über den Hügeln, und der Abendstern zwinkert in Erwartung eines Kusses, dann muss es Champagner sein.

Kapitel 1

Es bestand kein Grund, um einen Geburtstag mit einer Null viel Aufhebens zu machen. Es gab genug, wofür sie dankbar sein konnte – ihre Gesundheit, eine intakte Ehe, Kinder, die (offiziell) aus dem Haus waren, eine halbwegs erfolgreiche Karriere als Schriftstellerin. Was man daran feiern sollte, dass man der Füllung einer Urne ein Jahrzehnt näher gerückt war, wollte Lisa Katz nicht in den Kopf.

Dennoch verspürte sie beim Frühstück in einem Diner unweit ihrer Wohnung einen Stich, als ihr klarwurde, dass Jake den Geburtstag vergessen hatte. Was aber wiederum kein Wunder war. Der arme Jake schuftete Tag und Nacht in der Bank. Seine ehemalige Lockenpracht war zu einem schmalen schwarzen Kranz verkümmert, und unter den dunklen Augenringen hingen mittlerweile Tränensäcke.

»Du bist immer noch mein Mädchen«, sagte er, trank seinen Kaffee aus und tupfte sich den Mund mit einer Papierserviette ab.

Er stand auf, beugte sich über den Tisch und streifte mit seinen Lippen ihren Mund. Das war eine ihrer weniger linkischen Positionen für einen Kuss, übertroffen nur von der, wenn sie nebeneinanderlagen.

Als Lisa sich als Teenager der 1,80-Meter-Marke näherte, dachte sie, dass sie jemanden heiraten würde, der so groß – wenn nicht sogar größer – war wie sie. Während sie sich mit dem Gedanken abfand, ihr Leben in Ballerinas zu verbringen, stellte sie fest, dass die meisten großen Männer auf Frauen in Puppengröße fixiert waren. Lisa wiederum übte eine magnetische Anziehungskraft auf Westentaschen-Napoleons aus.

Was Jake an Statur vermissen ließ, machte er durch Energie wett. Der Größenunterschied hatte anfangs vor allem ihren Einfallsreichtum im Bett gesteigert. Damals hatte er ihren großen Hintern gestreichelt, als wäre er das Vorgebirge zum Paradies.

Mit einer Mischung aus Zärtlichkeit und Erleichterung sah Lisa zu, wie Jake in seinen Mantel schlüpfte und in den grauen Herbstmorgen verschwand. Sie setzte ihren Hut auf, zog ihr Cape und die fingerlosen Handschuhe an und trat hinaus, um ihren Geburtstag allein zu begehen, einen Tag, an dem sie zur Abwechslung ausschließlich das machen würde, was sie wollte.

Nach zwei Stunden im MoMA genoss Lisa einen sündhaften Besuch bei Mark. Es erschien ihr irgendwie unmoralisch, einen Fremden dafür zu bezahlen, dass er ihren Rücken mit Öl massierte, aber Jake war die letzte Zeit immer zu müde gewesen – und Marks Hände gerieten nicht auf Abwege.

Ölglänzend und rotwangig machte sie sich auf den Weg nach Hause. Ihre Wohnung in der Upper East Side lag einige Blocks vom Central Park entfernt in dem mit Abstand hässlichsten Gebäude weit und breit und blickte missmutig auf die enge, finstere Straße hinunter.

Pedro begrüßte sie an der Tür mit seinem immerwährenden Lächeln – ein Wunder, wenn man bedachte, dass er drei Jobs hatte, um sich und seine Familie über Wasser zu halten. »Da hatten Sie aber Glück, dass Sie nicht in den Regen gekommen sind, Mrs Trumperton«, sagte er strahlend.

Sie hatte es aufgegeben, ihn zu bitten, sie Lisa zu nennen. Es war typisch Pedro, dass er sie mit ihrem Künstlernamen ansprach. Für die meisten war sie einfach Mrs Katz, Jakes schlaksiger Anhang.

Als Lisa die Tür zu ihrer Wohnung öffnete, wäre sie beinahe rückwärts umgefallen.

»Überraschung!«

Jake trat auf sie zu, seine Augen leuchteten triumphierend. Was machte ihr Mann denn schon hier? Er nahm ihre Hand und führte sie ins Wohnzimmer.

»Herzlichen Glückwunsch, Mom!« Ted schloss sie in die Arme, und ihr Hut fiel zu Boden.

»Ted? Du hast doch nicht extra den weiten Weg von Australien hierher gemacht?« Lisa merkte plötzlich, dass sie zitterte. »Wann bist du denn angekommen?«

»Heute Morgen«, sagte ihr Sohn strahlend, hob ihren Hut auf und strich mit der Hand darüber.

»Konntest du dir denn einfach so freinehmen?« Sie fuhr sich mit den Fingern durch die Haare und hoffte, er würde das Massageöl nicht bemerken.

»Die nächste Prüfung ist erst in einer Woche«, sagte er.

Ted hatte bei der Genlotterie ein paar Gewinnlose gezogen. Er hatte nicht nur die dunklen Haare und Augen seines Vaters statt ihrer nordisch rotgeäderten wasserblauen Augen geerbt, er war auch noch großgewachsen und muskulös. Der Bartschatten betonte sein Kinn und hob die Augen hervor. Womit er sich neben dem Architekturstudium auch die Zeit vertrieb, es tat ihm jedenfalls gut.

Lisa wollte ihn gerade wegen seines australischen Akzents aufziehen, als die Tür zur Speisekammer aufsprang. »Überraschung!« Portia stakste in Schuhen auf sie zu, die als Stelzen durchgegangen wären.

Ihre Tochter beugte sich vor und gab ihr in einem Gestöber aus blonden Haaren und blauen Fingernägeln einen Kuss. Lisa entdeckte an Portias Hals ein neues Glücksbärchi-Tattoo. Hatte sie abgenommen? Egal. Jetzt war nicht die richtige Zeit, herumzustreiten. Nicht, wenn Portia wertvolle Stunden ihres glamourösen Lebens in Santa Monica für sie opferte.

Lisa schlug das Herz bis in den Hals. »Wie lieb«, stammelte sie und fragte sich, ob sie erwarteten, dass sie etwas für sie kochte, und wenn ja, was sie ihnen vorsetzen könnte. Den Anweisungen ihres neuesten Diätbuchs folgend hatte sie den Kühlschrank ausgemistet. Wenn sie sich recht erinnerte, stand außer einer halben Flasche abgestandener Coke Zero nichts darin. »Ich hatte ja keine Ahnung …«

»Überraschung!«

Wieder zuckte sie zusammen. Kerry, den sie einmal in der Woche zum Mittagessen traf, tauchte mit einer eingetopften Friedenslilie im Arm aus dem Flur auf. Sie entspannte sich ein wenig. Ihm auf den Fersen folgte Vanessa aus dem Verlag. Jake hatte eine gute Auswahl getroffen. Wenn sie mit jemandem nicht im Traum gerechnet hätte, dann waren es die beiden …

»Überraschung!«

Nicht noch eine. Zu viel war zu viel. Lisas Blut sackte in ihre Füße, als ihre ältere Schwester Maxine mit Ehemann Gordon im Schlepptau aus dem Schlafzimmer auftauchte.

»Wir saßen im selben Flugzeug wie Ted«, sprudelte es aus Maxine heraus, die in einem quietschbunten Kaftan auf Lisa zuschwebte, in dem sie wie ein Emu auf Drogen aussah.

Ab einem gewissen Alter erbleichten die meisten Frauen zu einem dezenten Blond. Maxine hatte sich dagegen für ein helles Rot entschieden, das im Lauf der Zeit immer intensiver geworden war. Ein solches Tiefrot stand eigentlich niemandem, aber in Verbindung mit Maxines schimmerndem blassem Teint hatte es etwas Reizvolles. Mit den grünen Augen, die aus einem runden, sommersprossigen Gesicht strahlten, hätte Maxine als Statistin in *Herr der Ringe* auftreten können. Über Maxines Schulter hinweg lächelte verlegen Gordon, der mit seinen buschigen weißen Haaren und dem pausbäckigen rosa Gesicht einem mannsgroßen Koala ähnelte.

»So eine weite Reise nur meinetwegen«, sagte Lisa.

»Ach, dich haben doch schon immer alle verwöhnt«, säuselte Maxine und gab ihr einen Kuss auf die Wange. »War nur Spaß.« Maxines Lächeln geriet nicht zu hundert Prozent überzeugend, und Lisa fragte sich, ob Maxine jemals aufhören würde, ihr vorzuwerfen, der Liebling ihres Vaters gewesen zu sein. Ganz oben auf der Beweisliste stand der Tag, an dem Lisa ihren Vater überzeugt hatte, sie könnte wegen »Bauchweh« nicht zur Schule gehen, obwohl das eine glatte Lüge gewesen war, während Maxine gehen musste, obwohl sie tatsächlich die Masern ausbrütete. Maxine sollte mal zum Psychologen. Sie durfte sich nun wirklich nicht beschweren, schließlich hatte sich die Welt ihrer Mutter ausschließlich um sie gedreht. In dem Moment, in dem Maxine ihren ersten Atemzug tat, erkannte ihre Mutter Ruby in ihr eine Miniaturversion von sich selbst. Alles an Maxine – von den roten Haaren über die stämmige Figur bis hin zu der beängstigenden Präsenz auf jedem Sportplatz – war typisch MacNally.

Ihr Vater, William Trumperton, war dagegen ein feinfühliger, konfliktscheuer Mann gewesen. Lisa dachte immer noch an das, was er ihr in einem seiner seltenen offenherzigen Momente gestanden hatte – es falle ihm schwer zu glauben, dass sie und Maxine aus demselben Stall kämen. Hin und wieder hatte sie sich gefragt, ob das wörtlich gemeint war und sie verschiedene Väter hatten. Ruby wäre es zuzutrauen gewesen.

Maxine stellte sich auf die Zehenspitzen, um Lisa aus ihrem Cape zu helfen. »Warst wohl mal wieder betteln, hm?«, sagte sie mit einem Blick auf Lisas fingerlose Handschuhe.

Normalerweise hätte Lisa eine schnippische Antwort gegeben in Sachen rote Haare und mit hässlichen falschen Rubinen besetzte Kaftane. Maxine war mit einem fürchterlichen Geschmack geschlagen, der sich hartnäckig jeder äußeren Einflussnahme widersetzte. Aber die überfallartige familiäre Zuneigungsbekundung hatte sie völlig aus dem Gleichgewicht gebracht.

Maxine nahm eine Flasche aus dem Kühlschrank und inspizierte das Etikett. Sie kniff die Augen zusammen. »Das ist aber nicht der echte, der kommt nämlich ausschließlich aus einer bestimmten Region in Frankreich.«

Lisa versicherte ihr, sie sei mit Sekt aus Kalifornien völlig zufrieden. Jake hatte erklärt, er gehöre zu dem der globalen Finanzkrise geschuldeten Sparkurs. Er sei nicht allzu süß und hätte mehr oder weniger dieselbe Wirkung.

Korken knallten. Gläser schäumten und wurden herumgereicht. Als Jake eine Platte mit Horsd'œuvres aus dem Kühlschrank holte, wusste Lisa wieder, warum sie sich in ihn verliebt hatte. Jake Katz, der Romantiker, der Zauberer … »Das nenn ich Planung!«, sagte sie und gab ihm einen Kuss auf die Wange. Sie war erstaunt, dass er überhaupt wusste, wie man einen Caterer fand.

»Na ja. Du wirst schließlich nicht jeden Tag f-«

»Pst!« Sie legte ihm sanft die Hand über den Mund. »Das ist sehr aufmerksam von dir, Schatz.«

Jake räusperte sich und streckte die Brust raus, seine Art, sich größer zu machen. Erwartungsvolles Schweigen senkte sich über das Zimmer. Der arme Schatz – die paar Haare, die ihm noch geblieben waren, ergrauten an den Schläfen. Aber er alterte in Würde. Nicht nur, was sein

Aussehen anging. Auch wenn ihr Sexleben die letzte Zeit etwas ins Stottern geraten war, machte es Lisa insgeheim stolz, dass er noch nicht angefangen hatte, Viagra-Anzeigen zu studieren.

»Ich möchte euch allen danken, dass ihr gekommen seid und zum Teil einen sehr langen Weg auf euch genommen habt«, sagte er und hob sein Glas in Richtung Maxine und Gordon.

»Ach, die Zwischenstation vor unserer Alaska-Kreuzfahrt kam uns ganz gelegen«, rief Maxine dazwischen – unnötigerweise, fand Lisa.

»Die Eisbären zählen sicher schon die Tage, bis sie dich endlich in die Arme schließen können.« Jake gluckste.

Lisas Lächeln gefror. Jake und Maxine waren sich allzu ähnlich. Keiner konnte es ertragen, wenn der andere im Rampenlicht stand. Zu Lisas Erleichterung senkte Maxine den Blick und nippte an ihrem Glas.

»Und wir dürfen Ted nicht vergessen«, fuhr Jake fort.

Ted hockte auf der Lehne des schwarzen Ledersofas und war mit seinem Handy beschäftigt. Als er seinen Namen hörte, drückte er schnell eine Taste und richtete das Spielzeug auf seine Eltern. Rasch beugte Lisa die Knie, sodass Jake seinen Arm um ihre Schulter legen und dümmlich Richtung Handy grinsen konnte.

Portia stand mit verschränkten Armen in einer Ecke. Sie verdrehte die Augen, als Jake bat, das Foto sehen zu dürfen. »Und dich natürlich auch nicht, Portia«, sagte er, nickte zustimmend und gab Ted das Handy zurück. »Venice Beach liegt ja auch nicht gerade um die Ecke. Wie dem auch sei, jedenfalls würde ich gerne die Gelegenheit ergreifen und meiner wunderbaren Frau für die vierundzwanzig gemeinsamen Jahre danken.«

»Dreiundzwanzig!«, berichtigte Maxine ihn.

»Wirklich?«, sagte Jake und sah Lisa hilfesuchend an.

Lisa stand mit Zahlen auf Kriegsfuß. Sie hatte keine Ahnung.

»Ja«, sagte Maxine und deutete mit ihrer schwer beringten Kralle auf ihn. »Ihr beiden habt genau zwei Jahre nach Gordon und mir geheiratet. Natürlich haben wir uns kirchlich trauen lassen …«

Als wüssten sie nicht alle zur Genüge, dass Maxine und Gordon Frogget mit Gottes Segen und dem der Hälfte aller Börsenmakler von Camberwell in den heiligen Stand der Ehe getreten waren.

Erstaunlich gelassen lockerte Jake seine Krawatte und zog einen Zettel aus seiner Brusttasche. »Als wir uns vor all den Jahren auf den Fidschis kennenlernten, konnte ich nicht wissen, wie sehr ich mich in diese kleine Australierin verlieben würde«, las er vor.

»O Jake«, sagte Lisa mit feuchten Augen.

»Lisa, ich kann dir gar nicht genug danken dafür, dass du mir über die Weltmeere gefolgt bist und unsere beiden Kinder großgezogen hast. Du bist mein Fels, meine Muse …«

Lisa bekam Schuldgefühle wegen all der Male, die sie ihn angeschrien hatte, weil er so spät nach Hause kam und zu diesen endlosen Konferenzen fuhr.

»Du bist der Freigeist zu meiner stupiden Erbsenzählerei«, fuhr er fort. »Der sonnenblumenübersäte Strohhut zu meinem Anzug. Du erinnerst mich an das Wesentliche im Leben. Du bist –«

»Der Wind unter deinen Flügeln?«, warf Portia süffisant ein.

Ehrlich, manchmal hätte Lisa ihren Nachwuchs erwürgen können. Aber das ging natürlich wieder vorüber.

Jake straffte die Schultern und blickte auf seinen Zettel.

Er verlieh seinen Reden gerne ein gewisses Pathos. Lisa sah ihm an, dass er auf den Höhepunkt zusteuerte.

»Als bei dir letztes Jahr Brustkrebs festgestellt wurde, waren wir alle plötzlich mit dem schrecklichen Gedanken konfrontiert, dass wir dich verlieren könnten …«

O Gott. Sie hatte die Krankheit längst in einem mentalen Aktenordner mit der Aufschrift VORBEI UND VERGESSEN abgelegt. Ihr ging es wieder gut, basta.

Es klopfte an der Tür. Ted schlich in den Flur, um aufzumachen, während Jake weitersprach. »Und jetzt, wo das alles vorbei ist, wissen wir umso mehr, was wir an dir …«

Alle seufzten voll Bewunderung, als Ted mit einem riesigen Korb roter Rosen zurückkam. So etwas hatte Lisa noch nie gesehen. Das Arrangement war so groß, dass ihr Sohn dahinter verschwand.

»Mein Gott, Jake!« Sie griff nach dem kleinen weißen Umschlag, der an einem der Stiele baumelte.

Jake erbleichte. Er stürzte zu ihr, um ihr den Umschlag zu entreißen. Lächelnd stupste sie ihn weg.

Lisa spürte, wie sich ihre Wangen röteten, als sie den Umschlag öffnete und eine herzförmige Karte herauszog. Jake war wirklich ein alter Romantiker. Sie warf ihm einen Kuss zu, aber er starrte sie nur mit offen stehendem Mund entgeistert an.

»Für meine liebste … Belle«, las sie vor.

Das musste ein Versehen sein. Die Handschrift war die von Jake. Ihr Hals schnürte sich zu. Sie wollte innehalten, aber ihre Stimme las einfach weiter. »Ich kann es kaum erwarten, bis wir endlich für immer zusammen sind.«

Lisa versteinerte. Sie kannte Belle, die Blondine aus der Personalabteilung der Bank. Belle mit dem Riesenvorbau und den Gazellenbeinen, die sagte, sie habe alle Bücher von Lisa gelesen und sei ihr größter Fan.

»Dann kann ich jede Nacht meinen Kopf zwischen deine Beine wühlen … Ich liebe dich, Jake.«

Stille.

Jakes Gesicht begann panisch zu zucken, während alle Blicke von Lisa zu ihm schossen. »Das ist ungeheuerlich!«, rief er und kramte nach dem Handy in seiner Jackentasche. Mit glühendem Gesicht suchte er die Nummer von Evas Blumenladen heraus.

Normalerweise bemühte sich Lisa, ihren Mann zu beruhigen, wenn er so rot anlief, weil er zu gerne Käse aß und nicht genug Sport trieb. Aber die normale Lisa war durch einen hasserfüllten Klon ersetzt worden, der versuchte, per Telepathie die Herzarterien von Jake zum Platzen zu bringen.

»Was soll das heißen, Sie haben sie zu der üblichen Adresse geschickt?!«, brüllte Jake in das Plastikteil in seiner Hand.

Er hätte es besser wissen müssen und Eva nicht trauen dürfen. Nach dem Tod ihrer Mutter hatte sie angefangen, mit ihren Nelken zu reden. Jetzt hatte Eva diese albernen Rosen, ohne nachzudenken, zu der üblichen Adresse geschickt.

Lisa sah zu, wie eine Irre durchs Zimmer stürzte und Jake eine schmierte. Wer war das? Ach ja. Es war die andere Lisa, die so wütend und verletzt war, dass sie morden könnte. Nein, Moment mal, lieber schwer verletzen. Jake wäre wochenlang an die Herz-Lungen-Maschine angeschlossen. Sie würde es genießen, ihn leiden zu sehen, während aus jeder seiner Körperöffnungen Schläuche und Kanülen ragten, bis sie das Vergnügen hatte, die Maschine abzustellen.

Dann sah sie Portia und Ted, die sich in der Zimmerecke aneinanderklammerten, als würden sie die 3-D-Version von *Tanz der Teufel* ansehen. Die nette Lisa, ihre Mutter, wollte sie vor dem Grauen, das sich vor ihren Augen abspielte, beschützen. Aber die böse Lisa wollte, dass sie ihren Schmerz sahen, damit sie wussten, wer hier das Opfer war.

Sie packte Jake an den Schultern und schüttelte ihn. Aus weiter Ferne war das Klicken eines Türschlosses zu hören. Vanessa und Kerry hatten sich diskret zurückgezogen und die Friedenslilie als einziges Zeugnis ihrer Anwesenheit zurückgelassen.

Gordon tapste in die Küche und beugte sich über die Spüle. Er entwirrte den Brauseschlauch und musterte ihn, als verberge sich darin die Lösung für das Problem der globalen Erwärmung.

Lisa die Irre trommelte mit den Fäusten gegen Jakes Brust. Dann schwebte ein gigantischer Emu herbei, zog sie von Jake weg und legte schützend seine Flügel um sie.

Maxine fühlte sich stark und muskulös an, als Lisa weinend das Gesicht an ihrem Hals vergrub. Ihre Ohrringe klimperten, und ihr Atem roch nach Sekt und Poison von Dior.

»Hau ab, du Schwein!«, brüllte Maxine.

Lisa war plötzlich wieder sechs Jahre alt und stand auf dem Schulhof. Die große Schwester beschützte sie und bewarf Colin, den Fiesling aus dem Metzgerladen, mit Stöcken, bis er sich hinter den Fahrradunterstellplatz verzog.

Jake war völlig erstarrt, die Augen aufgerissen wie eine Maus, die gleich von der Schlange verschlungen werden würde.

»Und nimm deine beschissenen Blumen mit!«, kreischte die Verrückte, in der Lisa wieder sich selbst erkannte, riss einzelne Rosen aus dem Korb und pfefferte sie Jake ins Gesicht. Ein vernünftiger Teil von ihr war froh, dass die Rosen keine Dornen hatten – nicht, dass es ihr etwas ausgemacht hätte, wenn er geblutet hätte.

Jake wieselte ins Schlafzimmer.

»Lügner!«, brüllte sie und hieb ihm ihre Nägel in den Rücken. »Ich hasse dich!«

Jake zog eine Reisetasche aus dem Schrank und stopfte panisch Socken und Unterhosen hinein.

»Seit wann geht das schon?«, brüllte Lisa seinen kahlen Hinterkopf an.

Jake tat so, als hätte er sie nicht gehört.

»*Seit wann?*«

»Weiß nicht …«, murmelte er. »Seit neun Monaten oder so.«

Sie rechnete schnell nach. Das musste kurz nach ihrer Operation gewesen sein, ungefähr zu der Zeit, als ihr letztes Buch erschienen war. Belle hatte sie penetrant angelächelt, während sie darauf wartete, dass Lisa ihr ein Exemplar von *Charlotte* signierte, den ersten Band der *Drei-Schwestern*-Trilogie. »Was für eine tolle Idee, historische Liebesromane über die Brontë-Schwestern zu schreiben«, hatte Belle sie mit Zahnpastalächeln und falschen Diamantohrsteckern angeschleimt.

Moment mal. Was, wenn die gar nicht falsch gewesen waren? Vielleicht waren Belles Ohrringe der Grund für Jakes jüngste Sparmaßnahmen, derentwegen sie sich auf einen Milchkaffee am Tag beschränken mussten. Egal, Cow Belle (so würde Lisa sie von jetzt an nennen!) hatte gesagt, sie könne es gar nicht abwarten, etwas über Emily Brontë im nächsten Roman mit dem Titel *Drei Schwestern: Emily* zu lesen. Dann war sie davongeeilt, um mit dem Ehemann ihrer Lieblingsautorin zu vögeln. Vielen Dank auch, Cow Belle.

»Liebst du sie?«, fragte Lisa, die Stimme in Eis getaucht.

Jake hielt inne und starrte auf den Teppich.

Kurz nach Erscheinen des Buchs war er auf eine Konferenz gefahren, die mit zwei Wochen eigentlich verdächtig lang war. Jetzt konnte Lisa über ihre Dummheit nur den Kopf schütteln. Sie hätte so schlau sein sollen, seine Mails zu checken. Aber sie hatte ein so naives Vertrauen zu ihm, dass sie sich nicht einmal sein Passwort gemerkt hatte.

Dann folgte der Kondom-im-Waschbeutel-Zwischenfall. Eines Morgens hatte sie auf der Suche nach Zahnseide darin gewühlt und dabei plötzlich das kleine silberglänzende Tütchen in den Fingern gehabt. Das war seltsam, weil sie damals schon seit Monaten ihre Tage nicht mehr gehabt hatte. Als sie es ihm zeigte, wurde er rot, dann schwor er, dass es schon seit Ewigkeiten darin läge, und warf es in den Abfalleimer.

Warum glaubte sie ihm alles?

»Ich habe dich gefragt, ob du sie liebst?« Ihre Stimme nahm einen gefährlichen Ton an.

»Ich weiß es nicht«, erwiderte er leise.

»Du *weißt* es nicht?«

»Es gibt zwei Arten von Liebe«, sagte er nach einer ganzen Weile. »Die, wenn man jemanden hat, und die, wenn man jemanden begehrt. Ich hab dich … aber …«

»Sie begehrst du!«

Lisa marschierte ins Wohnzimmer und schnappte sich die Überreste des Rosenkorbs. Zurück im Schlafzimmer, wo Jake gerade auf den Knien T-Shirts in die Tasche stopfte, kippte sie ihm mit einem Gefühl größter Genugtuung die Blumen mitsamt dem Inhalt der gut gefüllten Vase über den Kopf.

Jake erhob sich und wischte das Wasser von seinem Anzug. Dann nahm er seine Tasche, fuhr sich durch die Haare und machte sich davon. Lisa lief ihm ins Wohnzimmer hinterher, aber er war zu schnell. Er schlüpfte durch die Tür Richtung Aufzug und war weg.

Während sie atemlos dastand und ihre verstörten Gäste anblickte, wusste sie auf einmal genau, was sie hatte – einen Geburtstag mit einer Null.

Kapitel 2

Lisa erwachte eingewickelt in ihre schützende, wärmende Decke. Nach dem grauen Lichtrahmen um die Vorhänge zu urteilen, hatte die Sonne – wenn man das so nennen mochte – sich bereits ächzend erhoben. Sie glitt mit der Zunge an den beruhigenden Rändern ihrer Zahnschiene entlang. Ihr Zahnarzt hatte gesagt, sie würde im Schlaf mit den Zähnen knirschen. Lisa war sich ziemlich sicher, dass seine dringende Empfehlung, sich von ihm eine Schiene anpassen zu lassen, mehr mit der Sonderausstattung seines Audis zu tun hatte als damit, dass sie ihre Zähne zermahlte. Ergänzt wurde die Schiene durch Ohrstöpsel – Jakes Schnarchen wurde nicht leiser. Die Nacht zuvor hatte sie sie aus reiner Gewohnheit in die Ohren gesteckt – und um sich einzureden, dass alles beim Alten bliebe.

Leise nahm sie die Schiene und die Ohrstöpsel heraus und verstaute sie in ihren jeweiligen Dosen. Dann drehte sie sich um und streckte die Hand nach der vertrauten Form von Jakes Kopf aus. Aber sein Bettzeug lag so nackt und unberührt da wie die Antarktis. Lisa rollte sich zusammen und schluchzte in ihr Kissen – lautlos, um Maxine und Gordon oder die Kinder nicht zu stören. Es war ihr Lieblingskissen, so alt, dass mittlerweile wahrscheinlich Monstermilben darin hausten. Sie hatte mehrfach versucht, es wegzuschmeißen, war jedoch jedes Mal vor dem Müllschlucker stehen geblieben und hatte es zurück zu ihrem Bett getragen. Mit den paar verklumpten Federn und Daunen war es im Vergleich zu Jakes Anti-Schnarch-Kissen geradezu anorektisch. Aber es war geduldig und schmiegte sich an die Falten ihres Gesichts, ohne den Versuch zu unternehmen, ihre Haltung zu verbessern. Jetzt durchweichten Tränen die Federn und verwandelten das Kissen in einen nassen Schwamm.

Als keine Tränen mehr kamen, drehte sie sich auf den Rücken und fuhr mit der Hand über die Einbuchtung, wo einmal ihre linke Brust gewesen war. Der Chirurg hatte ihr angeboten, mit der Mastektomie auch gleich eine Rekonstruktion vorzunehmen. Die Mastektomie sollte innerhalb von vierzig Minuten erledigt sein, während die Rekonstruktion mindestens sieben Stunden dauern würde. Nachdem sie Stunden im Internet recherchiert und mit Freundinnen gesprochen hatte, die ihrerseits Frauen kannten, die sich für oder gegen eine Rekonstruktion entschieden hatten, beschloss sie, abzuwarten. Die Medizin machte im Minutentakt Fortschritte. Bald würde es Pillen geben, die neue Brüste sprießen ließen.

Jake brillierte in der Rolle des sorgenden Ehemanns und verkündete, er würde jede ihrer Entscheidungen mittragen. Als er gesagt hatte, ihm sei egal, wie sie aussehe, war ihr ganz warm ums Herz geworden. Außerdem hatte der Chirurg ihnen versichert, dass sie die Rekonstruktion auch später vornehmen lassen könnte. Bisher hatte sie sich noch nicht dazu durchringen können, und jetzt bezweifelte sie, dass sie es jemals tun würde. Lisa war schließlich noch nie besonders eitel gewesen. Dafür hatte ihre Mutter Ruby gesorgt. (»Zieh dir was Ordentliches an, Lisa … Iss weniger Kuchen, Mädchen. Irgendwann werden sie dich Donnerschenkel nennen … Kämm dir die Haare!«) Wie mit dem Lineal gezogen verlief die Narbe quer über ihren Brustkorb, als hätte dort jemand einen Schlussstrich gezogen.

Obwohl Jake behauptete, dass es ihm nichts ausmache, zeigte er nie Interesse oder auch nur Neugier an ihrer Narbe. Wenn sie miteinander schliefen, widmete er sich ausgiebig ihrer rechten Brust, streichelte und küsste sie (saugte aber nie daran, sonst bekam sie einen postkoitalen Lachanfall, weil erwachsene Männer an der Brust hingen). Ihre linke Seite mied er wie ein der Abrissbirne zum Opfer gefallenes Stadtviertel.

Sie konnte es nicht fassen, dass er sie in dem Glauben gewiegt hatte, mit ihrer Ehe sei alles in bester Ordnung. Bei all seinem scheinheiligen Getue war er doch nur ein triebgesteuertes Männchen, das ein Weibchen mit zwei Körbchen Größe C wollte. Jake machte eindeutig irgendeine Art von Mannopause durch, und es war wahrscheinlich nur eine Frage der Zeit, bis er zur Vernunft kam und sie anflehte, zurückkehren zu dürfen.

Auf der anderen Seite der Schlafzimmertür brummte der Staubsauger. Die Vorstellung, ihren Gästen gegenüberzutreten, war grauenvoll. Aber wie oft hatte sie schon Gelegenheit, ihre Kinder zu sehen? Nachdem sie geduscht und sich angezogen hatte, tapste sie also ins Wohnzimmer.

Maxine saugte die Schäden des gestrigen Abends weg. Ted war in der Küche und verknotete eine Mülltüte. Beide hielten inne und starrten sie an, als wäre sie ein Kristall, der bei der kleinsten Bewegung zerbrechen könnte.

Gordon tauchte aus dem Gästezimmer auf und machte sich an der Kaffeemaschine zu schaffen, während Maxine mit dem Staubsauger eine Großoffensive auf das Schlafzimmer startete. Lisa bot ihre Hilfe an, aber Maxine bestand darauf, dass sie sich setzte und *zur Ruhe kam*.

Das schwarze Ledersofa quietschte, als Lisa sich darauf sinken ließ. Die Knöpfe bohrten sich ihr in den Rücken. Die ganze Wohnung roch nach Jake. Früher einmal hatte er ihre Leidenschaft für »Seelenstücke«, wie sie es nannte, nett gefunden. Die Masken aus Neuguinea und die Buddhas, deren Bemalung abblätterte, erinnerten sie an die Freiheit, die sie auf ihren Reisen erlebt hatte. Das änderte sich, als Jake sich in die Arbeit bei der Bank stürzte, und da änderte sich auch sein Geschmack. Schlussendlich war es leichter gewesen, ihn »den Kram« in ihr Arbeitszimmer schleppen zu lassen und sich seiner Begeisterung für »klare Linien« zu unterwerfen. Jetzt verliehen gläserne Tischplatten und Stapel von Yacht-Magazinen der Wohnung die Atmosphäre eines Wartezimmers.

Lisa ließ ihren Blick über Jakes Sammlung von mittelmäßigen Fauvisten wandern. Wenn man sie gefragt hätte, hätte sie Teds und Portias Kindergartenwerken den Vorzug gegeben. In einer Ecke standen in völlig verrenkter Haltung ineinander verkeilte lebensgroße Akte aus rostfreiem Stahl, die der Künstler *Lüsternes Bein* genannt hatte. Ein paarmal hatte sie Jake zuliebe versucht, die Haltung nachzumachen. Als sie das Bein über die Schulter schob, hatte sich etwas in ihrer Hüfte äußerst schmerzhaft verklemmt. Genau wie bei dem weißen Stutzflügel, auf dem nur Ted spielen konnte, tat sie so, als wären die Dinger gar nicht da.

Sie fragte sich, wie es dazu hatte kommen können, dass sie in einer Umgebung gelandet war, die überhaupt nicht zu ihr passte. War sie so sehr mit den Kindern oder ihrer Arbeit beschäftigt gewesen? Sie erinnerte sich, dass sie oft müde gewesen war, vielleicht sogar am Rande einer Depression. Als Bankiersgattin war sie jedenfalls eine Niete. Ihre Haare waren nicht zu einem Bob geschnitten und nicht blond genug, und sie lachte zu laut und röhrend.

Die Kaffeemaschine zischte und furzte und hüllte Gordon in eine Dampfwolke. Sie war Jakes ganzer Stolz, auch wenn sie noch nie einen anständigen Cappuccino produziert hatte. Gordon bedachte Lisa mit einer Pfütze flüssigen Schlamms in einem Becher mit einem bösartig grinsenden Schneemann darauf. *Fröhliche Weihnachten* wand sich in roter Schrift den Rand entlang. Normalerweise fristete der Becher sein Dasein ganz hinten auf dem obersten Regalbrett. Weihnachten war erst in gut zwei Monaten. Der Geschirrspüler musste offenbar mal wieder ausgeräumt werden.

Damit die Stille nicht überhandnahm, erkundigte sich Gordon nach ihrem Schreiben. Fragten die Leute eigentlich auch Installateure nach ihren Abflüssen? Der erste Teil ihrer Brontë-Trilogie verkaufte sich ganz gut, aber mit *Drei Schwestern: Emily* war sie ins Stocken geraten und hatte bislang nicht mehr als eine kurze Stichwortliste. Sie war so dumm gewesen, die Abgabe des Manuskripts für kommenden März zu vereinbaren, und mittlerweile näherte sich die Deadline im bedrohlichen Tempo eines Asteroiden mit Kurs auf die Erde.

Portia tauchte auf, blass und mit völlig zerzausten langen blonden Haaren. Lisa hätte sie ihr am liebsten zu einem ordentlichen französischen Zopf geflochten, wie damals, als Portia sechs war. Ihre eigene Mutter hätte ohne Zögern die erwachsene Tochter mit einem Kamm traktiert. Lisa verschränkte die Hände hinter dem Rücken. Jede Generation musste wenigstens ein bisschen klüger als die vorhergehende sein. Wenn sie irgendetwas aus Rubys Fehlern gelernt hatte, dann war es das, ihren Zopf-Tick zu beherrschen.

Maxine legte zwei Holzohrringe in der Größe von Samoa an und streifte eine goldfarbene Vinyl-Jacke über. (»Das nennt ihr in New York *Herbst*?«) Dann breitete sie einen Stadtplan von Manhattan auf dem Klavierdeckel aus.

Lisa wusste, was Maxine vorhatte. Wenn sie als kleine Mädchen nachts wachlagen und hörten, wie sich ihre Eltern im Wohnzimmer anbrüllten, spielte Maxine »Lass uns so tun, als wäre nichts«. Während die Stimme ihrer Mutter durch die Wände donnerte, verwandelte sich Maxine in eine Prinzessin oder in Dorothy aus *Der Zauberer von Oz*. Lisa musste natürlich die Kammerzofe der Prinzessin spielen. Oder die Vogelscheuche.

Mit verkniffenem Mund machte sich Maxine daran, ihrer aller Tag zu verplanen. Die Frauen würden sich einer Shopping-Schocktherapie unterziehen und die Männer über die Brooklyn Bridge spazieren.

Gordons Gesicht ging wie der rote Planet hinter der Kaffeemaschine auf. Er war sich nicht sicher, ob er die richtigen Schuhe dabeihatte. Maxine tätschelte seinen Weinwanst und versicherte ihm, dass sie seine Turnschuhe eingepackt hatte.

Nach einem geisttötenden Vormittag, an dem sie durch die Geschäfte gezogen waren, machten die drei Frauen in einer französischen Bäckerei halt. Bevor sie ihre Zähne in einem Croissant versenkte, bot Maxine Lisa an, die Kreuzfahrt abzusagen, damit sie und Gordon bleiben und sie »stützen« könnten. Lisa lächelte bei der Vorstellung von Maxine als gigantischem Stütz-BH.

Maxines Erleichterung war deutlich zu erkennen, als Lisa ablehnte. »Ich hab heute Morgen mit Ted gesprochen«, fuhr Maxine fort und wischte sich den Mund ab. »Er ist bereit, seinen Flug umzubuchen und dir ein, zwei Wochen Gesellschaft zu leisten.«

Lisa fühlte sich wie ein hungriger Bär, dem man einen Teller Fleisch hinhielt. Ted eine ganze Woche nur für sich zu haben … Aber seine Prüfungen!

»Keine Sorge. Ich komm schon zurecht«, sagte sie und tätschelte ihrer Tochter das Knie.

Portia stand auf und ging zum Klo. Als die hagere Göttin mit dem Schweif goldener Haare an den Tischen vorbeirauschte, wandten sich alle Köpfe nach ihr um. Lisa sah auf der Speisekarte nach, wie viele Kalorien die drei Löwenzahnblätter hatten, auf denen Portia herumgekaut hatte (schätzungsweise siebzehn). Sie hatte keine Ahnung, was im Kopf des Kindes vor sich ging. Vielleicht war sie traumatisiert vom Verhalten ihrer Eltern.

»Um *die* musst du dir keine Sorgen machen«, sagte Maxine und rammte ihre Gabel in eine entzückende kleine Erdbeertarte.

Lisa schloss aus Maxines Ton, dass Portia es abgelehnt hatte, länger in New York zu bleiben, um für ihre waidwunde Mutter da zu sein. Vielleicht hatte sie einer nicht nachvollziehbaren Logik folgend beschlossen, sich auf Jakes Seite zu schlagen.

Unwillkürlich kam ihr ein Bild von Jake in den Sinn. Er strich mit seinen Händen über Cow Belles Hintern, während er ihre spitzen, steil aufragenden Brustwarzen leckte. Seine Hand wanderte zu dem Hügel zwischen Cow Belles Beinen, blankgewachst wie bei einem Neugeborenen. Angeblich war Jake in ein Hotel in Chelsea gezogen, aber jeder wusste, dass er in Soho war und zwischen den Beinen dieser Frau Erstickungsanfälle bekam.

Plötzlich war Lisa erschöpft. Sie wünschte sich nichts sehnlicher, als nach Hause zu gehen, aber Maxine hatte andere Pläne. Mit der Entschlossenheit eines Sklavenhändlers jagte sie sie aufs Empire State Building und dann noch zu den Eisläufern am Rockefeller Center.

Als sich die Familie endlich wieder im Wohnzimmer versammelte, stellte sich Lisa vor, wie Jake und Cow Belle

Knie an Knie in einem schummrigen Restaurant saßen. Er würde Champagner bestellen, den echten, französischen. Seine Hand würde Belles Oberschenkel hochgleiten.

Während Maxine Gordon ins Gästezimmer abkommandierte, damit er ihr dabei half, Einkaufstüten in die ohnehin schon platzvollen Koffer zu stopfen, saßen Ted und Portia auf dem Sofa wie zwei Waisenkinder. Portia wand ihre Haare um die Finger und schlug die dünnen Beine übereinander. Irgendjemand oder irgendetwas hatte ihre schwarzen Jeans mit einem Rasiermesser zerschlitzt. Ted tippte auf seinem Handy herum.

»Wann sehe ich euch beide wieder?«, fragte Lisa so munter wie möglich.

Portia zupfte an einem langen Faden, der von einem der Risse in ihrer Jeans hing. »Ich muss heim nach L.A.«, sagte sie.

L.A. war *daheim*?

»Wir haben eine Theatergruppe gegründet«, fuhr Portia fort. »Wir schreiben ein Stück. Die brauchen mich.«

Und Lisa brauchte sie nicht? »Wie sieht es an Thanksgiving aus?«, fragte sie.

»Das ist kurz vor der Premiere«, Portia seufzte. »Ich dachte, dieser Besuch würde Thanksgiving ersetzen.«

Vielen Dank auch, dachte Lisa. Sie wandte sich an Ted. »Aber das Gästezimmer halte ich nächstes Jahr für dich frei, oder?«

Teds dunkle Haare fielen ihm in die Stirn. Es gab ein Foto ihres Vaters, auf dem er etwa im selben Alter war. Mit seinem schmalen Gesicht und den warmen Augen sah Ted ihm sehr ähnlich – abgesehen davon, dass er ein dunklerer Typ war. Sein Mundwinkel zuckte. »Ich überlege, ob ich in Australien bleibe.«

Um Lisas Herz schloss sich eine Faust. »Oh. Bestimmt

willst du noch ein, zwei Monate surfen, bevor du zurückkommst«, sagte sie.

Ted ließ das Handy diskret in die Tasche gleiten. Das braune Karohemd hob die Farbe seiner Augen hervor. »Man hat mir einen festen Job angeboten«, sagte er.

»Willst du weiter Pilz-Burger auf dem Markt verkaufen?«

Ted schüttelte den Kopf und lächelte. »In einem Architekturbüro. Sie finden meinen ökologischen Ansatz gut.«

Er wollte für immer in Australien bleiben? »Das ist ja toll«, log sie. Bei dem Gedanken, dass Ted für alle Zeiten am anderen Ende der Welt stranden würde, hätte Lisa am liebsten geweint. Allerdings war es heutzutage schwer genug für Studienabgänger, eine Stelle zu finden. »Wirst du in Melbourne wohnen?«

Ted nickte, sein Gesicht nahm eine dunklere Farbe an. Lisa hatte den Eindruck, dass da noch etwas anderes war. Er war mit Horden von jungen Frauen ausgegangen, Hunderten, soweit sie wusste, aber so schnell, wie er sie wieder fallenlassen hatte, musste er an Bindungsangst leiden. Vielleicht hatte er endlich die Richtige gefunden. Bei aller Enttäuschung, dass Ted in Australien bleiben wollte, neugierig war sie jetzt doch.

Am nächsten Morgen standen ihre Gäste mit hochgezogenen Schultern in der Kälte, das Gepäck über den Gehweg verstreut, während sie versuchte, ein Taxi anzuhalten. Pedro, der Türsteher, schien enttäuscht zu sein, als sie sein Angebot, das für sie zu erledigen, ausschlug. Er hätte bestimmt schneller die Aufmerksamkeit eines Taxifahrers erregt, aber noch nach zwanzig Jahren in den USA war ihr unwohl dabei, andere Leute für niedere Dienste zu beanspruchen. Taxi um Taxi rauschte an ihnen vorbei. Entweder waren sie besetzt, oder die Fahrer ignorierten sie.

»Keine Sorge, Mom«, sagte Portia, als endlich eines anhielt. »Ich war die Einzige in meinem Freundeskreis, deren Eltern noch zusammen waren. Jetzt sind wir endlich eine normale Familie.« Portia sprach von ihrem Freundeskreis immer so, als handelte es sich um die Königsfamilie.

»Pass auf dich auf«, sagte Lisa und widerstand dem Drang, ihre Tochter an sich zu ziehen und sie nie mehr loszulassen.

Portia warf die Haare über die Schulter und glitt mit der Mühelosigkeit der Jugend auf die Rückbank des Taxis. Die Kindfrau hatte sie nicht gehört. Weiße Kabel in den Ohren schlossen sie hermetisch von der Außenwelt ab. Im Geiste war Portia schon wieder bei den Hipstern von Venice Beach.

Maxine umfasste Lisas Schultern und küsste sie auf beide Wangen. »Pass du auf dich auf«, sagte sie im Tonfall der großen Schwester, bevor sie sich auf den Beifahrersitz hievte.

Gordon lächelte Lisa verlegen an. Er humpelte immer noch nach dem gestrigen Spaziergang. Die Brooklyn Bridge hatte sich als länger erwiesen, als sie aussah. Er beugte sich vor und zielte mit den Lippen auf Lisas Wange, traf aber nur ihr Kinn. Errötend zog er sich in den Schatten der Rückbank zurück.

Der Abschied von Ted schmerzte Lisa besonders. Sie beide waren aus demselben Holz geschnitzt. Sie hatten beide die Trumperton'sche Neigung zur Melancholie geerbt. Sie lachten über dieselben Dinge und konnten die Sätze des anderen beenden. Australien war einfach zu weit weg. »Vielleicht sehen wir uns ja zu Weihnachten?«, fragte sie und versuchte, sich nichts von ihrer Traurigkeit anmerken zu lassen.

»Klar. Komm doch nach Australien«, antwortete er. »Du kannst auf dem Sofa schlafen.«

»Sehr freundlich, aber die CIA könnte sich das Ding als Folterinstrument ausleihen.« Wenn sie die geringste Hoffnung haben wollte, ihn im Dezember zu sehen, dann würde sie also wohl oder übel ins Flugzeug steigen müssen.

Gewichtige Fragen schwirrten ihr durch den Kopf. Zum Beispiel, ob er sich in die nette junge Frau, mit der er studierte, verliebt hatte. Wie hieß sie noch mal? Aß sie etwas anderes als Samenkörner, die gefährdete südamerikanische Urvölker sammelten? Hatte sie ein gebärfähiges Becken? Aber das Letzte, was Lisa wollte, war, eine dieser Vorabendserienmütter zu werden, die ihre Kinder mit SMS- und Anrufbeantworternachrichten bombardierten. Also küsste sie Ted und beförderte ihn neben Gordon auf die Rückbank.

Maxines Fenster glitt nach unten. Sie fixierte Lisa mit ihren Smaragdaugen. »Ich hab den Idioten noch nie leiden können«, sagte sie.

Als das Taxi sich in den Verkehr einfädelte, erhaschte Lisa noch einen Blick auf Teds Profil. Unverkennbar, die Trumperton-Nase. Sie schluckte einen butterweichen Klumpen in ihrem Hals herunter und winkte ihnen hinterher.

Zurück in der Wohnung, wurde Lisa in ein Vakuum der Einsamkeit gesogen. Sie drehte James Taylor auf volle Lautstärke und stürzte sich in die Hausarbeit. Die Kinder hatten ein Riesenchaos in ihrem Arbeitszimmer hinterlassen. Sie zog eine Socke von Ted unter dem Schlafsofa hervor. Ausnahmsweise ohne Loch. Es musste sich tatsächlich jemand um ihn kümmern. Wie üblich hatte Portia ihr Shampoo und ihre Spülung aus dem Badezimmer mitgehen lassen. Lisa schrieb es ab als Spende für die hungernde Künstlerin in der Familie.

Als ihr Arbeitszimmer wieder halbwegs zivilisiert aussah, schaltete sie ihren Computer ein. Die Stichwortliste für

Drei Schwestern: Emily starrte sie an. Nie im Leben würde sie in drei Monaten ein ganzes Buch schreiben. Und der erste Satz war immer der schwerste. Ihre Finger schwebten über der Tastatur.

Dann klingelte in einer grausamen Variante dessen, was Portia Ironie nennen würde, ein Bote und brachte ihr mehrere frisch gebügelte Hemden in einer Plastikhülle. Lisa hatte nicht die Kraft, ihn damit wieder wegzuschicken. Stattdessen trug sie die Hemden wie betäubt ins Schlafzimmer. Sie hängte sie in Jakes Schrankabteil und fragte sich, ob sie seine baldige Rückkehr ankündigten. Vielleicht war ihm klargeworden, dass er einen schrecklichen Fehler beging, dass er Lisa liebte und wieder zurückkommen wollte. Er würde schwören, Cow Belle nie wiederzusehen.

Sie fischte ihr Handy aus der Handtasche. »D Hemden sind da«, tippte sie mit zittrigen Fingern.

Sie machte sich eine Tasse Kaffee. James Taylor säuselte »How Sweet It Is To Be Loved by You«. Beim nächsten Song, »Fire and Rain«, fing ihr Handy an zu vibrieren. »Danke. Komm nachher rüber.«

Und tatsächlich, am frühen Abend klopfte es an der Tür. Lisa öffnete sie einen Spalt. Jake linste wie ein ungezogener Schuljunge durch. Warum klopfte er, wenn er einen Schlüssel hatte? Schweigend musterten sie sich. Selbstverständlich würde Lisa ihn wieder aufnehmen, nachdem er seine Strafe bekommen hatte. Sie hatten schon zu viel miteinander erlebt.

»Tut mir leid«, murmelte er. »Meine Hemden.«

»Oh«, sagte sie, und alles Blut wich ihr aus dem Gesicht.

»Geht es dir gut?«, fragte er.

»Selbstverständlich.« Ihre Stimme war schneidend wie ein Skalpell. »Eine Sekunde.« Sie ließ ihn im Flur zappeln, während sie die Hemden holte.

»Gib mir Bescheid, wenn du etwas brauchst«, sagte er, als sie ihm die Hemden überreichte.

Was um alles in der Welt sollte das sein?

Sein Zeigefinger wurde langsam lila, die Bügel schnitten die Blutzufuhr ab.

Lisa wusste, worauf er hoffte. Wenn sie wieder einen Wutanfall bekam, konnte er davonwieseln, überzeugt, dass sie eine Schraube locker hatte. Aber sie tat es nicht.

Stattdessen sah sie zu, wie die kahle Stelle auf seinem Kopf, die an ein gekochtes Ei erinnerte, den Flur hinunter Richtung Aufzug verschwand. Sie bemerkte einen weißen Faden auf seiner Schulter. Jake war fast hysterisch um Ordentlichkeit besorgt, und sie wollte ihm schon nachrufen. Aber wozu? Das ging sie nichts mehr an. Solche Dinge lagen jetzt in Cow Belles Händen. Sollte sie ihm doch die Haare aus den Ohren rupfen.

Die Aufzugtüren schlossen sich mit einem Seufzen.

Damit war Lisa offiziell und endgültig allein.

Kapitel 3

Im Laufe der nächsten Wochen handelte Jake Zeiten aus, zu denen er die Wohnung wie ein geduldeter Dieb aufsuchte. Nachdem er und die Umzugsleute die Kaffeekanne der Familie Katz, seine Gemälde, Skulpturen und den Schreibtisch mitgenommen hatten, gab es kaum noch Zeugnisse seiner Existenz.

Lisa spielte ein Spiel mit sich: Sie tat so, als wäre sie gerade in die Wohnung eingezogen, die eine Hebamme ausgestattet hatte, und Jake hätte nie darin gelebt. Aber das Doppelbett roch immer noch nach ihm. Die Delle auf seiner Seite der Matratze behielt ihre Form. Wenn sie die Küchenschränke öffnete, schwebten die Geister von Jake und Lisa, dem glücklichen Paar, über dem Speiseservice, das ihnen Tante Caroline zur Hochzeit geschenkt hatte.

Weihnachten kam und ging. Portia hatte alle Hände voll zu tun mit ihrem Freundeskreis und dem sogenannten Stück und blieb in L.A. Ted schickte eine Karte, auf der Santa Claus mit Sonnenbrille an einem goldenen Strand zu sehen war. Lisa verbrachte den Tag mit Kerry und seinen Freunden, und sie kreischten über die Witze in Knallbonbons. Dann ging sie nach Hause und heulte, bis sie Halsschmerzen bekam. Die Rippen taten weh. Verlassen, ungewollt, ungeliebt. Selbstmitleid war anstrengend.

Der Gedanke an Jakes Untreue trocknete ihre Tränen zu Salzseen der Wut. Wut gab Kraft, wenn auch immer nur anfallsweise.

Nach Neujahr versuchte sie es erneut mit dem Schreiben, aber die Erinnerungen, die über der Wohnung hingen, vernebelten auch ihren Kopf. Schreibblockade, vermutete sie. Sie war verrückt gewesen, einen Vertrag über drei Bücher zu unterschreiben, besonders in einem Genre, in dem sie unerfahren war. Ihre anderen Bücher waren Sachbücher, die von echten Menschen und echten Tieren handelten, da kannte sie sich aus. Nachdem Vanessa miterlebt hatte, wie Lisas Leben implodiert war, war sie großzügigerweise bereit gewesen, den Abgabetermin für *Drei Schwestern: Emily* auf Oktober zu verschieben. Dafür war Lisa ihr dankbar, allerdings hätte sie noch lieber den Vorschuss zurückgezahlt und das ganze Projekt abgeblasen. Aber offenbar hatten die Leser Lust auf die Liebeswirren im Leben der Brontë-Schwestern aus feministischer Perspektive. Die armen Schwestern drehten sich garantiert im Grab um angesichts der heiteren, erotisch motivierten Abenteuer, die Lisa für sie ersann. Die begeisterten Kritiken zu *Drei Schwestern: Charlotte* auf Amazon erstaunten sie.

Lisa sah sich im Arbeitszimmer um: Dieses Zimmer war in dem Meer an Kompromissen, in dem ihr Leben dahindümpelte, das Letzte, das von ihrer Persönlichkeit zeugte. Abgesehen von Schreibtisch und Stuhl, Bücherregalen und Schlafsofa standen keine Möbel darin. Es waren die anderen Sachen – das sogenannte Durcheinander –, die wichtig waren. Bücher, die nicht mehr ins Regal passten, türmten sich auf dem Boden. Von den Wänden blickten Masken auf sie herunter. Zusammen mit der Keule hatte sie sie auf den Fidschis erworben, bevor man Bedenken hatte, Kulturzeugnisse aus ihrem ursprünglichen Kontext zu reißen. Auf dem Schreibtisch stand zwischen den Fotos der Kinder das Porträt einer schwarzen Perserkatze. Sie hatte Bon

Jovis Bekanntschaft im Tierheim Bideawee gemacht, wo sie einmal die Woche ehrenamtlich arbeitete. Bon Jovi war ein Flüchtling vor dem Hurrikan Sandy und ein ausgesprochen lustiger und umgänglicher Kater. Die Tierheimbesucher waren entzückt von ihm, verloren aber sogleich das Interesse, wenn sie hörten, dass er unter Urämie litt. Sie hätte ihn am liebsten adoptiert, aber Jake hatte eine Katzenallergie. Glücklicherweise hatte Bon Jovi ein Zuhause gefunden.

Ihr Computer stand auf einem Stück Tapa, Rindenbaststoff, den ihr vor ihrer Heirat pazifische Inselbewohner geschenkt hatten. Steine und Kristalle aus der ganzen Welt lagen in einem Kreis um den Bildschirm herum. Ein Notizbuch, in das sie in groben Zügen die Handlung von *Drei Schwestern: Emily* gekritzelt hatte, eine Schreibtischlampe, die nicht mehr funktionierte – zwischen all diesen Büchern und Erinnerungen fühlte sie sich nie allein. Ihr Blick fiel auf die Fotoalben auf dem zweitobersten Regalbrett. Nur eines fehlte – das mit Jakes Kinderfotos, in dem sein erstes Lächeln und seine ersten Schritte festgehalten waren, sorgsam aufgezeichnet von seiner Mutter Naomi.

Bei ihrem ersten Treffen hatte sich Naomi als »jüdisch, aber nicht religiös« vorgestellt. Lisa war erleichtert gewesen, da sie naiverweise angenommen hatte, dass Naomi das Wichtigste am Glauben die Feste waren. Als Naomi und Sol erklärten, dass sie es nicht zur Hochzeit schaffen würden, weil Sol so viel zu tun hätte, glaubte sie ihnen. Damals glaubte sie alles noch unbesehen. Aber als Lisa Ted nicht beschneiden lassen wollte, war Naomi ausgerastet. Selbst als Jake und Lisa schon mittleren Alters waren, ließ Naomi keine Gelegenheit aus, Jake irgendwelche Hannahs oder Miriams vorzustellen. Naomi hatte die Hoffnung mit ins Grab genommen, dass Jake zur Vernunft kommen und mit einem netten jüdischen Mädchen davonlaufen würde. Tja, zur Hälfte war Naomis Wunsch in Erfüllung gegangen. Jake war davongelaufen, aber Cow Belle hatte nicht ein jüdisches Gen in ihrem vollbusigen (die Dinger mussten künstlich sein) Leib.

Lisa nahm ihren ganzen Mut zusammen und zog das Album hervor, von dem sie wusste, dass es wehtun würde. Auf der ersten Seite war Jake als bärtiger Radikaler zu sehen, seine langen Haare wehten in der fidschianischen Brise, sein gebräunter Arm lag um ihre Schulter. Lisa war erstaunt, wie hübsch sie mit ihren feinen Haaren und dem offenen Lächeln gewesen war, vielleicht waren das aber auch einfach alle jungen Leute. Sie wünschte, sie könnte die Zeit zurückdrehen und ihrem jüngeren Ich das sagen. Aber sie wusste, was dann geschehen würde. Das Kompliment würde mit Sticheleien gespickt zurückgeworfen werden. Egal was die Leute sagten, sie hatte sich immer als Außenseiter gefühlt.

An den Journalismus, genauer gesagt den Reisejournalismus war sie gekommen wie an die meisten Dinge – durch puren Zufall. Anders als die Leute glaubten, hatte Reisejournalismus wenig mit Kapitänsdinners zu tun. Von selbstgefälligen Hotelmanagern durch Ferienanlagen geschleppt zu werden war ermüdend. Ergüsse über Sonnenuntergänge und Bettwäsche aus feiner ägyptischer Baumwolle absondern zu müssen war nur einen Strichpunkt weit von Prostitution entfernt. Daher hätte sie nie gedacht, dass der Auftrag, über die ehrenamtliche Arbeit von ein paar amerikanischen Studenten in einem Dorf auf den Fidschis zu schreiben, ihr Leben auf den Kopf stellen würde.

Als sie Jake das erste Mal sah, saß er im Schneidersitz in einem Kreis von Fidschianern und trank Kava. Er nippte an der ausgehöhlten Kokosnussschale, sah zu ihr auf und lächelte. Dieses geheimnisvolle, schelmische Lächeln hatte ihr Schauer durch die Leistengegend gejagt. Es hatte sie erwischt.

Jakes glatte olivfarbene Haut und sein fremdartiger amerikanischer Akzent machten nur einen Teil seiner Anziehungskraft aus. Selbst als er sich von der Matte erhob und sie sah, wie klein er war, störte sie das nicht. Sie stellte bald fest, dass Jake das ultimative Aphrodisiakum besaß: Er konnte sie zum Lachen bringen. Sie war ihm vollkommen verfallen.

Als Nächstes kam das Hochzeitsfoto, das die Kinder immer zum Schnauben brachte. Was sind das denn für Hippies, sagten sie, die am Strand von Byron Bay heiraten. Okay, das Stirnband aus Frangipaniblüten hatte etwas Hippiemäßiges an sich. Aber dass sie rein zufällig barfuß gewesen waren, wollten die Kinder nicht glauben. Dabei hatte wirklich gerade die Flut eingesetzt, sodass sie ihre Schuhe hatten ausziehen *müssen*.

Ein paar Seiten weiter, und Jake legte seinen Bart ab und tauschte Bandana und den größten Teil seines Humors gegen einen Anzug von der Stange ein. Sie lebten in New York und hatten die dunklen Augenringe junger Eltern. Sie lächelte den zwei Jahre alten Ted an, der zu seiner Verwunderung eine ernstzunehmende Rivalin bekommen hatte und finster auf seinen Plastiksaurier starrte, während Lisa Portias Windeln wechselte.

Jake und Lisa gerieten in den Hintergrund, während Ted und Portia sich über Geburtstagskuchen freuten, sich zu Klassenfotos aufstellten und bei Ballettaufführungen und Basketballspielen brillierten. Jakes Anzüge bekamen eine Zeitlang ein Armani-Upgrade, bis er wieder zu Finanzkrisen-No-Names zurückkehrte.

Gegen Ende des Albums wurden Lisa und Jake zu mittelalten Nebenfiguren, die Zähne gelber, die Haare dünner und die Taillen unförmiger. Stolz strahlten sie vom Rand der Graduiertenfotos und waren ihren eigenen Eltern verstörend ähnlich geworden.

In all den Jahren war es Lisa nie in den Sinn gekommen, Jake zu betrügen. Na ja, gut, vielleicht einmal auf dem Literaturfest in Berlin, mit dem im Umkreis von vierzig Kilometern einzigen heterosexuellen männlichen Verleger, einem Österreicher, der ihr die Hand küsste und auch sonst sehr charmant war. Ach ja, da war noch der Jazz-Pianist, den sie über einen Freund von Kerry kennenlernte … und vielleicht noch ein, zwei andere. Sie hatte sich gesonnt im Glanz der gegenseitigen Anziehung, aber vor spätabendlichen Turnübungen in Hotelzimmern eine Grenze gezogen.

Wie sie das jetzt bereute. Sie hätte mit *allen* schlafen sollen, solange sie noch zwei Brüste gehabt hatte. Im Laufe des letzten Jahres war irgendetwas Sonderbares mit ihren Hormonen passiert. Immer wenn sie das Wort »Orgasmus« hörte, musste sie an eine Kirchenorgel denken. Orgasmus, Orgel – beides seltsame Überbleibsel aus ihrer Vergangenheit.

Lisa klappte das Fotoalbum zu. Bei all der Zeit und Kraft, die sie in die Kinder und den Versuch, ihrem Mann eine gute Frau zu sein, gesteckt hatte, war etwas ganz Entscheidendes verlorengegangen – sie selbst? Wer zum Teufel war das?

Erwartungsvoll strahlte der Bildschirm sie an. Mit einem Seufzen sank sie auf ihren Stuhl und öffnete die Datei *Drei Schwestern: Emily.* Über Charlotte zu schreiben war ihr leichtgefallen, aber Emily war komplizierter. Bis ins Mark ihrer knochigen Gestalt war Emily eine Einzelgängerin gewesen und »trat nur selten über die Schwelle ihres

Hauses«, um sich in Gesellschaft zu begeben. Sie war groß und hatte krause Haare, und sie machte kein Geheimnis daraus, dass sie Tiere Menschen vorzog. Sie wirkte zerbrechlich, war aber unglaublich zäh. Es war leichtfertig, ihr in die Quere zu kommen. Emily erinnerte Lisa in vielerlei Hinsicht an Portia.

Seufzend wechselte sie zu ihren Mails. Maxines Name erschien in Fettschrift. Lisa zögerte, bevor sie das neueste Sendschreiben ihrer Schwester las. Im letzten hatte Maxine so damit angegeben, Ted und seine Freunde dauernd zu sehen, dass Lisa offen gestanden eifersüchtig war. Dieses Mal schrieb Maxine, dass Tante Caroline sie sehen wollte. Caroline war die jüngere Schwester ihres Vaters und mittlerweile über neunzig. Maxine berichtete, ihre Tante spaziere durch das Seniorenheim in Melbourne und erzähle allen, dass sie mit einem Herzog verlobt gewesen sei. Der Gedanke, dass Tante Caroline nicht mehr alle Tassen im Schrank hatte, war traurig. Lisa hatte sie immer gemocht, wenn auch gleichzeitig ein wenig gefürchtet. Außerdem gab laut Maxine das Herz der alten Frau langsam auf. Lisa würde sich wohl bald auf den mühseligen Weg machen müssen, wenn sie ihre Tante noch einmal sehen wollte, bevor die sich auf Schnäppchenjagd im Himmel machte. Das Seniorenheim hatte offenbar einen Busausflug nach Castlemaine organisiert, wo das Haus der Trumpertons stand, aber Tante Caroline hatte sich geweigert mitzufahren: Sie schien irgendwelche irrationalen Vorbehalte gegen das Haus ihrer Vorfahren zu hegen. Erneut erwähnte Maxine, wie sehr sie sich an Teds Besuchen erfreute, dann endete sie mit der herrischen Anweisung, die Termine beim Onkologen nicht zu schwänzen.

Lisa hatte Trumperton Manor, wie es genannt wurde, seit Jahrzehnten nicht mehr gesehen. Ihr Vater hatte nur selten davon gesprochen, auch wenn sein Vater Alexander als junger Mann um die Jahrhundertwende dort gelebt hatte. Jetzt nahm sie das Album ihres Vaters aus dem Regal und suchte nach dem sepiabraunen Bild des alten Herrenhauses. Es war genauso beeindruckend, wie sie es in Erinnerung hatte, mit seinen klaren georgianischen Linien und dem von dorischen Säulen getragenen Portikus könnte man es sich wunderbar in England auf dem Land vorstellen. Nur der Garten verriet, dass das Haus an einem sehr viel abweisenderen, wilderen Ort stand – dem ländlichen Australien. Die Versuche, Eichen zu ziehen, waren nur begrenzt erfolgreich gewesen, und der Rasen sah auch nicht gerade englisch aus. Die einzigen Pflanzen, die am Rand der geschwungenen Auffahrt prächtig gediehen, waren einzelne Büschel Pampasgras mit merkwürdigen Staubwedeln.

Ein anderes Foto zeigte einen korpulenten Herrn zu Pferde vor einem prachtvollen Tor mit Pfosten, die von riesigen Kugeln gekrönt waren. Er trug einen Zylinder und, wie es aussah, Abendgarderobe. Hinter ihm stand eine Frau in einem dunklen viktorianischen Kostüm mit einem hellen Hut. Lisa vermutete, dass die beiden die Eltern von Alexander waren. Sie strahlten natürliche Autorität aus.

Das Porträt eines gutaussehenden jungen Mannes mit weißem Halsbinder rutschte aus dem Album. Sein Gesicht war schmal und sensibel, über vollen Lippen trug er einen sorgfältig gestutzten Schnurrbart. Er wirkte wie der vollkommene viktorianische Gentleman – nur die abgrundtief traurigen Augen passten nicht so ganz zu diesem Eindruck.

Lisa sah einen Widerschein dieses Gesichtes, wenn sie in den Spiegel blickte oder Ted ansah. Portia hatte ihr runderes, kleineres Gesicht von Jake geerbt. Gene waren doch eine komische Sache.

Eine neue E-Mail verkündete mit einem freundlichen Ping ihr Eintreffen. Sie war von Jake.

»Liebe Lisa, ich hoffe, du bist wohlauf.« Der Ton war ungewöhnlich steif. »Belle und mir geht es gut …« Beim Anblick des Namens ihrer Rivalin zog sich Lisas Herz zusammen. »Wie du dir vorstellen kannst, ist ihre Wohnung für unsere Bedürfnisse ein wenig klein …« Wie viel Platz brauchten sie denn für ihre Sexspiele – ein Olympiastadion? »Wir suchen daher nach etwas Größerem. Ich denke daher, dass es gut wäre, wenn wir die Scheidung schnell durchbringen würden. Ich hoffe, du bist damit einverstanden. Herzliche Grüße, J.«

Lisas Knie verwandelten sich in Wackelpudding. Sie streifte ihre Schuhe ab und stolperte über das Fischgrätparkett zum Küchenschrank. Schokolade. Sie brauchte dringend Schokolade. Am besten mit siebzigprozentigem Kakaogehalt von Green and Black's.

In den Tiefen des Schranks ertasteten ihre zittrigen Finger eine beruhigende Form. Rechteckig, fest. Nur leider war es ein Proteinriegel. Er war in Schokoladenersatz getaucht und wahrscheinlich zu hundert Prozent karzinogen.

Sie stellte den Wasserkocher an. Dann spülte sie den Fröhliche-Weihnachten-Becher aus und nahm das nächstbeste Geschirrtuch. Das faltige Gesicht eines Kakadus starrte sie an. Ein derart geschmackloses Geschenk konnte nur von Maxine stammen.

Die riesigen weißen Flügel breiteten sich fröhlich über das Tuch, die gelbe Federhaube war gespreizt wie eine Hand. Der Vogel schien zu lachen, aber nicht so, als ob er Lisa anlachen würde, er schien sich eher über die Absurdität des Lebens im Allgemeinen zu amüsieren.

Plötzlich vollkommen verzweifelt, vergrub sie ihr Gesicht im Bild des Vogels und sank schluchzend auf den Boden. Sie wollte nicht allein sein. Jetzt, da Jake sie verlassen hatte, wusste sie nicht einmal mehr, wer sie war. Außerdem vermisste sie ihre Kinder und machte sich Sorgen um Portia. Es war einfach alles zu viel. Nachdem sie sich ausgeheult hatte, stand sie auf, hielt das Geschirrtuch unter den Kaltwasserhahn und tupfte sich das Gesicht ab.

Sie riss die Umhüllung von dem Proteinriegel und biss in die künstliche Masse, dann öffnete sie die Tür zum Balkon. Kalte Luft schlug ihr entgegen. Mechanisch kauend trat sie hinaus und blickte über die Stadt. Der neunte Stock bot die perfekte Aussicht – und Absprungstelle. Die Gebäude ragten in den blassen Vorfrühlingshimmel. Irgendwo dort unten im Central Park stießen gerade die Narzissen in einem lächerlichen Anfall von Optimismus durch die Erde.

Lisa liebte New York und ihre Freunde. Anders als viele Leute, die hier geboren waren, hatte sie die Stadt nie für selbstverständlich genommen. Sie war in einer Gegend ohne jede Kultur aufgewachsen und war begeistert von der beeindruckenden Architektur, den Galerien und Theatern. Die Stadt mochte übervölkert sein und anstrengend, aber sie hatte jedes Recht, sich den Mittelpunkt der Welt zu nennen. Sie pulsierte vor Leben. Lisa mochte selbst die mürrischen Arbeiter und Polizisten. Doch auch wenn sie sich bemüht hatte, inmitten der gestriegelten Bewohner der Upper East Side heimisch zu werden, im tiefsten Inneren war sie immer eine grobknochige Australierin geblieben.

Lisa drehte den Ring an ihrer Linken. Er saß ein wenig eng. Sie zog ihn ab. Sie gab zwar die perfekte Verkörperung der sitzengelassenen Heldin ab, nur so unterernährt wie eine Brontë-Heldin war sie nicht. Vielleicht sollte sie einfach über das Geländer klettern und springen.

Sie warf einen Blick auf die Straße hinunter, und ihr wurde schwindlig. Sie hatte schon immer fliegen wollen. Ein paar Sekunden lang das beängstigende, aufregende Gefühl von Schwerelosigkeit. Die Lust daran würde den Aufprall vielleicht lohnen.

Aber schön wäre der Anblick wahrhaftig nicht. Bis zum Eintreffen des Notarztwagens bliebe alles an Pedro hängen. Oder würde es ein Feuerwehrwagen mit Hochdruckschläuchen sein? Egal, das verdiente Pedro jedenfalls nicht. Seine Frau war schwanger.

Eines war sicher. Schlimmer als ein solcher Tod war nur, so weiterzuleben wie bisher. Entweder sie sprang oder … Lisa warf den Ring in die Luft. Einen kurzen Moment schwebte er über der Stadt und blitzte in einem Lichtstrahl auf.

Als die Schwerkraft zu wirken begann und den Goldreif Richtung Straße zog, wusste sie plötzlich, was sie zu tun hatte. Lisa Katz war tot und begraben. Sie würde wieder Lisa Trumperton werden. Und sie würde zurück nach Australien gehen.

Kapitel 4

Die ersten Tulpen blühten in Kübeln auf dem Bürgersteig, als Lisa mit den Vorbereitungen für den Umzug fertig war. Es hatte sie mehr mitgenommen, als sie gedacht hätte. Die anderen Freiwilligen im Tierschutzheim hatten ein Abschiedsfrühstück für sie ausgerichtet, aber ihre engsten Freunde schienen sich von ihr fernzuhalten, wie um sie zu bestrafen.

Bei einem Mittagessen in der Oyster Bar im Grand Central hatte Vanessa Verständnis geheuchelt, aber sie konnte sich ganz offensichtlich nicht vorstellen, warum irgendjemand den Wunsch hegen könnte, die USA außer zum Urlaubmachen zu verlassen. Der Gedanke, auf Dauer wegzugehen, kam Landesverrat gleich. Sie erklärte Lisa zum wiederholten Male, wie schwer es gewesen sei, ihre Kollegen zu einem Verschieben des Abgabetermins zu überreden. Vanessa überlegte laut, ob Lisa nicht besser in New York bleiben und das Buch fertigschreiben sollte, bevor sie die halbe Welt umrundete.

Lisa hatte einen großen Schluck Sauvignon Blanc getrunken und Vanessa die Wahrheit gesagt – dass sie nach Australien ziehen musste, wenn sie überhaupt eine Chance haben wollte, das Buch zu schreiben. Als Vanessa sah, wie nah Lisa den Tränen war, erbarmte sie sich und bekannte, dass sie schon mit verrückteren Autoren als Lisa zu tun gehabt hatte. Da war zum Beispiel der Typ, der darauf bestand, seine Bücher mit Feder und Tinte auf Klopapier zu schreiben. Nichtsdestoweniger versprach sie Lisa, nachdem sie gezahlt und sie auf die Wange geküsst hatte, ihr die Nummer ihres Psychotherapeuten zu mailen.

Kerry wiederum hatte versucht, ihr ein schlechtes Gewissen zu machen. Seine Augen schwammen in Tränen, als er sich laut fragte, ob er sie jemals wiedersehen würde. Sie versicherte ihm, dass sie bestimmt auf Besuch kommen würde und dass sie immer skypen könnten. Er behauptete, sein technisches Geschick reiche gerade zum Faxen.

Andere behandelten sie wie die dem Untergang geweihte Heldin einer italienischen Oper. Denen konnte sie nicht schnell genug entfliehen.

Jake hielt mit seiner Meinung nicht hinter dem Berg, dass sie verrückt sein musste, wenn sie unter einem Haufen Kängurus leben wollte. Als sie ihm jedoch vorschlug, er solle zusammen mit Belle zurück in die Wohnung ziehen, während die Anwälte für sie in den Ring stiegen, widersprach er nicht.

Das Packen glich der Entscheidung, wen man von der Titanic retten wollte. Das Hochzeitsgeschenk von Tante Caroline wurde bewahrt; das rote Negligé, das Jake ihr vorletztes Weihnachten geschenkt hatte, nicht. Während Lisa Tante Carolines Geschirr in Luftpolsterfolie wickelte, betrachtete sie das hübsche Jugendstilmuster aus gelben Tulpen – oder waren es Magnolien? Die Schwester ihres Vaters hatte bekanntermaßen einen hervorragenden Geschmack, wobei Lisa den Verdacht hegte, dass die alte Frau das Service in einem Trödelladen gekauft hatte. Die Tassen hatten einen Goldrand, und die zierliche bauchige Form lag leicht in der Hand. Der Henkel war so geformt, dass man ihn nur auf elegante Weise fassen konnte, den kleinen Finger eingezogen und nicht abgespreizt, was Tante Caroline vulgär fand. Das Service hatte so lange überdauert, weil es die letzten zwanzig Jahre die meiste Zeit ungenutzt im obersten Schrankfach verbracht hatte. Es fehlten nur eine Tasse und der Deckel der Zuckerdose. Das Milchkännchen hatte einen Sprung.

Lisa ging in ihr Arbeitszimmer, um die Masken und Bilderrahmen in Folie einzuschlagen. Eine *Jane-Eyre*-Ausgabe fiel aus dem Regal und traf sie am Fuß. Sie schlug das Buch aufs Geratewohl auf. »Was will ich? Eine neue Stelle in einem neuen Haus, neue Gesichter, neue Verhältnisse. Das wünsche ich mir, weil es zwecklos ist, sich Besseres zu wünschen.« Charlotte Brontë wusste genau, wie sie sich fühlte.

Lisas Hand schwebte über dem Foto von Bon Jovi. War es verrückt, das Foto eines Katers, der ihr nicht gehört hatte, um die halbe Welt mitzuschleppen? Seine hellbraunen Augen blinzelten ihr zu, und sie packte es rasch ein und verstaute es in der Umzugskiste.

Als zwei Möbelpacker ihren Besitz wegtrugen, überkam sie ein seltsames Gefühl. Sie fühlte sich wie eine Raupe, die das Gewicht des Kokons, in dem sie jahrelang gefangen gewesen war, abstreifte.

An dem Tag, an dem sie das Flugzeug bestieg, war sie so erschöpft, dass sie gar nichts mehr empfand. An der Tür bog sie automatisch nach links in die Businessklasse ab. Aber Champagner vor dem Start gehörte zu ihrem alten Leben. Sie machte kehrt und kämpfte sich durch eine Flut italienischer Anzüge zu den billigen Plätzen.

Der Flug war ausgebucht. Sie hatte am Abend zuvor vergessen, online einzuchecken, und daher einen Mittelsitz gleich bei den Klos zugewiesen bekommen. Sie quetschte sich zwischen einen Dreizentnermann und eine Frau mit einem Kleinkind von der Besetzungsliste des *Exorzisten*. Um sich von ihrer Nervosität abzulenken, zog sie ihr Handy aus der Tasche und schickte Portia eine SMS.

»Heb gl. ab, xxx«

Keine Antwort. Wahrscheinlich war Portia zu sehr damit beschäftigt, perverse Fotos von Essen auf Facebook zu posten, zum Beispiel von Schokoladenkuchen oder Red-Velvet-Cupcakes, die, so Lisa die richtigen Schlüsse aus Portias schrumpfender Kleidergröße zog, vermutlich niemals ihren Magen passieren würden.

Lisa hatte gehofft, dass Portia sich während ihres zweistündigen Aufenthalts in L.A. mit ihr treffen würde. Sie hatte bereits das Flughafen-Café dazu ausersehen, Portia heimlich ein paar Kohlenhydrate unterzujubeln. Dass sie ihre Tochter zurückließ, die dringend aufgepäppelt werden musste, machte ihr ein schlechtes Gewissen. Aber das konnte sie sich im Grunde genommen sparen. Portia hatte es ja darauf angelegt, sich möglichst weit von ihr zu entfernen.

Kaum war sie gelandet, vibrierte ihr Handy in der Handtasche. »Tut mir sooo leid, Mom! Muss zum Vorsprechen. Gute Reise. Alles Liebe xxxxxooooo«

Auf der langen Strecke über den Pazifik bekam Lisa etwas Schlaf. Irgendwo über Hawaii sah sie sich plötzlich in ein Fischbeinkorsett gepfercht der Frau des Gutsbesitzers verbrannte Scones servieren. Mit einem Ruck wachte sie auf und beschloss, dass *Drei Schwestern: Emily* eine aufrüttelnde Lektüre werden würde. Ihre Emily würde kein Opfer sein, sondern eine Rebellin. Wie Cathy in *Sturmhöhe* würde sie hin- und hergerissen sein zwischen zwei Männern. Ein Earl aus der Nachbarschaft und ein schneidiger Stallbursche würden sich beide leidenschaftlich in sie verlieben. Sie würde durchs Moor wandern und mit beiden eine Affäre beginnen.

Sie kletterte über den schnarchenden Berg auf dem Sitz neben ihr und tastete im Gepäckfach nach ihrer Handtasche. Ausnahmsweise waren Notizbuch *und* Stift darin. Über den Rest des Pazifischen Ozeans und den braun verbrannten Fladen namens Australien hinweg machte sie sich Notizen.

Als der Pilot verkündete, sie würden in Kürze Melbourne erreichen, wo es acht Uhr fünfunddreißig sei, befand sich Lisa halb im Delirium. Aber sie konnte es kaum erwarten, Ted zu sehen. Lisa schwor sich, die Sprache nicht sofort auf seine neue Freundin zu bringen. Dann dachte sie wieder an Portia. Ob das Kind wohl irgendetwas gegessen hatte, seit das Flugzeug L.A. verlassen hatte?

Sie schickte Portia eine SMS. »Gerade gelandet.«

»xxxxooo«, simste Portia zurück.

Rotäugig, verschwitzt und von den zweiundzwanzig Stunden in der Luft völlig aufgekratzt, stakste Lisa in die Ankunftshalle und suchte die Menge der Wartenden ab. »Ted!«, rief sie und stürzte auf ihren Sohn zu.

Der wich ein wenig zurück und gab ihr einen Kuss auf die Haare über dem rechten Ohr. Er trug ein rotkariertes Hemd. Sein Bart war dichter geworden, aber ordentlich getrimmt, und seine dunklen Augen blitzten.

»Du siehst gut aus!«, sagte sie.

Er erwiderte das Kompliment nicht. Selbst ihr orangefarbener Schal konnte nicht über die Falten und Flecken auf ihrer braunen Trainingshose hinwegtäuschen. Fluganzug, hatte sie sie getauft.

Ted stellte ihr seinen Mitbewohner vor, einen jungen Mann, der mit einem breiten Grinsen auf dem Gesicht neben ihm stand. Noch bevor sie Hallo sagen konnte, hatte sie seinen Namen schon wieder vergessen. Josh oder George oder so.

Draußen blinzelte Lisa in der Melbourner Morgensonne.

Sie hatte vergessen, wie grell das australische Licht im Vergleich zu dem in den New Yorker Häuserschluchten war, und ihre Augen fühlten sich wie in Kokosraspeln gewälzte Aprikosenbällchen an.

»Sie können gerne bei uns wohnen«, sagte Teds Mitbewohner und verstaute ihr Gepäck im Heck eines Kombis.

Sie bedankte sich und versicherte ihm, dass das nicht nötig sei.

»Tante Maxine freut sich schon sehr auf dich«, brüllte Ted, während sie auf der falschen Straßenseite an Bäumen in allen Farben vorbeibretterten. Frühling in New York war Herbst in Melbourne. Es würde eine Weile dauern, bis sie sich daran gewöhnt hatte, wieder in Australien zu sein.

»Na, hoffen wir mal.«

Als sie sich auf der Autobahn gleißenden Wolkenkratzern näherten, erstaunte sie die elegante Modernität der Stadt. Die Wolkenkratzer und Brücken New Yorks wirkten im Vergleich dazu uralt. Vielleicht war das hier die neue Neue Welt.

Der Kombi tauchte in einen Tunnel unter dem Fluss ab, dann fuhren sie von der Autobahn auf die baumbestandenen Straßen von Camberwell. Mit einem Ruck blieben sie vor Maxines Haus stehen, das sich wie eine sprungbereite Katze vor ihnen duckte. In den letzten zwanzig Jahren hatte sich nichts daran verändert. Jeder Ziegelstein strahlte langweilige Gediegenheit aus, die Nebenwirkung einer gelungenen Camberwell-Ehe.

Ein riesiges Herbstblatt schwebte den Gartenweg herab. Beim Näherkommen stellte Lisa fest, dass es Maxine in einem orangenfarbenen Poncho war. »Wie war der Flug?«, rief sie, als Lisa mit steifen Gliedern aus dem Auto kletterte.

»Gut«, sagte Lisa. Australier waren immun gegen Entfernungen. Sie klagten prinzipiell nicht darüber, egal ob sie die Wüste von einer Seite des Landes zur anderen durchquerten oder um die halbe Welt flogen.

Ted und der andere Junge luden ihr Gepäck aus und trugen es ins Haus, bevor sie sich wieder auf den Weg nach Melbourne machten.

Kapitel 5

»Wie findest du's?« Maxine öffnete die Gästezimmertür, und sie standen in einer Szenerie wie aus *Fluch der Karibik*. In der Ecke schielte eine unförmige ausgestopfte Seemöwe von einem Ausguck auf sie herab. Sie musste das Werk eines begeisterten Amateurpräparators sein. Die Regalbretter bogen sich unter mit Farbe und Glitzer verschönerten Muscheln. Drei Schiffe waren in Flaschen gesperrt worden. Maxine war mal wieder in Volkshochschulkursen gewesen.

»Schick«, sagte Lisa und lächelte zwei Einzelbetten an, auf deren Daunendecken Hunderte Signalflaggen wehten.

»Ganz witzig, oder?« Maxine warf ein rotes Kissen in Form eines Rettungsrings in die Luft.

Lisa schob ihren Koffer unter das gestickte Porträt eines Kapitäns. Sie musste unwillkürlich grinsen. Maxine hatte ein völlig unironisches Verhältnis zu Kitsch. Zusammen mit der MacNally-Knopfnase hatte sie schlicht und einfach den schlechten Geschmack ihrer Mutter geerbt. Aber trotz aller Unterschiede liebte Lisa ihre Schwester.

»Komm mit ins Wohnzimmer«, sagte Maxine. »Ich will ein bisschen plaudern.«

Das kurze Aufwallen zärtlicher Gefühle war schlagartig vorbei. Mit Maxine zu plaudern hieß, einen Vortrag über sich ergehen zu lassen. Dennoch folgte Lisa ihrer Schwester brav den Flur hinunter und nahm in Habtachtstellung auf einem sonnenblumenübersäten Sessel Platz. Roter Mohn spross die Tapete hoch, bis ihm der Platz ausging und er mit den Hortensien auf den Vorhängen ums Überleben kämpfte. Provenzalisch anscheinend.

»Es freut mich, dass du heimkommst, um hier Ferien zu machen«, sagte Maxine und zauberte ein Tablett herbei, das sich unter den Muffins mit weißer Schokolade und Himbeeren bog, ihrer Spezialität. »Nach allem, was du hinter dir hast.«

»Ich mache hier nicht nur Ferien.«

»Ach, in ein, zwei Wochen wirst du es dir anders überlegen«, sagte Maxine und schenkte Tee in zwei identische Portmeirion-Tassen ein. Lisa fragte sich, wie ihre Schwester es schaffte, immer zusammenpassendes Geschirr zu haben. Maxine wiederum konnte so wenig mit Lisas Begeisterung für Stammesmasken und gewebte Stoffe in leuchtenden Farben anfangen, dass sie ihr einmal zum Geburtstag tatsächlich ein Abonnement für *Home Beautiful* geschenkt hatte. Lisa hatte versucht, es nicht persönlich zu nehmen. Wenn ihre Schwester in ihrer Jugend mehr gereist wäre und mehr gelesen und sich mit ein paar mehr Männern abgegeben hätte, dann würde sie wissen, was guter Geschmack war.

»Ich will in der alten Heimat bleiben«, sagte Lisa, nahm ein Muffin und zerkrümelte es auf ihrem Teller, damit es nicht ganz so dickmachend aussah.

Maxine rührte nachdenklich in ihrem Tee. »Das wird wohl schlecht möglich sein«, sagte sie in ihrem Grundschullehrerinnenton. »Das Australien, in dem wir aufgewachsen sind, gibt es nicht mehr. Lamingtons zum Kaffee und Wäscheleinen im Wind waren einmal. Du hast dich verändert, seit du in die Staaten gegangen bist. Und hier haben sich die Dinge auch verändert.«

»Ich weiß.«

»Es ist alles etwas weltläufiger geworden. Es gibt jetzt

wunderbare Cafés in Melbourne, aber wir hier sind nicht so reich und berühmt wie manch anderer.«

Lisa seufzte. Es hatte keinen Sinn, Maxine zu erklären, dass sie nicht gerade in Geld schwamm. Jakes gewagte Investments hatten sich von der Rezession mit den zwei Talsohlen nicht erholt. Und dank Cow Belle würde das, was übrig war, jetzt auch noch geteilt werden. Lisa hatte ein kleines Polster, aber sie würde auf absehbare Zeit jedes Jahr mindestens einen Bestseller produzieren müssen, und obwohl *Drei Schwestern* eine Facebook-Fanseite hatte, war sie kaum eine Berühmtheit zu nennen.

»Keine Sorge. Ich werde mir innerhalb der nächsten ein, zwei Wochen eine Wohnung suchen.«

»Darum geht es mir doch gar nicht«, sagte Maxine und wedelte mit einer Hand mit bunt gepunkteten Fingernägeln. »Du kannst bleiben, solange du willst. Gordon macht das gar nichts aus.«

Nie wäre es Lisa in den Sinn gekommen, dass Gordon sich irgendetwas widersetzen könnte, das Maxines Segen hatte.

»In *unserem* Alter allerdings …«

Lisa lehnte sich zurück und schaltete die Ohren auf Durchzug. Das gesamte Haus war ein Schrein Ihrer Maxinetät. Mitten auf der Kommode thronte ein Foto von Maxine als Präfektin des Methodist Ladies College. Die ganze Familie war in heller Aufregung gewesen, als Maxine ein Stipendium für eine derart elitäre Schule bekommen hatte, was sie vor allem ihrem geschickten Umgang mit dem Hockeyschläger verdankte. Ruby hatte Maxine immer wieder aufgefordert, ihre Freundinnen mit nach Hause zu bringen, aber die Arzt- und Anwaltstöchter hatten meist Besseres vor, als dem schäbigen Trumperton-Domizil einen Besuch abzustatten. Die Schule leitete Maxines aufgestaute Wut auf den Hockeyplatz um. Ihr Zug zum Tor versetzte die Mannschaften öffentlicher und privater Schulen in Schrecken. In ihrem letzten Schuljahr wurde sie sogar Kapitänin der Erwachsenenmannschaft.

Neben dem Collegebild stand eines von Maxine, auf dem sie verlegen unter einem Brautschleier hervorlächelte. Maxine hatte Gordon, einen leicht pummeligen, aber gutaussehenden Jungen vom Scotch College, in der Tanzstunde kennengelernt. Es war eine echte Melbourner Privatschul-Lovestory. Sie heirateten nach Maxines erstem Unterrichtsjahr als Lehrerin.

Lisa war das Yin zu Maxines Yang. Sie bummelte ihr im Altersabstand von zwei Jahren hinterher und versagte überall dort, wo Maxine geglänzt hatte. Sie bekam auch kein Stipendium für das Methodist Ladies College. Ihre Mutter erklärte, dass sie es sich keinesfalls leisten könnten, die Schulgebühren aus eigener Tasche zu bezahlen. Zutiefst erleichtert saß Lisa daher ihre Zeit im Camberwell Secondary College ab, wo sie durch keinerlei Ballkünste auffiel oder sich in irgendetwas hervortat, was ihre Lehrer behandelten, außer in Englisch und Kunstgeschichte.

Einer der vermeintlichen Vorteile des Camberwell Secondary College war, dass es auch von Jungen besucht wurde. Die wenigen Freunde von Lisa entpuppten sich allerdings als durch und durch schwul, was der Anfang eines lebenslangen Trends war. Die wenigen Mädchen, die sie durch alle möglichen Tricks und Bestechungen auf ihre Seite ziehen konnte, waren Außenseiterinnen wie sie. Das Amt der Präfektin konnte sie sich abschminken.

Lisas Augen wanderten zum unteren Brett, wo Maxines Kinder Nina und Andrew in Schmuckrahmen von süßen Babys zu linkischen Pubertierenden heranwuchsen. Andrew, introvertiert bis zur Schmerzgrenze, war nach Silicon

Valley ausgewandert, wo er, wie Maxine sagte, Google zeigte, wo der Hammer hing. Nina lebte mit ihrem »netten kleinen chinesischen« Ehemann Dan und den Kindern in Williamstown auf der anderen Seite der Bucht.

Lisa war davon überzeugt, dass Dan, ein Kolorektalchirurg, mit der Heirat sozial abgestiegen war. Er war der ältere Sohn einer indonesischen Arztfamilie und hatte mehr Kultiviertheit im kleinen Finger als sämtliche Froggets zusammengenommen. Dennoch redete Maxine mit ihm in etwas, was sie für einen asiatischen Akzent hielt und er mit einer Buddha würdigen Gemütsruhe ertrug. Im Familienstammbaum der Froggets hatte es noch keinen einzigen Arzt gegeben, von einem Chirurgen ganz zu schweigen.

Als Nina das erste Mal schwanger war, konnte Maxine nächtelang nicht schlafen, weil sie sich Sorgen machte, das Kind könnte einen hässlichen Gelbton haben. Wie es so geht, war die kleine Peaches ein Engel mit mandelförmigen Augen, olivfarbener Haut und hellem Haar. Bis die beiden anderen Kinder kamen, hatte Maxine den Vorteil erkannt. Mit dieser Haut reichte ihnen Lichtschutzfaktor fünfzehn statt des Standard-MacNally-Lichtschutzfaktors fünfzig.

Da Maxine ihre hübschen Enkel mehrmals die Woche sah, brauchte sie offenbar keine Fotos von ihnen. Sie waren stets in französische Designersachen gekleidet, die sie von Dans Mutter in Jakarta bekamen.

Während Maxine ihr noch immer die Vorzüge von Ferien gegenüber Einwanderung auseinandersetzte, spürte Lisa plötzlich Neid in sich aufsteigen. Maxine hatte einen Mann, der ihr jeden Morgen Toast und Tee ans Bett brachte, und erwachsene Kinder und Enkel, die in derselben Stadt lebten. Mochte Gordon auch ein Steuerberater sein, der im Nebenjob als Fußabstreifer diente. Er würde Maxine jeden Wunsch erfüllen, inklusive des neuen quietschgrünen VW Golf, der in der Einfahrt stand. Ob er aus Liebe oder aus Angst handelte, war eigentlich egal. Er war hingebungsvoll. Und er war da. Maxine hatte alles. Und dennoch hatte sie den Nerv, Lisa zu sagen, sie sei verwöhnt.

Wenn Lisa tatsächlich der Liebling ihres Vaters gewesen sein sollte, dann nur aus Zufall. Sie hatten einfach dasselbe Nervengerüst, das sofort in sich zusammenfiel, wenn jemand brüllte oder mit Sachen um sich warf. William war der einzige Mensch, der Verständnis dafür hatte, dass Lisa keine Schuhe binden konnte, während Ruby schon bald die Geduld mit ihr verlor. Ihre Freunde lachten sie aus, wenn sich ihre Schnürsenkel unter ihren Händen verknäulten. Sie bekam einfach nicht raus, wie man aus einer einzelnen Schlinge eine Schleife machen sollte. Ihr Vater, der ihre Verzweiflung mitbekam, nahm sie eines Tages beiseite und erfand für sie eine neue Art Schleife mit zwei Schlingen. Sie hielt zwar nicht so gut wie die andere Schleife, aber sie rettete Lisas Ehre. Noch heute band sie ihre Schuhe so.

Wie alle MacNallys besaß Ruby ein ungezügeltes Temperament. Es machte ihr nichts aus, wenn sämtliche Nachbarn mitbekamen, wie sie William anbrüllte, er sei ein hochnäsiger, nichtsnutziger Trumperton. Sie ließ die ganze Straße wissen, dass sie besser den Maurermeister Ian Johnston geheiratet hätte statt eines fünfzehn Jahre älteren Mannes, der an seinem Schreibtisch beim Wasserverband versauerte.

»Mach dir keine Gedanken, Pandabär«, sagte William jedes Mal nach einer von Rubys Tiraden und strich sanft über Lisas Kopf. »Die beruhigt sich schon wieder.« Für niemanden sonst hatte er einen Kosenamen. Sie erfuhr nie, warum er sie Pandabär nannte. Das war lange, bevor darüber gestritten wurde, ob Pandas überhaupt Bären waren.

William mit seinen leuchtend blauen Augen und der Adlernase war einmal ein gutaussehender Mann gewesen. Allerdings forderten die Jahre mit Ruby ihren Tribut. Das dichte schwarze Haar ergraute, seine Schultern fingen an zu hängen, und sein einst schneidiger Gang wurde zu einem langsamen Schlurfen. Nach seiner Pensionierung zog er sich in einen grauen Schuppen zurück, wo er Puppenhäuser bastelte, die meisten in einem georgianischen Stil, der dem von Trumperton Manor ähnelte. Sie waren so kunstvoll und mit so viel Liebe zum Detail gemacht, dass der Spielzeugladen in der Glenferries Road ständig welche nachbestellte.

Als er vor fünfzehn Jahren nach einem Schlaganfall gestorben war, hatte Lisa das Gefühl gehabt, ein Teil ihrer Seele würde sich von ihr lösen und davonfliegen. Nachdem sie den Flug nach Australien zur Beerdigung gebucht hatte, spazierte sie durch den Central Park. Die Welt um sie herum blieb stehen, und die Stadt versank in Schweigen. Zärtlich strichen Schneeflocken über ihr Gesicht. Sie spürte die Gegenwart ihres Vaters, spürte, wie er sie sanft in die Arme nahm, bevor er mit den Schneeflocken davonwirbelte. Jetzt war ihr nur noch Tante Caroline von ihm geblieben. Lisa nahm sich vor, die alte Dame öfter mal zu besuchen.

Sie wandte sich wieder ihrer Schwester zu. Maxines Vortrag war noch längst nicht zu Ende. Lisa unterdrückte ein Gähnen. Zugegeben, es war an Maxine hängengeblieben, sich in Rubys letzten Lebensjahren um sie zu kümmern. Nachdem sie ein paarmal im Nachthemd auf der Straße aufgegriffen worden war, wurde sie ins Seniorenheim Camberwell Palace verfrachtet. Genüsslich wies Maxine Lisa wiederholt darauf hin, dass sie Ruby jeden Sonntag besuchte. Und dass sie es war, die man anrief, als Ruby tot umfiel, im Arm den Plüsch-Wombat, den sie gerade beim Bingo gewonnen hatte.

Lisa seufzte. »Ich glaube, ich sollte mich kurz hinlegen.«

»Tu das bloß nicht«, rief Maxine. »Den Jetlag wirst du nur los, wenn du wach bleibst und dich sofort auf die hiesige Zeit einstellst.«

»Aber ich bin völlig fertig.«

»Lass uns nicht streiten«, sagte Maxine, was für gewöhnlich einen neuen Erlass ankündigte. »Victoria ist zu dieser Jahreszeit sehr schön. Geh unter die Dusche. Danach wirst du ein bisschen frische Luft schnappen. Wir fahren nach Mornington.«

Lisa konnte sich nichts Schlimmeres vorstellen, als durch die sogenannten Kunstgalerien von Mornington zu schlendern und sich noch mehr maritimen Schnickschnack anzusehen.

»Fändest du Castlemaine nicht besser?«

Maxines Augen verengten sich zu Schlitzen. »Warum sollten wir gerade dorthin?« Es klang so, als hätte Lisa sie gebeten, auf dem Landweg nach Kabul zu fahren.

»Na ja, es ist näher, oder?«

»Castlemaine ist gut anderthalb Stunden entfernt. Auf der neuen Autobahn brauchen wir nach Mornington eine Stunde.«

»Ich würde aber gerne unseren Familienstammsitz sehen«, sagte Lisa und zwinkerte Maxine zu.

»Du meinst die Bruchbude, in der unser Großvater gewohnt hat? Selbst Tante Caroline weigert sich, dorthin zu fahren.«

»Auf den Fotos sieht Trumperton Manor aber schön aus.«

Maxine starrte auf den Tisch.

Ihr Vater war schon über fünfzig gewesen, als Maxine

und Lisa auf die Welt kamen. Sie hatten ihren Großvater nie kennengelernt. »Möchtest du nicht mehr über die Trumpertons wissen?«

Maxine musterte den Inhalt ihrer Tasse. »Mum hat sie nicht ausstehen können«, sagte sie und trank den Tee aus.

Maxine schlug sich immer auf die Seite ihrer Mutter und der MacNallys. Wann und wie sie nach Australien gekommen waren, dazu hielt sich die Familie bedeckt. Lisa hatte den Verdacht, dass ein Sträflingsschiff irgendwie darin verwickelt gewesen war. Jedenfalls vermehrten sie sich wie Aga-Kröten, kaum hatten sie einen Fuß auf den staubigen Kontinent gesetzt, und schubsten alles aus dem Weg, das ihnen in die Quere kamen.

Lisa hatte es irgendwann aufgegeben, ihre Cousins und Cousinen zu zählen, aber die roten Haare und die MacNally-Sommersprossen erkannte sie überall zwischen Antwerpen und Alaska. Ihre Alabasterhaut zwang sie, sich von den Tropen und Stränden allgemein fernzuhalten, es sei denn, sie verhüllten sich vom Scheitel bis zur Sohle wie Jedi-Ritter.

Die MacNallys stritten ständig miteinander. Aber kaum wagte ein Außenstehender, einen Hauch von Kritik zu äußern – oder auch nur einen Verbesserungsvorschlag –, setzte sofort der Claninstinkt ein, und sie verwandelten sich in eine menschliche Wagenburg. Mit einem MacNally legte man sich besser nicht an.

Die Trumpertons dagegen waren sanftmütig und tiefgründig, wenn man von ihrem Vater auf den Rest der Familie schließen konnte. Er liebte klassische Musik und Kunst und schleppte Bücher für seine Töchter an. Er war ein echter Gentleman mit tadellosem Benehmen und der letzte männliche Spross der Trumpertons. Offiziell war der

Trumperton'sche Zweig inzwischen also Sägemehl, aber nun, da Lisa wieder ihren Geburtsnamen annehmen wollte, reckte sich ein zarter Schössling aus dem Mulch.

»Sie waren hochnäsige Möchtegerns«, murmelte Maxine.

»Jetzt klingst du genau wie unsere Mutter.«

»Ach, weißt du, sie hat in der Ehe mit Dad sehr gelitten.« Maxine sah melodramatisch aus dem Fenster.

»Ich dachte immer, es war umgekehrt«, erwiderte Lisa nach einer Weile.

Maxine warf ihr einen verletzten Blick zu.

»Sie waren völlig gegensätzlich, das ist alles«, fügte Lisa hinzu, um die Wogen wieder zu glätten. »Heutzutage hätten sie sich wahrscheinlich scheiden lassen.«

Maxine strich sich die Haare aus der Stirn. »Also, ich weiß nicht, warum wir dorthin fahren sollten, Tante Caroline hat recht. Was bringt es, immer in der Vergangenheit zu wühlen?«

Während Maxine Tassen und Teller auf das Tablett stellte, wurde Lisa plötzlich wütend. Was hatten Maxine und Tante Caroline nur? Sie taten ja gerade so, als müssten sie sich für etwas schämen.

»Warum wollen wir Australier uns eigentlich partout nicht mit unserer Familiengeschichte auseinandersetzen?«, sagte Lisa. »Haben wir etwa Angst, wir könnten entdecken, dass wir von Jack the Ripper abstammen?«

»Den hat man nie erwischt«, sagte Maxine und fegte die Krümel von ihrem Poncho.

»Es gab unter den Vorfahren der Leute hier sowieso kaum richtige Verbrecher«, fuhr Lisa fort. »Man hat sie wegen irgendwelcher Petitessen hierher verbannt. Ich wäre froh, wenn wir wenigstens einen Schuhdieb in der Familie hätten.«

»Du vielleicht«, erwiderte die ehemalige Präfektin des Methodist Ladies College.

Lisa ließ nicht locker. Sie sehnte sich nach etwas Konkretem, an dem sie sich festhalten konnte, nach etwas, das nicht weglaufen und mit der Leiterin der Personalabteilung schlafen würde. Wie man diese Lebensphase anging, dazu gab es keine Lehrbücher. »Ich hab gehört, dass es in Castlemaine inzwischen an jeder Ecke einen Trödelladen gibt«, sagte sie, ohne zu wissen, ob das stimmte.

Maxine hielt in der Tür zur Küche inne. Nippes konnte sie nicht widerstehen. »Na gut. Wenn du unbedingt willst.«

Kapitel 6

Maxines Golf brummte zum Gesang von Michael Bublé durch Melbournes graue Vorstädte. Bis vor kurzem hatte Lisa Bublé als eines von vielen Ventilen hormonell übersteuerter Frauen verachtet, aber sie hatte ihre Meinung geändert, seit sie ihn in einem Fernsehinterview gesehen hatte. Er war in den ersten Jahren bei seinen Auftritten in Pubs mit Biergläsern beworfen worden. Dass er das überlebt hatte, nötigte ihr Respekt ab. Menschliche Reife entstand nicht selten aus Demütigungen. Außerdem hatte er hübsche dichte Wimpern.

Auf Land, das noch von Schafen bevölkert gewesen war, als Lisa es das letzte Mal gesehen hatte, drängten sich jetzt hinter hohen Zäunen langweilige Einfamilienhäuser. »Wenn man in einem Haus lebt, will man doch einen Garten, oder?«, sagte sie gähnend.

»So muss man sich um nichts kümmern«, erwiderte Maxine. »Wer will außerdem bei vierzig Grad draußen sein? Drinnen mit Klimaanlage und Flachbildfernseher ist es doch viel angenehmer.«

Lisa fiel in ein tiefes Schlafloch. Als sie aufwachte, waren die Vororte von verbrannten Hügeln unter einem schwimmbadblauen Himmel abgelöst worden. Das Grauen der vergangenen Monate schien hinter dem unendlichen Horizont zu verschwinden.

Maxine fuhr von der Autobahn ab. Ein Schwarm Rosakakadus erhob sich in einer pinkfarbenen Wolke vom Straßenrand. Sie näherten sich einem gelben Straßenschild, auf dem der schwarze Umriss eines Kängurus zu sehen war.

»Ist das nicht süß?«, sagte Lisa.

»Nein.« Maxine deutete auf einen Fellhügel am Straßenrand.

»Sollten wir nicht anhalten?«

»Das ist schon länger tot, so aufgebläht, wie es ist«, seufzte Maxine. »Wurde wahrscheinlich vor ein paar Nächten überfahren.«

Zwanzig Jahre in New York hatten Lisas Fähigkeit, den Zustand überfahrener Tiere richtig einzuschätzen, zunichtegemacht.

Die Straße wurde schmaler und wand sich unter Eukalyptusbäumen entlang. Lisa ließ ihr Fenster herunter und sog tief die scharfe, stechende Luft ein. Sie roch leicht nach Menthol, der Geruch von Desinfektionsmitteln, Hustenbonbons und Heimat.

Sie fuhren an verdorrten Eichen und Pappeln vorbei, die wie Stanniolpapier glänzten. Als sie alte Goldminen und Bergarbeitersiedlungen passierten, verspürte Lisa die Aufregung aus ihrer Kindheit. Eine Frau stand auf einer Veranda, die von einem hübschen schmiedeeisernen Gitter umgeben war. Ein Mann stützte sich neben einem Laubhaufen auf einen Rechen und hob grüßend die Hand.

»Seit wann wurde hier eigentlich nach Gold geschürft?«, fragte Lisa. Manchmal war es ganz praktisch, wenn die Schwester Grundschullehrerin war.

»Juli 1851«, erwiderte Maxine. »Ein Schäfer fand in einem Bachlauf Gold. Er zeigte es seinen Freunden im Schlafquartier. Sie sagten, es sei Katzengold, und er warf es weg.

Dann haben sich die Freunde davongeschlichen und weitergesucht. Sie fanden riesige Goldnuggets. Das sprach sich natürlich rum. Es dauerte nicht lange, und es fielen massenhaft Leute in der Gegend ein, dreißigtausend von Hoffnung Getriebene. Es erwies sich als ertragreichste Goldmine der Welt.«

Castlemaine war hübscher, als Lisa es in Erinnerung hatte. Das Straßennetz zog sich zu den mit Kolonialhäusern gesprenkelten Hügeln hinauf. Die Vordächer der Läden reichten bis zum Rand des Bürgersteigs. Wie in allen Pionierstädtchen führte Gott auch hier noch seinen nicht enden wollenden Krieg gegen das Böse, und so kam auf jedes Pub eine Kirche. Lisa verschwendete keine Zeit damit, darüber nachzudenken, ob die Trumpertons einen der vorderen oder der hinteren Plätze auf dem Friedhof belegten. Sie gehörten zu den besseren Kreisen. Die Stadt war mit Blick auf eine große Zukunft gebaut worden, und die breiten Straßen und mächtigen Gebäude waren darauf angelegt, Jahrhunderte zu überdauern.

Maxine deutete auf das Theatre Royal. »Das älteste in Betrieb befindliche Theater auf dem australischen Festland«, sagte sie mit unüberhörbarem Stolz.

»Warum sagst du nicht einfach das älteste Theater Australiens?«, fragte Lisa.

»Weil in Tasmanien ein noch älteres steht.«

»Die Leute, die hierherkamen, hatten große Träume«, sinnierte Lisa, als sie auf die Hauptstraße bogen.

»Ja, und die meisten sind zerplatzt wie Seifenblasen.«

Der Golf hielt vor dem Rathaus, einem zweistöckigen, italianisierten Gebäude aus Ziegel und Stein. Über den Renaissance-Bögen erhob sich ein beflaggter Turm, und vorne war 1898 in den Stein gemeißelt.

»Glaubst du, unser Großvater hat den Bau des Rathauses miterlebt?«, fragte Lisa.

»Keine Ahnung«, erwiderte Maxine, schlüpfte in ihre Kunstpelz-Jacke und steuerte auf Togs Café zu.

Lisa genoss die angenehme Luft – sie roch nach Land und war frischer als in Melbourne. Bis auf einen ab und zu vorbeiholpernden Lieferwagen waren die Straßen leer. Die Zeit lief hier halb so schnell. Selbst Lisas Herz schlug in einem gemütlicheren Tempo. In ihren Ohren lag ein unbekanntes Summen. In New York hörte man immer ein Taxi hupen, eine Pfeife schrillen, das Rauschen von Rädern auf Asphalt. In den Straßen von Castlemaine gab es keine Hintergrundgeräusche außer dem Wind, der durch einen Haufen gelber Blätter fuhr.

Eine Mutter schob einen Kinderwagen mit rotwangigen Zwillingen auf sie zu und grüßte.

»Hast du gesehen, was die Kinder anhatten?«, fragte Lisa, als sie in die Wärme des Cafés eilten. »Das war alles handgestrickt – Jacken, Mützen, alles.«

»Nicht jeder steckt seine Kinder in irgendwelches Zeug aus asiatischen Billiglohnfabriken«, sagte Maxine und nahm an einem Ecktisch Platz.

»Aber es muss Stunden dauern, das alles zu stricken«, sagte Lisa. »Und man muss es von Hand waschen. So was habe ich nicht mehr gesehen seit …«

»Seit unserer Kindheit?«, sagte Maxine. »Werd nicht sentimental, kleine Schwester. Dazu ist noch genug Zeit, wenn wir tot sind.«

Holzscheite knisterten in einem großen Kamin, und es roch leicht nach Rauch und Kiefer. Auf dem abgetretenen Dielenboden standen altmodische Holztische und Stühle. Von den weiß gestrichenen Ziegelwänden leuchteten die Wandteppiche einer hiesigen Künstlerin.

»Lass mal sehen«, sagte Maxine und studierte die Speisekarte. »Bio-Kürbissuppe …«

Am Nachbartisch saßen drei schlecht rasierte Männer in wetterfester Kleidung und unterhielten sich über die Vorzüge bestimmter Landmaschinen. Sie waren völlig unterschiedlichen Alters, aber sie hatten alle die gleiche Gesichtsfarbe und kantige Kiefer – Großvater, Sohn und Enkel.

Lisa bestellte Quiche und Salat.

An einem anderen Tisch plauderten ein paar etwa dreißigjährige Frauen in Jogginghosen und Daunenwesten, ihre Jacken und Schals hatten sie über die Stuhllehnen gehängt. Wahrscheinlich gehörten sie zu einer Walkinggruppe, die sich eine Auszeit vom Muttersein nahm.

Überrascht stellte Lisa fest, dass sie jede einzelne Zutat in ihrer Quiche – Eier, Käse, Zwiebel – herausschmecken konnte. Alles schien direkt von der Farm auf ihren Teller gesprungen zu sein. Der Milchkaffee wärmte sie von innen und vertrieb den Nebel in ihrem Kopf.

Nachdem sie gezahlt hatte, studierte Lisa die Zettel am schwarzen Brett – ein Lieferservice für regionales Obst und Gemüse, ein Freizeitchor. »Ach, sieh mal, am Samstag findet ein Buschtanz im Rathaussaal statt«, sagte sie. »Weißt du, was das ist?«

»Hört sich irgendwie barbarisch an«, erwiderte Maxine. »Komm schon. Um die Ecke ist ein Antiquitätenladen.«

Maxines Definition des Begriffs »Antiquitäten« unterschied sich von der anderer Menschen. Sie mochte ihre Antiquitäten frisch vom Containerschiff. Alles, was älter als 1990 war, wurde als »alter Plunder« abgetan. Maxines Louis-XIV-Tischchen hatten alle einen Made-in-Indonesia-Stempel auf der Unterseite. Am liebsten kaufte sie bei Leuten, die wie sie in Volkshochschulkursen gelernt hatten, Gartenschmuck aus Treibholz zu fabrizieren. Lisa hielt sich mit Äußerungen zu ihrem unterschiedlichen Geschmack zurück, aber Maxine ließ keinen Zweifel daran, dass es nur eine Frage der Zeit war, bis Lisa ihre seltsame Lust vergehen würde, alte Kolonialmöbel mit ethnografischen Stücken und minimalistischen Kunstwerken in leuchtenden Farben zu kombinieren.

Maxine auf einen Laden mit kitschigen Sofatischchen und Bettgestellen loszulassen, war so, als würde man einen Golden Retriever am Strand von der Leine nehmen. Maxine sabberte vor den nachgemachten Kaminen, einer »Petroleum«-Lampe, aus der ein Stromkabel hing, und einer Familie nachgemachter edwardischer Puppen in billigen Rüschenkleidern.

Lisas innere Uhr hing in den frühen Morgenstunden von New York fest. Sie ließ sich auf eine Bank unter einem Heizstrahler sinken und starrte auf einen verblassten Druck, der in einem Rahmen mit künstlichen Wurmlöchern steckte. Es war ein Porträt von Lord Byron. Die Brontë-Schwestern waren verrückt gewesen nach dem rebellischen Dichter.

Eine Stunde später schleppte Maxine triumphierend ihre Beute zum Auto. »Wer käme denn auf die Idee, dass man so weit landeinwärts ein Nebelhorn finden würde«, sagte sie strahlend und schwang ein großes rotes Rohr durch die Luft. Sie hatte schon immer eine Schwäche für Phallus-Symbole gehabt.

Sie stiegen ein. »Gut, und jetzt zurück in die Stadt«, sagte Maxine mit einem Seufzen und legte die Hände aufs Lenkrad.

Lisa packte sie am Ellbogen. Es war typisch für Maxine, dass sie ihren Teil der Abmachung nicht einhielt. »Wollten wir uns nicht noch das alte Haus ansehen?«

»Ich hab keine Ahnung, wie wir dorthin kommen«, sagte Maxine und warf einen Blick auf die Uhr.

Plötzlich war Lisa den Tränen nah. »Vor der alten Markthalle war ein Schild der Touristeninformation«, sagte sie. »Warte hier.«

Die Markthalle, ein weiteres Beispiel für den Überschwang während des Goldrauschs, sah aus wie ein Parthenon aus dem 19. Jahrhundert. Lisa stieg die Stufen hinauf, hinter denen eine riesige Halle wartete. Bis auf eine mit Broschüren und Postkarten bedeckte Wand war sie leer.

»Hab ich da einen fremden Akzent herausgehört?«, fragte der alte Mann hinter dem Tresen.

Lisa ließ sich ihre Genervtheit nicht anmerken. Nachdem sie die letzten zwanzig Jahre wegen ihres australischen Akzents aufgezogen worden war, unterstellte man ihr jetzt einen amerikanischen. Sie wünschte sich an einen Ort, wo sie keinen Akzent hatte.

Als sie Trumperton Manor erwähnte, überschatteten sich die Züge des alten Mannes. »Das hat schon bessere Tage gesehen«, sagte er. »Außerdem soll es dort spuken.«

Ein Schauer lief über Lisas Rücken, vielleicht war es aber auch nur eine Erkältung, die sie sich im Flugzeug eingefangen hatte.

»Es heißt, seit dem Skandal damals ist es nicht mehr so wie vorher.«

»Welcher Skandal denn?« Lisas Stimme hallte von den Marmorsäulen wider.

»Das ist lange her.«

»Was ist passiert?« Ihre Stimme wurde schärfer.

Der alte Mann lächelte. »Ach, Sie wissen ja, wie es in Kleinstädten ist«, sagte er und zeichnete den Weg in eine Karte ein.

Lisa nickte, nicht, dass sie irgendwelche Erfahrungen mit Kleinstädten gehabt hätte. Noch einmal versuchte sie, ihm etwas zu entlocken.

»Wie wär's mit unserem Castlemaine Rock?«, fragte er und fuchtelte mit einer rot-gelben Dose vor ihr herum. »Die sind weltberühmt.«

Die altmodischen Bonbons waren eine echte Versuchung, dann dachte Lisa jedoch an ihre Diät und lehnte dankend ab. Sie versuchte, das Gespräch wieder auf Trumperton Manor zu bringen, aber jetzt erschien ein deutsches Paar, das etwas über den hiesigen Weinanbau wissen wollte. Der alte Mann gab Lisa zu verstehen, dass sein Gespräch mit ihr beendet war.

Sie konnte es kaum erwarten, zurück zum Auto zu kommen und Maxine zu berichten, was sie soeben erfahren hatte. Ein Skandal *und* ein Geist!

Als sie sich auf den Beifahrersitz plumpsen ließ und gerade zu erzählen anfangen wollte, hatte sie plötzlich das Bild der etwa achtjährigen Maxine vor Augen, wie sie ihr mit verschränkten Armen erklärte, dass es den Osterhasen nicht gebe. Zufrieden hatte Maxine zugesehen, wie die sechsjährige Lisa in Tränen ausbrach, und dann hatte sie noch hinzugefügt, dass das Gänseblümchen, dass Lisa in der Hand hielt, giftig sei und sie bis spätestens vier Uhr tot. Maxine hatte immer noch das größte Vergnügen daran, Lisa um ihre, wie sie es nannte, Phantastereien zu bringen. Und für jemanden, der normalerweise zu allem und jedem seinen Senf dazugab, war sie ungewöhnlich schweigsam hinsichtlich Trumperton Manor und der Trumperton-Familie gewesen.

Ausnahmsweise schlüpfte Lisa also nicht in die Rolle der naiven kleinen Schwester. Wenn Maxine ein Geheimnis wahren konnte, dann konnte sie es auch. »Die zweite nach links, dann über die Gleise«, sagte sie, das Gekrakel des alten Mannes entziffernd.

Schweigend fuhren sie einen Hügel hinauf und durch eine Neubausiedlung. Auch in Castlemaine gab es so etwas wie einen Vorort. Nach der Siedlung wand sich die Straße über Weideland, bevor sie in ein breites Tal führte.

Ein glitzernder Bach plätscherte neben der Straße her, bis er hinter einem kleinen Weidenhain verschwand. Hügel, so alt wie die Menschheit, erhoben sich vor einem endlosen Himmel.

Unmittelbar nach einer Kurve flog etwas Weißes auf die Windschutzscheibe zu. Maxine trat auf die Bremse, aber der Zusammenstoß war unvermeidlich. Mit einem Knall prallten kräftige Flügel gegen die Scheibe, gefolgt von dem Geräusch von Krallen, die über den Lack des Autodachs kratzten.

»Was war denn das?«, rief Lisa und drehte den Kopf, um aus dem Heckfenster zu sehen.

Maxine hielt an und machte den Motor aus. Ein Häuflein Federn wand sich hinter ihnen auf der Straße. Das arme Tier musste schwerverletzt sein. Dann jedoch, o Wunder, rappelte sich der Vogel hoch, strich sich mit dem Schnabel übers Gefieder und schüttelte die Flügel. Er wackelte zum Straßenrand und starrte sie aus dem Schutz des hohen Grases heraus an.

»Ist er in Ordnung?«, fragte Lisa.

»Ich glaube schon, auch wenn er beinah Kakadu-Eintopf geworden wäre.«

»Da! Schau mal!«, rief Lisa und deutete auf zwei halb verfallene Torpfosten auf der anderen Straßenseite. »Die sind auf Dads altem Foto.«

Von einem der Pfosten war die Kugel verschwunden, und die schmiedeeisernen Tore waren weg, außerdem hatte das Unkraut die Auffahrt zurückerobert. Aber es war zweifellos der Eingang zu Trumperton Manor. Das hier war die Stelle, an der Alexander Trumpertons Vater auf dem Pferderücken für das Foto posiert hatte.

Lisa lief über die Straße und blickte die Auffahrt hoch. Sie machte eine Biegung und verschwand hinter ein paar

Kiefern. Nach dem alten Foto zu urteilen, musste das Haus direkt dahinter stehen. Lisa lief weiter.

»Nicht!«, rief Maxine. »Das ist Privatgrund.«

»Komm, wir klingeln und sagen, wer wir sind«, sagte Lisa und klang wieder wie eine Sechsjährige. »Vielleicht bitten sie uns ja rein.«

»Jetzt nicht«, sagte Maxine mit fester Stimme. »Ich muss nach Hause und Tee machen.«

Als sie losfahren wollten, entdeckte Lisa eine kleine Straße, die von der Stelle wegführte, wo sie beinahe den Kakadu ins Jenseits befördert hätten. »Lass uns ein Stück die Straße runterfahren«, bat sie. »Vielleicht können wir das Haus ja von dort aus sehen.«

Mit der Begeisterung von Mata Hari, die vor das Erschießungskommando geführt wurde, bog Maxine auf die Schotterstraße ein. Lisa reckte den Hals, aber Trumperton Manor schien vom Gebüsch verschluckt worden zu sein. Gerade als sie ihre Niederlage eingestehen wollte, ragten plötzlich zwei schlanke Kamine und ein Ziegeldach aus den Blättern.

»Da ist es!«

Sie fuhren um eine Kurve, und da stand das Haus. Lisa ließ Maxine anhalten. Mit klopfendem Herzen kletterte sie den grasbewachsenen Straßengraben hinauf und stand an einem Maschendrahtzaun.

Im Nachmittagslicht wirkte Trumperton Manor größer und beeindruckender als auf den Fotos. Mit seinen zwei Stockwerken und den roten Ziegeln war es ein Herrenhaus wie aus dem Bilderbuch oder einem BBC-Historienschinken. Die Proportionen des Hauses mit dem hübschen Portiko und der umlaufenden Veranda deuteten auf die Blütezeit georganischer Architektur hin. Das verschnörkelte Gesims und die Säulen zeugten von vergangener Pracht. Die großen Fenster mit Läden erzählten von raschelnden Gewändern und glanzvollen Festen. Lisa meinte beinahe das Hufgeklapper der Pferde zu hören, die die Auffahrt hochtrabten und vor dem Eingang wiehernd zum Stehen kamen, während von drinnen die Klänge eines Streichquartetts herauswehten. Sie schloss die Augen und stellte sich den Duft von Geißblatt vermischt mit dem von schäumendem Champagner an einem lauen Sommerabend vor.

»Atemberaubend!«, flüsterte sie.

»Es ist eine Ruine«, sagte Maxine. »Schau dir nur das Dach an. Ein einziges Sieb. Und die Mauern sind am Zusammenfallen. Da hilft nur noch die Abrissbirne.«

Natürlich hatte sich Jahre, wenn nicht Jahrzehnte niemand richtig um das Haus gekümmert. Die Farbe blätterte von Fensterrahmen und Simsen. Stellenweise schimmerte das blanke Holz durch. Im oberen Stock hingen zwei Fensterläden wie betrunken in den Angeln und sahen so aus, als würden sie jeden Moment auf den Boden krachen. Lange Sprünge durchfuhren wie Blitze die Fensterscheiben. Die Vorhänge hingen in Fetzen. Zwei der Fenster im Erdgeschoss waren vernagelt. Ein verfallener Holzanbau lehnte sich gegen die Rückseite des Haupthauses.

Über einen Hof seitlich des Hauses konnte Lisa ein weiteres Gebäude sehen. Es war noch heruntergekommener als das Haupthaus, und einige der Ziegel des Satteldachs fehlten. Lisa hatte genug Zeit mit ihren fiktiven Heldinnen verbracht, um zu wissen, dass ein Anwesen wie Trumperton Manor nicht ohne Pferdestall auskam. Dieser hier war größer als ein modernes Einfamilienhaus.

Der Garten hatte sich in eine bucklige Wiese verwandelt. Nicht einmal das Pampasgras hatte überlebt. Von ihrem Standort aus konnte Lisa knorrige Obstbäume hinter dem

Haus erkennen. Trumperton Manor wirkte so vernachlässigt, wie Lisa sich fühlte, seit Jake das Weite gesucht hatte.

Ein Kreischen drang durch die Herbstluft. »Sieh mal da!«, sagte Lisa.

Eine winzige weiße Gestalt watschelte die Auffahrt hoch. Der Kakadu sah mit seiner gesträubten Federhaube aus wie ein kleiner Zirkusclown. Als er Lisa entdeckte, blieb er stehen, neigte den Kopf zur Seite, hob die Flügel und flatterte aufgeregt, sodass man die hellgelben Federn an der Unterseite sehen konnte. Lisa hoffte, er würde losfliegen. Aber sosehr er sich auch anstrengte, er hob nicht ab.

»Er kann nicht mehr fliegen!«, rief sie. »Ach, Maxine, daran sind wir schuld, oder?«

»Der wird schon wieder«, erwiderte Maxine. »Wahrscheinlich hat er nur einen Schock.«

Der Vogel gab es auf, hüpfte flügelschlagend zu der Wiese und pickte im Gras.

Das Haus zog Lisas Aufmerksamkeit wieder auf sich, und sie blickte zur Eingangstür. Sie wäre gerne die Vordertreppe hinaufgelaufen, durch die Räume spaziert und hätte die Atmosphäre aufgesogen, in der Alexander einmal gelebt hatte. Sie spürte eine unmittelbare Verbundenheit mit dem bröckelnden Gemäuer. Trumperton Manor brauchte Schutz und Heilung, so wie sie.

»Spürst du keine Verbindung zu dem Haus?«, fragte sie ihre Schwester.

»Kein bisschen«, sagte Maxine und verscheuchte eine Fliege von ihrer Schulter. »Du warst schon immer die Versponnenere von uns beiden.«

Maxine eskortierte Lisa zurück zum Auto und verfrachtete sie auf den Beifahrersitz.

In einer Staubwolke fuhren sie davon.

Kapitel 7

Das erste Licht sickerte durch die Gardinen in Maxines Gästezimmer. Von einem Eckregal starrte das rote Nebelhorn auf Lisa herunter. Sie nahm die Zahnschiene heraus und verstaute sie in ihrer Dose. Offenbar hatten ihre Zähne früher als sie gemerkt, dass in ihrem Leben etwas nicht stimmte.

In einem Einzelbett zu schlafen versetzte sie in ihre Kindheit zurück. Obwohl Lisa jetzt schon einige Wochen bei Maxine wohnte, passierte es immer noch, dass sie mitten in der Nacht aus dem Bett fiel. Das Kissen war hart und viel zu dick. Eigentlich hatte sie ja ihr Lieblingskissen einpacken wollen, aber sie hatte ihre Koffer auch so schon kaum zugekriegt.

Sie drehte sich auf den Rücken und fuhr mit den Fingern über die Narbe auf ihrer Brust. Der Kapitän sah sie lüstern an. Lisa dachte darüber nach, was für eine erbärmliche Farce ihre Ehe gewesen war. Eine Woche bevor Jake sie verlassen hatte, hatte er tatsächlich noch den Nerv besessen, Hand in Hand mit ihr durch den Zoo im Central Park zu schlendern. Sie hätte wissen müssen, dass etwas im Busch war. Er konnte den Zoo mit den Horden von Touristen und kreischenden Kindern nicht ausstehen. Er war nur mit ihr dorthin gegangen, weil er ein schlechtes Gewissen hatte. Die Schneeaffen waren über ihre künstliche Insel getollt. Von den Bäumen waren Blätter gefallen und sanft auf dem See gelandet. Plötzlich hatte Lisa eine tiefe Dankbarkeit empfunden, dass sie am Leben war, und sie hatte sich zu ihm umgedreht und ihm gesagt, wie sehr sie ihn liebte. Sie fand es angenehm, älter zu werden und nicht mehr ihren Hormonen ausgeliefert zu sein. Er hatte zustimmend genickt und erwidert, ihm gehe es genauso. Dieser Heuchler.

An diesem Abend schliefen sie miteinander, ihre Körper fügten sich auf vertraute Weise ineinander. Sobald das Licht gelöscht war, verschwand auch Lisas Befangenheit wegen ihrer fehlenden Brust. Sie ließ sich von ihrer Lust davontragen, bevor sie wieder Jakes vertraute Umarmung umfing. Er strich ihr über die Haare, über die Hüfte. Aber wie stets vermied er es, die Einbuchtung auf ihrer linken Seite zu berühren. Sie dachte daran, dass sie am nächsten Tag das Bett frisch beziehen musste. Inzwischen war es zu einer Gewohnheit geworden, am nächsten Morgen die Bettwäsche zu wechseln, nachdem sie miteinander geschlafen hatten. Da das regelmäßig einmal in der Woche der Fall war, brauchte sie die Waschtage nicht im Kalender einzutragen. Für gewöhnlich taten sie es Samstagabend. Außer in den vergangenen Monaten, da waren meistens zehn Tage dazwischen vergangen – und einmal sogar zwei Wochen.

Jake vergeudete sein Talent in der Bank. Er hätte Hauptrollen in B-Movies übernehmen sollen. Seine Zuneigung zu ihr war so künstlich wie eine Insel für Schneeaffen mitten in New York.

Bei dem Gedanken kochte die Wut in ihr hoch. Sie griff nach ihrem Handy, das auf der Seekiste neben dem Bett lag, und sah nach, wie spät es war. In L.A. war es jetzt mitten am Tag. Den Austausch von SMS konnte man zwar kaum als Kommunikation bezeichnen, aber nur so konnte sie darauf hoffen, überhaupt eine Antwort von ihrer Tochter zu bekommen.

»Wie geht's?«

Das Display blinkte. Lisas Puls beschleunigte sich.

»Gut! Du???«

Als Portia aus ihr heraus in die Welt geglitten war, hatte Lisa ein wunderbares Wechselbad der Gefühle empfunden. Auf Triumph folgte Erleichterung, als sie den ersten Schrei ihrer Tochter vernahm. Und als sie auf das kleine Wesen hinunterblickte – schleimverschmiert, zornig und vollkommen – waren alle Schmerzen, die sie durchlitten hatte, auf einen Schlag vergessen. Tränen des Glücks liefen ihr über die Wangen. Sie schob ihre Hände unter Portias Achseln und hob sie mitsamt der noch pulsierenden Nabelschnur an ihre Brust.

Die Kleine wusste von Anfang an, wer sie war. Sie sah mit einem taxierenden Blick zu Lisa hoch und entzündete in ihr die heiße Flamme der Mutterliebe. Lisa vergötterte ihre fröhliche, pausbäckige Tochter mit dem blonden Lockenkopf und den aquamarinblauen Augen. Portia wuchs zu einem klugen, offenen Mädchen heran, das mit gleicher Leidenschaft Bücher, Musik und Theaterstücke verschlang. Da Lisas Selbstvertrauen durch Ruby sehr gelitten hatte, wusste sie, wie wichtig Selbstachtung für eine junge Frau war. Deshalb sagte sie Portia oft, wie schön sie sei – und sie meinte es auch so –, doch Portia sah jedes Mal weg.

Lisa liebte ihre Tochter mit jeder Faser ihres Herzens, ihre Liebe war so groß und unendlich wie das Universum. Seit einiger Zeit überkam sie allerdings eine alles andere verdrängende Angst, wenn sie an Portia dachte. Sie überlegte, wann es angefangen hatte schiefzulaufen. Als Portia das College abgebrochen hatte, hatte sie versucht, sich ihre Enttäuschung nicht anmerken zu lassen, und ihre Tochter stattdessen darin bestärkt, sich auf die ersehnte Schauspielkarriere zu konzentrieren. Vielleicht war es an dem Tag gewesen, an dem sie Portias Lieblingswaffeln gebacken hatte und diese unberührt auf dem Teller liegen geblieben waren. Oder war es der Augenblick, als sie Portia sagte, sie sei schön, und Portia »Nein, bin ich nicht! Ich bin fett!« zurückzischte?

Portia hatte nie Übergewicht gehabt, aber im Vergleich zu den Bohnenstangen auf den Titelseiten von Zeitschriften sah sie wohlgenährt aus. Bei ihrer Größe konnte sie locker ein paar Extrawaffeln vertragen. Trotzdem begann sie Kuchen und Pommes zu meiden und stattdessen literweise Wasser zu trinken, um abzunehmen und sich in eine Botticelli-Schönheit zu verwandeln. In jedermanns Augen vollkommen. Nur dass Portia es nicht dabei beließ. Ihre Arme und Beine wurden immer dünner, ihr Brustkorb hing über dem Stecken, wo einmal ihre Taille gewesen war. Ihre früher betörend schönen Augen versanken immer tiefer in den Höhlen.

Je dünner Portia wurde, desto rigoroser zog sie sich von Lisa zurück. Die wenigen Male, die Lisa sie auf ihr Gewicht ansprach, endete es damit, dass sie sich gegenseitig anschrien:

»Du verstehst das nicht! Ich will schön sein!«

»Aber das bist du doch!«

Inzwischen bestand ihre Kommunikation hauptsächlich aus Kurznachrichten.

»Ok. Was machst d?«

»Chillen xxxx.«

Die x entsprachen einem Nicken von Queen Elizabeth I., mit dem sie ein Gespräch für beendet erklärte.

Lisa xte zurück und ließ das Handy aus ihrer Hand gleiten. Es landete mit einem Plumps auf dem türkisfarbenen Teppich.

Auf einmal erfasste sie eine tiefe Traurigkeit. Aber wenigstens hatten ihr die schlaflosen Nächte zu ein paar ungestörten Stunden verholfen, in denen sie die Rohfassung einiger Kapitel ihres Buches entwerfen konnte. Emily hatte die Einladung zu einem Ball im Schloss des Earls angenommen. Frederick, der Stallbursche, spannte in finsteres Brüten versunken die Pferde an.

Lisa wartete darauf, dass in ihrem Kopf die nächste Szene entstand. Der Kapitän grinste lüstern auf sie herab. Sie brauchte dringend eine eigene Wohnung, wenn sie ernsthaft vorankommen wollte. Sie schluchzte leise.

»Lisa?«, rief Maxine aus dem Zimmer nebenan. »Alles in Ordnung?«

Sie musste hier raus. Und zwar bald.

Wohnungsbesichtigungen waren offenbar die große Leidenschaft von Maxine, Ted und seinem Mitbewohner, die alle drei freudig ihre Samstage dafür opferten. Lisa war weniger scharf darauf, und der Geruch frisch aufgebrühten Kaffees, der durch hastig gestrichene Räume zog, weckte ihr Misstrauen. Bei dem falschen Lächeln, dem Aftershave und den dreisten Lügen der Makler stellten sich ihr die Nackenhaare auf. Aber sie hatte keine Wahl. Wenn sie noch länger bei Maxine wohnen blieb, würde es über kurz oder lang einen Fall von Schwestermord geben. Glücklicherweise drückte Jake sein schlechtes Gewissen, sodass er einer annehmbaren Scheidungsvereinbarung zustimmte, aber mit der Hälfte eines ohnehin geschrumpften Polsters kam ein Palast leider nicht in Frage.

Maxine drängte sie, ein Apartment zu mieten, aber das betrachtete Lisa als Zeichen mangelnden Bindungswillens. Stattdessen liebäugelte sie mit einem Cottage in Carlton. Ted und seinem Mitbewohner gefiel es auch. Ihr Sohn begutachtete die jahrhundertealten Decken mit dem Blick des Architekten und erklärte, die Bausubstanz sei in Ordnung. Das geschmackvoll renovierte Cottage hatte freigelegte Ziegelwände vorzuweisen, dazu frisch abgeschliffene Holzfußböden und Flügeltüren, die auf eine winzige Terrasse führten. Mit dem passenden Tisch wäre das der ideale Ort für sonntägliche Mittagessen. Ted wohnte nur ein paar Straßen weiter – aber weit genug weg, dass sie ihm nicht zu sehr auf die Pelle rückte.

Gleich um die Ecke in der Lygon Street gab es jede Menge Cafés, die Studenten und Dozenten der Melbourner Uni besuchten. Ein Programmkino warb mit Liveübertragungen aus der Metropolitan Opera. Dem Kino gegenüber behauptete sich ein wunderbares Exemplar einer aussterbenden Spezies – ein richtiger Buchladen. Ted verschwand in den Tiefen der Belletristik-Abteilung, und als er wieder auftauchte, schwenkte er zwei Exemplare von *Drei Schwestern: Charlotte*, die sie im Angebot hatten. Er versicherte Lisa, dass der Rest bestimmt schon verkauft worden war, und platzierte die beiden Bücher ganz oben auf dem Bestseller-Stapel.

Maxine wies sie darauf hin, dass das Cottage keinen eigenen Parkplatz hatte, aber das war Lisa egal. Sie sah sich bereits einen Kräutergarten anlegen. Und da sie jetzt keine Rücksicht mehr auf Jakes Allergien nehmen musste, konnte sie sich sogar ein oder zwei Katzen aus dem Tierheim holen.

Als Nächstes wandte Maxine ein, dass das Haus unmittelbar neben einem Studentenwohnheim stand. »Willst du wirklich die ganze Nacht von jungen Leuten wach gehalten werden?«, fragte sie. »Die schlafen heutzutage doch gar nicht mehr. Das kommt von den Drogen. Apropos Drogen, befindet sich hier in der Nähe nicht auch irgendwo eine Entzugsklinik, Ted?«

Sie gingen eine Straße weiter ins Brunetti und bestellten Kaffee und Kuchen.

»Ich kann Sie mir gut in dem Cottage vorstellen, Mrs Trumperton«, sagte Teds Mitbewohner.

»Sagen Sie doch Lisa.«

Es war eine schreckliche Angewohnheit von ihr, die Namen junger Leute zu vergessen. In der Hoffnung, dass ihr auf diese Weise wenigstens der Vorname des jungen Mannes wieder einfiel, erkundigte sie sich nach seiner Familie.

Seine hellen Augen unter dem Schopf dunkelblonder Locken funkelten fröhlich. Er war auf einer Schaffarm auf der neuseeländischen Südinsel aufgewachsen. Den breiten Schultern und den Sommersprossen auf Nase und Wangen nach zu urteilen, hatte er viel Zeit im Freien verbracht. Sein Vater hätte es gern gesehen, dass er die Farm übernahm, aber darauf hatte er »null Bock«, wie er sagte. Stattdessen war er nach Melbourne gezogen und hatte sich in einem auf die moderne australische Küche spezialisierten Restaurant zum Chefkoch hochgearbeitet.

»Leben Sie gern hier?«, fragte Lisa und bemühte sich, nicht herablassend zu klingen. Sie wünschte, Ted würde ihr einen dezenten Hinweis auf den Namen des jungen Mannes geben, aber er studierte angelegentlich die Broschüre des Maklers.

»Am Anfang war es nicht leicht«, sagte der junge Mann und stach mit seiner Gabel in ein Stück Tiramisu. »Aber jetzt ist es supersüß.«

Entweder war das eine neuseeländische Redensart, oder er meinte das Tiramisu. Lisa sah ihm neidisch zu, trank ihr Mineralwasser und hoffte, dass die Kohlensäurebläschen ihren Magen füllen würden. Dieser zurückhaltende junge Mann sah genauso gut aus wie Ted. Sicher konnten sich die beiden vor Frauen kaum retten, und Lisa fragte sich, ob sie wohl die eine oder andere kennenlernen würde.

»Ich nehme an, ihr beiden geht heute Abend noch aus?«, sagte sie und hörte sich dabei an wie jemand, der gerade vom Baum geklettert war.

»Kommen Sie doch mit«, sagte Teds Mitbewohner. »Stella und Heidi sind auch dabei. Einer mehr schadet nicht.«

Das war ein Scherz. Ganz eindeutig.

»Nein, ehrlich. Es würde Ihnen bestimmt gefallen.«

Sie versicherte ihm, dass sie bereits im Bett liegen würde, wenn sie in die Klubs aufbrachen.

Als Nächstes besichtigten sie ein Apartment in der St Kilda Road. Die deutschen Haushaltsgeräte blitzten dermaßen, dass es in den Augen wehtat. Das Bad war mit schimmerndem italienischem Marmor gefliest. Vom Wohnzimmer aus konnte sie auf den Botanischen Garten blicken. Es erschien ihr allerdings unsinnig, New York zu verlassen und ans andere Ende der Welt zu ziehen, nur um dann wieder in einem riesigen Mietshaus zu wohnen.

»Ich habe so das Gefühl, das Nächste ist es«, sagte Maxine und lenkte den Golf zurück nach Camberwell. Bäume reckten ihre kahlen Äste in den grauen Himmel. Der Winter hatte kaum ein paar Blätter übrig gelassen.

»Es geht doch nichts über einen Neubau«, sagte Maxine und hielt vor einer Baustelle. Zwei offensichtlich erst vor kurzem fertiggestellte Townhouses starrten sie aus leeren Fensterhöhlen an. »Da hinten ist noch eins«, rief Maxine, die bereits ausgestiegen war und darauf zusteuerte. »Es liegt etwas geschützter.«

Der Geruch von frischem Beton kitzelte Lisa in der Nase. Das ebenerdige Haus war die australische Vorort-Version einer toskanischen Villa und machte einen soliden Eindruck.

In der Tür stand eine Frau mit einem Klemmbrett in der Hand. In ihrem dunklen Satinkostüm glänzte sie wie ein nasser Seehund. Sie verzog ihre scharlachroten Lippen zu einem Lächeln. »Der Bauherr hat einen Preis gewonnen«, erklärte sie und reichte jedem von ihnen eine Broschüre. »Die beiden anderen Häuser sind bereits verkauft. Und für das hier bekomme ich heute noch ein Gebot rein. Sie müssen sich also schnell entscheiden.«

Sie betraten ein gesichtsloses Wohnzimmer, von dem man auf ein kleines, mit Schutt übersätes Rechteck sah. Teppichboden, Wandfarbe und Heizkörper waren so nüchtern, dass sie schon fast unsichtbar waren.

»Du kannst es ganz nach deinen Vorstellungen gestalten«, murmelte Maxine außer Hörweite der Maklerin. Mit einem zustimmenden Nicken deutete Ted auf das Ziegeldach mit den Solarzellen. Sein Mitbewohner der Koch erklärte, die Küche sei ausgesprochen praktisch eingerichtet. »Und schau mal, wie sonnig es ist«, sagte Maxine und vollführte eine ausholende Bewegung mit ihrem in Kunstpelz gehüllten Arm.

Das Townhouse hatte zweifellos einiges für sich. Es war geräumig, ruhig und hell. Die meisten Zimmer führten auf den Schuttplatz, der eines Tages eine Terrasse mit Rosmarinbüschen und Zitronenbäumen in Kübeln sein würde. Lisas Phantasie lief auf Hochtouren. Es gab ein Gästezimmer für Portia, Vanessa oder Kerry, falls einer von ihnen sie zu besuchen geruhte. Daneben lag ein kleinerer Raum. In einer hübschen Farbe gestrichen und mit ihren Büchern und Masken gefüllt, könnte er ihr Arbeitszimmer werden.

Lisa bedankte sich bei der Maklerin und ging zum Auto zurück.

»Was hältst du davon?«, fragte Maxine und eilte ihr hinterher.

»Langweilig.«

Maxine seufzte und holte Puderdose und Lippenstift aus ihrer Handtasche. »Es ist doch so, wenn man in *unser* Alter kommt …«, sagte sie und kreiste ihren Mund mit orangenfarbenem Lippenstift ein, »muss man praktisch denken.«

Nicht schon wieder ein Vortrag.

»Du würdest nur ein paar Straßen von uns entfernt wohnen. Ich kann mich um dich kümmern. Ross, unser Hausarzt, nimmt eigentlich keine neuen Patienten mehr an, aber ich lege ein gutes Wort für dich ein. Und unser Zahnarzt Evan wird dir gefallen. Er ist sehr gut.«

»Danke, aber …«

Maxine legte die Hand auf Lisas Schulter. »Du musst an die Zukunft denken«, sagte sie und sah ihr in die Augen. »Ein ebenerdiges Haus ist ideal. Du musst keine Treppen steigen, wenn deine Knie nicht mehr mitmachen …«

Du lieber Himmel!

»Und die von Essen auf Rädern können bis vor die Haustür fahren«, sagte Ted lachend.

»Ich bin noch nicht tot!«

»Im Ernst, es macht einen soliden Eindruck. Du solltest es dir überlegen«, fuhr Ted fort. »Gleich die Straße runter ist eine Bahnstation.«

»Und um die Ecke gibt es ein nettes Café«, fügte der Koch hinzu.

Lisa war verwirrt.

»Ich denke, es ist eine gute Investition«, sagte Ted. »Und wenn dir nach Verreisen ist, sperrst du es einfach zu und haust ab.«

Lisa wusste, dass sie recht hatten. Dieses Stadthaus war bis in sein Betonfundament eine sinnvolle Lösung. Außerdem war ein Monat mit Maxine mehr als genug. Sie fing bereits an, einem weißen Schokoladenmuffin zu ähneln.

Hinzu kam, dass Maxine jegliches Verständnis für den besonderen Tagesrhythmus einer Schriftstellerin abging. Kaum kam Lisa mit *Drei Schwestern: Emily* endlich in Fluss, platzte Maxine mit einer Tasse Tee herein, und wenn sie nachts arbeitete, musste sie sich spitze Bemerkungen anhören, dass ununterbrochen Licht brenne.

Die Immobilienmaklerin stöckelte zu ihrem BMW und machte Anstalten einzusteigen.

»Wann wäre es denn beziehbar?«, rief Lisa.

»Praktisch sofort«, erwiderte die Maklerin.

»Wie gebe ich ein Gebot ab?«

Die Maklerin warf ihren Pferdeschwanz nach hinten und entblößte ihre Zähne. Sie glitt auf den Fahrersitz und folgte dem Golf zu Maxines Haus.

In der Küche fanden sie Gordon vor, der im Morgenrock am Tisch saß und Zeitung las. Maxine sagte, die Maklerin solle nicht weiter auf ihn achten. Er habe gerade eine Erkältung hinter sich, behauptete sie, was nicht stimmte. Gordon schob seinen Stuhl zurück und schlurfte gutmütig den Flur hinunter ins Schlafzimmer.

Das Grüppchen ließ sich am Tisch nieder, während die Maklerin erklärte, das mit dem Vertrag sei ganz unkompliziert. Lisa müsse nur jede Seite mit ihrem Namenskürzel abzeichnen und …

Den Rest ihrer Ausführungen bekam Lisa nicht mehr mit. Gordon hatte die Zeitung beim Immobilienteil aufgeschlagen auf dem Tisch liegen lassen, und ihr Blick fiel auf eine Anzeige auf der Mitte der linken Seite.

Sie kannte dieses etwas heruntergekommene Backsteinhaus auf dem Foto. Es war Trumperton Manor. In fetter Schrift stand ZU VERKAUFEN darüber.

Wenn ein Mensch wusste, wie es war, zwischen zwei Welten hin- und hergerissen zu sein, dann war es Emily

Brontë. In *Sturmhöhe* erzählte sie eine der traurigsten Liebesgeschichten, die jemals zu Papier gebracht worden waren. Unfähig, sich zwischen dem ehrenwerten Edgar Linton und ihrem wilden Seelenverwandten Heathcliff zu entscheiden, war es Emilys Heldin vorherbestimmt, nur falsche Entscheidungen zu treffen. In diesem Moment, in dem ihre Hand mit dem Stift über dem Gebot der Maklerin schwebte, war Lisa im Begriff, sich für ein Leben mit Edgar Linton zu entscheiden. Sie würde in dem hübschen Camberwell alt werden, sich einem Gartenverein anschließen und ihr unmathematisches Gehirn mit Bridgeregeln malträtieren. In ein oder zwei Jahrzehnten würde man Maxine und sie dann in identischen Särgen auf den Friedhof in Springvale rollen. Zweifellos würde Maxine ihre Grabstellen im Voraus aussuchen und heimlich die sonnigere für sich reservieren.

Als Lisa jetzt die Anzeige für Trumperton Manor vor sich sah, erwachte plötzlich die Abenteuerlust in ihr. Trumperton war das architektonische Pendant zu einem Leben mit Heathcliff. Außerdem war sie auch noch nicht *so* alt. Mit etwas Glück lagen mindestens noch zwanzig gehstockfreie Jahre vor ihr. Nachdem sie sich ihr Leben lang um die Bedürfnisse anderer gekümmert hatte, durfte sie jetzt ja wohl auch einmal das tun, was sie wollte, egal, wie merkwürdig es war.

Die Augen von Maxine, der Maklerin, Ted und seinem Mitbewohner waren erwartungsvoll auf den Stift in ihrer Hand gerichtet, der weigerte sich jedoch, sich auf die gepunktete Linie zu senken.

Lisa merkte, dass sich ihre Wangen röteten. »Tut mir leid«, sagte sie. »Ich muss darüber nachdenken.«

Maxine wirkte zu Tode beleidigt.

»Wie Sie meinen«, sagte die Maklerin kühl. »Aber denken Sie daran, dass heute Nachmittag die Johnsons ihr Gebot abgeben und dass sie die Kaufsumme bar auf den Tisch legen.«

Lisa wartete auf einen Anfall von Konkurrenzdenken, der den Stift in Bewegung versetzen würde.

»Tu nichts, was du später bereust«, sagte Maxine warnend.

»Es ist eine wichtige Entscheidung«, sagte Ted in dem Bestreben zu vermitteln.

Betreten bot Maxine weiße Schokoladenmuffins an. Die Maklerin ließ ihren Aktenkoffer zuschnappen. In ihrem Terminkalender stehe noch eine weitere Hausbesichtigung. Mit einem kalten Lächeln in Lisas Richtung erhob sie sich und ging.

Lisa entschuldigte sich und eilte den Flur hinunter, um sich mit dem Kapitän in ihrem Zimmer zu verschanzen. Der Computerbildschirm begrüßte sie mit einem freundlichen Leuchten. Mit zitternden Händen zog sie sich den Kapitänsstuhl heran und atmete ein paarmal tief durch.

Sie dankte Gott für die Schwestern Brontë. Vor allem für die sensibelste von ihnen begann Lisa mütterlich-besorgte Gefühle zu entwickeln. Das mittlere Kind findet immer eine Möglichkeit, sich von den anderen abzugrenzen, und Emily hatte diese Abgrenzung mit besonderer Entschlossenheit betrieben. Gewollt ungesellig, hatte sie stundenlange Moorwanderungen unternommen. Ihre erste Stellung als Lehrerin hatte sie nach kurzer Zeit wieder aufgegeben, und ihren Schülern hatte sie angeblich erklärt, sie ziehe den Schulhund jedem Einzelnen von ihnen vor. Wie Ellen Nussey, ein häufiger Gast im Pfarrhaus, bemerkte, war Emily »von schlanker, anmutiger Gestalt … ihr Haar, von Natur aus ebenso schön wie das von Charlotte, war zugleich auf unkleidsame Weise kraus und gelockt … Sie hatte wunderschöne Augen, freundlich, leuchtend und klar, aber sie sah einen nicht oft an … zu manchen Zeiten waren sie dunkelgrau, zu anderen dunkelblau.« Jedes Mal wenn Lisa versuchte, sich Emily vorzustellen, sah sie Portias Gesicht vor sich.

Die Schlafzimmertür wurde einen Spalt geöffnet.

»Alles in Ordnung?«, fragte Ted.

Lisa zog ihren Pashminaschal um sich.

»Du hast dich richtig entschieden«, sagte er. »Dieses Stadthaus war nichts für dich. Tut mir leid, wenn es so gewirkt hat, als wollte ich dich dazu überreden.«

»Hat es nicht.«

Ted zog die Seite mit der Anzeige für Trumperton Manor aus seiner Hosentasche und faltete sie auseinander. »Vielleicht würde dir ein Ausflug aufs Land guttun«, sagte er.

Kapitel 8

Lisa hatte gehofft, sie könnte mit den Jungs heimlich nach Castlemaine fahren, aber Maxine hatte einen sechsten Sinn dafür, wenn jemand etwas hinter ihrem Rücken tun wollte, und erklärte kurzerhand, sie könnten unmöglich in dem alten Kombi aufs Land fahren. Also quetschten sich die beiden Jungs – Teds Mitbewohner war inzwischen ein so vertrauter Anblick, dass Lisa anfing, sie im Stillen nur noch die Jungs zu nennen – am nächsten Morgen auf die Rückbank des Golfs.

Der Winter hatte die Landschaft mit Raureif überpudert. Die kahlen Bäume bildeten mit ihren Ästen ein Spitzenmuster vor einem herausfordernd blauen Himmel. Nur vereinzelt waren ein paar Kühe zu sehen.

»Regnet es hier eigentlich auch manchmal?«, fragte Lisa.

»Viel zu wenig«, erwiderte Maxine seufzend.

Lisa warnte die Jungs vor, dass das Haus ziemlich heruntergekommen war. Dennoch schlug ihr das Herz bis in den Hals, als sie vor dem Tor hielten.

An dem noch immer von einer Kugel gekrönten Pfosten hing ein Schild mit der Aufschrift »Zu verkaufen«. Darunter stand: »Renovieren oder Planieren! Müde alte Dame mit 2 ha Grund. 5 Schlafzimmer plus Ställe. Rufen Sie an: Beverley Green, Hogan & Hogan.«

»Wer immer das geschrieben hat, ist im Marketing-Einführungskurs durchgerasselt«, murmelte der neuseeländische Mitbewohner.

Lisa fing an, ihn zu mögen. Sie zog Ted auf die Seite. »Wie war gleich noch mal sein Name?«, flüsterte sie.

»Mom!«, stöhnte Ted und verdrehte die Augen. »Er heißt James.«

Lisa blickte sich nach dem Kakadu um. Sie hoffte, dass er sich wieder erholt hatte. Die Jungs waren schon den halben Weg die Auffahrt hinauf. Sie nahm ihre Handtasche und folgte ihnen.

»Wir sollten zuallererst die Maklerin anrufen!«, rief ihnen Maxine hinterher.

Kurz vor der von Kiefern beschatteten Biegung holte Lisa die Jungs keuchend ein.

»Ich setze keinen Fuß auf das Grundstück, solange wir keine Erlaubnis haben!«, hallte Maxines Stimme von den Baumstämmen wider.

Wer immer Trumperton Manor entworfen hatte, hatte gewollt, dass man es von hier aus, unmittelbar nach der Biegung, sah. Es stand etwas schräg versetzt da und wirkte eher einladend als eindrucksvoll. Der Eingang wurde von einem Portikus überdacht, der in Kutschen vorfahrenden Besuchern Schutz geboten hatte. Über der Tür war »Trumperton Manor 1860« in den Stein geschnitten.

Offenbar hatte es niemand für nötig befunden, das Haus für den Verkauf etwas herzurichten. Genau genommen schien es seit dem letzten Mal, als Lisa es gesehen hatte, noch mehr verfallen zu sein. Die Fensterscheiben waren völlig verdreckt. An der Dachrinne hingen schimmernde Spinnweben. Auf einem Grasflecken lag wie ein gefallener Soldat eine alte Gaslampe.

»Mein Gott!«, flüsterte Ted.

»Du hast recht«, sagte Lisa. »Es ist eine Katastrophe.«

»Es ist phantastisch.«

Ein freudiger Schauer überlief sie. Durch Teds Adern

floss genug Trumperton-Blut, dass er sich mit diesem Haus verbunden fühlte. Sie machte mit ihrem Handy ein Foto und schickte es Portia mit den Worten: »Haus v Uropa. Willst d Xmas herkmmn?« Das war ein Witz … irgendwie.

»Unbdgt!!!«, schrieb Portia umgehend zurück.

»Meinst du, es ist jemand da?«, fragte Ted.

Sie blickten an den Fenstern entlang, die so ausdruckslos zurückstarrten wie die Augen eines Toten. Aus den Ställen drang kein Laut. Auch im Garten kein Anzeichen von Leben. Zwischen hohen Grasbüscheln stapften sie zur Veranda. Vor der Eingangstür blieb Lisa zögernd stehen. Was sie hier taten, war ziemlich dreist. Vielleicht hatte Maxine recht, und sie sollten erst mal das Maklerbüro anrufen.

Sie drehte sich um, und der Ausblick, der sich ihr von der Veranda bot, ließ sie nach Luft schnappen. Die Wiese vor dem Haus wurde auf beiden Seiten von Eukalyptusbäumen gesäumt, deren Blätter leise im Wind raschelten, von dem Fluss, der sich durch das Tal wand, stiegen silbrig schimmernde Dampfschwaden auf, und bis zu den blauen Hügeln in der Ferne zog sich goldenes Grasland. »Stellt euch bloß mal vor, wie es ist, jeden Morgen hier aufzuwachen!«, sagte sie hingerissen.

»Der Boden ist auch nicht schlecht«, sagte James. »Vulkanischen Ursprungs, wie es aussieht. Jedenfalls reicht es für einen Gemüsegarten. Auf der Rückseite scheint es noch einen Obstgarten zu geben. Bei so viel Land könnten Sie genug anbauen, um es auf dem Markt zu verkaufen.«

»Ich dachte, mit der Liebe zur Landwirtschaft ist es vorbei?«, zog ihn Lisa auf.

James wurde rot. »Ich hatte bloß genug von Schafscheiße«, murmelte er.

»Ich denke mal, den Bach da unten könntest du für ein Bewässerungssystem nutzen«, fügte Ted hinzu.

»Man müsste eine Menge Arbeit in das Haus stecken«, sagte Lisa und musterte das durchhängende Dach.

»Es ist machbar«, sagte Ted.

»Machbar« war ein Begriff aus Teds Architektenvokabular. Es klang so zupackend.

»Sie müssten ja auch nicht alles auf einmal renovieren«, schaltete James sich ein.

»Sondern nach und nach«, ergänzte Ted.

»Käme nicht allein die Heizung furchtbar teuer?«, fragte Lisa, und bemühte sich, praktisch zu klingen.

»Keine Ahnung«, sagte Ted. »Aber mit einer guten Isolierung und ein paar Solarzellen auf dem Dach könnte man letzten Endes vielleicht sogar Strom ins Netz einspeisen. Möglicherweise würdest du Geld bekommen, statt was zu bezahlen.«

Ted konnte sich also auch vorstellen, dass sie hier lebte.

Lisa betrachtete die Eingangstür. Zwei Buntglasfenster verwehrten den Blick ins Haus. Unter der abblätternden grauen Farbe kam eine solide altmodische Holzkonstruktion zum Vorschein – Eiche, Mahagoni oder irgendein anderes Holz, das mit dem Segelschiff aus der Alten Welt hierhertransportiert worden war. Ein großer Türklopfer, rostig vom Alter, forderte geradezu dazu auf, die Hand auszustrecken und ihn zu betätigen.

»Na los, ihr Städter«, sagte James und griff mit einer sommersprossigen Hand über Lisas Schulter hinweg nach dem Ring. »Die reißen uns schon nicht den Kopf ab.«

Zum allgemeinen Entsetzen löste sich der Ring aus seiner Halterung und lag plötzlich in James' Hand.

»Ach du Schande!«

James versuchte, den Türklopfer wieder zu befestigen, aber die altersschwachen Stifte wollten ihn nicht mehr halten. Behutsam legte er ihn neben die Schwelle.

Lisa wäre am liebsten geflüchtet, während die kleine Katastrophe auf Ted offenbar die gegenteilige Wirkung hatte. Er ging zu einem der Fenster, legte eine Hand über die Augen und sah hinein. Dann winkte er sie zu sich.

Obwohl der Raum weitgehend im Dunkeln lag, konnte man erkennen, dass er ziemlich groß war. Er hatte einen wunderschönen gekachelten Kamin, doch davon abgesehen war er mit den beige vergilbten Wänden und dem blanken Holzfußboden so schmucklos wie ein Wohnheimzimmer. Außer einem durchgesessenen Sofa standen keine Möbel darin.

Lisa stellte sich vor, wie Alexander, in eleganter Abendgarderobe, diesen Salon durchquert hatte und vor dem Kamin stehen geblieben war, um sich an dem knisternden Feuer die Hände zu wärmen. Vielleicht hatte er sogar auf diesem Sofa gesessen? Sie sah ihn vor sich, wie er ein geschliffenes Glas an die Lippen hob und seine traurigen hellen Augen auf sie richtete, einen verwirrten Ausdruck im Gesicht, als hätte er soeben einen Geist aus der Zukunft erblickt, der durch das Fenster zu ihm hereinsah. Sie lächelte. Vielleicht war Alexander vor vielen Jahren irgendetwas Unheimliches widerfahren? Oder war er es, der etwas Unheimliches tat? Sie hob die Hand, und die Vision verschwand.

»Ich würde Ihnen gern was zeigen«, sagte James und holte sie in die Gegenwart zurück.

Sie folgte ihm um das Haus herum in den Obstgarten. Um einen alten Apfelbaum waren wie die Speichen eines Fahrrads Reihen kahler Obstbäume angeordnet.

»Der ist mindestens hundert Jahre alt«, sagte James und klopfte gegen den knorrigen Stamm. »Und er trägt die besten Äpfel. Sie wissen schon, diese alte süßsaure Sorte.«

Es war sicher gut gemeint gewesen, sie in den Obstgarten zu locken, aber so sehr interessierte sie der Baum dann doch nicht. Sie drehte sich um und wollte zum Haus zurückgehen.

»Moment noch!«, rief James. Er packte einen der unteren Äste und schwang sich mit der Mühelosigkeit eines Affen hinauf in den Baum. Lisa wandte ihren Blick von der aus seinem Hosenbund hervorblitzenden Unterhose ab, die nur knapp seinen Allerwertesten bedeckte.

»Sehen Sie mal, hier«, sagte er und deutete auf eine Stelle der silbern schimmernden Rinde.

Vor langer Zeit hatte jemand ein Herz in den Stamm geschnitzt. Unter diesen Ästen hatte einst ein sehr verliebtes Paar gestanden. Obwohl ein kühler Wind wehte, wurde es Lisa plötzlich ganz warm.

Kapitel 9

»Du hast sie nicht mehr alle«, sagte Maxine.

Das Fenster von Hogan & Hogan war mit vergilbten Fotos von Immobilien zugepflastert. Die meisten davon schienen seit der Zeit auf dem Markt zu sein, als David Bowie Haargel für sich entdeckt hatte. In der Mitte der untersten Reihe hing das Foto von Trumperton Manor, und quer über eine Ecke hatte jemand in leuchtend roten Buchstaben »NEU!« gekritzelt. Auf dem Fensterbrett darunter lag eine große Fliege auf dem Rücken und zuckte mit den Beinen, als würden ihr in regelmäßigen Abständen Elektroschocks verabreicht. Ein kleiner weißer Hund, dessen zotteliger Schwanz mit einer roten Schleife hochgebunden war, stützte sich mit den Vorderpfoten auf das Fensterbrett und legte den Kopf schief. Dann streckte er die Zunge heraus und verschlang die Fliege mit einer raschen Bewegung, die die Strasssteine an seinem Halsband aufblitzen ließ.

»Dieses Haus wurde für ein Heer an Dienstboten gebaut«, fuhr Maxine fort. »Was du brauchst, ist eine pflegeleichte Wohnung, vor allem bei deiner Krankengeschichte.«

Das war ein Schlag unter die Gürtellinie. »Du meinst, ich sollte ein Krankenhaus kaufen?«

Ted und James verdrückten sich, um einen Streifzug durch die Cafészene von Castlemaine zu unternehmen.

»Du willst doch wohl nicht allen Ernstes diese Ruine kaufen«, schimpfte Maxine. »An dem Stadthaus gibt es nicht das Geringste auszusetzen. Erinnerst du dich an Lucy Jordan?«

»Wer?«

»Du weißt schon. Dieser Song von Marianne Faithfull. Mit siebenunddreißig wird ihr klar, dass sie niemals in einem Sportwagen durch Paris fahren wird.«

»Castlemaine lässt sich wohl kaum Paris vergleichen.«

»Ich will damit ja nur sagen, dass jede Frau irgendwann an einen Punkt kommt, wo sie alles getan hat, was sie jemals tun wird. Du solltest keine Risiken mehr eingehen.«

»Hat sie sich nicht umgebracht?«

»Wer, Marianne Faithfull?«

»Nein, Lucy Jordan. Springt sie nicht am Ende des Songs vom Dach?«

»Mein Gott, keine Ahnung. Worauf ich hinauswill …«

»Worauf *ich* hinauswill, ist, dass ich mir den Luxus, keine Risiken einzugehen, nicht leisten kann«, gab Lisa zurück. »Meine Kinder leben auf zwei verschiedenen Kontinenten, und mein Mann hat mich verlassen.«

Etwas glitzerndes Pinkfarbenes erschien in der Tür des Maklerbüros. »Kann ich den Damen helfen?«

Die Maklerin – so sie es war – hatte sich in ein quietschrosa Jäckchen mit einem paillettenbesetzten Top darunter gequetscht. Es war schwer zu sagen, ob der Stoffstreifen über ihren Hüften ein Rock oder ein Gürtel war. Ihr Ausschnitt war so tief, das man ihr Dekolleté bestimmt auf Google Earth erkennen konnte, und die Absätze ihrer farblich passenden Stiefel so hoch, dass sie praktisch auf Zehenspitzen ging.

Die Schwestern rissen sich zusammen.

»Wir haben uns nur gerade die Anzeige für dieses Haus angesehen«, sagte Lisa.

»Trumpington Manor?«

»Trump*er*ton«, verbesserte Lisa.

Die Maklerin stieß einen Seufzer aus und fuhr sich mit der Hand durch die blonden Haarverlängerungen. »Ach je, das ist so hinüber wie die Prostata meines Onkels. Die Besitzer haben schon das Gebot eines Bauunternehmers akzeptiert. Er will das Haus abreißen und auf dem Grundstück eine Wohnanlage errichten.«

In Lisa kam die Wut hoch. Wie konnte man einen solchen Vandalismus nur tolerieren?

»Allerdings ist der Vertrag noch nicht unterzeichnet«, fuhr die Maklerin fort, der Lisas Reaktion offensichtlich nicht entgangen war. »Sie können jederzeit ein höheres Gebot abgeben.«

Sie streckte eine beringte Hand aus und stellte sich mit einem strahlenden Lächeln unter falschen Wimpern als Beverley Hogan vor. »Wollen Sie es sich vielleicht mal ansehen?«, fragte sie. »Es ist nichts, was eine Abrissbirne nicht in Ordnung bringen kann. Sie könnten eins von diesen hübschen Fertighäusern hinstellen.«

»*Niemals* würde ich das Haus abreißen«, erwiderte Lisa. »Es ist phantastisch.«

»Klar, man kann es auch wieder herrichten«, sagte Beverley, schnell auf den neuen Kurs umschwenkend. »Mein Ex könnte Ihnen dabei helfen. Aber wenn Sie mich fragen, der Aufwand lohnt sich nicht.«

»Sie haben dieses Maklerbüro also zusammen mit Ihrem zweiten Mann gegründet?«, fragte Maxine.

»Gott, nein! Ich habe vor zwei Monaten Bob Hogan geheiratet, den jüngeren Bruder.«

Die Schwestern gratulierten verhalten.

»Jedenfalls könnte Scottie das Haus von außen im Handumdrehen in Ordnung bringen«, sagte Beverley und kramte in ihrer winzigen silberfarbenen Umhängetasche nach einer Visitenkarte, die sie Lisa in die Hand drückte. »Ich hol die Schlüssel und wir treffen uns dann dort.«

Lisa warf einen Blick auf die Visitenkarte. »Scott Green Landschaftsgestaltung, *Projektmanagement* und Gärtnerarbeiten – Spezialpreise für Rentner«, stand darauf.

Als sie dieses Mal vor dem Tor hielten, erklärte sich Maxine bereit, das Grundstück zu betreten – aber nur aus Neugier, nicht weil sie das Ganze gutheiße, das sei doch hoffentlich allen klar.

Beverley fluchte laut, als sie den Türklopfer auf der Schwelle entdeckte. »Randalierer«, knurrte sie. »Ich werde Bob zu Bunnings schicken, damit er einen neuen besorgt.«

Bei der Vorstellung, ein altes Stück gegen ein billiges Imitat auszutauschen, schnitt Ted eine Grimasse.

Beverley zauberte einen altmodischen Schlüssel hervor, der beinahe so groß wie ihre Hand war. »Ich schätze mal, damals hat man seine Schlüssel nicht so leicht verloren«, sagte sie und schob ihn in das widerstrebende Schloss.

Lisa hielt den Atem an, als sich die Tür quietschend öffnete und den Blick auf eine große Eingangshalle freigab. Über die dunkle Holzvertäfelung zogen sich farbige Lichtstreifen. Sie sah sich nach deren Quelle um und entdeckte über dem Treppenaufgang ein großes Buntglasfenster mit leuchtend roten Rosen vor einem Hintergrund aus grünen Blätterranken.

Früher hatte die Eingangshalle bestimmt einmal einladend gewirkt, aber jetzt roch es modrig, und überall hingen Spinnweben. Den australischen Spinnen eilte ein beängstigender Ruf voraus, aber Lisa nahm kaum Notiz davon. Für sie war es Zeitverschwendung, sich über etwas aufzuregen, das sich mit dem Staubsauger einsaugen ließ. Außerdem fand sie, dass eine Phobie pro Person reichte, und ihr persönlicher Albtraum waren Schlangen.

»Warum steht es zum Verkauf?«, fragte sie.

»Die derzeitigen Besitzer haben schon hier gewohnt, als Moses noch in die Windeln gepinkelt hat.« Beverleys Stimme hallte von den vom Alter rissigen Wänden wider. »Die alte Frau hat die Bruchbude von ihrer Mutter geerbt. Es wurde ihnen zu viel, alles in Schuss zu halten. Sie sind in das Cottage gegenüber gezogen.«

Lisa waren keine anderen Häuser in der Nähe aufgefallen.

Sie wandte sich nach links und betrat ein Zimmer, von dem man auf die Auffahrt blickte. Der Boden bestand aus zusammengeflicktem, abgetretenem Linoleum, und hinter einer fleckigen Spanplatte verbarg sich vermutlich ein offener Kamin. Die Vorhänge an den Fenstern hingen schlapp herunter wie gebrauchte Geschirrtücher, und die in einem hässlichen Graugrün gestrichenen Wände waren mit Rissen übersät.

»Hier drin haben die alten Leutchen geschlafen«, erklärte Beverley. »Davor war das mal die Bibliothek.« Sie ging mit ihnen zurück in die Halle und von dort weiter in den Salon mit dem Sofa. Es war ein altes Chesterfield-Sofa, das mit seiner durchhängenden Sitzfläche und der aus den Armlehnen quellenden Polsterung etwas von einem ausgesetzten Haustier an sich hatte.

»Hier hat es garantiert das eine oder andere Besäufnis gegeben«, sagte Beverley und zwinkerte.

Ted kauerte sich vor den Kamin und rieb seine Hände über einem imaginären Feuer. Einen Moment lang sah Lisa wieder Alexander vor sich.

Beverley führte sie an der Treppe vorbei in eine große Küche im hinteren Teil des Hauses. »Ich schätze mal, hier wuselten früher jede Menge Dienstboten herum«, sagte sie.

Wasserhähne ragten schief aus der Wand, und in der Speisekammer roch es säuerlich und feucht.

In einer Nische stand griesgrämig ein uralter Holzherd. »So einen hatten wir auf der Farm auch«, sagte James lächelnd. Er beugte sich vor und drehte am Griff der schweren Eisentür. Eine Aschelawine ergoss sich auf den Fußboden. »Sieht aus, als hätte hier eine Einäscherung stattgefunden. Aber ich glaube, ich könnte ihn wieder in Gang kriegen.«

Lisa rüttelte an der Hintertür, die auf den Hof mit den Ställen führen musste, und Beverley sagte, der Schlüssel läge bei ihr im Büro.

Von der Küche führte ein schmaler Gang zu einer Reihe kleinerer Räume und einem einfachen Klo mit Holzbrille und Kettenspülung. »Dienstbotenzimmer und Spülküche«, erklärte Beverley.

Lisa fragte sich, wie für die Dienstboten das Leben auf Trumperton Manor ausgesehen haben mochte. Sie hoffte, dass ihre Vorfahren sie anständig behandelt hatten.

»Das hier hat man errichtet, nachdem der ursprüngliche Anbau Anfang letztes Jahrhundert abgebrannt war«, erklärte Beverley. »Ich schätze mal, in den Brettern nisten Termiten.«

Entweder waren Makler auf dem Land ehrlicher als ihre Kollegen in der Stadt, oder Beverley musste noch viel lernen.

»Was ist mit den Ställen?«

»Da gibt es nicht viel zu sehen«, sagte Beverley rasch.

»Ist dort Platz, um ein Auto unterzustellen?«

»Konzentrieren wir uns doch erst mal auf das Haus.«

Lisa fragte sich, warum ihnen Beverley die Ställe nicht zeigen wollte. Vielleicht hatte sich dort eine Rattenkolonie niedergelassen oder Schlimmeres. Sie litt bis heute an einem Trauma, weil ihr Cousin Trevor aus Bendigo sie einmal mit einer Schlange verfolgt hatte. Wahrscheinlich ein völlig harmloses Tier, aber Lisa war damals erst sechs oder sieben Jahre alt gewesen.

»Das Beste kommt zum Schluss«, sagte Beverley und stöckelte die Treppe hinauf.

Lisa fuhr mit der Hand über das glatte Geländer, und bei der Vorstellung, dass Alexander das Gleiche getan hatte, überlief sie ein Kribbeln.

»Prima zum Runterrutschen«, sagte James.

Also wirklich. Wie alt war der Junge, sechsundzwanzig? Keine Generation hatte jemals eine bessere Ausbildung genossen oder so lange gebraucht, erwachsen zu werden.

Auf dem kleinen Absatz unter dem Buntglasfenster blieben sie stehen. »Oben befinden sich vier Schlafzimmer und ein Bad«, sagte Beverley. Die Treppe machte hier einen Knick und mündete im oberen Stock in eine Galerie.

Beverley ging ihnen voraus zu einer Flügeltür, hinter der ein großer länglicher Raum lag. Die Vorhänge vor den hohen Fenstern waren so zerschlissen, dass sie praktisch durchsichtig waren. Der Kamin hatte eine hübsche geschnitzte Umrandung mit einem altersfleckigen Spiegel. Lisa versuchte sich vorzustellen, was für Szenen sich früher darin gespiegelt hatten.

»Der ehemalige Festsaal«, sagte Beverley und öffnete die Fenstertüren zu dem großzügigen Balkon, der durch den Portikus gebildet wurde. »Da könnten Sie gut Ihr Schlafzimmer draus machen.«

Sie traten hinaus auf den Balkon, und die Aussicht ließ sie alle gleichzeitig tief Luft holen. Der Nebel über dem Tal hatte sich verzogen, und die Hügel waren in bernsteinfarbenes Licht getaucht. Ein etwas hellerer gelber Streifen hob sie von einem schier endlosen blauen Himmel ab.

»Atemberaubend«, sagte Ted.

Die Stille wurde von einem ohrenbetäubenden Kreischen unterbrochen. Von einem Gummibaum flatterte eine Schar Kakadus auf und ließ sich auf der Wiese vor dem Haus nieder.

»Gefräßige Viecher«, sagte Beverley. »Die fressen uns die halbe Ernte weg.«

Lisa reckte den Hals und hielt Ausschau nach dem Kakadu von neulich. Vielleicht konnte er inzwischen sogar wieder fliegen. Aber die gefiederten Räuber sahen alle gleich aus.

»Gibt es denn keine Denkmalschutzauflagen?«, fragte Lisa.

»Wenn, dann interessiert es niemanden. Ich an Ihrer Stelle würde es plattmachen und das Grundstück aufteilen. Zurzeit wollen alle nach Castlemaine. Die Großstadtpinkel sind plötzlich ganz wild darauf, Bäumchen zu pflanzen. Suchen Sie sich das schönste Fleckchen aus und stellen Sie ein hübsches Häuschen für sich selbst drauf, dann bauen Sie noch sechs oder sieben Häuser daneben, und Sie haben ausgesorgt. Ich bring sie noch vor dem ersten Spatenstich für Sie an den Mann.«

Lisa blickte zu den Gummibäumen jenseits der Einfahrt. Aus einem in den Tiefen des silbrig schimmernden Waldes verborgenen Schornstein stieg Rauch auf. Dort wohnten also die derzeitigen Besitzer des Anwesens. Sie fragte sich, ob sie eventuell offen für kreative Verhandlungen waren.

Eine gebeugte Gestalt tauchte auf und humpelte zu dem Briefkasten an der Straße. Lisa winkte. Die alte Frau hob den Kopf, erwiderte ihren Gruß jedoch nicht.

»Die wollen unbedingt verkaufen«, sagte Beverley. »Wenn Sie das andere Gebot überbieten, gehört es Ihnen.«

Lisa fand, dass es an der Zeit war, ihre Trumpfkarte auszuspielen.

»Es gibt eine Verbindung zwischen unserer Familie und diesem Haus, wissen Sie.«

»Tatsächlich?« Beverleys Interesse war geweckt.

»Ja, mein Großvater, ich meine, *unser* Großvater«, Lisa deutete mit dem Kopf auf Maxine, die ans andere Ende des Balkons geschlendert war, »war ein Trumperton.«

Lisa war gespannt auf Beverleys Reaktion. Sie fiel jedoch nicht so begeistert aus, wie sie erwartet hatte. »Ich dachte, die wären alle ausgestorben«, sagte Beverley und inspizierte ihren Stiefelabsatz.

»Wer, die Trumpertons? Na ja, formal betrachtet ist der Name mit unserem Vater ausgestorben. Aber uns gibt es immer noch.«

»Aha.«

»Ich dachte, es wäre schön, wenn das Haus wieder zurück in die Familie …«

Die Maklerin zog das lächerliche Schuhwerk von ihrem Bein. Sie drehte den Stiefel um und schüttelte ihn. Ein Steinchen fiel heraus und kullerte über die Mosaikfliesen. »Wollen Sie hier allein wohnen?«, fragte sie.

»Ich verdiene mein Geld mit Schreiben und …«

»Wär Ihnen das Haus nicht ein bisschen zu groß? Ich meine, für eine Person … Ich würd's nicht machen. Außerdem heißt es, dass es in dem Haus spukt. Und davon abgesehen ist das andere Gebot sehr gut. Es ist schon alles in die Wege geleitet, eigentlich steht das Haus also gar nicht mehr zum Verkauf …«

Was war nur mit der Frau los? »Aber Sie haben doch vorhin gesagt, der Vertrag ist noch nicht unterzeichnet«, erwiderte Lisa. »Sollten Sie nicht versuchen, den besten Preis rauszuschlagen?«

»Was Sie da sagen, kommt mir einfach ein bisschen versponnen vor«, sagte Beverley.

»Gott sei Dank redet endlich mal jemand vernünftig.« Maxine rauschte an ihnen vorbei ins Haus. »Hier draußen erfriert man ja.«

»Ich begreife nicht, wie Sie es richtig finden können, dieses wunderbare Haus abzureißen«, sagte Lisa und merkte selbst, dass ihre Stimme einen schrillen Ton bekam.

Beverley verzog belustigt den Mund. »Ich weiß nicht, ob Ihnen das alles so klar ist, wo Sie doch aus – woher kommen Sie gleich noch mal?«

»New York … aber eigentlich bin ich von hier. Na ja, nicht von hier direkt. Ich bin in Melbourne geboren.«

Beverley blickte finster auf ihr Klemmbrett. Mit ihrem strassbesetzten Kugelschreiber zeichnete sie eine Reihe stirnrunzelnder Gesichter. »Wir leiden seit Jahren unter der Dürre. Das Land ist so trocken wie der Pimmel einer toten Eidechse.«

»Aber haben Sie nicht gesagt, Ihr Exmann könnte mir helfen?«

»Der hat gerade mehr als genug mit dem Garten für die neue Tagesklinik zu tun.«

Beverleys Stimmungswechsel waren wirklich verblüffend.

»Ist es wahr, dass es hier mal einen Skandal gab?«, fragte Lisa leise.

Beverleys Wangen wurden so pink wie ihre Jacke. »Jedes Haus hat eine Geschichte«, sagte sie und ließ die Mine ihres Kugelschreibers klicken.

»Was ist passiert?«

Auf der anderen Talseite begann ein Kookaburra wie wild zu keckern.

»Ich weiß keine Einzelheiten.«

Die Frau konnte einen zur Verzweiflung treiben. Lisa ging hinüber zu Ted und James, die in ein Gespräch vertieft waren.

»Irgend so ein Bauunternehmer will alles abreißen und 08/15-Einfamilienhäuser draufstellen«, sagte sie mit aufgeregt pochendem Herzen.

Ted starrte sie mit offenem Mund an.

»Das dürfen wir nicht zulassen«, fuhr sie fort. »Dieses Haus ist unser Erbe.«

Ted und James wechselten einen Blick. »Wenn du es kaufst, helfen wir dir, es herzurichten«, sagte Ted.

»Wirklich?«

»An den Wochenenden, in den Ferien und so …«

»Ist das euer Ernst?«

»Klar, wir schwingen den Pinsel«, sagte James und nickte zustimmend.

Lisa überlief ein aufgeregter Schauer.

»Wir helfen dir beim Umzug. Dein Zeug passt locker in den Kombi.«

Lisa zwang sich, in Ruhe nachzudenken. Bei Kalkulationen neigte sie immer zu einem gewissen Optimismus. Das Gebot für Trumperton Manor konnte nicht sehr viel höher liegen als das für das Stadthaus. Die Renovierung würde ein Vermögen verschlingen, aber sie konnte in dem alten Haus auch in seinem jetzigen Zustand wohnen. Vielleicht konnte sie an der Volkshochschule einen Heimwerker-Kurs belegen. Die Tilgung der Hypothek würde kein Honiglecken werden. Andererseits hatte sie die Rechte an *Drei Schwestern: Charlotte* an einen deutschen Verlag verkauft.

Sie traf eine Entscheidung und marschierte zurück zu Beverley. »Wie hoch ist das Gebot, das Ihnen vorliegt?«

Kapitel 10

Der Bauunternehmer wollte sich in dem Kampf um Trumperton Manor nicht so ohne weiteres geschlagen geben. Jedes Mal wenn Beverley anrief, war der Preis wieder um fünftausend Dollar gestiegen. Doch gerade als für Lisa das Ende der Fahnenstange erreicht war und sie sich auf das Schlimmste gefasst machte, stieg ihr Konkurrent aus. Offenbar war dessen Geldgeber ins Visier der Bundespolizei geraten und hatte sich mitsamt seinem Bankkonto nach Asien abgesetzt.

Lisa konnte es kaum erwarten, Tante Caroline im Seniorenheim zu besuchen und ihr die großartige Neuigkeit mitzuteilen. Die alte Frau schwatzte jedoch die ganze Zeit von einer Mittelmeerkreuzfahrt mit Queen Elizabeth und diesem attraktiven Prince Philip auf der königlichen Yacht Britannica. Als Lisa sie das dritte Mal unterbrach, um ihr ins Ohr zu brüllen, dass sie Trumperton Manor gekauft habe, sah Tante Caroline sie mit ihren lebhaften blauen Augen an und fragte: »Warum in aller Welt machst du denn *so was*?«, um anschließend sofort wieder das Thema zu wechseln.

Einen Tag nachdem die Wrights ihr Gebot endlich akzeptiert hatten, kaufte Lisa einen verbeulten grünen Camry Kombi. Er gehörte einem Freund von Ted, der nach Berlin ging, um dort seinen Doktor in Immunologie zu machen. Die Bremsen waren etwas weich, aber Ted versicherte ihr, der Wagen sei gut in Schuss.

Im Inneren roch es nach Hund und alten Socken, und

die Ladefläche sah besonders mitgenommen aus. Vielleicht hatte sie nebenbei als Drogenküche gedient. Aber wenn man die Rückbank umklappte, war jede Menge Platz für alles, was Landbewohner so in ihren Autos transportierten. Mistgabeln zum Beispiel.

Nachdem Lisa gelernt hatte, mit der Gangschaltung umzugehen, rumpelte sie mit einem irrationalen Gefühl von Freiheit durch die Straßen von Camberwell. Sie hatte Leute, die ihren Autos Namen gaben, stets belächelt, aber diese Rostbeule schrie förmlich nach einem Namen, deshalb taufte sie sie insgeheim Dino, nach dem Haustier der Familie Feuerstein.

Maxine war alles andere als erfreut darüber, dass »dieses Ding« vor ihrem Haus parkte. In letzter Zeit hatte sie fast ständig schlechte Laune, war aber immerhin so nett, Lisa eine Sammlung verstauber Küchenstühle, einen betagten Kleiderschrank und einen zwanzig Jahre alten Kühlschrank zu überlassen. Als Draufgabe bekam sie noch den Eichentisch, der jahrzehntelang im Schuppen herumgestanden hatte.

Beim Anblick dieses Möbelstücks, mit dem sie aufgewachsen war, wurde Lisa ganz sentimental. Die zerkratzte Tischplatte hatte den einen oder anderen Familienkrach miterlebt. In einer dunklen Ecke hinter Gordons Werkbank fand sie schließlich noch die beiden Einlegeplatten. Ausgezogen bot der Tisch Platz für zehn oder zwölf Personen.

Den Rest des Monats bemühte Lisa sich nach Kräften, unsichtbar zu sein. Sie schloss sich stundenlang mit dem Kapitän in ihrem Zimmer ein, beugte sich über den Computer und hackte in die Tasten. Zwar lag sie mit dem Buch immer noch hinter ihrem Zeitplan zurück, aber zumindest gingen ihr die Sätze jetzt leichter von der Hand. Der Kauf von Trumperton Manor schien ihre Schreibblockade irgendwie gelöst zu haben.

Sosehr Lisa die Schwestern Brontë auch verehrte, ein Aspekt ihres Werks machte ihr zu schaffen – die Männer. Von Heathcliff bis Mr Rochester waren die meisten Männer brutale Kerle, die ihre Hunde freundlicher behandelten als ihre Frauen. Sie genossen die mit ihrem Reichtum verbundene Macht und versanken ganz nach Belieben in dumpfes Grübeln oder vergnügten sich mit leichten Mädchen. Währenddessen trug der scharfe Verstand der weiblichen Figuren kaum etwas dazu bei, sie vor einem trostlosen Schicksal zu bewahren.

Lisa hatte vor, die männlichen Figuren in den *Drei Schwestern* etwas anziehender für die Leserin des 21. Jahrhunderts zu gestalten. Emilys Earl bekam eine metrosexuelle Seite. Frederick, dem Stallburschen, verpasste sie den muskulösen Körper, den sie bei den Männern im Fitnessstudio gesehen hatte.

Maxine kam ins Zimmer gefegt. »Besuch für dich«, verkündete sie und zog die Jolly-Roger-Vorhänge zurück. Lisa warf einen Blick auf den Kalender in ihrem Handy. Noch dreiundzwanzig Tage.

»Wer?«

»Dieser Mistkerl.«

»Jake?«, fragte Lisa ungläubig. War selbst Australien nicht weit genug weg, um ihn nicht sehen zu müssen?

Maxine verschränkte die Arme vor der Brust, als bestätigte sie den Tod eines Haustiers. »Der meint wohl, er kann hier einfach so aufkreuzen. Aber ich will ihn nicht in meinem Haus haben.«

Lisa spähte durch den Vorhang. Bei Jakes Anblick wurde ihr einen Moment lang weich ums Herz. Er hatte sich in einen schwarzen Parka eingewickelt und bellte etwas in sein

Handy. Typisch Jake. Mit dem Körper an einem Ort, mit dem Kopf ganz woanders.

»Er weigert sich zu gehen«, sagte Maxine.

Lisa warf einen Blick in den Spiegel und fuhr sich durch die Haare. Von den vielen Stunden vor dem Computer waren ihre Augen gerötet. In der Diele unten lagen Maxines Ugg-Boots wie zwei mutterlose Welpen. Lisa schlüpfte hinein und ging den überfrorenen Gartenweg hinunter.

Jake steckte das Handy in seine Jackentasche und bedachte sie mit einem Lächeln, das Babys und alte Damen dahinschmelzen lassen sollte. »Du hast dich ja schnell eingewöhnt«, sagte er. »Ich hätte nie gedacht, dass ich dich mal in solchen Dingern sehe.«

»Sind nicht meine«, erwiderte sie und blickte auf ihre Füße. »Was willst du?«

»Ich war gerade in der Nähe. In Singapur, um genau zu sein. Ich dachte, da könnte ich doch mal vorbeischauen.« Für Jake war ein Flugzeug praktisch das Gleiche wie ein Überlandbus. Er war immun gegen Jetlag.

»Hast du Portia gesehen?«

»Letzte Woche. Sie tritt ständig in irgendwelchen Tierkostümen auf.«

»*König der Löwen*?«

»Nein. Kindergeburtstage.«

»Isst sie genug?«

»Keine Ahnung. Als wir uns letzte Woche getroffen haben, hat sie was gegessen … was Grünes, glaube ich.«

Jake war offensichtlich zu sehr mit sich selbst beschäftigt, um sich Gedanken über die Gesundheit seiner Tochter zu machen. Um sich kümmerte er sich dafür umso mehr. Seine Zähne zeigten einen unnatürlichen Glanz, und seine Haare kamen ihr dunkler vor. Das distinguierte Grau an seinen Schläfen war verschwunden.

»Wie geht es … Belle?«

»Ausgezeichnet!« Er verschränkte die Arme und stampfte mit den Füßen in imaginärem Schnee. »Es läuft toll. Ich fühl mich so … *energiegeladen*. Wir haben mit Joggen angefangen.«

Jake hasste Laufen.

»Wir überlegen, an einem Halbmarathon teilzunehmen.«

»Schön für euch.«

»Sie hat mich zum Hot Yoga mitgenommen. Dieses Schwitzen hat etwas sehr Spirituelles, weißt du. Die haben mich erst wieder rausgelassen, als ich umgekippt bin.«

Jake sprach mit ihr, als wäre sie seine Mutter. Sie spielte mit und schenkte ihm die ersehnte Anerkennung. »Sieht aus, als hättest du abgenommen«, sagte sie.

»Proteindiät.«

Über ihre Proteinriegel hatte er sich immer lustig gemacht.

»Wirkt Wunder«, fügte er hinzu. »Wenn man von der Verstopfung mal absieht.«

»Die Kinder würden das als ZVIX bezeichnen«, sagte Lisa.

»Was?«

»Zu viel Information für die Ex.«

»Oh. Ja, stimmt, das bist du ja jetzt. Was habe ich da gehört, dass du einen alten Schuppen auf dem Land gekauft hast?«

Er hatte mit Ted gesprochen.

»Du hättest erst mal was mieten sollen. *Im Ernst*, wie lange bleibt Ted denn noch in Australien? Klar, *jetzt* sagt er, dass er hierbleiben will, aber das wird sich schnell wieder ändern.«

Lisa betrachtete einen Vogel, der zitternd auf einer

Stromleitung saß. Sie hatte die Nase voll von den Ratschlägen anderer Leute. Abgesehen davon hatte Jake sein Recht verwirkt, ihr welche zu erteilen. »Wie läuft's in der Arbeit?«

»Ach, das Übliche«, seufzte er. »Es ist nicht besonders lustig, ein alter Bulle auf einer Weide voll von testosterongesteuerten Jungstieren zu sein.«

»Vielleicht ist es an der Zeit, die Farm zu verlassen.«

»Wie es aussieht, wird mir der Zutritt zu den königlichen Gemächern verwehrt«, sagte Jake mit einem Blick zu Maxines Fenster, hinter dem sich die Vorhänge bewegten. »An der Ecke gibt es ein nettes Café. Du hast vermutlich keine Zeit, Mittag essen zu gehen?«

Um mit Jake Kaffee zu trinken, mit ihm zu lachen und über die Kinder zu reden ... Ihr Verstand schaltete sich gerade noch rechtzeitig wieder ein. »Nein, danke, ich bin am Arbeiten.« Sie drehte sich um und ging rasch zum Haus.

Maxine empfing sie an der Tür.

»Was wollte er?«

»Nichts.«

»Wie lange bleibt er?«

»Vergessen zu fragen.«

Als Lisa wieder vor ihrem Computer saß, kam ihr die Idee zu einem neuen Handlungsstrang. Ein älterer Mann, ein Pfarrer aus einer benachbarten Gemeinde, würde Gefallen an Emily finden. Sie würde jedoch schnell erkennen, wie er wirklich war – eitel und unsicher, seine Haare glänzten von schwarzer Schuhcreme, ein vergeblicher Versuch, das Grau zu überdecken.

Kapitel 11

Die Sekretärin von Hogan & Hogan händigte Lisa einen orangenfarbenen Umschlag aus. Sie ertastete darin den Umriss eines Schlüssels. Kaum zu glauben, dass dieses alte Stück Eisen ihr gehören sollte. Sie fragte, ob sie mit Beverley sprechen könne, aber die Sekretärin sagte, die Maklerin sei zu einem wichtigen Termin in einem Spa in Daylesford gefahren.

Den Umschlag fest in der Hand, eilte Lisa nach draußen. Die schneidend kalte Morgenluft biss ihr in die Kehle. Ein Laster rumpelte an ihr vorbei. Der schwarzweiße Hirtenhund auf der Ladefläche bellte freundlich. Rushhour in Castlemaine.

Aus dem Dino ragten Besen und Schrubber. Ted hatte seine Knie hinter das Armaturenbrett geklemmt und sah aus wie eine Heuschrecke, deren Beine jeden Moment brechen würden. »Das ging aber schnell«, sagte er.

Lisa sah über die Straße, wo James den Kombi in zweiter Reihe geparkt hatte. Es war ein Wunder, dass der Anhänger samt Inhalt noch daran hing. Der Kleiderschrank und der Kühlschrank standen Wache neben den Kisten aus New York und einer zerbeulten Mikrowelle, die ihr Maxine als Abschiedsgeschenk spendiert hatte. Daran lehnte ein Doppelbett, das sie in einem Möbelmarkt erstanden hatte, und dahinter hatte der alte Esstisch vor Schreck die Beine in die Höhe geworfen.

Im Heckfenster des Kombis blitzte eine Kameralinse

auf. Lisa zog ihre Mütze über die Ohren und stieg in den Dino. Es war zwar nett von den Jungs, dass sie ihre Freunde mitgebracht hatten, aber sie war nicht gerade begeistert, gefilmt zu werden. Allerdings hätte sie zu Zack auch schlecht nein sagen können (mittlerweile konnte sie sich sogar ihre Namen merken). Er war Filmstudent und hatte die etwas seltsame Idee, einen Dokumentarfilm über ihren »Lebens-Wandel« zu drehen, wie er es nannte. Mit seinen zu einem mädchenhaften Knoten hochgebundenen flachsblonden Haaren brauchte Zack jede Hilfe, die er kriegen konnte.

Der Kombi folgte ihnen auf den vertrauten Straßen zum Tor von Trumperton Manor.

»Halt an!«, sagte Ted, den Blick auf den »Verkauft«-Aufkleber quer über dem Schild gerichtet.

Lisa musste sich noch an die Eigenheiten der Bremsen des Dinos gewöhnen. Als das Auto langsam zum Stehen kam, sprang Ted hinaus und winkte seine Freunde heran. James und Zack stiegen mit zwei lachenden Mädchen aus dem Kombi.

Lisa freute sich, dass sie die Mädchen endlich kennengelernt hatte. Es wunderte sie nicht, dass Ted sich von solchen zupackenden jungen Frauen angezogen fühlte. Heidi trug eine rote Brille und Strümpfe mit roten Punkten. Sie studierte im fünften Semester Tiermedizin und hatte dieselbe verrückte Art wie Teds frühere Freundinnen. Als Heidi James auf den Rücken sprang, um sich von ihm Huckepack tragen zu lassen, war klar, dass die beiden ein Paar waren.

Ted schien Stella näherzustehen, die ihre Locken mit einem knallgelben Tuch zusammengebunden hatte. Stella wirkte weicher, weiblicher. Sie machte eine Ausbildung zur Ergotherapeutin. Von ihrer Neugier einmal abgesehen, war Lisa dankbar, dass sich die beiden jungen Frauen auf den bescheidenen Stundenlohn eingelassen hatten, den sie zahlen konnte.

Mit der Kamera in der Hand ließ Zack das Grüppchen unter dem Schild Aufstellung nehmen, Lisa in der Mitte. »Action!«, rief er.

Sagte man immer noch »Action«?

Lisa wedelte mit dem Schlüssel und grinste in die Kamera. Ted und James kletterten den Torpfosten hoch und nahmen das Schild ab – die Sportlichkeit der Unterdreißigjährigen war wirklich beeindruckend.

Zack rannte vor und postierte sich an der Stelle, an der die Auffahrt eine Biegung machte, um das Eintreffen der beiden Autos zu filmen. Er trug rote Cordhosen und ein orangenfarbenes Paisley-Hemd. Die Nadelstreifenweste sah aus, als wäre sie zu besseren Zeiten öfter mal Gast auf der Ehrentribüne beim Melbourne Cup gewesen. Einzelne Haarsträhnen hatten sich aus seinem Knoten gelöst und flatterten im Wind. Man könnte ihn leicht für eine junge Frau halten, dachte Lisa. Vielleicht hatten die Amateurwissenschaftler ja recht, die behaupteten, dass das viele Östrogen im Trinkwasser die männliche Spezies auslöschte.

»Ich hoffe nur, dass er seine Kamera nicht als Ausrede benutzt, um sich vor der Schlepperei zu drücken«, murmelte Ted, als sie an blühenden Goldakazienbüschen vorbeizockelten.

Unvermittelt erhob sich vor ihnen das Haus gegen den stahlblauen Himmel. Die vernagelten Fenster starrten ihnen wie tote Augen entgegen. Furcht überkam sie. Trumperton war verfallen und unbewohnbar, so wie Maxine behauptet hatte. Und was, wenn es tatsächlich darin spukte?

Der Dino hielt ruckelnd unter dem Portikus.

»Sag mir, dass ich nicht verrückt bin«, flüsterte sie.

Ted legte einen Arm um sie und drückte sie.

Mit zitternden Knien erklomm Lisa die Eingangsstufen. Sie riss den Umschlag auf und steckte den Schlüssel ins Schloss. Er ließ sich nur ein kleines Stück drehen. Sie spannte ihren Arm an, aber selbst mit brutaler Gewalt kam sie nicht weiter, das Schloss klemmte. Hitze stieg ihr den Hals hoch. Die Mädchen boten ihre Hilfe an. Aber es war *ihr* Haus, verflixt noch mal.

Eine Windbö fuhr in die Gummibäume. Lisa hörte ein leises Krächzen. Ein weißer Kakadu wippte auf dem untersten Ast eines Zylinderputzers. Er sah zu ihnen hoch.

»Ach, schaut mal!«, rief sie. »Das ist der Kakadu, den Maxine und ich beinahe umgebracht hätten.«

Die anderen tauschten Blicke aus. Wusste sie denn nicht, dass Kakadus alle gleich aussahen?

Lisa gab den Kampf mit dem Schlüssel auf und dachte an die Worte ihrer Yogalehrerin: »*Atmen* …«

»Gut, dass die Maklerin es nicht zu Bunnings geschafft hat«, sagte James und inspizierte den Türklopfer in seiner Hand.

Lisa lockerte ihr Handgelenk, dann drückte sie leicht gegen das Schloss. Sie hörte ein Knirschen, und endlich gab etwas im Inneren nach. Sie fragte sich, ob ihr das Haus damit sagen wollte, dass es die Oberhand behalten würde, egal was sie sich einbildete.

Als die Tür mit einem Quietschen aufschwang, stach ihr ein säuerlicher Geruch in die Nase. Sie trat in die Eingangshalle. Ein Sonnenstrahl fiel durch das Buntglasfenster und tauchte den Raum in sanfte Rosa- und Grüntöne.

»Wahnsinn!«, hauchte Stella. Über ihre Schultern wand sich ein Staubsaugerschlauch.

»Wo ist die Küche?« Heidis Stimme hallte von der Wandvertäfelung und dem Dielenboden wider.

Lisa tastete nach dem Lichtschalter neben der Tür. Es war ein in eine runde Holzscheibe eingelassener schwarzer Knopf. Sie hatte den Strom wieder anschließen lassen, aber in den wenigsten Lampenfassungen steckten Glühbirnen. Der Schalter ließ sich nur mühsam drücken. Es wäre ein Wunder, wenn … Da flackerte über ihren Köpfen eine nackte Glühbirne. Alle jubelten.

Sie öffneten die paar Schiebefenster, die sich überhaupt öffnen ließen, um Luft ins Haus zu lassen. Ted und Stella entluden den Anhänger, während Lisa und Heidi sich mit Bürsten bewaffnet über die hellbraunen Spundbrettwände in der Küche hermachten.

Nachdem er eine undichte Stelle unter der Spüle inspiziert und die Wasserhähne festgezogen hatte, breitete James vor dem Holzherd das Titelblatt der *Herald Sun* aus.

»Wie wollen Sie sonst kochen?«, fragte er und häufte einen Aschevulkan auf den Boden.

Lisa hatte eigentlich an Mikrowelle und Fastfood gedacht.

»Ein Glück, dass das Haus nicht renoviert worden ist«, sagte er und hob eine Ecke des alten Linoleums an. »Ich vermute mal … hey!«

Lisa kam aus der Speisekammer.

»Schauen Sie mal, ein Steinfußboden! Das ist Blaustein«, sagte James und kratzte jahrzehntealte Fettschichten weg. »Das alte Linoleum müssen wir unbedingt rausreißen. Aber nicht heute.«

Der Boden war uneben, aber schnell gewischt und halbwegs sauber. Die Mädchen packten Geschirr und Töpfe aus, und Lisa sortierte das Besteck in die Schubladen. Gerade als sie an der Spüle stand und gierig ein Glas Wasser trank, trugen die Jungs den alten Eichentisch herein.

Sie schoben die Einlegeplatten in den Zargenkasten und trugen ihn an seinen Platz. Der Tisch sah aus, als hätte er schon immer in dieser Küche gestanden. Lisa wischte die Spinnweben von Maxines Stühlen, die unterschiedlich genug waren, um als Vintage-Schick durchzugehen.

Die Mädchen seufzten bewundernd, als sie das Service von Tante Caroline auswickelten. Das gewundene Blumenmuster passte perfekt hierher, jedenfalls besser, als es jemals in New York gepasst hatte.

Als sie sich zu einem kalten Mittagessen um den Tisch versammelten, stellte sich Lisa die Leute vor, die vor mehr als hundert Jahren hier gesessen hatten – eine Köchin, die ihre müden Füße ausruhte, nachdem sie schon vor Sonnenaufgang aufgestanden war, um Brot zu backen; eine Magd, die ihre Haube zurechtrückte; vielleicht ein Butler, der auf dem Platz am Kopfende des Tischs saß, an dem sich Zack gerade gedankenverloren an der Nase kratzte.

Sie betrachtete ihren Sohn, der sich angeregt mit Stella unterhielt. Als Ted klein gewesen war, hatte er nicht allein im Kindergarten bleiben wollen. Er hatte ihre Hand umklammert und so lange gebrüllt, bis sie nachgab und sich zu ihm setzte und Lego-Schlösser mit ihm baute. Und kaum dachte sie, er wäre beschäftigt genug, dass sie einen Fluchtversuch wagen könnte, packte er wieder ihre Hand. Die Kindergärtnerin drängte sie zu gehen und versicherte ihr, dass sich Ted stets beruhigte, sobald sie weg war. Lisa schlich sich also um das Gebäude und lugte durch ein Fenster. Ted saß allein da und weinte leise über den Lego-Steinen, und es zerriss ihr schier das Herz.

In der Schule war Ted ein Einzelgänger gewesen, der mit großem Talent Comics zeichnete. Lisa hatte einige seiner Werke aufbewahrt, aber das mit Jake als Darth Vader, auf dem sie und die Kinder als seine Sturmtruppe erschienen, hatte sie entsorgt. Ted hatte ein besseres Sensorium für die Familiendynamik als sie.

Zur Enttäuschung seines Vaters fand Ted jeden Sport außer Schwimmen langweilig. Jake meinte, das zähle nicht, weil man dabei keinen Teamgeist entwickeln würde. Aber noch lieber klimperte Ted Melodien aus *Phantom der Oper* auf dem Klavier. Lisa besorgte einen Lehrer für ihn, und er übte fleißig. Schon bald war er eine gesuchte Begleitung für alle, die sich in den Schulmusicals auf der Bühne produzieren wollten. Das war typisch Ted – andere glänzen zu lassen.

Stella brach in lautes Lachen aus und verstrubbelte Ted die Haare. Australien hatte ihm gutgetan. Heimlich musterte Lisa Stella mit mütterlichem Blick. Die Fingernägel waren kurz und sauber (okay). Die Zähne gleichmäßig, aber nicht auffallend weiß (okay). Die Locken hatten einen natürlichen Glanz und waren keinen wilden Farbexperimenten ausgesetzt worden (okay). Keine sichtbaren Tätowierungen. Sie verwendete ein androgynes Parfüm (na ja … okay).

Aus den Erfahrungen mit Teds früheren Freundinnen hatte Lisa gelernt, nicht zu überschwänglich zu sein. Sie gab nicht der Versuchung nach, sich zu erkundigen, wie Stellas Eltern ihren Lebensunterhalt verdienten und auf welche Schule sie gegangen war. Oder worin die Arbeit einer Ergotherapeutin eigentlich bestand.

Nach dem Mittagessen machten Lisa und die jungen Frauen sich daran, das Schlafzimmer zu saugen und zu putzen, während die Jungs Bett, Schrank, Nachttischchen und zahllose Umzugskisten nach oben schleppten.

Der Teppich im Schlafzimmer war zu einer Farbe verblasst, die Lisa an den Tag erinnerte, an dem sie sich im Wartezimmer eines Arztes erbrochen hatte. Die bodenlangen Vorhänge starrten vor Dreck, das Blumenmuster war fast bis zur Unkenntlichkeit verblichen. Trotzdem wollte sie nicht, dass die Mädchen sie abnahmen. Auch in ihrem unerfreulichen Zustand würden sie für die nächste Zeit ein wenig Schutz gegen die Morgensonne bieten.

Die knapp fünf Meter hohe Decke ließ den Raum luftig wirken, und durch die Balkontüren strömte Licht. Die Decke war zwar rissig, aber sie hatte eine hübsche Einfassung, wie ein Tortendekor. An einem Kabel baumelte eine Glühbirnenfassung in der Mitte des Zimmers.

»Riecht modrig«, sagte Ted. »Willst du wirklich hier drin schlafen?«

Heidi und Stella wischten Spinnweben vom Kamin, während Lisa sich mit einem Brotmesser in der Hand ihren Kisten zuwandte. Sie war hocherfreut, ihr Kissen auszugraben.

Die Jungs wechselten einen Blick, als sie es zärtlich klopfte. Sie strich das Bettzeug glatt und warf eine rote Angoradecke darüber.

Stella brachte ein Glas mit einem Zweig leuchtend gelber Goldakazie und stellte es auf das Kaminsims. Was für eine aufmerksame junge Frau.

Lisas New Yorker Kleider schienen einer anderen zu gehören. Es war kaum vorstellbar, dass jemand in Castlemaine hochhackige Schuhe und ein kleines Schwarzes trug oder das Blumenkleid von JC Penney, das nach Scarlett O'Hara auf Steroiden aussah. Der dunkle Anzug, den sie sich eigens für Lesungen und Interviews gekauft hatte, entlockte ihr ein Schnauben. Hier draußen würde ihr wahrscheinlich nur ein Wombat Fragen zu ihren bescheidenen schriftstellerischen Meriten stellen. Aber irgendetwas musste sie in ihren Schrank hängen, also kam der Anzug hinein, neben dem japanischen Hochzeitskimono aus dem Secondhandladen, den sie als Morgenmantel benutzte, und dem dunklen maßgeschneiderten Mantel, den sie bei Schnee fürs Theater anzog.

Der Rest ihrer New Yorker Kleider wanderte zurück in die Kiste und wurde in einer Ecke verstaut. Ihr neuer Australienlook bestand aus Sachen, die nicht auf Bügel gehängt werden mussten – karierte Hemden, mehrere Mützen, eine dicke Fleecejacke. Besonders stolz war sie auf die klobigen Halbstiefel mit Gummizug an der Seite von Aussie Disposals. Nicht zu vergessen das altmodische Flanellnachthemd, das sie bei Target gekauft hatte …

Die Mädchen nahmen ihre Eimer und zogen weiter ins Bad. Im Schlafzimmer roch es immer noch wie auf einer Pilzfarm – beim nächsten Besuch in der Stadt würde Lisa ein Fläschchen Lavendelöl besorgen. Das Nachthemd unter dem Kissen und die Zahnschiene diskret in der Schublade des Nachttischchens versteckt, wirkte das Zimmer aber schon recht anheimelnd.

Ted stieg auf eine Leiter, um eine Energiesparbirne in die Fassung zu drehen.

»Wie geht's dir?«, fragte Lisa, während sie den Spiegel über dem Kamin polierte. Die Altersflecken widersetzten sich hartnäckig.

»Im Moment sind meine Finger etwas taub«, erwiderte er vorsichtig. Ihr Sohn konnte es schon von weitem riechen, wenn er ausgehorcht werden sollte. »Was allerdings nur daran liegt, dass ich die Arme angehoben habe und das Blut absackt«, fügte er hinzu.

»Ich meine, wie geht's dir mit der Trennung von Dad und mir? Belastet dich das nicht? Wegen Portia mache ich mir auch Sorgen …«

»Der geht's gut«, sagte er. »Wir skypen viel.«

»Ehrlich? Findest du nicht, dass sie abgenommen hat?«

»Schon, aber du weißt doch, wie die Mädels heute sind«, erwiderte er.

Lisa konnte nicht sagen, ob Ted sie nur beruhigen wollte, oder ob er sich auch Sorgen machte. Vielleicht beides.

»Ich hoffe bloß, dass die Scheidung nicht irgendwas bei ihr auslöst. Es muss für euch beide ein ziemlicher Schock gewesen sein.«

Ted ließ die Arme sinken und sah zu ihr herunter. In seinen Augen stand Traurigkeit. Und Mitgefühl. »Es war uns klar, dass das eines Tages passieren würde.«

»Was?«

»Komm schon, Mom. Dad hat die ganze Zeit gearbeitet. Und wenn er zu Hause war, verhielt er sich so, als würde er nicht dazugehören.«

Sie ließ den Staublappen sinken. »Ich dachte, dass wir beide glücklich miteinander sind.«

Ted fixierte sie mit einem Blick, der ihn tausend Jahre alt aussehen ließ. »Wir sind nur immer davon ausgegangen, dass du *ihn* verlassen würdest«, sagte er.

»Wirklich?« Der Staublappen fiel ihr aus der Hand. Sie hob ihn wieder auf und machte sich mit wilder Entschlossenheit über den Spiegel her. Sie brauchte neue Energie, etwas, das ihre Laune bessern würde. »Hast du eigentlich eine Freundin?«, fragte sie und beobachtete seine Reaktion im Spiegel.

Ted erstarrte.

»Du machst heute einen so glücklichen Eindruck, deshalb dachte ich …«

Seine Augenbrauen zogen sich zusammen.

»Sie ist sehr nett«, sagte sie und spritzte etwas Glasreiniger auf den Spiegel.

»Wer?«

»Stella …«

Ted betrachtete die Glühbirne in seiner Hand. »Stimmt, sie ist toll.«

»Sie mag dich sehr.«

Sie hörten, wie Zack im Nebenzimmer hämmerte. Er war so fasziniert von der Keule aus Fidschi gewesen, dass sie es ihm überlassen hatte, sie und die Masken in ihrem künftigen Arbeitszimmer aufzuhängen.

»Mach dir keine falschen Hoffnungen.«

Es war typisch für ihren Sohn, dass er in Sachen Liebe so zurückhaltend war. »Ich versteh schon. Es ist gar nicht so einfach heutzutage, wo man keine offizielle Bindung mehr eingehen muss.«

»Wir werden sehen«, sagte er nach längerem Schweigen.

Lisa wünschte, sie hätte gar nicht erst davon angefangen. Ted fand sie sicher übergriffig.

Ted drehte die Glühbirne in die Fassung und stieg die Leiter wieder hinunter. Plötzlich wirkte er müde. Auch Lisa verließen langsam die Kräfte. Als sie den Salon im Erdgeschoss in Angriff nahmen, hatte sie zu nichts mehr Lust und putzte nur noch die roten und blauen Kacheln um den Kamin. Sie waren alle in gutem Zustand. Keine einzige war auch nur angeschlagen.

Sie zupfte an einer Blase in der beigen Tapete über dem Kaminsims. Ein diagonales Muster aus dunkelblauen Lilien, die sich in Zickzacklinien über einen eierschalenfarbenen Hintergrund zogen, kam darunter zum Vorschein. Es war wunderschön, und sie spürte plötzlich ein aufgeregtes Kribbeln. Vor diesem Hintergrund hatte Alexander sein Leben gelebt.

Lisa holte aus einer der Kisten Alexanders Foto und stellte es auf das Kaminsims. Wenn doch nur diese traurigen Augen blinzeln würden und sie seine Stimme hören könnte. Endlich war Alexander wieder zu Hause. Ein gutaussehender Mann mit weißem Halsbinder, ein Gentleman.

»Es ist so ein schöner Sonnenuntergang«, sagte Heidi. »Haben Sie etwas dagegen, wenn wir das Sofa auf die Veranda stellen?«

»Nur zu«, sagte Lisa.

Die Mädchen versuchten das alte Sofa anzuheben, aber es war schwerer, als es aussah. Sie riefen nach Zack und Ted, damit sie ihnen halfen, es hinauszuwuchten und unter das Fenster zu stellen.

Lisa stand auf und riss sich die Plastikhandschuhe herunter. Alles tat ihr weh. Seit der Geburt ihrer Kinder war sie nicht mehr so müde gewesen. Aber es war eine angenehme Müdigkeit. Die Wände leuchteten golden. Das Lachen der jungen Leute lockte sie nach draußen in die Dämmerung. Das Sofa ächzte, als sie zusammenrückten, um Platz für sie zu machen. Sie genoss die beruhigende Wärme ihrer Körper.

Stella deutete auf einen weißen Vogel, der zu ihren Füßen im hohen Gras herumpickte.

»Das ist unser Kakadu«, sagte Lisa. »Er hinkt.«

Niemand wollte ihr widersprechen.

Der Himmel über dem Tal schmolz von Gold zu Orangenrot. James sagte, dass es normalerweise Regen gab, wenn die Wolken oben ausfaserten. Nachdem er auf dem Land aufgewachsen war, interessierte er sich natürlich für solche Dinge.

»Glauben Sie, das hier wird Ihr Glückshaus?«, fragte Zack und richtete die Kamera auf sie.

»Was meinen Sie damit?«, fragte sie und wischte sich die Spinnweben aus den Haaren.

»Wenn ich in das Haus ziehen könnte, in dem meine Großeltern gelebt haben, würde ich das tun«, sagte er.

Sie sah zu Zack hoch. Er war zu jung, um nostalgisch zu sein. Vielleicht verbarg sich hinter diesen hellen Wimpern und der Pfirsichhaut irgendein tieferer Schmerz.

»Es gefällt mir hier sehr.«

»Weil Sie zu Ihren Wurzeln zurückkehren?«

»Ja, meine Schwester kann das Haus allerdings auf den Tod nicht ausstehen …«

Sie war selbst erschrocken über die Vehemenz in ihrem Tonfall. Es hatte etwas Würdeloses, wenn eine Frau mittleren Alters sich derart über die Meinung ihrer älteren Schwester ärgerte. »Im Kühlschrank steht Bier«, sagte sie, um abzulenken. »Meldet sich irgendjemand freiwillig, etwas zu essen zu holen?«

»Das braucht's nicht«, James stand mit einem großen Tablett in der Tür. »Ich hab den alten Herd endlich in die Knie gezwungen.«

»Und ich habe etwas Besseres als Bier«, sagte Stella und zauberte eine Flasche Prosecco hervor.

Der Geruch nach Holzofenpizza rief Begeisterungsrufe hervor. Während sie über das Festmahl herfielen, ging über dem Horizont ein orangenfarbener Mond auf.

Der Prosecco kitzelte in Lisas Hals, und ihre Wangen glühten. »Warum ist Prosecco eigentlich so etwas Besonderes?«

»Das liegt an den Bläschen«, sagte Stella. »Dadurch gelangt der Alkohol viel schneller ins Blut.«

Als der Alkohol durch ihre Adern rauschte, verschwanden Lisas Ängste. Sie sah, wie Ted Stella durch die Haare fuhr. Dass die beiden sich mochten, war unübersehbar.

Schon bald brach die Runde auf, um zurück nach Melbourne zu einer Geburtstagsfeier zu fahren. Sie umarmten sie und versprachen, am folgenden Wochenende mit Farbeimern wiederzukommen.

Ted drückte Lisa ein Päckchen in die Hand. »Zum Einzug«, sagte er.

Lisa riss das Geschenkpapier ab und hielt ein Stirnband mit einer kleinen Lampe daran in der Hand. Solche Dinger trugen Höhlenforscher.

»Toll, danke!« rief sie mit gespielter Begeisterung.

Er zog das Band für sie zurecht und zeigte ihr, wo man das Lämpchen anknipste. Es strahlte wie ein kleiner Leuchtturm. »In solchen alten Häusern fällt gerne mal der Strom aus«, sagte er. »Leg sie neben dein Bett.«

Sie stiegen in den Kombi und fuhren weg. Plötzlich fühlte sich Lisa irgendwie verkrampft, ihr Gesicht war merkwürdig verzerrt. Es dauerte eine Weile, bis ihr klarwurde, dass sie lächelte. Trumperton Manor war so viel mehr als nur das Haus ihrer Träume. In jedem Ziegel und jeder knarrenden Diele steckte ihre DNA. Es war *ihr* Haus.

Als ob das nicht Glück genug wäre, schienen Ted und Stella sehr verliebt.

Kapitel 12

Jetzt musste ein schönes heißes Bad her. Lisa schleppte sich nach oben, ließ Wasser in die alte Badewanne mit den Löwenfüßen ein und tauchte in die wunderbaren Fluten. Das meditative Plätschern wurde unvermittelt von einem dumpfen Knall über ihrem Kopf unterbrochen. Etwas von merklicher Größe war auf dem Dach gelandet. Sie drehte die Hähne zu und lauschte.

Mehr als das Tröpfeln aus dem Kaltwasserhahn war nicht zu hören. Vielleicht war ein Ast auf das Dach gestürzt. Vollidiot, schimpfte sie sich selbst laut. An ihrem ersten Abend hier war sie selbstverständlich etwas schreckhaft. Das Haus würde alle möglichen Geräusche von sich geben, an die sie sich erst gewöhnen musste.

Seufzend streckte sie die Hand nach dem Heißwasserhahn aus. Aber im nächsten Moment erstarrte jeder Muskel ihres Körpers – Schritte. Jemand oder etwas lief direkt über ihrem Kopf über die Dachziegel.

Sie sprang aus der Badewanne und raffte ihre Kleider zusammen. Dann rannte sie ins Arbeitszimmer und knipste das Licht an. Glücklicherweise hatte Zack sich nicht besonders viel Mühe mit der Befestigung der Keule gegeben. Sie riss sie herunter. Es war beeindruckend gewesen, mit welcher Kraft die Krieger auf Fidschi diese Dinger geschwungen hatten, in ihren Händen sah sie allerdings so furchterregend aus wie ein Staubwedel.

Das Klopfen wurde immer lauter. Wer auch auf dem

Dach herumturnte, gab sich keine Mühe, seine Anwesenheit zu verbergen. Sie lief ins Schlafzimmer und schnappte sich ihr Handy. Ted war bestimmt schon fast in Melbourne. Sie wollte gerade die 911 wählen, als ihr einfiel, dass die Notrufnummer in Australien anders lauten musste. 999? Nein, das war die von Großbritannien. Sie wusste es nicht …

Lisa erstarrte. Weitere Füße waren hinzugekommen und trampelten auf dem Dach herum. *Zwei* Angreifer! Sie hatte keine Chance. Die Füße bewegten sich jetzt schneller und hasteten zur Vorderseite des Hauses.

Von dem Adrenalin wie unter Drogen lief Lisa ins Schlafzimmer und riss ihr Nachthemd unter dem Kissen hervor. Wenn sie schon ihren Mördern begegnen sollte, dann wenigstens mit Würde. Rasch zog sie es an und streifte sich Teds Lampe über den Kopf. Beruhigt von dem starken weißen Lichtstrahl, hob sie die Keule und öffnete die Balkontür einen Spalt.

Die Fenster des Nachbarhauses schimmerten durch die Äste der Gummibäume jenseits der Straße. Das Ganze sah aus wie aus einem Märchen der Gebrüder Grimm. Wenn sie schrie, würden sie es nicht hören. Es blieb ihr nichts anderes übrig, als sich ihren Feinden zu stellen. Das Herz klopfte ihr bis in den Hals, sie umklammerte die Keule und trat hinaus. Ihre nackten Füße kribbelten auf dem eiskalten Mosaikboden.

Auf dem Balkon war niemand. Aber sie hatte das Gefühl, beobachtet zu werden. Die Keule über dem Kopf, drehte sie sich rasch um und sah zum Dach hoch.

Zwei rote Augen starrten sie an. Daneben ein Paar kleinerer Augen. Über der Dachrinne baumelte ein buschiger Schwanz. Das größere Opossum machte sich sofort Richtung Kamin davon. Das kleinere musterte sie mit zur Seite geneigtem Kopf. Das Ende seiner Schnauze sah aus wie der rosa Radiergummi auf einem Bleistift. Sie rief ihm etwas zu, aber es drehte sich um und galoppierte seinem Kumpan hinterher.

Vor Erleichterung zitternd versuchte Lisa ihren Atem wieder zu beruhigen. Im Gegensatz zu dem anthrazitgrauen Himmel von New York war dieser hier tiefschwarz. Die Sterne funkelten mit dem Gleichmut des Universums. Im Lebenszyklus von Sonnensystemen hatte eine verängstigte Frau im Haus ihres Großvaters keinerlei Bedeutung. Sie sah zu den Sternen hoch und konnte beinahe den Tabakgeruch im Jackett ihres Vaters riechen. Er hatte zu den Menschen gehört, die etwas ganz Alltägliches, wie den Heimweg im Dunkeln, in etwas Magisches verwandeln konnten. Sie erinnerte sich an die Wärme seines Atems, als er seinen Arm um ihre Schultern legte und auf die drei nebeneinanderliegenden Sterne des Oriongürtels deutete. Sie waren leicht auszumachen, aber als er ihr die übrigen Sterne des Jägers zeigen wollte, irrte ihr Blick herum. Da wurde ihr zum ersten Mal klar, dass sich ihr vieles nie erschließen würde. Sie würde den Rest ihres Lebens damit verbringen, sich durchzumogeln oder als unwissende Betrügerin aufzufliegen.

Sie huschte zurück ins Zimmer und setzte eine rote Mütze auf, die von ihrer kurzen Strickkarriere zeugte. Wie die meisten ihrer selbstgestrickten Sachen trug sie sie nie in der Öffentlichkeit. Das orangenfarbene Blümchen, das sie darauf geheftet hatte, baumelte müde und lustlos daran. Dagegen wirkten die Thermosocken und die Fleecejacke geradezu schick. Sie stellte die Keule neben das Bett und legte die Stirnlampe auf das Nachttischchen zu dem Handy und der zerlesenen Ausgabe von *Sturmhöhe*.

Mit bis ans Kinn hochgezogenen Decken lag sie im Bett

und versuchte die Einsamkeit zu ignorieren, die in ihrer Brust nagte. Sie griff nach dem Handy. »Neuigkt!«, simste sie an Portia. »Ted hat e Frndin.«

»???!!!«, kam sofort die Antwort. Sie nahm an, dass das eine Frage bedeutete. »Stella. Wusstest d schon?«, tippte Lisa.

»Nein! Was macht d Haus?«

Lisa überlegte, wie weit sie mit der Wahrheit herausrücken sollte. Portia wollte wahrscheinlich nicht wissen, dass sie Angst hatte und aufgeregt und erschöpft zugleich war.

»Toll«

Eine Reihe von xxx und ein Smiley erschienen auf dem Display und signalisierten, dass die königliche Audienz zu Ende war.

In Lisas Kehle bildete sich plötzlich ein Kloß. Kinder hatten keine Ahnung, wie sehr ihre Eltern sie liebten, bis sie selbst Eltern wurden. Portia war ein süßes, fröhliches Baby gewesen. Sie hatte kaum geweint. Morgens hatte sie in ihrem Bettchen gebrabbelt, bis Lisa die Tür öffnete, und ihr dann die molligen Ärmchen entgegengestreckt, damit sie sie auf den Arm nahm. Ihr Lächeln war der reinste Sonnenschein.

Lisa hatte amüsiert zugesehen, wie ihre winzige Tochter schüsselweise Pudding verspeiste und die Reste über ihr Gesicht verteilte. Das Kind hatte Essen geliebt, alles daran: die Konsistenz, den Geschmack, die Farbe. Gut, sie war vielleicht ein bisschen runder als einige ihrer Freundinnen gewesen, aber Lisa hatte sich deswegen nie Sorgen gemacht. Portia war hübscher und niedlicher als alle zusammen.

Portia hatte natürlich nicht nur gerne gegessen. Sie liebte es auch, zu schauspielern und zu singen, und gehörte immer zu den Klassenbesten. Als die Töchter ihrer Freundinnen sich in bockige Teenager verwandelten, war Lisa stolz, dass Portia freundlich und zugänglich blieb. Zusammen besuchten sie Museen und Konzerte, und sie lasen dieselben Bücher. Sie waren unzertrennlich, aber Lisa passte auf, dass sie nie zu einer der Frauen wurde, die die Jeans ihrer Töchter trugen.

Die Veränderung war so abrupt gekommen, dass Lisa noch heute den Schock spürte. Kaum war Portia aufs College gegangen und von zu Hause ausgezogen, hatte sie eine unüberwindliche Mauer um sich errichtet. Lisa war ausgesperrt. Sie hatte keine Ahnung mehr, welche Bücher Portia las oder wer ihre Freunde waren. Jetzt trauerte sie um die Nähe, die sie einst verbunden hatte.

Portias erste Semesterferien waren mit dem Auftauchen des ersten rosa Glücksbärchi-Tattoos über ihrem linken Fußknöchel zusammengefallen. Lisa hatte versucht, sich ihre Besorgnis nicht anmerken zu lassen. Es war schließlich nichts, was in zehn Jahren ein guter Schönheitschirurg nicht wieder hätte entfernen können.

Beim nächsten Mal grinste ein grünes Bärchen verschlagen von Portias Unterarm. Lisa konnte sich eines Kommentars nicht länger enthalten. Sie erklärte Portia, dass sie sich mit dreißig oder vierzig vielleicht wünschen würde, ein etwas allgemeineres Thema für ihre Körperkunst gewählt zu haben. Portia ging in die Luft. Offensichtlich hatte Lisa keine Ahnung, dass die Bärchis *ironisch* gemeint seien.

Fortan hatte Lisa geschwiegen. Es dauerte nicht lange, und ein gelbes Bärchen strahlte trotzig von Portias rechter Wade. Es war fast so, als machte sich eine Armee von Glücksbärchis auf den Gliedmaßen Portias breit, während diese immer dünner wurde. Die Jungen schmachteten sie ihrer hinfälligen Schönheit wegen an. Verständlicherweise fühlte sich Portia geschmeichelt.

Eine Zeitlang musste Lisa zugeben: Portia sah umwerfend aus. Dann gewann Portia einen Preis als vielversprechendste Schauspielerin für ihre Darstellung der Daisy in einer Produktion der Venice Beach Players von *The Boyfriend*. Lisa war entsetzt, wie sehr Portia der Erfolg zu Kopf stieg. Sie brach das College ab und kellnerte, wenn sie nicht gerade für kleine Nebenrollen vorsprach. Offenbar hatte Portia noch nicht begriffen, dass der Beruf einer Schauspielerin die Garantie dafür war, für den Rest des Lebens kellnern zu dürfen.

Lisa hatte Portia so oft wie möglich besucht, was nicht oft der Fall war, weil Portia ständig »busy« war. Eines Abends hatte Lisa einen fürchterlichen Schreck bekommen, als sie sah, wie Portia in ein hauchdünnes Jäckchen schlüpfte. Ihre Schulterblätter ragten wie Engelsflügel hervor, bereit, sie vom Boden zu heben und mit ihr davonzuflattern.

Da hatte Lisa Angst bekommen. Als sie, was selten genug vorkam, zusammen ein Restaurant besuchten, beäugte Portia das Essen auf ihrem Teller, als wäre es vergiftet. Sie hörte zuerst auf, Fleisch zu essen, dann Milchprodukte. Es war nur eine Frage der Zeit, bis sie Salat verweigern würde, wegen des Traumas, das das Grünzeug beim Herausreißen aus der Erde erlitt. Gleichzeitig sah sie, wie Portia Cocktails in sich hineinschüttete, in denen genug Alkohol war, um eine halbe Kompanie volltrunken zu machen.

Lisa hatte zunächst versucht, Portia zum Essen zu verführen, dann hatte sie darum gebettelt, aber das entfernte ihre Tochter nur noch weiter von ihr. Nach der Brustkrebsdiagnose hatte sie gehofft, dass Portia sich ihr wieder annähern würde, aber sie stattete ihr immer nur kurze Pflichtbesuche ab. In solchen Momenten fragte sich Lisa, ob Portia die Unterkühltheit ihres Vaters geerbt hatte.

Schließlich war sie wegen eines Tellers Spaghetti in einem Restaurant ausgerastet. Portia hatte ihren Stuhl zurückgeschoben und war aus dem Lokal gerauscht, ohne ihr Essen angerührt zu haben. Danach hatte Lisa keine Einladungen nach Kalifornien mehr erhalten. Gespräche fanden nur noch in Form inquisitorischer Telefonate statt, die schließlich durch SMS ersetzt wurden.

Waren das Reaktionen auf die Spannungen in der Familie? Vielleicht war ihr Verhältnis aber auch zu eng gewesen. Im tiefsten Inneren musste sich Lisa allerdings eingestehen, dass Portias Verhalten nichts mehr mit einem normalen Ablösungsprozess zu tun hatte. Sie war stur, streitsüchtig und viel zu dünn. Genau wie Emily Brontë.

Lisa ging ins Badezimmer und wühlte in ihrem Waschbeutel. Die Ohrstöpsel leuchteten wie kleine, dicke Freunde in ihrem Plastikbeutel neben der Feuchtigkeitscreme, die sie kaum benutzte. Glücklicherweise hatte sie sie nicht weggeworfen. Sie drückte sie zwischen den Fingern zusammen und steckte sie sich in die Ohren.

Zurück im Schlafzimmer, schlüpfte sie unter die Decken, zog die Mütze über die Ohren und schaltete die Nachttischlampe aus. Die Erschöpfung übermannte sie, aber etwas fehlte noch zu ihrer Blockade gegen die Welt. Sie drehte sich um, öffnete die Schublade des Nachttischchens und tastete nach der glatten Oberfläche der Dose mit ihrer Zahnschiene. Jetzt waren alle Barrikaden errichtet, und sie fühlte sich sicher. Nicht einmal ein Geist würde sie noch aufwecken können.

Etwas tobte über ihr auf dem Dach. Das Geräusch war unnachgiebig und penetrant, und Lisas Ohrstöpsel hielten es nicht von ihr fern. Im Halbschlaf meinte sie einen Geist zu sehen, der sich zu ihr beugte, aber dann wurde ihr klar, dass es nur ein von einem Luftzug bewegter Vorhang war, und auch die Lärmquelle war ganz diesseitig. Es war Regen.

Blitze jagten blaue Phantome über die Wände. Donnerschläge brachten das Dach zum Erzittern. Der Wind heulte im Kamin. Sie hatte immer behauptet, dass sie Gewitter mochte. Aber dieses hier war von einer solchen Urgewalt, es war anders als alles, was sie kannte.

Sie verkroch sich unter der Bettdecke und presste die Augen zusammen. Da sie sich schon in mehr als einem schrecklichen Konzert den Hintern plattgesessen hatte, versuchte sie sich vorzustellen, sie säße im Lincoln Center bei einem dieser diskordanten Orchesterstücke von einem postmodernen Komponisten, die Kerry so mochte und für das er Freikarten aufgetrieben hatte. Die Schlagzeuger veranstalteten einen wahren Trommelwirbel, die Flöten und Oboen waren komplett aus dem Gleichklang, und die Streicher fiedelten immer knapp am richtigen Ton vorbei.

Auf dem Rücken liegend wartete Lisa auf das Ende des Konzerts. Seltsam war ein gleichmäßiges leises Tröpfeln, das den Lärm begleitete. Tief aus der Percussiongruppe gab ein Triangel das stete Geräusch von Wasser, das auf Teppich tropft, von sich.

Auf einmal strich eiskalte Luft über ihr Bett. Sie tastete nach der Nachttischlampe und knipste sie an. Es blieb dunkel. Gott sei Dank hatte sie Teds Stirnlampe. Sie schaltete sie ein. Ein nüchterner Lichtstrahl fiel auf die Vorhänge, die sich aufblähten wie riesige Geister. Schnell lief sie durchs Zimmer und schloss die Balkontüren. Dann kletterte sie zitternd zurück ins Bett und zog die Angoradecke bis unters Kinn, aber sie war klamm. Lisa richtete die Stirnlampe gegen die Decke. Tropfen rieselten glitzernd durch einen Riss auf das Bett.

Sie sah auf ihr Handy. 2:07. Maxine in Camberwell schlief sicher tief und fest und träumte von perfekten kleinen Enkeln (ein Hirnchirurg hier, ein milliardenschwerer Start-up-Unternehmer da …). Ted war vermutlich von Stella in Beschlag genommen.

Erneut fuhr ein Blitz durchs Zimmer. Sie überlegte, was ihr Vater sagen würde: »Das ist nur die Natur, die ihr Werk tut, Pandabär. Es wird vorübergehen. Mach dir eine Tasse Tee.«

Das Einzige, was sie noch schlimmer fand, als in ihrer ersten Nacht beinahe zu ertrinken, war, das eingestehen zu müssen. Mit einem Schlag ihrer falschen Wimpern würde Maxine in ihrem Golf sitzen und über die Autobahn rasen. Lisa konnte sie vor sich sehen, eine orange-grüne Wolke, die sie zurück in den Vorort verfrachten würde.

Sie nahm zwei Panadol und zwang sich zu schlafen. Kurz vor Sonnenaufgang träumte sie von einem Geist mit Kapuze, der sie über das Dach verfolgte und versuchte, sie hinabzustoßen. Im Fallen schaffte sie es, dem Geist die Kapuze herunterzureißen und sein Gesicht zu entblößen. Es war Tante Caroline, die gackerte: »Warum in aller Welt willst du Trumperton Manor kaufen?«

Kapitel 13

Charlotte Brontë war acht Jahre alt, als ihr Vater sie in das schlimmste Internat der Welt steckte. Sie rächte sich später, indem sie in den Anfangskapiteln von *Jane Eyre* beschrieb, was sie und ihre Schwestern erduldet hatten. Die Mädchen hatten nicht nur unter Hunger und körperlichen Strafen gelitten, sondern auch unter ständigem Schlafmangel.

Lisa wachte zu ihrem Leidwesen kurz nach Sonnenaufgang auf und fragte sich, wie lange ein Mensch ohne Schlaf auskam, bevor er verrückt wurde. Sie hatte in dieser Nacht sicher nicht mehr als zwanzig Minuten geschlafen.

Es war still und friedlich. Sie nahm die Ohrstöpsel heraus. Offenbar hatte es aufgehört zu regnen. Sie stapfte durch den Sumpf, den ihr Schlafzimmer darstellte, zu den Balkontüren. Als sie auf den Balkon trat, riss sie erschreckt die Augen auf. Über Nacht hatte sich das Tal in einen riesigen ruhigen See verwandelt. Die Bäume beugten sich bewundernd über ihre Spiegelbilder. Ein Trupp Kängurus putzte sich auf einem Hügelchen, und Rosakakadus flatterten kreischend über einen blassblauen Himmel. In diesem unberechenbaren Land mit seiner seltsamen Tierwelt hatte der Mensch nichts zu suchen.

Lisa rückte ihre Mütze zurecht, schloss den Reißverschluss der Fleecejacke über ihrem Nachthemd und ging runter in die Küche. Sie trat durch die Tür und stand knöcheltief im Wasser. Der Tisch, an dem sie und ihre Helfer am Vorabend noch so fröhlich gesessen hatten, glich der Arche Noah, die auf einem braunen Meer trieb.

Plötzlich lag ein zentnerschweres Gewicht auf ihren Schultern. Sie überlegte, was eine Brontë-Heldin tun würde. Im Vergleich zu deren Entbehrungen war eine kleine Flut nichts. Sie würde sich zusammenreißen und sich ans Werk machen. Frischen Mutes ging sie in die Eingangshalle und schnappte sich einen Besen. Als sie zurückkehrte, sah sie erstaunt ein Paar muskulöser brauner Beine auf sich zu waten.

Die Beine mündeten in Khaki-Shorts, über denen eine der rustikalen Jacken kam, die Portias Hipster-Freunde so toll fanden. Außer dass diese hier kein ironischer Kommentar zu klassischen Männlichkeitsattributen war. Das hier war das Original, schloss Lisa aus den breiten Schultern und den kräftigen sonnengebräunten Händen. Irgendeine Art Outdoor-Gott war in ihre Küche spaziert. Sie richtete den Besen auf.

»Willkommen bei uns«, sagte die gebräunte Gottheit und hob die Hände, wie um sich zu ergeben.

In dem Moment wurde Lisa bewusst, dass sie angezogen war wie eine aus einem Heim für geistig Verwirrte Entflohene. »Wie sind Sie hier reingekommen?«, bellte sie. Ihre Worte klangen allerdings irgendwie unbeholfen und undeutlich. Außerdem lispelte sie plötzlich. Sie wurde rot, drehte den Kopf zur Seite, spuckte die Zahnschiene in die Hand und ließ sie in die Jackentasche gleiten.

»Durch die Hintertür«, sagte der Mann leicht amüsiert. »Sie war nur zugedrückt.«

Sie hob den Besen. Er riss die Augen auf. Entweder sagte er die Wahrheit, oder er war einer dieser Kleinstadt-Serienmörder, die man aus dem Fernsehen kannte.

»Sie war *zugesperrt*!«

»Ehrlich?« Er wirkte etwas zerknirscht. »Das hab ich nicht gemerkt … Sie hat sofort nachgegeben, als ich dagegen gedrückt hab. Ihr Mann sollte sich das Schloss mal anschauen.« Es tat ihm offenbar leid, ihr einen Schrecken eingejagt zu haben. Das war womöglich typisch für Serienmörder – ihre Opfer mit harmlosem Geschwätz in Sicherheit zu wiegen. Er war so groß und kräftig, dass außer Frage stand, wer von ihnen beiden gewinnen würde, wenn sie versuchte, ihn zu vertreiben.

»Sie können Ihre Zähne wieder zurücktun, wenn Sie wollen«, sagte er hilfsbereit.

»Das sind nicht meine *Zähne*!« Sie holte die Schiene hervor und zeigte sie ihm.

»Ach. Eine Sportlerin. So ein Ding hatte ich früher auch, als ich noch Football gespielt hab.«

Sein Alter war schwer zu schätzen – irgendwas zwischen fünfunddreißig und fünfzig. Wahrscheinlich älter als der Durschnitts-Triebtäter mit Testosteronüberschuss, auch wenn Lisa überlegte, dass sie sich vielleicht ein wenig schmeichelte, wenn sie dachte, ihr Mützen-Nachthemd-Ensemble könnte irgendjemanden erregen. Andererseits könnte er gerade aus dem Gefängnis geflohen sein und jahrlange Entbehrungen hinter sich haben … Seine dunklen Haare waren kurz, aber nicht sträflingskurz. Koteletten überschatteten den Ein- oder Zweitagebart auf seinen Wangen. Über seine linke Augenbraue zog sich eine Narbe. Einer seiner Eckzähne war schief. Er wirkte wie ein Actionheld, der seinem Raketenrucksack noch nicht ganz über den Weg traute. Aber hinter seinem jungenhaften Grinsen verbarg sich eine gewisse Traurigkeit. Sie wusste nur nicht genau, ob sie mit Resignation, Enttäuschung oder etwas Komplizierterem gepaart war. Egal, der Mann hatte kein Recht, hier zu sein.

»Scott Green«, sagte er und bedachte sie mit einem umwerfenden Lächeln. »Für Sie gerne Scottie. Der Fluss hat Hochwasser. Ist heute Nacht ziemlich weit über die Ufer getreten. Ich wollt mich nur mal bei den Nachbarn umschauen.«

Der Name kam ihr bekannt vor. »Sind Sie der Gärtner mit den Spezialpreisen für Rentner?«, fragte sie.

»Warum, wollen Sie einen Seniorenrabatt rausholen? Eigentlich bin ich Landschaftsarchitekt. Aber inzwischen mach ich im Grunde alles. Aus welchem Teil der Staaten kommen Sie?«

Mist. Wieder der Akzent.

»Ursprünglich stamme ich aus Melbourne.«

»Wie sind Sie bloß auf die Idee gekommen, Tumbledown Manor zu kaufen?«, fragte er.

»Es heißt Trumperton Manor.«

Der Eindringling grinste. Sie wusste nicht, ob er sie nur aufzog.

»Mein Großvater hat hier gelebt«, fügte sie rechtfertigend hinzu. »Ich bin Lisa Trumperton.«

Scott sah sie plötzlich mit anderen Augen an. Sein Blick glitt über ihre Mütze, die Fleecejacke und das Nachthemd. Sie kam sich lächerlich vor. »Dann sind Sie wirklich Aussie?«

Sie starrten sich über das flache Meer zu ihren Füßen an.

»Ich hab noch einen davon im Auto«, sagte er und deutete mit dem Kinn auf den Besen. »Soll ich Ihnen helfen?«

Lisa hätte am liebsten vor Dankbarkeit geweint. Stattdessen watete sie durch den Tümpel und riss die Hintertür mit dem neuerdings kaputten Schloss auf. Seite an Seite holten sie mit ihren Besen gleichmäßig aus und schoben das Wasser aus der Küche die Hintertreppe hinunter. Scott schaffte mit einer Bewegung mehr als Lisa mit drei.

Er versicherte ihr, dass sie besser dran sei als ihre Nachbarn, die knietief im Wasser standen. Er hatte ihnen seine Pumpe leihen müssen. »Zum Glück haben sich die Wolken verzogen«, sagte er und öffnete die Fenster. »Die nächsten paar Tage wird es hier wahrscheinlich ein bisschen müffeln. Aber die Wettervorhersage ist gut. Sollte ziemlich schnell trocknen.« Sein Optimismus war beeindruckend.

Nachdem er den Besen auf die Ladefläche seines Pritschenwagens geworfen hatte, fragte er, ob sie sonst noch etwas brauchte. Sie berichtete ihm von dem Stromausfall. Er holte einen Werkzeugkasten und machte sich über den Sicherungskasten auf der hinteren Veranda her. Zehn Minuten später flackerten die Lampen wieder, und der Kühlschrank fing an zu brummen.

Das alles erledigte Scott mit einer solchen Mühelosigkeit, dass sie ihn hätte umarmen mögen. Aber das war wohl nicht das angemessene Verhalten für eine Frau in Nachthemd und Mütze. Stattdessen machte sie sich auf die Suche nach ihrer Geldbörse. Verlegen schüttelte er den Kopf. Ein Becher Kaffee mit Milch und drei Löffeln Zucker war alles, was er wollte.

»Wie steht's mit dem Dach?«, fragte er und schlürfte den Kaffee aus seinem Becher.

»Sind Sie Hellseher?«

»Nein.« Er lachte. »Ich kenn das Haus nur schon seit meiner Kindheit. Das Dach war noch nie dicht.«

Sie führte ihn nach oben, damit er das Schlafzimmer inspizieren konnte.

Er musterte das durchnässte Bettzeug. »Verstehe, dann gibt es also keinen Mr Trumperton?«

Lisa wurde rot. Was ging ihn das an! Sie hätte ihn nicht hierherauf bringen sollen.

»Die Dachziegel müssen wieder richtig verlegt werden«,

sagte er und wandte seine Aufmerksamkeit vom Bett ab. »Sie sollten außerdem jemanden holen, der sich die Fenster und Fensterläden ansieht.«

»Ich habe einen erwachsenen Sohn«, sagte sie etwas verschnupft.

»Ach, ehrlich?«, erwiderte er mit entwaffnendem Lächeln. »Na, vielleicht kann der Ihnen ja helfen.«

Sie biss sich auf die Lippe. Ted und seine Freunde waren reizend, aber sie hatten ihr eigenes Leben. Lisa brauchte eindeutig mehr Unterstützung, als sie bei ihren gelegentlichen Wochenendbesuchen leisten konnten.

»Sonst können Sie sich auch an die Grey Army wenden«, fügte er hinzu. »Das sind sehr gute Handwerker. Ron wird Sie nicht abzocken. Ich schicke Ihnen eine SMS mit seiner Nummer.«

Während er ihre Nummer in sein Handy tippte, konnte sie Maxine förmlich aufheulen hören: »Du hast einem Wildfremden deine Nummer gegeben? Warum bietest du deine Dienste nicht gleich in der Triebtäterabteilung an?«

Er half ihr, das Bettzeug auf den Balkon zu schleppen. Sie breitete die Decke über das Balkongeländer, während er die Matratze an eine sonnige Stelle hievte.

»Sollte bis zum Nachmittag trocken sein«, sagte er und blickte über das Tal. »Das Wasser weicht schon zurück.«

Der See war merklich kleiner geworden. Sie kannte keine andere Landschaft, die sich so schnell veränderte.

Sie schickte ihn nach unten, damit sie Jeans und Sweatshirt anziehen konnte. Wo sie schon dabei war, legte sie auch gleich noch etwas Make-up und Lipgloss auf.

Bei ihrer Rückkehr kauerte Scott auf dem Boden und musterte die Stelle, wo James den Steinfußboden zutage gefördert hatte. Sie bot ihm ein Stück kalte Pizza an. Es verschwand mit zwei, drei Bissen. Sie legte zwei weitere

Stücke auf einen Teller und sah zu, wie die dasselbe Schicksal ereilte.

»So hoch stand der Fluss noch nie«, sagte Scott und unterdrückte ein Rülpsen.

»Und das nennt man dann Dürre.«

»Wir hatten gerade den heißesten Sommer seit Beginn unserer Aufzeichnungen. Wobei das nicht viel heißt. Ron hat das Messgerät erst letztes Jahr gekauft.«

Sie kicherte. O Gott, hoffentlich glaubte er nicht, dass sie flirten wollte? Sie zog die Mundwinkel nach unten und goss noch zwei Becher Kaffee ein.

»Leben Sie schon immer hier?«, fragte sie.

»Ich bin die Straße ein Stück weiter unten aufgewachsen. War auf der Schule nicht gerade ein Überflieger. Aber weil ich schon immer gern an der frischen Luft war, hab ich am Burnley eine Ausbildung zum Landschaftsarchitekten gemacht. Hab meine eigene Firma gegründet. Eine Zeitlang hat der Laden richtig gebrummt. In der *Vogue Living* ist sogar ein Artikel über mich erschienen.«

»Warum sind Sie dann zurückgekommen?« Der Becher verbrannte ihr die Hand. Sie goss etwas Milch nach, um den Kaffee abzukühlen.

»Ich wollte meinen Sohn öfter sehen«, sagte er nach einer Weile.

Es überraschte sie, dass er Vater war. »Ach, wie alt ist er denn?«

»Sechzehn. Meine Ex hat ihn mit hierhergeschleift, als sie sich mit diesem Immobilienmakler zusammengetan hat.«

»Hogan dem Jüngeren?«

Er legte die Hände in den Schoß und studierte seine Daumen. »Sie findet, dass ich ein schlechter Vater bin.«

Lisa schob ihm die Zuckerdose zu. Er schaufelte mehrere Löffel in seinen Becher.

»Das kann ich mir nicht vorstellen. Wie heißt Ihr Sohn?«

»Todd. Er ist ein ganz normaler Junge. Sie wissen ja, wie sie in dem Alter sind.«

»Schnelle Autos und Mädchen ...«

Sein Blick richtete sich auf den Boden. Vielleicht steckte der Junge in Schwierigkeiten.

»Hier draußen gibt's keine Drogen, oder?«, fragte sie.

»Keine harten jedenfalls.«

»Seit wann sind Sie wieder zurück?«

»Fast zwei Jahre. Ich liebe die Landschaft hier. Ich bin ein Teil davon.«

Lisa war plötzlich neidisch. So etwas würde sie auch gerne von sich behaupten.

Scott strich mit der Hand über die Tischplatte.

»Schöne alte Eiche. Ich hab bei mir einheimische Hölzer.«

»Gab es bei Ihnen auch eine Überschwemmung?«

»Nein. Ich wohne weiter oben im Tal auf einem Hügel.«

»Ein Haus?« Das sollte nicht unverschämt klingen, aber er kam ihr vor wie jemand, der in einem Baum wohnte.

»Eine richtige Höhle«, sagte er grinsend. »Offener Kamin, Keith Jarrett auf dem Plattenteller und ein Glas australischer Rotwein. Die Freuden des einfachen Mannes.«

»Hört sich toll an«, sagte Lisa und meinte toll für ihn, nicht unbedingt für andere.

»Und was hat Sie ins Land von Oz gebracht?«, sagte er und machte sich über das vierte Stück Pizza her.

Er war ein guter Zuhörer. Sie erzählte ihre Geschichte (unter Auslassung der Mastektomie und der peinlichen Aspekte ihrer Scheidung), und an den richtigen Stellen nickte er aufmunternd oder war ernst.

»Sie sind eine mutige Frau«, sagte er, erhob sich und rieb sich den Nacken.

»Warum, weil hier ein Geist haust?«, fragte sie.

»An so was glauben Sie doch nicht etwa?«, sagte er. »Aber wenn ja, dann sollten Sie sich keinen Unsinn erzählen lassen. In dem Haus wohnt kein Geist.«

»Wusste ich's doch«, sagte sie und verschränkte zufrieden die Arme.

»Nur in den Ställen.«

Die Haare an Lisas Armen richteten sich auf. Plötzlich war ihr kalt. »Was soll das heißen? Ist da mal etwas passiert?«

»Das erzählt man sich«, sagte Scott und musterte seine Fingernägel.

»Was denn, hat sich jemand umgebracht?«

»So in der Art«, sagte er leichthin. »Aber machen Sie sich keine Gedanken deswegen. Wahrscheinlich stimmt es überhaupt nicht.«

Er wandte sich zum Gehen. Sie hatte ganz vergessen, wie es war, neben einem Mann, der größer als sie war, zu stehen – es hatte etwas fast Erdrückendes. In der hellen Sonne draußen musste sie blinzeln. Die Gummibäume glänzten silbrig.

Er verstaute seine Sachen auf der Ladefläche des Pritschenwagens. »Ich komm morgen früh vorbei und schau mir das Dach an«, sagte er.

Sie hatten nicht über die Bezahlung gesprochen. Außerdem schuldete er ihr noch den Beweis, dass er kein Mörder war. Gerade als sie nein sagen wollte, vibrierte ihr Handy, eine SMS von Ted. Er und seine Freunde würden nächstes Wochenende zu einem Festival fahren und es daher nicht nach Castlemaine schaffen.

»Das wäre sehr nett, danke«, sagte sie.

Scott fuhr davon und hinterließ eine Pheromonwolke.

Kapitel 14

Höhnisches Gelächter hallte in Lisas Kopf wider. Scott saß auf einem Barhocker im Pub und genoss die allgemeine Aufmerksamkeit. Er warf seinen hübschen Kopf in den Nacken und streckte seine Riesenhände weit von sich, um die verrückte Amerikanerin mit dem falschen Gebiss nachzuäffen, die ihn mit einem Besen angegriffen hatte. Das Gackern wurde lauter, hysterisch. Lisa war das Gespött von ganz Castlemaine. Vor Scham schwitzend wachte sie mit einem Ruck auf. Durch die Vorhänge drang das graue Morgenlicht. Sie zog die Zahnschiene aus dem Mund und legte sie in die Aufbewahrungsdose. Als sie die Ohrstöpsel herausnahm, fing wieder das Gelächter an. Kookaburras, nicht umsonst auch Lachender Hans genannt.

Sie hatte eigentlich ganz gut geschlafen. Sie hatte einen Stuhl unter die Klinke der Hintertür geklemmt und sich halbwegs sicher gefühlt. Ihr Bettzeug duftete nach Gras, nachdem es den ganzen Tag gelüftet worden war. Der muffige Geruch in ihrem Schlafzimmer war eher beruhigend als unangenehm. Und der Geist, wenn es denn einen gab, hatte Besseres vorgehabt.

Scott hatte versprochen, früh bei ihr vorbeizukommen. Das konnte auf dem Land durchaus sechs Uhr heißen. Lisa sprang aus dem Bett und schob die Vorhänge mit dem Handrücken auf. Ganz oben auf ihrer Liste standen neue Vorhänge. Sie riss die Balkontüren auf und trat hinaus. Die Sonne döste noch zwischen den Hügeln unter einem klaren, lavendelfarbenen Himmel. Vor ihr breitete sich das Tal aus wie eine prähistorische Landschaft, die darauf wartete, dass erstes Leben in ihr erwachte.

Aber es war keine Zeit, herumzutrödeln. Dieses Mal würde Scott sie nicht unvorbereitet erwischen. Schnell ging sie unter die Dusche und zog eine Khakihose und ein blau-weiß kariertes Hemd an. Ihre Haare waren gekämmt, das Make-up minimal. Die Stiefel komplettierten den Look: Jetzt fehlte nur noch ein Akubra-Hut, und sie hätte als Crocodile Dundee durchgehen können.

Um Viertel vor sechs saß sie unten und schüttete Müsli in eine Schüssel. Es knirschte wie Kiesel zwischen ihren Zähnen. Sie musste bald einen Zahnarzt und einen Internisten finden, um die jährlichen Routineuntersuchungen machen zu lassen.

Eine Stunde später war Scott immer noch nicht aufgetaucht. Es war nach wie vor früh, und sie hatte genug damit zu tun, Kisten auszupacken und die Küchenstühle geschmackvoll anzuordnen. Sie hatte wirklich viel zu wenig Möbel. Jetzt, da das Sofa auf der Veranda stand, blieb ihr in Alexanders Zimmer nur der Boden als Sitzgelegenheit. Ein Teil von ihr fürchtete sich davor, Scott wiederzusehen. Der andere, ehrlich gesagt der größere, freute sich darauf.

Um halb neun schaute sie nach einer Nachricht auf ihrem Handy. Vielleicht war er aufgehalten worden. Oder, um halb zehn, er hatte einen Unfall gehabt. Gegen zehn näherte sich auf der Straße eine Staubwolke. Ihre Kiefergelenke knackten. Das Auto fuhr am Tor vorbei. Um halb elf fing sie an, sich zu ärgern. Er könnte wenigstens kommen und das Schloss reparieren, das er kaputtgemacht hatte. Um zwölf war sie wütend, und zwar nicht, weil es seine Pflicht war zu kommen, sondern weil er auch nicht besser war als alle anderen.

Heiße Schokolade war zwar kein Bestandteil von Lisas neuester Diät, aber nicht alle verdammten sie als ungesund. Schokolade war ein Stimmungsaufheller und ein Antioxidans, was einer Frau in ihrer Situation nur guttun konnte. Nachdem sie einen Becher Vollmilch erhitzt hatte, schaufelte sie eine großzügige Menge des angeblich besten belgischen Schokoladenpulvers hinein. Dann toastete sie zwei Scheiben Brot, strich Himbeermarmelade darauf und trug alles hoch in ihr Arbeitszimmer.

Sie schaltete den Computer an. Der Bildschirm verbreitete sein lebloses Licht. Sie klopfte an der Tür zu Emilys Welt, aber ihre Heldin antwortete nicht. Der Toast verschwand in atemberaubender Geschwindigkeit. Ebenso die heiße Schokolade. Gerade als sie sich daran erinnerte, dass sie zu den Menschen gehörte, die eine richtige Mittagspause machten, statt am Schreibtisch zu essen, krachte der Klopfer gegen die Haustür.

Also bequemte er sich doch endlich dazu, sich blicken zu lassen. Sie öffnete Portias Facebook-Seite. Portia hatte ein Zombie-Musical besucht und geliked.

Scott sollte ruhig warten. Der Klopfer hämmerte gegen die Tür.

Sie rückte den Kragen ihres Hemdes zurecht und schlenderte nach unten.

»Sie haben sich ja ganz schön Zeit gelassen«, sagte sie beim Öffnen.

Eine Schildkröte in einem weißen Overall sah mit feuchten Augen zu ihr auf. »Ron Sotheby, Grey Army«, pfiff er durch ein schlecht sitzendes Gebiss. »Scottie hat gesagt, wir sollen mal vorbeischauen. Meinte, Sie bräuchten einen Kostenvoranschlag.«

Hinter Ron standen zwei weitere Männer in farbverkleckten Overalls. Die Jahre hatten sie körperlich zwar in die Mangel genommen, aber ihre Augen funkelten vor Neugier.

Diesen zusammengewürfelten Haufen hier vorbeizuschicken war also Scotts Art, sich für sein Ausbleiben zu entschuldigen.

»Oh! Kommen Sie rein.«

»Das ist Ken.« Ron deutete auf den einen Mann mit einer weißen Mähne und Knollennase. »Elektro und Sanitär. Sein eines Knie ist kaputt, aber sonst ist er noch ganz brauchbar.«

»Und ich bin Doug.« Der bärtige Begleiter von Ron und Ken sah aus wie ein Doppelgänger von Santa Claus. »Pensionierter Schreiner, Emphysem.«

»Und solange ich an meine Herztabletten denke, funktionier ich auch noch ganz gut«, fügte Ron hinzu.

Sie führte sie in die Küche und setzte sie an den Tisch. Ron blickte hoffnungsvoll auf die Schränke, als sie den Wasserkessel aufsetzte.

»Tut mir leid«, sagte sie und holte ein Päckchen Haferkekse. »Mehr hab ich leider nicht.« Sie schüttelte sie auf einen Teller.

Ron nahm einen Keks mit der inneren Größe eines Sportlers, der Silber bekommen hatte, obwohl er Gold verdient hätte. »Also, was können wir für Sie tun?«

»Als Erstes würde ich gerne die Küche streichen«, sagte sie. »Und dann könnte man vielleicht den Steinboden freilegen.«

Spannung lag in der Luft. Es war eine Art Ehe auf Probe. Wenn beide Parteien sich nur von ihrer besten Seite zeigten, konnte die Beziehung klappen. Andernfalls würde das Ganze vermutlich in Streit und Tränen enden.

Sosehr es sie auch drängte, noch das hässliche Badezimmer im oberen Stock zu erwähnen, die Dielen, die abgeschliffen werden mussten, und alle anderen Oberflächen im Haus, die nach drei Farbschichten dürsteten (nicht zu vergessen die kaputten Fensterscheiben und -läden), sagte sie weiter nichts. Sie wollte nicht, dass die drei synchron eine Herzattacke erlitten.

Die Männer von der Grey Army tunkten die Kekse in den Kaffee und ließen einen kritischen Blick durch die Küche schweifen. Wie drei Richter taxierten sie Mängel und Schwächen. Nach zwei weiteren Keksen und einer Menge Smalltalk nannte ihr Ron den Stundenlohn, zu dem noch die Vesper- und Mittagspause kamen. Es hörte sich anständig an.

»Ach, und wenn Sie dann noch einen Blick auf das Dach und das Schloss der Hintertür werfen könnten, wäre ich Ihnen sehr dankbar«, fügte sie hinzu.

Ken meinte, das sollte kein Problem sein. Sie würden in zwei Tagen mit der Arbeit beginnen. So hätte sie genug Zeit, sagte Ron, ein paar Farbkarten aus dem Malerbedarfsgeschäft zu besorgen und ein wenig zu backen.

Am nächsten Morgen war der Himmel klar und plastikblau. Nachdem Lisa geduscht und Zähne geputzt hatte, checkte sie ihre E-Mails und die Wettervorhersage. Dottergelbe Sonnen reihten sich auf dem Bildschirm aneinander. Wenn der Wettermann recht behielt, war ihr Bettzeug die nächsten Nächte sicher.

Die Aussicht, in die Stadt zu fahren, war geradezu aufregend. Aber was sollte sie anziehen? Das Hemd von gestern lag in der Wäsche mit den meisten anderen Australien-Klamotten. Sie kramte in ihren New Yorker Kleidern und zog ein dunkelblaues Poloshirt und einen Rock heraus. Sie musterte sich im Spiegel und legte Perlenohrstecker an. Für hiesige Verhältnisse war sie komplett overdressed, aber nackt konnte sie ja schlecht gehen. Rasch fuhr sie sich mit dem Kamm durch die Haare, nahm ihre Handtasche und lief nach unten.

Als sie die Haustür öffnete, fuhr sie zusammen: Vor ihr stand Atlas in Arbeits-Shorts, die Hand nach dem Klopfer ausgestreckt. Die Haare auf seinen braungebrannten Beinen leuchteten in der Sonne, und die Sonnenbrille, die er auf den Kopf geschoben hatte, blitzte.

Scott zeigte ihr eine Reihe fast perfekter Zähne. »Auf dem Weg zur CWA?«, fragte er.

»Wohin?«

»Country Women's Association, die Landfrauenvereinigung. Die ziehen sich immer so an. Und verrichten gute Werke.«

Blödmann. Sexistischer Blödmann.

Mit keinem Wort erklärte er sein Ausbleiben vom Vortag. Stattdessen kratzte er an seinem grobgestrickten grünen Pullover, trat seine Stiefel ab und wartete darauf, ins Haus gebeten zu werden. Aber so leicht ließ sie ihn nicht davonkommen.

»Was war los?«

Er riss die Augen auf wie ein Hirsch im Scheinwerferlicht. »*Gestern* meinen Sie?« Über sein Gesicht huschte ein kleines Lächeln. »Ich bin mit Todd zum Rafting. War genau der richtige Tag dafür.«

Lisa unterdrückte ihren Ärger. Er war losgezogen, um sich mit seinem Jungen zu amüsieren, während irgendwelche Einbrecher ohne weiteres durch ihre Hintertür hätten spazieren können und das Dach über ihrem Kopf zusammenbrach.

»Ich hole nur schnell mein Zeug aus dem Auto«, sagte er und trottete davon.

Nachdem er schon mal da war, fühlte sie sich verpflichtet, zu bleiben. Sie seufzte, ging hoch in ihr Arbeitszimmer und öffnete die Datei *Emily.*

Der Earl, darauf bedacht, die talentierte junge Schriftstellerin zu beeindrucken, ließ ein herrliches Mahl in seinem Speisesaal auffahren …

In der Küche fing eine Bohrmaschine an zu kreischen.

Ein sorgenvoller Ausdruck schlich sich auf das Gesicht des Earls, als er sah, dass Emily den Fasan nicht angerührt hatte. Er hatte ihn eigenhändig geschossen, und die Köchin hatte Stunden damit verbracht, ihn zuzurichten und zu braten. Doch als er sich nach ihrem Befinden erkundigte, gab Emily schnippisch zurück, sie sei wohlauf, danke …

Lisa wurde erneut aus ihrer Konzentration gerissen, dieses Mal waren es schwere Schritte, die direkt über ihrem Kopf auf dem Dach herumtrampelten. Sie schloss die Datei und ging nach unten, um sich einen Kaffee aufzugießen. Vielleicht erwartete er, dass sie ihn zu einem Becher einlud.

Sie stellte den Fröhliche-Weihnachten-Becher, ein Kännchen Milch und die Zuckerdose auf ein Tablett. Dann nahm sie einen Stift vom Fensterbrett und kritzelte schnell auf einen Zettel: »Bin in die Stadt gefahren. Komm erst spät zurück. Bedienen Sie sich bitte, und vergessen Sie Ihre Rechnung nicht. Danke, L.«

Besonders gastfreundlich wirkte das Ganze nicht – besonders mit dem Zettel, den sie unter das Glas Instantkaffee geschoben hatte. Sie durchsuchte die Schränke und entdeckte die Schachtel Schokoladenmakronen, die sie vor sich selbst versteckt hatte. Sie riss sie auf und legte sie neben die Zuckerdose.

Sie war froh, von ihm wegzukommen. Nach dem Supermarkt und dem Malerbedarfsgeschäft ging sie ins Togs und bestellte eine Quiche und einen Milchkaffee. Es schien eine Ewigkeit her zu sein, dass sie und Maxine an genau diesem Tisch gesessen und zu Mittag gegessen hatten.

Als sie zu dem alten Haus zurückkam, war nichts mehr von Scott und seinem Auto zu sehen. Das Tablett in der Küche sah genau so aus, wie sie es hinterlassen hatte. Bei näherem Hinsehen zeigte sich jedoch, dass Milchkännchen und Zuckerdose leer waren. Der Becher war gespült und wieder dorthin gestellt worden, wo sie ihn gelassen hatte. Die Schachtel mit den Keksen machte einen unberührten Eindruck – bis sie hineinsah. Ein einzelner Keks war noch übrig.

Unter dem Kaffee lag der Zettel, auf dessen Rückseite er in großer, kindlicher Schrift etwas notiert hatte. »Das Dach wird irgendwann neu gedeckt werden müssen, aber fürs Erste ist es okay. Rufen Sie an, wenn Sie was brauchen, S.« Ein glänzender Messingschlüssel lag neben dem Zettel. Sie ging damit zur Hintertür. Er glitt leicht in das neue Schloss, das er eingebaut hatte.

Jetzt gab es keinen Grund mehr, ihn wiederzusehen, zum Glück.

Kapitel 15

Die Tage gingen dahin, und Lisa gewöhnte sich an die Eigenheiten des Hauses. Die dritte Treppenstufe knarzte. Die Fenster im Arbeitszimmer klapperten. Die Klospülung im Dienstbotentrakt musste zweimal gezogen werden. All das wuchs ihr ans Herz, so wie man den Leberfleck auf der Nase eines Kindes liebgewann. Nachts schlossen die Wände sich um sie wie die Pfoten eines netten Bären.

Lisa wurde klar, dass Trumperton Manor ein Haus war, *mit* dem man lebte, und weniger eines, *in* dem man lebte. Selten fühlte sie sich einsam oder fürchtete sich, auch wenn sie seit dem Gespräch mit Scott die Ställe mied. Die großen alten Türen waren zu schwer, und drinnen war es dunkel und stank. Abgesehen davon ließ sich der Dino draußen genauso gut abstellen, und sie fand es wesentlich bequemer, die Gartengeräte im Dienstbotentrakt aufzubewahren.

Obwohl sie das Haus sehr mochte, wusste sie, dass es erst dann ganz ihres sein würde, wenn sie den Garten wieder zum Leben erweckt hatte. Prächtige Springbrunnen und Pavillons wirbelten ihr durch den Kopf. Aber das war zu hoch gegriffen. Auch wenn sie am liebsten sofort losgelegt hätte, verlangten sowohl ihr Konto als auch ihre Kraftreserven Geduld.

Im Haus passierte sowieso eine Menge. Die Grey Army strich die Küche in erstaunlichem Tempo in einem Sonnengelb, wobei Ron irgendetwas Abfälliges über ihren Geschmack gemurmelt hatte. Er selbst sei ja eher der Altweiß-Typ.

Die alten Männer im Haus zu haben, war nett. Weil sie es nicht schaffte, den Holzherd in Gang zu setzen, um für sie zu backen, versorgte sie sie mit Eisandwiches. Sie erzählten ihr im Gegenzug Geschichten aus Castlemaines Vergangenheit. Aber immer wenn sie sich nach den Trumpertons erkundigte, machte die Grey Army Ausflüchte und sagte, das sei lange vor ihrer Zeit gewesen. Diese Wortkargheit kam ihr merkwürdig vor. Sie musste mehr über die Verbindung ihrer Familie mit diesem Haus herausfinden.

Ron behauptete von sich, ein gutes Näschen zu haben. Seiner Meinung nach hatte jedes Haus einen bestimmten Geruch. Der Geruch sagte ihm alles über die Leute, die darin wohnten. Babys verbreiteten einen Geruch nach saurer Milch. Er konnte Katzenliebhaber von Hundebesitzern unterscheiden, Raucher von Trinkern. Häuser, die Paaren gehörten, rochen anders als Häuser, in denen ein alleinstehender Mann lebte.

Als Lisa ihn fragte, wodurch sich der Geruch von Trumperton Manor auszeichnete, biss er von seinem Sandwich ab und kaute bedächtig. »Es riecht, als gehörte es jemandem, der von der Vergangenheit besessen ist«, antwortete er nach einer langen Pause.

Was sollte sie dazu sagen.

Da jetzt die Grey Army für sie arbeitete, hatte Lisa keinen Grund, Scott anzurufen. Ein paarmal meinte sie sein Auto in der Stadt zu sehen, und als eines Morgens eine unbekannte Nummer auf ihrem Handy erschien, dachte sie zuerst, er wäre es, aber es war Maxine vom Festnetz. Ihre Schwester rief an, um zu sagen, dass Tante Caroline sich endlich dazu durchgerungen habe, sie in dem Haus zu besuchen, allerdings nur zum Tee. Lisa freute sich – so bekam sie Gelegenheit, die alte Frau über das Haus auszufragen. Sie hoffte, ihre Tante würde nicht so zugeknöpft sein wie alle anderen.

Mit *Drei Schwestern: Emily* kam sie im Schneckentempo voran. Trumperton Manor tat ihrer Kreativität gut, und jeden Morgen wachte sie mit einer Menge neuer Ideen auf. Aber kaum hatte sie sich an den Computer gesetzt, klopfte einer von der Grey Army an ihre Tür und fragte, ob sie matte oder halbglänzende Farbe an den Läden wolle oder normales oder nichtreflektierendes Glas in den Fenstern. Mit wachsender Panik wurde ihr klar, dass sie das Manuskript nicht rechtzeitig zu Ende bringen würde. Nur, wovon sollte sie leben, wenn sie den Abgabetermin nicht einhalten konnte?

Ted und seine Freunde tauchten an einem Samstagnachmittag wieder auf. Lisa war enttäuscht, dass sie ihre Freundinnen in der Stadt gelassen hatten.

»Hey! Was ist denn hier passiert?«, fragte Ted und sah zu den glänzenden Scheiben und gerade hängenden Fensterläden hinauf. »Hast du dir etwa einen neuen Mann angelacht?«

»Mehrere.«

»Heathcliffs für deine Cathy?«

»Wo ist Stella?«

»Die besucht ihre Schwester im Krankenhaus.«

»Ich hoffe, es ist nichts Schlimmes.«

»Nein, nein, ihre Schwester hat ein Kind bekommen.«

Wusste sie's doch, die Frauen in Stellas Familie waren gebärfreudig. Zu gegebener Zeit würde sie ihm sagen, er solle sie das nächste Mal mitbringen. »Kommt rein. Ich mach uns Tee.«

Es war schön, die Jungs wiederzusehen. James wollte

keines der einen Tag alten Eisandwiches essen und überreichte ihr eine Dose mit Maracujaplätzchen, die er am Morgen gebacken hatte. Zacks Videokamera bemerkte sie überhaupt nicht mehr. Er war zu einem netten Sci-Fi-Wesen geworden, dessen Gesicht zur Hälfte eine Maschine war.

Ted und James holten beim Landmaschinenverleih zwei Aufsitzrasenmäher und nahmen sich den »Vorgarten« und den Obstgarten vor. Sofort machte das Grundstück einen sehr viel kultivierteren Eindruck.

Als die Schatten länger wurden, öffnete Lisa eine Flasche Ginger Ale und winkte die Jungen auf die Veranda. James fragte, was auf der Speisekarte stehe. Steak und Salat, sagte sie.

»Das Einfachste ist oft das Beste«, versicherte er ihr. »Kann ich helfen?«

Trug Jane Eyre Grau?

James holte einen tragbaren Grill aus dem Kombi und stellte ihn vor der Veranda auf.

»Er denkt an alles«, sagte Lisa, als sich nach Moschus riechender Rauch in den Himmel wand.

»Stimmt«, sagte Ted. »Kennst du den?« Er deutete mit dem Kopf auf eine Gestalt, die gerade um die Biegung schlurfte. Dem Alten standen wie Einstein die weißen Haare in allen Richtungen vom Kopf ab.

»Sieht aus wie Mr Wright, der Vorbesitzer«, flüsterte Lisa Zack und seiner Kamera zu. »Sie sind in das Cottage auf der anderen Straßenseite gezogen.«

Der alte Mann blieb stehen und stützte sich auf seinen Stock. Er schwankte wie auf hoher See.

»Hallo!«, rief Lisa.

Mr Wrights Mundwinkel gingen nach unten.

»Wollen Sie ein Glas mit uns trinken?«

Er fixierte sie mit blutunterlaufenen Augen. Man hätte glauben können, sie hätte ihm eine Beleidigung und keine Einladung zugerufen.

Mr Wright zog ein Taschentuch aus der Hosentasche und schnäuzte sich. Dann machte er auf dem Absatz kehrt und humpelte die Auffahrt wieder hinunter.

»Was war das denn?«, fragte Zack.

Die Gummibäume rauschten. Ein Chor von Fröschen räusperte sich unten am Fluss.

»Vielleicht ist er verwirrt«, sagte sie. »Egal. Lasst uns essen.«

Nach dem Abendessen scheuchten die Jungs Lisa aus der Küche. Sie nahm einen Wollschal vom Kleiderhaken am Eingang und machte es sich auf der Veranda gemütlich. Ted brachte ihr eine frisch geöffnete Flasche Prosecco aus dem Yarra Valley nach draußen.

»Was hat Alexander eigentlich gemacht?«, fragte er und setzte sich neben sie.

Lisa sah zu, wie die Bläschen in ihrem Glas tanzten. »Dein Urgroßvater? Ich weiß nur das bisschen, das mir mein Vater erzählt hat. Alexander war ein Einzelkind. Seine Eltern zogen zur Zeit des Goldrauschs hierher. Sie hatten ein kleines Juweliergeschäft. Offensichtlich hatten sie dadurch Zugang zu den besseren Kreisen – soweit davon in Castlemaine die Rede sein konnte. Sie veranstalteten große Feste.«

»Und warum ging es abwärts?«

»Sie kamen in den Strudel der Wirtschaftskrise in den 1890er Jahren und zogen später nach Neuseeland. Dort hat Alexander meine Großmutter kennengelernt.«

Ted verschränkte die Hände hinter dem Kopf und lächelte. »Die hatten damals schon eine Finanzkrise?«

»Kann man so sagen, ja. Es herrschte große Not, die Leute hungerten sogar.«

Ted blickte zum Horizont. »Warum hat Alexander in Castlemaine keine Familie gegründet? War er schwul?«

Am Fluss unten quakten die Frösche.

»Was hat das denn miteinander zu tun?«, fragte Lisa nach längerem Schweigen.

Der Mond hing am Himmel wie ein angebissener Keks.

»Liegt vielleicht in der Familie«, sagte Ted und sah in die Ferne.

Plötzlich wurde Lisa schwindlig. Ein Kaleidoskop an Bildern drehte sich in ihrem Kopf: Stella, die Ted am Küchentisch kitzelte. Ted, der seinen Arm um Stella legte, lachte und sie auf die Wange küsste. Zugegeben, ein keuscher Kuss. Aber dieses Küsschen war doch sicher nur das Horsd'œuvre zum Bankett der Leidenschaften später.

Die Anziehung zwischen Ted und Stella war greifbar. Oder nicht? Die Bilder stürmten immer schneller auf sie ein. Ted und Stella, die den Mittelgang einer malerischen Holzkapelle hinabschritten. Teds Bart war getrimmt, und endlich trug er einmal eine Hose, bei der Lisa nicht das dringende Bedürfnis verspürte, sie ihm anständig hochzuziehen. Ted vor dem Altar, bevor er sich umdrehte, um einen Blick auf Stella in einer Wolke von Tüll zu erhaschen. Teds witzige Erwiderung auf die Rede seines Trauzeugen bei dem Empfang danach (James würde sich hervorragend für diese Rolle eignen). Ted und Stella, die ein Haus kauften und ihr erstes Baby auf dem Arm hielten.

War das etwa kein realistischer Ausblick auf die Zukunft? War das reines Wunschdenken?

»Hattest du nicht schon die eine oder andere Freundin …?«

»Ich hab's probiert. Ehrlich.«

»Und was ist mit Stella?«

Ted lächelte mit gesenktem Kopf und strich sich über die Hand. »Sie ist *eine* Freundin, Mom.«

Lisa hatte viele schwule Freunde. Sie behauptete immer, dass es ihr egal sei, was die Leute in ihren Schlafzimmern machten. Einige ihrer besten Freunde waren schwul … Sie war jahrelang regelmäßig mit Kerry zum Mittagessen gegangen. Er hätte es bestimmt gesagt, wenn er den Eindruck gehabt hätte, dass Ted ähnliche Neigungen hatte wie er. Gott, sie dachte darüber bereits wie über eine Krankheit.

»Wann wurde es dir klar?«

»Das hat Jahre gedauert.«

Lisa versuchte sich zu erinnern, ob es in Teds Kindheit Hinweise gegeben hatte. Er hatte Mannschaftssport gehasst, aber das war bestimmt eine Reaktion auf den Druck von Jake. Und Scharen von heterosexuellen Männern spielten Klavier. »Du warst ein ganz normaler kleiner …«

»Ach, Mom! Ich war ein Sondheim-Fan!«

»Du mochtest einfach gute Musik.«

»Und die Easter Bonnet Parade?«

Sie hatte immer gedacht, dass er deshalb so begeistert die schönsten Hüte für die Easter Bonnet Parade machte, weil er so gerne bastelte. Als Fünfjähriger hatte er sich heimlich über ihre Schmuckschatulle hergemacht und ihre Ohrringe anprobiert. Damals fand sie nichts dabei, aber vielleicht hätte sie ihn davon abbringen sollen. Sie fragte sich, ob seine Neigung mit Erziehung oder mit Veranlagung zu tun hatte. Vielleicht hatte er ja recht, und es lag in der Familie … Es könnte erklären, warum der Name Trumperton ausgestorben war.

Tunte, Schwuchtel, warmer Bruder. Schimpfwörter, die sie nicht mit Ted zusammenbringen konnte. Sie hätte weinen mögen angesichts ihrer geplatzten Träume. Aber das war nichts im Vergleich zu dem, was Ted durchgemacht haben musste, um an diesen Punkt zu gelangen.

Ein winzig kleiner Teil von ihr war erleichtert, dass ihre Eltern es nicht mehr erfahren hatten. Es war schon Strafe genug, es Maxine sagen zu müssen. Was Jake anging, der sollte es selbst herausfinden. Und was sollte überhaupt schlimm daran sein, wenn Ted dazu verdammt war, sich den Rest seines Lebens gut anzuziehen und in schicken Wohnungen zu wohnen? Weder schlaflose Nächte noch Schulgebühren warteten auf ihn, sondern nichts als Vergnügen.

Ted nahm sein Weinglas und starrte auf die schwarze Silhouette der Hügel.

Lisa sah etwas Weißes in den Bäumen aufblitzen. »Sieh nur!«, rief sie. »Der Kakadu.«

Ein Lächeln huschte über seine Lippen. »Ich hoffe, du nimmst es nicht zu schwer«, sagte er mit belegter Stimme.

Ihr Herz schmerzte für sie beide. Sie legte ihren Arm um ihn und küsste seine Stoppeln. »Das tu ich nicht. Ehrlich.«

Ausnahmsweise ließ er sich die Umarmung gefallen. Sie spürte, wie die Spannung in seinem Körper sich langsam löste. »Es ist schwer genug, überhaupt Liebe zu finden«, flüsterte sie, während ihrer beider Tränen ineinanderflossen. »Da ist es egal, in welcher Gestalt sie daherkommt.«

Ted schniefte und rieb sich die Augen. Er lächelte auf sie herunter. Nicht das erste Mal war sie verblüfft, wie perfekt seine Zähne waren. Kein Wunder, dass junge Leute sich ineinander verliebten.

Lisa tupfte sich mit einer Ecke ihres Pashminaschals über die Augen, dann über die Teds. »Und James?«, fragte sie vorsichtig.

Ted trank einen Schluck Wein und fasste sich. James erschien in der Tür. Er machte einen so verletzlichen Eindruck wie ein frisch geschlüpftes Küken. Die Zärtlichkeit zwischen den beiden jungen Männern war so deutlich zu sehen, dass sie es längst hätte bemerken müssen. Es ging ihr durch den Sinn, wie wunderbar es war, sich in der Liebe zu sonnen, gleich welcher Art und wenn auch nur vom Rand aus.

»Die Liebe meines Lebens«, sagte Ted und hob sein Glas zu James.

Lisa stand auf und umarmte den jungen Mann. »Ich hab mir schon immer einen Koch in der Familie gewünscht«, sagte sie.

James wiegte sie sanft in seinen starken Armen.

»Ich freue mich so für euch beide.« Zu ihrer eigenen Überraschung meinte sie es genau so.

Über der Balustrade tauchte eine Kameralinse auf.

»Ach Zack!«, stöhnte sie. »Nicht jetzt!«

Lisa stellte die Packung mit dem tiefgekühlten kalorienreduzierten Chicken Masala auf den Küchentisch. Glück sollte man in der heutigen Welt nicht erwarten. Mehr als ein erfülltes Leben durfte sie für Ted nicht erhoffen. Momente der Zufriedenheit waren auch schon etwas. Wäre sie religiös gewesen, dann hätte sie darum gebetet, dass Ted einen Weg wählen würde, auf dem Glück leichter zu erlangen war.

Nur hatte Ted überhaupt nicht gewählt. Die Homosexualität hatte ihn gewählt.

Und konnte sie ehrlich sagen, dass ihre heterosexuellen Freunde glücklicher waren als jemand wie Kerry? Sie kannte niemanden, der so sehr mit sich im Reinen war. Kerry hatte einen wunderbaren Freundeskreis, und er war gescheit und lebensklug, nur suchte er mit seinen fünfundfünfzig Jahren immer noch den Mann fürs Leben.

Es stand ihr nicht zu, zu urteilen. Ted machte das, was schwule Männer eben machten. Einen kurzen Moment lang fragte sie sich, ob er unten oder oben lag, verbot sich den Gedanken aber sofort. Sie verschwendete schließlich auch keinen Gedanken daran, was Heteros so trieben.

Neongrüne Erbsen leuchteten ihr aus dem Tiefkühlgericht entgegen. Kaum vorstellbar, dass in Indien Erbsen wuchsen.

Die alte Mikrowelle machte das Essen nicht mehr richtig heiß. Wenn sie es ein, zwei Stunden vorher aus dem Tiefkühler holte und auftauen ließ, klappte es besser. Nicht, dass sie sich auf die Mahlzeit freute. Wer immer sich diese Diätgerichte ausdachte, schien keinen großen Spaß an gutem Essen zu haben. Oder die Zutaten verloren beim Einfrieren und Transportieren ihren Geschmack.

Abendliche Schatten wanderten über das Linoleum. Allmählich machte die Küche einen bewohnten Eindruck – auch wenn Ron recht hatte und das Sonnengelb tatsächlich ein wenig kräftig war.

Der Geruch nach Farbe versprach Kopfweh. Sie öffnete die Hintertür, um die frische Abendluft hineinzulassen, dann ging sie ins Arbeitszimmer hoch. Wie wäre Emily Brontë mit einem schwulen Sohn umgegangen? Damals hatte Homosexualität unter strenger Strafe gestanden. Er wäre in Ketten gelegt und zu Zwangsarbeit verurteilt worden wie Oscar Wilde. Aber wenn Emily auch nur zur Hälfte die Frau war, die Lisa in ihr sah, dann hätte die Liebe zu ihrem Sohn den Sieg davongetragen.

Sie setzte sich an ihren Computer, öffnete die Datei zu *Drei Schwestern: Emily* und straffte die Schultern, um ein neues Kapitel zu beginnen. Doch dann nahm sie stattdessen ihr Handy und scrollte zu Portias Nummer.

»Wusstest d v Ted & James?«, tippte sie.

»Cool! Er hats d endl gesagt! Und ok?«

Ihre Finger zögerten kurz. »Klar. Sehr ok xxxx«

Seufzend klappte sie das Handy zu und ging wieder hinunter.

Kaum hatte sie die Küche betreten, merkte sie, dass etwas nicht stimmte. Da war etwas im Raum. Unter dem Tisch bewegte sich ein Schatten. Um diese Jahreszeit sah man normalerweise keine Schlangen, und sie kamen abends eigentlich auch nicht raus. Trotzdem …

»Hallo?« Ihre Stimme klang hell und zaghaft. Sie wartete, dass die Schlange/der Vergewaltiger reagierte.

Schmierige rostbraune Finger streckten sich über den Boden. Blut? Fleischstückchen schwammen darauf. Und Erbsen. Das Chicken Masala!

Unter einem Stuhl lag die umgedrehte Schale. Das Ding unter dem Tisch scharrte auf dem Boden. Erleichtert stellte sie fest, dass es Füße und keine Schuppen hatte. Wenn es ein Opossum war, dann würde sie damit fertigwerden, vielleicht.

Kühle Luft wehte durch die offene Tür. Wenn sie sie doch nur geschlossen hätte, bevor sie ins Arbeitszimmer gegangen war. Sie hatte sich noch nicht daran gewöhnt, wie schnell es in Australien dunkel wurde. Im ersten Moment wollte sie durch die Küche schleichen und die Tür zumachen. Aber dann wäre die Kreatur mit ihr zusammen eingeschlossen.

Sie holte tief Luft und spähte unter den Tisch. Eine kleine bernsteinfarbene Murmel blickte finster zurück. Nur war es keine Murmel. Es war ein Auge, das schief über einem nach unten gezogenen Maul schwebte.

Die Monsterfratze stieß einen hässlichen Schrei aus. Schnell ging sie im Geiste die Liste wilder australischer Tiere durch. Mit den zerfledderten Ohren konnte es kein

Kaninchenkänguru sein, und für einen Wombat war es zu klein. Eidechsen hatten kein strubbeliges Fell, genauso wenig wie andere Reptilien. Am ehesten ähnelte es einer einäugigen Zwerghyäne, allerdings war sie sich ziemlich sicher, dass es die in Australien nicht gab. Oder einem Tasmanischen Teufel, wobei die sich wahrscheinlich dadurch auszeichneten, dass sie in Tasmanien blieben.

Lisa sah genauer hin. Das Tier kauerte sich auf den Boden und fletschte seine langen Zähne. Das weiß-rotbraune Fell war verfilzt. Im Schwanz hingen Zweige. Es war eine Katze, vermutlich verwildert. Im Bideawee hatten sie und die anderen Helfer öfter mit solchen obdachlosen Katzen zu tun gehabt, die dank ihrer Gerissenheit überlebten.

»Du magst also Diätgerichte?«

Die hässlichste, schlechtgelaunteste Katze der Welt starrte sie mit ihrem einen Auge finster an.

»Stimmt, Drei-Sterne-Küche ist das nicht.«

Die Katze legte die Ohren flach und fauchte.

»Keine Angst«, sagte Lisa und streckte ihr die Hand hin.

Das Tier schlug mit der Tatze nach ihr. Ein plötzlicher brennender Schmerz ließ Lisa ihre Hand ruckartig zurückziehen.

Die Katze wirbelte herum und raste zur Tür hinaus.

Lisa sah auf ihre Hand hinunter. Blut quoll aus zwei parallelen Kratzern.

Eine Tochter, die nicht mit ihr sprechen wollte, ein schwuler Sohn und eine Killerkatze. Langweilig war das Leben nicht.

Kapitel 16

Australien hatte keine Vorstellung von Winter. Kaum waren die Temperaturen gefallen, begannen an den kahlen Ästen schon wieder Knospen zu sprießen. Die Magnolie neben dem Tor verwandelte sich praktisch über Nacht in eine rosa-weiße Wolke.

Während das Haus nach außen kaum dazugewonnen hatte, reagierte es im Inneren mit herzerwärmender Geschwindigkeit auf die ihm zuteilwerdende Aufmerksamkeit. Mehrere Zimmer erstrahlten bereits in einem neuen Anstrich (nach dem Intermezzo mit Ringelblumengelb beschränkte Lisa sich wieder auf Soft Taupe, nicht, dass Ron diese Farbe besser gefallen hätte). Als die vergammelten Vorhänge durch neue ersetzt waren, roch es sofort frischer. Und nachdem die Grey Army die Böden abgeschliffen und neu versiegelt hatte, erwachte das Haus endgültig zu neuem Leben. Von ihrem Vater hatte Lisa die Schwäche für Perserteppiche geerbt, aber echte Teppiche hätten ihr Budget gesprengt. Gebrauchte zweifelhafter Herkunft taten es jedoch genauso und bildeten auf den blanken Böden hübsche Farbtupfer.

Auf ihren Ausflügen über Land stieß Lisa auf wahre Fundgruben mit Kolonialmöbeln, die sie in den Dino lud und nach Hause karrte. Die schweren Sessel, die sie von einem ehemaligen Farmer für Alexanders Zimmer erstand, wurden auf einem Lastwagen geliefert. Sie war dankbar, dass die Grey Army zur Stelle war und ihr beim Abladen half. Jeder einzelne der mit dunkelbraunem Leinen bezogenen Sessel war so groß, dass sich ein Tiger darauf hätte zusammenrollen können – allerdings war die Polsterung ein bisschen hart.

Ein alter Überseekoffer gab den perfekten Sofatisch ab. Die edwardische Uhr mit den auf halb vier stehengebliebenen Zeigern fühlte sich neben Alexanders Foto auf dem Kaminsims offensichtlich wie zu Hause. Stehlampen und Bücherregale taten ein Übriges, um das Zimmer wohnlich zu machen.

Holzscheite in den Kamin zu schichten und dabei zuzusehen, wie sie zu brennen anfingen, wurde für Lisa zu einer Meditationsübung. Und wenn das Feuer dann knisterte und das Zimmer mit einem moschusartigen Duft erfüllte, konnte sie nicht einmal mehr die Aussicht schrecken, am nächsten Tag alles wieder saubermachen zu müssen. Andere Frauen gingen ins Fitnessstudio. Sie kehrte Asche zusammen.

Die Zimmer oben wirkten immer noch kahl, aber zumindest hatte das Badezimmer nichts Unheimliches mehr. Das einzige Mal, dass sie mit der Grey Army beinahe in Streit geriet, war, als es um die Badewanne ging. Ron und Ken schüttelten den Kopf, als sie ihnen verkündete, sie wolle die alte Wanne neu beschichten lassen. Ken erklärte ihr, mit einer neuen Plastikwanne von Bunnings sei sie besser dran. Sie hielt dagegen, dass es Leute gebe, die für eine Badewanne mit Löwenfüßen einen Mord begehen würden. Er ließ sie stehen und murmelte dabei »verrückte Ami-Tante« vor sich hin.

Doch jetzt musste sogar Ken zugeben, dass die renovierte Wanne gut aussah. Lisa hatte einen Jubelschrei ausgestoßen, als aus den glänzenden neuen Wasserhähnen ein richtiger Strahl statt eines Rinnsals gekommen war. An der frisch gefliesten weißen Wand funkelte ein neuer Spiegel. Der beheizte Handtuchhalter war der schiere Luxus.

In der Küche hielt noch immer der Holzherd die Stellung wie ein mittelalterliches Geschütz. An den Wochenenden kam er zu neuen Ehren, wenn James ein Feuer darin entfachte und die köstlichsten Gerichte hervorzauberte. Allerdings scheiterte er daran, Lisa beizubringen, wie sie das Feuer in Gang hielt und eine gleichmäßige Temperatur erzeugte. Für Lisa war das Verhältnis zwischen Brennkammer und Luftklappen höhere Physik, verbunden mit der Gefahr, das Haus abzufackeln, deshalb ernährte sie sich unter der Woche von Diätgerichten.

Um die Ställe machte sie weiterhin einen großen Bogen. Dennoch war sie fast enttäuscht, dass der Geist partout nicht erscheinen wollte. Jedes Mal wenn sich ein Vorhang bauschte oder eine Tür knarrte, gab es eine natürliche Ursache.

Als eines Morgens Maxine anrief und verkündete, sie und Tante Caroline seien auf dem Weg zu ihr, knirschte sie mit den Zähnen. Maxine warnte sie noch einmal, die alte Frau habe nicht mehr alle Tassen im Schrank. Ständig denke sie sich neue Geschichten aus, einschließlich Ausritten mit Prinzessin Elizabeth und einer Affäre mit einem Herzog, über die sich im Seniorenheim alle schieflachen würden. Aber ganz egal, wie gaga Tante Caroline inzwischen auch sein mochte, Lisa war klar, dass sie ihr keine Eisandwiches vorsetzen konnte. Die Herzogin von Camberwell würde etwas Selbstgebackenes erwarten.

Also öffnete sie die quietschende Tür des Herds und blickte in sein Inneres. Wie James es schaffte, in diesem Ding auf der Zunge zergehende Lammfilets zu produzieren, war ihr ein Rätsel. Trotzdem, wenn sie es nicht versuchte … Sie schichtete ein paar Anzündhölzer in die

Brennkammer und zündete sie an. Sobald sie zu knistern begannen, legte sie ein größeres Scheit darauf. Zu ihrer Überraschung fing es tatsächlich Feuer. Sie legte ein zweites dazu, schloss die Tür und überlegte, was sie backen sollte. Ihre Kochbuchsammlung war lächerlich. Die Scones nach dem Rezept auf einer der vergilbten Seiten des *Camberwell High Cook Book* waren zu banal, Julia Childs Reine de Saba zu kompliziert.

Schließlich entschied sie sich für einen Karottenkuchen nach einem alten Rezept, raspelte Karotten, rührte Eier schaumig und füllte den fertigen Teig in eine Form. Der Anzeige nach zu urteilen, hatte der Backofen genau die richtige Temperatur. Mit einem stillen Gebet schob sie die Form in die Röhre und schloss die Tür.

Während sie Butter für die Glasur schmolz, tauchte neben ihr plötzlich eine Videokamera auf. Sie zuckte zusammen.

»Wir haben uns selbst reingelassen«, sagte Maxine. »Zack wollte auch mitkommen.«

»Hallo, Zack.«

»Hi, Mrs Trumperton. Ich brauch noch eine generationenübergreifende Szene.«

Was drehte er eigentlich, *Vom Winde verweht*?

»Ziemlich bunt«, sagte Maxine und musterte die Wände. »Ich wusste gar nicht, dass du Knallgelb magst.«

»Ringelblumengelb«, verbesserte Lisa.

Das rhythmische Klopfen eines Gehstocks kündigte Tante Caroline an. Mit ihren weißen Haaren und der Trumperton-Nase ähnelte die großgewachsene alte Dame einem römischen Kaiser in Frauenkleidern.

»Ich hab den alten Kasten noch nie gemocht«, sagte sie, warf sich ihren lila Schal über die Schulter und hielt Lisa eine runzelige Wange für einen Kuss hin.

Lisa verkniff sich die Bemerkung, dass sie ja nicht hätte kommen müssen. »Bist du als kleines Mädchen öfter hier gewesen?«, fragte sie stattdessen und nahm den Topf mit der Butter vom Herd.

»Dein Großvater hat keinen Fuß hier reingesetzt. Nicht, solange ich ihn kannte«, erwiderte Tante Caroline.

»Aber hat er denn nicht als junger Mann hier gelebt?«, fragte Lisa.

»Das heißt nicht, dass er es gern tat.«

So kam Lisa nicht weiter. Sie musste ihre Tante direkt danach fragen. »Was weißt du über diese Geistergeschichte, Tante Caroline?«

Die alte Frau drehte den Gehstock in der Hand hin und her. »Wo ist das Klo?«, fragte sie schroff.

Lisa deutete auf die Tür zum Dienstbotentrakt.

»Ach, immer noch dort, ja?«, sagte Tante Caroline, bevor sie aus der Küche tappte.

Lisa stellte Tante Carolines Teetassen auf ein Tablett. Sie schüttelte den Kopf. Die alte Frau war unverbesserlich.

»Wir dürfen wohl davon ausgehen, dass *dieses* Thema erledigt ist«, sagte Maxine und sah sich mit einem abschätzenden Blick um. »Warum hast du alles andere braun gestrichen?«

»Soft Taupe«, sagte Lisa und holte tief Luft.

»Ach, was sich diese Farbenhersteller immer für alberne Namen ausdenken. Ich würde es als Kinderkacke bezeichnen«, sagte Maxine leise, damit Tante Caroline nicht mitbekam, dass sie ein unanständiges Wort benutzte.

Zweifellos wäre Tante Caroline vor Entsetzen tot umgefallen, wenn der Nachmittagstee am Küchentisch serviert worden wäre, deshalb führte Lisa die alte Dame in Alexanders Zimmer und setzte sie in einen der dunkelbraunen Sessel, während Zack das Ganze filmte. In der Hoffnung, damit eine Lawine an Erinnerungen auszulösen, deutete Lisa auf Alexanders Foto auf dem Kaminsims.

»Wer ist das?«, fragte Tante Caroline und kniff die Augen zu schmalen Schlitzen zusammen.

»Dein Vater.«

»Tatsächlich?«, sagte sie und machte eine wegwerfende Handbewegung. »Na, ich nehme an, er war auch mal jung.«

Von Zacks Kamera animiert, zählte Maxine die neuesten Großtaten ihrer Sprösslinge auf. Andrew stand kurz davor, irgendeine App an ein Unternehmen in Silicon Valley zu verkaufen; darüber hinaus hatte sie gerade herausgefunden, dass ihre Enkel den IQ von Genies hatten, und Dan würde wahrscheinlich den Nobelpreis für seine Verdienste um den Dickdarm erhalten.

Eine beunruhigende Rauchschwade zog durch die Eingangshalle.

Lisa sprang auf und rannte in die Küche. Aus dem Herd quollen schwarze Rauchwolken.

Lisa kämpfte sich zur Backofentür vor, zog die Kuchenform heraus und ließ sie auf die Arbeitsfläche plumpsen, dann füllte sie einen Topf mit Wasser und löschte die Flammen in der Brennkammer.

»Alles in Ordnung?«, rief Maxine von der Tür her.

Lisa riss die Fenster auf, dann begutachtete sie den Kuchen. Der obere Teil war schwarz. »Bestens«, erwiderte sie. »Nimm doch schon mal das Tablett mit. Ich kümmere mich um das hier.«

Lisa hob den Kuchen auf ein Gitter, ließ ihn kurz auskühlen und schnitt mit einem Brotmesser den verbrannten Teil ab. Dann übergoss sie den Rest mit Glasur, die sofort an den Seiten herablief.

In Alexanders Zimmer hielt Tante Caroline vor Zacks Kamera unterdessen einen Monolog über die glorreiche

Zeit nach dem Zweiten Weltkrieg, als sie mit Charles de Gaulle getanzt hatte. Sie hatte wirklich nicht mehr alle Tassen im Schrank.

»Tee?«, fragte Lisa und ging neben ihrer Tante in die Hocke.

»Du musst nicht so schreien.« Misstrauisch sah Tante Caroline Lisa dabei zu, wie sie zuerst den Tee einschenkte und *danach* die Milch, woran sie sich gerade noch rechtzeitig erinnert hatte. Anschließend wanderte ihr Blick zu dem Stück Kuchen auf ihrem Teller. »Ist das ein Scone oder ein Keks?«

»Karottenkuchen.«

»Es wird mir ewig ein Rätsel bleiben, wie man aus etwas so Banalem wie Karotten einen Kuchen backen kann«, sagte Tante Caroline und attackierte ihn mit ihrer Gabel. Er hielt dem Druck nicht stand, und verkohlte Karottenstückchen flogen durchs Zimmer.

»Erinnerst du dich, dass du uns dieses wunderschöne Service damals zur Hochzeit geschenkt hast?« Jetzt half nur noch ein Ablenkungsmanöver.

Tante Caroline schnaubte. »Das hat dir ja viel Glück gebracht.« Wenn es ihr in den Kram passte, war sie geistig durchaus noch fit.

Maxine erklärte, Zack und sie würden gern eine Besichtigungstour durchs Haus machen. Lisa versicherte ihr, es sei nicht so groß, wie es von außen wirke.

»Eine Hundehütte ist es aber auch nicht gerade, oder?«, sagte Maxine, während sie bereits die Treppe hinaufsegelte. »Erinnerst du dich an das Haus, das du beinahe gekauft hättest? Das hat sich Richter Eugene Drummond mit seiner Frau Madeline unter den Nagel gerissen. Sie sagt, es ist einfach optimal für zwei Personen, die sich ein bisschen verkleinern wollen.«

Zack zoomte auf ihre Gesichter. Lisa wünschte, er wäre nicht ganz so versessen auf Nahaufnahmen.

Das neue Badezimmer fand Maxines Zustimmung, von allem anderen zeigte sie sich nicht besonders beeindruckt. Lisa verzichtete auf eine Antwort, als Maxine meinte, es sei angeberisch, in einem Festsaal zu schlafen, egal wie schäbig. Die Besichtigungstour wurde vom dumpfen Schlag des Türklopfers unterbrochen, der von unten heraufhallte.

Lisa eilte die Treppe hinunter, aber da hatten Tante Carolines arthritische Hüften diese bereits auf wundersame Weise zur Tür getragen. »Du hast Besuch«, verkündete sie.

Vor ihr stand die unverkennbare Silhouette von Scott Green, umgeben von einer Aureole. Braungebrannt und mit einem Körper, so perfekt modelliert wie eine Skulptur von Rodin, nickte er erst Lisa zu und strahlte dann Maxine und Tante Caroline an, die beide rot anliefen und sich Luft zufächelten wie zwei Geishas.

»Ich dachte, ich schau mal kurz vorbei, um zu sehen, wie's läuft«, sagte er und zog seine Schuhe aus, als hätte Lisa ihn bereits aufgefordert, hereinzukommen. Er stellte sich Maxine und Tante Caroline vor, die ihn sofort in Alexanders Zimmer führten.

Mit einem Seufzer holte Lisa eine weitere Tasse aus der Küche. Als sie zurückkam, war Maxine gerade dabei, auf Geheiß von Tante Caroline ein großes Stück Kuchen für Scott abzuschneiden, damit »diese Beine in Form bleiben«. Maxine erkundigte sich, ob zufällig jemand eine Kettensäge zur Hand habe.

»Hier hat sich ja einiges verändert«, sagte Scott.

Zack verrückte eine Stehlampe, um Scotts Gesicht auszuleuchten.

»Sie sind also der Gärtner?«, fragte Maxine und goss ihm lauwarmen Tee ein.

»Eher Berater«, erwiderte Scott mit einem Grinsen, so breit wie das Great Barrier Reef.

»Sind Sie nicht der Mann der Maklerin?« Hätte Maxine einen Schwanz gehabt, sie wäre glatt als Terrier durchgegangen.

»Ex«, sagte Scott und kaute auf dem Kuchen herum. In seiner Pranke wirkte die Teetasse wie ein Spielzeug. Seine Füße in den riesigen grauen Socken hatte er vor dem Kamin ausgestreckt, als wäre er hier zu Hause.

»Wie's aussieht, haben die Jungs ganz brauchbare Arbeit geleistet«, sagte er. »Die abgeschleiften Böden machen sich gut.«

Lisa widerstand dem Drang, seine Grammatik zu korrigieren.

»Sein Tee ist kalt!«, zischte Tante Caroline. »Geh in die Küche und setz den Kessel auf.«

Froh über einen Vorwand, sich davonmachen zu können, nahm Lisa die Teekanne und verließ das Zimmer.

Plötzlich stand Maxine neben ihr. »Lady Chatterley hat also einen Wildhüter?«

Lisas Wangen glühten. »Unsinn. Er war nur zwei-, dreimal hier.«

»Wie heißt es so schön bei Shakespeare? Die Dame, dünkt mich, protestiert zu viel.«

Ein Schwall blubberndes Wasser ergoss sich in die Teekanne. Lisa drängte sich an Maxine vorbei und eilte in Alexanders Zimmer, um ihren Gästen nachzuschenken.

Dann saßen alle schweigend da.

»Wie geht's den Kindern?«, fragte Maxine schließlich.

»Gut«, sagte Lisa. »Portia entwickelt gerade eine Anorexie, vielleicht ist es auch Bulimie, aber das wusstest du ja schon.«

Maxine fiel die Kinnlade herunter.

»Ach, und hab ich schon erwähnt, dass Ted auf Kerle steht?«

»*Was?*«

Lisa merkte plötzlich, dass Zack wieder einmal eine seiner gefürchteten Nahaufnahmen machte, und wurde rot.

»Das ist doch nicht schlimm!«, erklärte Tante Caroline. »Es geht nichts über einen richtigen Kerl. Die Männer heutzutage sind viel zu verweichlicht. Wenn ich daran denke, was die Männer meiner Generation im Krieg aushalten mussten … die Fronteinsätze, all die Burschen, die nicht mehr nach Hause zurückkehrten …«

Scott schien in seiner Socke einen Dorn entdeckt zu haben, der seine ganze Aufmerksamkeit beanspruchte.

»Das hat sie nicht gemeint!«, zischte Maxine. »Er ist schwul.«

Tante Carolines Mund bildete einen gotischen Bogen. »Du meinst, er ist vom anderen Ufer?«

Maxine nickte.

Tante Caroline lief dunkelrot an. Sie schnappte nach Luft, und ihre Augen traten hervor. Lisa versuchte sich an die Plakate zu erinnern, auf denen das Heimlich-Manöver erklärt wurde.

Tante Caroline umklammerte ihren Gehstock und wuchtete sich hoch. Scott beugte sich vor und nahm ihre Hand.

»Danke, junger Mann«, blaffte sie ihn an. »Ich komme allein zurecht.« Ihr Gesicht nahm wieder den gewohnt wächsernen Ton an. »Geht die richtig?« Sie deutete mit ihrem Stock auf die kaputte Uhr. »Komm, Maxine. Ich will nicht zu spät zum Bridge kommen.«

Ungewöhnlich taktvoll beschloss Scott nachzusehen, ob der Apfelbaum beschnitten werden musste, während Lisa Tante Caroline, Zack und Maxine in den Golf verfrachtete.

Zutiefst erleichtert winkte sie ihnen nach. Sie drehte sich um und wollte ins Haus zurückgehen, als Scott um die Ecke gebogen kam.

»Das war nicht meine Schuld, oder?«, fragte er.

Er hatte kein Recht, sich bei einem Familientreffen aufzudrängen. Der Mann war so sensibel wie ein Termitenhügel. Und zu allem Überfluss war die Szene auch noch aufgezeichnet worden, damit sich zukünftige Generationen darüber kaputtlachen konnten.

»Kann ich irgendwas tun?«, fragte er.

»Gehen Sie einfach.«

Kapitel 17

Noch immer lag Lisa mit *Drei Schwestern: Emily* weit hinter dem Zeitplan zurück. Unglücklicherweise fiel ihr das Schreiben umso schwerer, je länger sie über Emily Brontë nachdachte. Das arme Mädchen schleppte eine Menge emotionaler Probleme mit sich herum, einschließlich einer gewissen Neigung, sich selbst Schaden zuzufügen.

Auf einem ihrer Spaziergänge durchs Moor wurde sie von einem möglicherweise tollwütigen Hund gebissen. Sie kehrte ins Pfarrhaus zurück, nahm ein glühendes Eisen aus dem Feuer und brannte sich die Wunde selbst aus. Die Narbe blieb ihr für den Rest ihres Lebens.

Noch besorgniserregender war Emilys Einstellung zum Essen. Wenn etwas nicht nach ihrem Kopf ging, bestrafte sie ihre Umgebung damit, dass sie die Nahrungsaufnahme verweigerte. Portia und Emily hatten mehr gemeinsam, als Lisa sich eingestehen wollte. Junge Leute hielten sich für unsterblich, aber Emily war im Alter von dreißig Jahren gestorben, nur ein Jahr nach Erscheinen von *Sturmhöhe*. Der Sargtischler sagte, er habe noch nie für einen Erwachsenen einen so schmalen Sarg gebaut.

Nachts lag Lisa im Bett und sehnte geradezu einen Geist herbei, der sie auf andere Gedanken brachte. Sie fand, so etwas wäre ein großartiger Stoff für ein neues Buch. Über ein verwunschenes Haus zu schreiben wäre ein Kinderspiel im Vergleich zur Exhumierung von Emily Brontë. Früher oder später würde sie einen Blick in die Ställe werfen müssen. Sie nahm sich vor, Scott das nächste Mal, wenn sie ihn sah, zu fragen, ob derjenige, der dort Selbstmord begangen hatte, ein Trumperton gewesen war. Das Problem war nur, dass sie nichts mehr mit Scott zu tun haben wollte.

Eines Abends fand sie eine tote Ratte vor der Hintertür. Sie war groß und dick, und ihre Schnauze war zu einem Grinsen erstarrt, als hätte ihr gerade jemand einen unanständigen Witz erzählt. Wenn so der Tod aussah, warum machten die Leute dann so ein Theater darum, fragte Lisa sich.

Sie spähte in die Dunkelheit – der Nager war bestimmt nicht aus freien Stücken hergekommen. Ein einzelnes Auge funkelte zurück. Er – oder sie – hatte die Ratte als Geschenk hinterlassen, möglicherweise wollte er sich damit sogar für das gestohlene Essen und den Kratzer entschuldigen.

»Schmeckt besser als mein Chicken Masala, was?«

Das Auge blinzelte.

»Willst du reinkommen? Komm her, Katzi!«

Die Büsche raschelten und verschluckten eine Schwanzspitze. Die Katze hatte Wichtigeres zu tun.

Lisa schloss die Tür und ging mit der Hoffung ins Bett, ihr Katzenfreund würde in der Nacht so viel Hunger bekommen, dass er die Ratte wegschleppte. Aber als sie am nächsten Morgen die Tür öffnete, lag die Ratte immer noch da. Sie sah noch ein bisschen rundlicher und zufriedener aus, als nähme sie in einer tropischen Ferienanlage ein Sonnenbad. Lisa musste das Ding beseitigen, bevor sie sich noch eine Lebensgeschichte dafür ausdachte.

»Katzi!?«

Nichts. Die Leiche musste begraben werden. Lisa ging in den Dienstbotentrakt und holte eine Schaufel.

Sie schwang sie über ihren Kopf und stieß sie gegen den völlig ausgetrockneten Boden. Die erzielte Wirkung war bescheiden. Sie unternahm einen zweiten Versuch. Auch diesmal tat sich praktisch nichts.

Das Knirschen von Reifen, die langsam die Auffahrt heraufrollten, ließ sie innehalten. Eine silberfarbene Limousine hielt im Schatten des Portikos. Sie fragte sich, wer auf die Idee kam, mitten in der Pampa unangemeldet aufzutauchen. Fuhren die Zeugen Jehovas Mietwagen?

Eine Mischung aus Übelkeit, Hass und Sehnsucht stieg in ihr auf, als sie sah, wer aus dem Auto stieg. Was wollte *er* denn hier?

Jake betrachtete das Haus, als hätte er darin etwas vergessen, könnte sich aber nicht erinnern, was.

Lisa ging ihm entgegen und schwang bei jeden Schritt drohend die Schaufel. »Schon wieder eine Konferenz in Singapur?«

»Consulting-Termin«, sagte Jake und räusperte sich, wie er es immer tat, wenn er nervös war. »In Sydney.«

Sein blaues Hemd und die Krawatte à la Clinton wirkten total fehl am Platz. »Wow!«, sagte er und versuchte es mit Charme. »Downton Abbey Down Under.«

»Hast du Portia gesehen?«

»Ja, ich hab auf dem Weg hierher einen kurzen Abstecher nach Venice Beach gemacht.«

»Wie geht es ihr?«

»Ihre Füße hatten die Hauptrolle in einem Werbespot für Schuhe. Und ich soll dir ausrichten, dass sie vor meinen Augen einen Eisbecher gegessen hat.«

»Und, hat sie?«

»Wer bist du, die Diätpolizei?«

Er brannte offensichtlich darauf, ins Haus gebeten zu werden, damit er herumschnüffeln konnte. Stattdessen bot sie ihm einen Platz auf dem Sofa auf der Veranda an.

»Gib auf die Sprungfedern acht«, sagte sie.

»Das war eine lange Fahrt«, sagte er. »Du hättest nicht zufällig ein Glas Wasser für mich?«

Gastfreundschaft erwartete er auch noch?

»Wo ist Belle?«, fragte sie und lehnte die Schaufel gegen die Balustrade. Sie würde sie ihm nicht über den Schädel ziehen – vorerst.

»In einem Meditationszentrum in Thailand. Sie reinigt ihre Chakren oder so.« Er rutschte auf dem Sofa herum. »Was ist das? Eine Art Akupunkturmaschine?«

Lisa unterdrückte ein Lächeln.

»Hör mal, Ted hat mich neulich angerufen«, sagte Jake, zog ein Taschentuch aus der Hosentasche und wischte sich damit über die Stirn. »Ich hatte ja keine Ahnung.«

»Mal was Neues.«

»Warum bist du eigentlich immer so schnippisch?«

»Warum sagst du eigentlich immer, ich tu irgendwas immer?«

»Hör auf.« Er klang müde. Er stützte den Kopf in die Hände. »Was haben wir falsch gemacht?«, fragte er mit belegter Stimme.

»Gar nichts. Er ist nach wie vor Ted.«

»Habe ich zu viel Zeit im Büro verbracht?«

»Hat Elvis zu viele Hamburger gegessen?«

Jakes Augen wurden feucht. Er weinte doch sonst nie. Hoffentlich erwartete er nicht von ihr, dass sie ihn in die Arme nahm? »Ich hätte mit ihm angeln gehen sollen.«

»*Angeln*?«

»Oder Fußball spielen. Männersachen eben.« Jake musste sich auf irgendeinem Flughafen einen Ratgeber gekauft haben.

»Das hätte nicht das Geringste geändert. Hast du James schon kennengelernt? Ein reizender junger Mann. Ein Kiwi.«

»Ich kann es einfach nicht glauben.«

»Du solltest dich für ihn freuen.«

»Mein Sohn, die Schwuchtel.«

Allmählich verlor Lisa die Geduld. Warum konnte sich Jake nicht im Stillen mit seinen Gefühlen auseinandersetzen? »Was sagt denn Belle?«

»Das ist eine Schweigemeditation. Ich kann sie erst am Donnerstag anrufen.«

Die Haut um seine Augen herum schien etwas zu spannen. Er bekam dadurch irgendwie etwas Japanisches.

»Du siehst so jung aus, Jake. Bist du unter das Skalpell eines Schönheitschirurgen geraten??«

»Nein! Du lieber Gott, nein! So was würde ich nie im Leben tun …« Er warf einen sehnsüchtigen Blick zur Tür. »Gibt es da drin einen Wasserhahn, oder muss ich mir einen Brunnen suchen?«

Sosehr er sie auch verletzt hatte, er war der Vater ihrer Kinder, deshalb erlaubte sie ihm, ihr durch die von Sonnenlicht gesprenkelte Eingangshalle zu folgen.

»Wirklich beeindruckend«, sagte er.

Sie führte ihn in die Küche und schüttete aus einer Packung ein paar Kekse auf einen Teller.

»Als wir auf dem Flug hierher mitten über dem Pazifischen Ozean waren, hatte ein Mann in der Reihe vor mir einen Herzanfall.«

»Ist alles gutgegangen?«

»Na ja, sie haben ihm eine von diesen Sauerstoffmasken aufgesetzt …«

»Der arme Kerl.«

Der Kühlschrank brummte mitfühlend. Jake schüttelte den Kopf. »Ich will nicht in einem Flugzeug sterben«, sagte er leise.

»Wenigstens wäre es in der Businessclass.«

Er sah sie verletzt an. »Was ist das da?«, fragte er das Thema wechselnd und deutete auf den Herd.

»Ein Holzherd.«

»Auf dem Ding kochst du? Treibst du es mit deiner Strafversetzung in die Wüste nicht ein bisschen zu weit? Mein Gott, Lisa, wo steht dein Nagelbrett?«

Er fragte, ob er ihr irgendwie helfen könne. Offenbar tat sie ihm leid. Lisa führte ihn wieder nach draußen und drückte ihm die Schaufel in die Hand.

Und dann stand sie mit verschränkten Armen auf der Veranda und sah voller Genugtuung zu, wie eine Ratte die andere begrub.

Kapitel 18

Heroisch machte sich die Grey Army daran, das Linoleum in der Küche herauszureißen. Es war ein richtiger Knochenjob. Doug hatte einige Male einen hochroten Kopf und bekam kaum noch Luft. Er behauptete jedoch, er brauche nur eine kurze Pause in der Sonne und ein Eisandwich, dann würde es ihm gleich wieder bessergehen.

Nach und nach kam unter dem Linoleum der alte Steinfußboden zum Vorschein. Obwohl die Steine eindeutig grau waren, beharrte Ken darauf, sie seien blau und stammten aus einem Steinbruch in der Nähe. Lisa betrachtete seine Farbenblindheit als Beispiel für australischen Optimismus und ging mit einem Achselzucken darüber hinweg.

Nachdem der Steinboden geschrubbt und versiegelt worden war, standen Lisa und ihr Handwerkertrio da und bewunderten schweigend die Arbeit der Männer, die ihn vor mehr als hundert Jahren verlegt hatten. Wahrscheinlich waren sie auf überfüllten Segelschiffen nach Australien gekommen, vielleicht sogar in Ketten. Von Queen Victoria aus ihrer Heimat verbannt, hatten sie wenig mehr als ihre handwerklichen Fähigkeiten mitgebracht.

An dem Tag, an dem neben dem alten Holzherd der neue Herd aufgestellt wurde, war Lisa so aufgeregt wie ein Kind zu Weihnachten. In die Edelstahlfront war ein Name eingraviert, den sie nicht aussprechen konnte. Dieser Herd war ihre letzte größere Ausgabe, bis wieder ein Scheck für

Tantiemen eintrudelte. Fasziniert beobachtete sie, wie bläuliche Flammen emporzüngelten, während gleichzeitig die Umluft zu surren begann.

Am nächsten Tag backte sie einen wunderbaren Karottenkuchen und bestrich ihn mit einer Creme aus Frischkäse. In einem ungewohnten Anfall von Übermut verzierte sie ihn zum Schluss noch mit einem Herz. Dann hob sie den Kuchen auf einen von Tante Carolines großen Tellern und ging damit zu ihren Nachbarn hinüber. Vor dem Briefkasten der Wrights blieb sie zögernd stehen. Mit roter Farbe hatte jemand KEINE WERBUNG quer darübergepinselt.

Schließlich nahm sie all ihren Mut zusammen und folgte der ungepflasterten Zufahrt zu einem geduckten, von hohen Kiefern umstandenen Cottage. In einem provisorischen Carport rostete ein alter Holden vor sich hin.

Als sie die Stufen zur Veranda hinaufstieg, hallte plötzlich Tante Carolines Stimme in ihrem Kopf wider: *Steh niemals unangemeldet bei jemandem vor der Vordertür. Die Leute halten dich sonst für anmaßend. Bei einem formlosen Besuch ist es höflicher, an der Hintertür anzuklopfen.*

Lisa ging um das Haus herum. Hinter einem Fenster bewegte sich ein Schatten. Sie umrundete ein leeres Vogelbad, einen Kaktus und einen in seinem Topf vor sich hinwelkenden Weihnachtsstern. An einer Wäscheleine hingen mehrere große Damenschlüpfer.

Sie klopfte an die Milchglasscheibe. Nichts. Vermutlich hatten die beiden Alten ihre Hörgeräte ausgeschaltet. Sie klopfte etwas lauter. »Sind Sie da, Mr und Mrs Wright?«

Auf der anderen Seite der Tür war ein Schlurfen zu vernehmen.

»Ich bin's, Lisa Trumperton von gegenüber. Ich wollte nur mal guten Tag sagen.«

Keine Reaktion. Sie hustete. Die Kiefern rauschten. Ein Windstoß fuhr in ein Hemd an der Leine. Es schien sie mit seinen Ärmeln abwehren zu wollen.

»Na gut«, sagte Lisa laut genug, dass man es durch die Tür hören konnte. »Dann lass ich das einfach hier stehen.« Sie stellte den Kuchen auf die Türschwelle. Sie hätte schwören können, dass sie auf dem Weg zurück zur Straße beobachtet wurde.

Als sie wieder vor ihrem Haus stand, war ihr irgendwie unheimlich zumute. Hier wollte sie nicht bleiben. Sie stieg ins Auto und fuhr in die Stadt. Sie musste sowieso in den Supermarkt.

Während sie ihren Einkaufswagen den Gang entlangschob, fing vor ihr ein Paar um die fünfzig an zu streiten. »Als ich sagte, Mais, meinte ich *frischen* Mais, nicht dieses eingefrorene Zeug!«, keifte die Frau.

Wie ein gehorsamer Hund trottete der Mann zurück zur Tiefkühltruhe.

Lisa geriet ins Grübeln: Hatte Jake ihr einen Gefallen getan? Vielleicht waren die Menschen ja nicht für eine lebenslange Ehe geschaffen.

Sie wandte sich dem Regal mit Tiernahrung zu. Die Schlemmer-Menüs für Katzen waren im Sonderangebot. Sie drehte eine Dose Tunfisch & Shrimps in der Hand. Das Zeug sah so appetitlich aus, dass sie sich vorstellen konnte, es auf Cracker zu streichen und ihren nicht vorhandenen Freunden vorzusetzen. Aber der Hersteller hatte vorausgedacht – »Nicht für den menschlichen Verzehr geeignet«. Sie stellte die Dose zurück ins Regal.

Obwohl ihre Beziehung mit Fertiggerichten offiziell beendet war, dem neuen Herd sei Dank, warf sie für alle Fälle eine letzte Packung Filet Wellington de luxe in den Wagen, gefolgt von Toilettenpapier, Proteinriegeln (halb hatte sie gehofft, dass die noch nicht bis Australien vorgedrungen waren), Keksen, Eiern und ein paar Süßigkeiten, die sie vor sich selbst verstecken würde, wenn sie nach Hause kam. Sie war bereits auf dem Weg zur Kasse, als sie irgendetwas noch einmal zurück zum Tierfutter zog. Eine Dose Schlemmer-Menü wanderte in ihren Einkaufswagen. Drei weitere wanderten hinterher.

Nachdem sie die Einkaufstüten im Kofferraum verstaut hatte, gönnte sie sich einen Milchkaffee im Togs.

Am schwarzen Brett hing ein neuer Zettel. Der Frauenbuchklub suchte weitere Mitglieder. Inzwischen kannten sie zwar schon einige Leute vom Sehen und grüßten sie, aber sie war noch weit davon entfernt dazuzugehören. Vielleicht wäre es hilfreich, wenn sie dem örtlichen Buchklub beitrat. Sie speicherte die Nummer in ihrem Handy.

Auf der Heimfahrt wurde sie wie magnetisch vom Gartencenter angezogen. Um auf der Wiese vor dem Haus überhaupt aufzufallen, wären Hunderte von Pflanzen nötig. Aber es konnte ja nicht schaden, sich mal umzusehen …

Eine hübsche Frau Anfang dreißig, mit lila gefärbten Haaren und Nasenpiercing, war gerade dabei, mit dem Schlauch einen Wald von Kamelien zu wässern. »Kann ich Ihnen helfen?«, fragte sie.

Ihre Haut war wie Alabaster, und ihre Augen hatten die Farbe von Ceylonsaphiren, stellte Lisa fest. »Ich wollte mich nur mal umsehen.«

»Sie sind neu in der Gegend, stimmt's?«, sagte die Frau, ließ den Schlauch sinken und streckte die Hand aus. »Ich bin Juliet Fry. Rufen Sie einfach, wenn Sie mich brauchen.«

Lisa bedankte sich und ging einen von Gardenien gesäumten Gang hinunter. Aber die Hoffnung auf einen englischen Garten, wie ihn die ersten Besitzer von Trumperton so gerne gehabt hätten, konnte sie gleich aufgeben. Deshalb steuerte sie schnurstracks die Abteilung mit den dürreresistenten Pflanzen an, wo aus Kübeln kupferfarbene Sukkulenten quollen und sich neben leuchtend gelben fingerartigen Gewächsen grüne Rosetten mit dunkelroten Spitzen drängten. Die Farben waren wirklich erstaunlich.

»Warten Sie, bis Sie sie blühen sehen.« Die Stimme kam von einem riesigen Kaktus.

Lisa blickte vorsichtig um die Stacheln herum.

Strahlend weiße Zähne leuchteten ihr entgegen. »Ich würde hier nicht einkaufen«, sagte Scott. »Nicht bei den Preisen. Ich geh zum Großhändler.«

»Und was machen Sie dann hier?«

»Mich über die neuesten Trends informieren«, erwiderte er. »Nicht, dass mich Juliet mit ihrem Angebot vom Hocker reißt.« Er schob sich zwischen einigen Vogelhäuschen durch, die wie Schweizer Chalets im Miniaturformat aussahen. »Das würde sich gut bei Ihnen machen«, sagte er und hielt eine Pflanze mit fleischigen, spitz zulaufenden Blättern in die Höhe. »Agaven gedeihen hier gut. Sie kommen aus Mexiko.« Er drehte den Topf in seinen großen Händen.

»Ist das ein Kaktus?«, fragte Lisa.

»Eher eine Aloe. Ohne Stacheln. Praktisch wegen den Enk-«

Es war wirklich ein Wunder, dass Scotts Zunge von den vielen Malen, die er sich draufgebissen hatte, nicht schon ganz zerfleddert war. Er war zu braungebrannt, als dass sie hätte sagen können, ob er rot wurde.

»Ach, keine Sorge«, sagte sie seufzend. »Heutzutage können auch Schwule Kinder haben.«

Um seine Augen bildete sich ein Kranz Lachfältchen. »Ich habe über die Wiese vor Ihrem Haus nachgedacht.

Mit einer flächendeckenden Bepflanzung ließe sich da einiges machen.«

»Es müsste aber etwas Pflegeleichtes sein. Ich will nicht die nächsten zwanzig Jahre an einen Rasenmäher gekettet verbringen.«

»Klar.« Er kratzte sich am Kinn. »Wir könnten ein paar Felsbrocken verteilen, um dem Ganzen eine Struktur zu geben, und dann Wege mit einheimischen Bäumen und Gräsern anlegen. Haben Sie einen Stift?«

Lisa kramte in ihrer Handtasche, aber es war der Fluch des Schriftstellers, niemals einen Stift zur Hand zu haben.

Scott ging hinüber zu der Frau, die immer noch den Schlauch auf die Kamelien hielt, und kehrte lächelnd zurück. »Papier?«

Sie gab ihm den Kassenzettel aus dem Supermarkt.

»Was Größeres?«

Sie förderte ein frisches Taschentuch zutage.

»Das hier ist das Haus«, sagte er und zog am Rand einen Strich. »Die Felsbrocken würden wir so um das Grundstück herum verteilen. Dadurch hat es etwas Natürliches, sehr Australisches. Den Tieren zuliebe lassen wir die meisten einheimischen Bäume und Pflanzen stehen – an diesem Weg hier pflanzen wir Kängurublumen ...« Er zog einen Strich vom Haus weg, der einen mehr oder weniger geschlossenen Kreis innerhalb der Felsbrocken bildete. »Jeder Garten braucht ein Geheimnis«, fuhr Scott fort und zeichnete eine Abzweigung ein, die vom Hauptweg in die rechte obere Ecke führte. »Vom Haus und von der Straße aus würde es wie eine Gruppe Bäume aussehen, aber wenn Sie in den Garten kommen, zweigt der Pfad hier in die Büsche ab, sehen Sie? Er verführt zum Weitergehen. Sie biegen um diese Ecke hier und stehen vor – ich weiß nicht ... einer Pergola mit einem Pool.«

Der Mann war ein Genie.

»Sie meinen *Per*gola«, sagte Lisa.

»Hab ich doch gesagt.«

»Nein, Sie sagten Per*go*la. Wahrscheinlich haben Sie es mit Pagode verwechselt, das betont man so, wie Sie Pergola betont haben.«

»Sind Sie Lehrerin oder was?«

»Nein, tut mir leid. Ich schreibe Bücher.«

»Wie Dan Brown?«

»Nicht ganz.«

Ihre Unterhaltung hatte einen Nebenpfad eingeschlagen, der nicht annähernd so zauberhaft war wie der, den Scott gerade beschrieben hatte.

»Und die Wege? Woraus bestehen die?«, fragte sie, um das hübsche Bild zurückzuholen.

»Nur Kies mit Unkrautmatten als Unterlage.«

Was auch immer ihre Körpertemperatur regulierte, es schien nicht mehr zu funktionieren.

»Jetzt ist genau die richtige Zeit zum Pflanzen«, fügte er beiläufig hinzu.

Lisa zwang sich, in die Realität zurückzukehren. »Ja, aber die Kosten.«

»Nur die Ruhe«, sagte er und blinzelte in die Sonne. »Ich könnte einen Teil meiner Gerätschaften im Stallgebäude deponieren und die Arbeiten nach und nach in Angriff nehmen, wenn Sie wollen.«

»Dabei fällt mir ein, Sie haben mir noch keine Rechnung geschickt.«

Er blinzelte. »Für die Sache neulich?«, sagte er nach einer Pause. »Betrachten Sie es als Willkommensgeschenk.«

Sie bedankte sich. Ihre Körpertemperatur näherte sich langsam wieder dem normalen Bereich. »Sie haben tolle Ideen«, sagte sie.

»Ja, ich mag an Kakteen das, was ich auch an Frauen mag«, sagte er grinsend. »Außen stachelig und innen weich.« Er stieß mit dem Schuh gegen einen Springbrunnen, in den ein Cherubim aus Beton pinkelte. »Haben Sie von der Spendenaktion im Rathaussaal nächsten Samstag gehört? Zugunsten von Rückenmarkverletzten …«

Eine Wohltätigkeitsveranstaltung. Wenn sie nicht teilnahm, riskierte sie, geächtet zu werden.

»Haben Sie Lust, mitzukommen und paar Leute von hier kennenzulernen?«

»Sehr gern«, log Lisa. »Ist es ein Quizabend?«

»Buschtanz.«

Du lieber Himmel. Glückliche Paare, betrunkene Fremde, irgendwelche merkwürdigen Tänze. »Sie meinen so etwas wie Line Dance?«

»Viel einfacher. Es gibt einen Ausrufer, der einem sagt, was man zu tun hat. Jeder wurstelt sich irgendwie durch.«

Lisa suchte fieberhaft nach einer Ausrede. Der Herd musste entrußt werden? Zu früh. Außerdem verfügte ihr neuer Herd über eine Art Selbstreinigungsmechanismus. Arbeit? Nur eine traurige Figur würde den Samstagabend vor dem Computer verbringen.

»Kein Grund zur Panik. Ich hol Sie ab. Sagen wir um sieben?«

»Was soll ich anziehen?«

»Irgendwas Bequemes.«

Auf der Heimfahrt umklammerte Lisa das Lenkrad, und in ihrem Kopf wirbelten Bilder von der in einen Farbenrausch verwandelten Wiese herum. Sie stellte sich vor, wie sie dem Geheimpfad zu einem schimmernden Pool unter einer voll Trauben hängenden Pergola folgte. Ihr Verstand wollte an dieser Stelle aufhören, aber der animalische Teil von ihr war nicht mehr zu bremsen. Er ließ vor ihrem geistigen Auge einen halbnackten Scott erscheinen, der aus dem Wasser stieg und die in der Sonne glitzernden Tropfen von seinem Körper schüttelte.

Als sie in ihre Auffahrt bog, musste sie über sich selbst lachen. Dennoch tat es gut zu wissen, dass ihre Hormonproduktion noch nicht völlig zum Erliegen gekommen war. Das andere bereitete ihr wesentlich mehr Kopfzerbrechen. Hatte er sie zu so etwas wie einem Date überredet? Nein, ganz bestimmt nicht. Sie war mindestens fünf Jahre älter als er. Seine Einladung entsprach lediglich der auf dem Land üblichen Gastfreundschaft.

Sie stellte den Dino vor den Ställen ab und entdeckte eine vertraute Gestalt vor der Hintertür. Die Katze hatte ihr den Rücken zugewandt und beugte sich, den Schwanz steil in die Höhe gerichtet, konzentriert über irgendetwas. Lisa schickte ein Stoßgebet gen Himmel, dass sie nicht schon wieder eine Ratte angeschleppt hatte.

Sie öffnete die Fahrertür und rief leise.

Die Katze wirbelte herum und fixierte sie mit ihrem einen Auge. Dann spannte sie fluchtbereit sämtliche Muskeln an und hob eine Pfote.

»Schon gut, Katzi.« Lisa blieb ruhig sitzen, während die Katze abzuschätzen schien, ob sie ihr trauen konnte.

Lisa brauchte einen Freund. Und so wie es aussah, die Katze auch.

Sie senkte den Kopf und wandte sich wieder ihrer Beschäftigung zu, die darin bestand, das Herz von dem Karottenkuchen zu lecken. Jemand hatte ihn zurückgebracht und vor Lisas Tür gestellt und nicht einmal einen Zettel dazugelegt.

Kapitel 19

Lisa wackelte in ihren Ugg-Boots mit den Zehen. Dann straffte sie die Schultern. Es war an der Zeit, dass es zwischen Emily und Frederick, dem Stallburschen, endlich zur Sache ging.

Es hatte ihr früher immer Spaß gemacht, über sich windende, schwitzende Körper zu schreiben, auch wenn das – wie manche Kritiker festgestellt hatten – nicht zu ihren Stärken gehörte. Seit Neuestem war es harte Arbeit. Sie konnte sich kaum noch an die Bewegungsabläufe erinnern, und erst recht nicht an die rauschhaften Zustände, die sie früher einmal erlebt hatte. Jedes Mal, wenn sie sich einen erotischen Mann vorzustellen versuchte, endete es damit, dass er riesige Arbeitsstiefel und ein albernes Grinsen trug. Heutzutage waren außerdem die Leser hartgesottener. Selbst die Verfasser richtiger Literatur produzierten inzwischen Pornografisches, um den Absatz anzukurbeln. Gefragt war ein Maß an Verderbtheit, das gerade noch legal war. Sie hatte gehört, dass im Moment Strangulieren groß in Mode war.

Der Bildschirm starrte sie mit seinem leeren Auge an.

»Anal?«, schrieb sie versuchsweise.

»Hoffentlich stören wir nicht!«, rief Ron und linste über ihre Schulter.

Seit er sich Turnschuhe gekauft hatte, schreckte er sie an den unmöglichsten Orten auf. Schnell tippte sie ein K vor das A.

»Wir dachten, wir fangen heute hier an«, sagte er und stellte eine Farbdose auf den Boden. »Mit dem Laubgrün sind Sie sich sicher, ja?«

Ken kam ins Zimmer gerauscht und breitete mit dem Schwung eines Toreros ein verkleckstes Abdecktuch aus. Doug erschien mit einer Trittleiter. Daneben stellte er einen Ghettoblaster, der grundsätzlich auf einen Sender mit Hörerbeteiligung eingestellt war, bevorzugt von rassistischen Schwulenhassern, die an Entführungen durch Aliens glaubten.

»Was? Ja, natürlich.«

»Die Farbe ist ein bisschen dunkel, wenn Sie mich fragen«, brummelte Ron. »Mach das leiser, Ken. Sie schreibt gerade über die Schifffahrt in Europa.«

Lisa entschuldigte sich und verzog sich mit ihrem Laptop an den Küchentisch. Für Sexszenen brauchte sie normalerweise Schokolade. Proteinriegel reichten nicht. Die weiße Schokolade von Green and Black's eignete sich gut für außereheliche Affären; die mit achtzig Prozent Kakaogehalt für glühende Leidenschaft. Von zentraler Bedeutung waren außerdem warme Füße, daher die Ugg-Boots. Sie konnte sie darüber hinaus als Isoliermaterial gegen den Steinboden in der Küche brauchen.

Mit einem Blick über die Schulter öffnete sie den Laptop.

Frederick presste sie gegen die Strohballen …

Würde Emily da nicht von den Halmen in den Rücken gepikst werden?

Lisa stand auf und öffnete die Hintertür. Ein Sonnenstrahl fiel verführerisch über den Boden. Sie schaufelte zwei Löffel Instantkaffee in einen Becher und wartete darauf, dass das Koffein zu wirken begann.

Ihr Haarknoten löste sich …

Sie lauerte auf ein erotisches Prickeln im Unterleib. Aber das Einzige, was sie spürte, war der Druck ihrer Blase. Sie war einfach nicht in Stimmung. Mit einem neuerlichen Blick über die Schulter, um sicherzugehen, dass Ron nicht hinter ihr stand, gab sie im Google-Suchfeld »Wie schreibt man eine Sexszene« ein. Eine Flutwelle von Ratschlägen ergoss sich über ihren Bildschirm.

Benutze nie das Wort »Penis«. Lisa musste zugeben, dass es ihr auch nicht gefiel. Sie ging ein paar Alternativen durch – Schwanz, Ständer, Männlichkeit, Pimmel, Rohr. So schlecht war Penis vielleicht doch nicht.

Sie wechselte zu Portias Facebook-Seite. Sie hatte drei neue Fotos hochgeladen – zwei von ihr, auf denen sie sich mit zwei jungen Männern vor Lachen bog und die Adern an ihrem Hals deutlich hervortraten. Auf dem dritten Foto versank eine Baisertorte unter einem Berg Beeren und Sahne. Portia hatte »Lecker!« daruntergeschrieben. Als würde das Kind eine solche Menge an Kalorien jemals in seine Reichweite kommen lassen.

Seufzend kehrte Lisa zu »Wie schreibt man eine Sexszene« zurück. *Vergessen Sie die Einzelheiten nicht. Lassen Sie den Leser wissen, ob an den Kleidern Knöpfe und/oder Reißverschlüsse sind.* Frederick hatte wahrscheinlich Knöpfe.

Vergessen Sie nicht, den Mann die Socken ausziehen zu lassen.

Guter Hinweis.

Denken Sie an Empfängnisverhütung. Vielleicht sollte sie aus Frederick einen Coitus-interruptus-Experten machen.

Ein Bataillon schwarzer Ameisen marschierte in Richtung Speisekammer. Lisa kaute an ihrem Daumennagel und sah in ihrem E-Mail-Postfach nach. Sie hatte zwei neue Mails. Eine war von einem deutschen Leser, der sich nach ihrer Schuhgröße erkundigte. Er behauptete, die Sinnlichkeit des weiblichen Fußes, besonders die der Zehen, würde von den Massenmedien vernachlässigt. Ein Frauenfuß war nichts, dessen man sich schämen musste, insbesondere wenn die Zehennägel leuchtend rot lackiert waren.

Frederick als Fußfetischist? Das würde jedenfalls das Verhütungsproblem lösen.

Die zweite Mail stammte von Vanessa, die sich erkundigte, ob sie nächsten Monat mit dem Manuskript rechnen könne.

Lisa holte tief Luft und kniff die Lippen zusammen. Die Zeit raste dahin. Sie kehrte zurück zu »Wie schreibt man eine Sexszene«.

Im echten Leben kommen Paare selten gleichzeitig zum Höhepunkt. Entscheiden Sie, wer zuerst kommt und warum.

Frederick wäre der Erste auf der Zielgeraden, weil er so maskulin und physisch war. Aber das hieße, dass Emily dumm aus der Wäsche schauen würde. Lisa beschloss, eine Art Tantra-Meister aus ihm zu machen. Seufzend würgte sie einen Satz auf den Bildschirm. *Sie konnte sein pochendes Glied spüren, als …* Wie konnte sie nur zu einem solchen Klischee herabsinken? Sie hämmerte auf die Deletetaste, ihre Hirnwindungen hatten sich komplett verknotet. Jetzt blieben nur noch die Schnapspralinen.

Sie ging zur Speisekammer und stellte sich auf die Zehenspitzen. Gerade als sie mit der Hand im obersten Fach herumtastete, hörte sie ein Blubbern von ihrem Laptop – das unverkennbare Geräusch, das eine Skype-Anfrage verkündete.

Jakes Gesicht flackerte über den Bildschirm.

»Wo bist du?«, fragte sie und nahm eine der Pralinen aus der Packung.

»Am Flughafen in Bangkok.«

»Ist Belle nicht mehr im Meditationszentrum?«

»Nur noch bis morgen.«

Jake fuhr sich durch seine blauschwarzen Haare. Sollte Belle auch nur ein Gran Zuneigung zu ihm verspüren, würde sie ihm erklären, dass ältere Haut hellere Farben verlangte.

»Ich hab über Ted nachgedacht«, sagte er und räusperte sich. »Es ist bestimmt schwer für ihn.«

Lisa schob sich die Praline in den Mund, während sie so tat, als striche sie sich gedankenverloren über die Lippen.

»Und du hast recht, was die Liebe angeht. Sie ist schwer zu finden.«

Wollte er ihr damit etwas sagen? Sie ließ die Praline in ihrem Mund nach hinten gleiten. »Wie geht's Belle?« Warum fragte sie das eigentlich jedes Mal, wenn sie in Wahrheit wollte, dass die blöde Kuh auf das Dach eines Thai-Tempels kletterte und sich dort an der Spitze aufspießte?

»Sie will nächstes Jahr in die Provence und nach Tahiti, um ihr Französisch aufzubessern.«

»Magnifique«, sagte Lisa und schluckte.

»Wie geht's dir?«

»Gut. Sehr gut.«

»Trägst du noch diese Ugg-Boots?«

»Das waren nicht meine. Das waren Maxines. Ich hab mir inzwischen aber selbst welche gekauft.«

»Und trägst du sie im Moment?«

Sie blickte auf ihre Füße.

»Lass sehen.«

»Nein, Jake.«

»Bitte.«

»Du bist albern.« Kichernd hob sie den Laptop hoch und richtete ihn auf ihre Stiefel.

»Irgendwie sind sie sexy.« Langsam bekam sie den Eindruck, er wollte das neue Pferd reiten *und* den alten Klepper behalten.

Entschlossen stellte sie den Laptop wieder auf den Tisch.

»Ich vermisse dich«, sagte er.

Er spielte mit ihr. Wobei sie zugeben musste, dass sie ihn auch vermisste. Nicht den fremdgehenden, verlogenen Jake, sondern den, der im Central Park aus purem Übermut eine Kutsche gemietet hatte und den Broadway hinuntergesteppt war, nachdem sie eine Aufführung von *Singin' in the Rain* gesehen hatten.

Herbst war immer ihre liebste Jahreszeit in New York gewesen. Der Central Park erglühte dann in allen Rot- und Goldtönen. Bald würde es die Thanksgiving-Parade und den ersten Schnee geben. In ihrer Brust breitete sich ein dumpfer Schmerz aus. Wohin gehörte sie eigentlich?

»Erinnerst du dich, wie wir mit Ted ins Kino gegangen sind und es plötzlich so schrecklich stank? Wir dachten, dass der Junge neben uns gepupst hätte. Dann drehte sich Ted zu mir, sah mich ganz unschuldig an und sagte: ›Dad, ich hab gerade durch meinen Popo geatmet.‹«

»Oder damals, als wir mit Portia zum Kinderpsychologen gingen, weil sie nicht aufs Töpfchen wollte?«, sagte Lisa. »Er fragte sie, warum sie noch gewickelt werden will, und sie sagte, wegen der Windelwerbung im Fernsehen.«

Sie lächelten zärtlich, ohne einander zu meinen, sondern die vielen gemeinsamen Erinnerungen.

»Fünfundzwanzig Jahre kann man nicht einfach so vom Tisch wischen, Lisa.«

Aber Lisa traute nostalgischen Gefühlen nicht mehr, die die Vergangenheit in hübsches Papier wickelten und ein Schleifchen darumbanden. Während sie nach einer Antwort suchte, tauchte eine Gestalt in der Tür auf. Sie warf einen verzerrten Schatten auf den Boden.

»Was ist los?«, fragte Jake.

»Ach nichts. Nur ein Kater, der mich öfter mal besucht.«

»Ein neuer Freund?«

»Eher ein Freundfeind.«

Ihr Besucher schwebte leichtfüßig über die Schwelle. Dann kauerte er sich vor sie und blinzelte zu ihr hinauf, jeder Muskel gespannt, um sofort die Flucht ergreifen zu können. Er erwartete offensichtlich, dass sie ihm einen Tritt versetzte.

»Hast du Hunger?«, fragte sie sanft.

»Nein, ich habe auf dem Flug gut gegessen … aber einen kleinen Snack könnte ich vertragen«, sagte Jake, dem ihr mütterlicher Ton gefiel.

»Ich habe mit dem Kater gesprochen.«

»Oh.«

Der Kater kreiste wie ein Hai durch die Küche.

»Ich muss jetzt Schluss machen«, sagte Lisa.

»Ich auch«, antwortete Jake und tat plötzlich ganz geschäftig. »Ich hab gleich ein Meeting. Bis bald.« Damit verschwand Jakes Gesicht vom Bildschirm.

Der Kater schnüffelte an den Schränken. Ihr Aufeinandertreffen beim Karottenkuchen war kurz ausgefallen. Als sie einen Schritt auf ihn zu gemacht hatte, war er davongeflitzt.

»Kommst du mich mal wieder besuchen, hm?« Ihre Stimme donnerte durch die Küche. Der Kater erstarrte und legte die Ohren an. Sie sollte sich endlich angewöhnen, leiser zu sprechen. »Hab keine Angst«, säuselte sie mit zuckersüßer Stimme, die überhaupt nicht nach ihr klang. Zum ersten Mal blieb er nah genug bei ihr stehen, dass sie ihn genauer betrachten konnte.

Sein Fell war glatt und überwiegend rot. Schmuddelige weiße Haarbüschel hingen von seiner Kehle herunter.

Seine Pfoten steckten in schmutzig weißen Socken. Er sah aus wie frisch aus der Mülltonne gezogen.

Sie rieb über den Schorf an ihrer Hand. Er hatte Krallen wie Dolche und konnte damit alle möglichen Krankheiten übertragen. Sie überlegte, was für ihn sprach. Die Nase war rosarot. Auf der Stirn hatte er Tigerstreifen. Der Schwanz war allerdings eine Katastrophe. Ein zerfledderter Staubwedel, in dem Zweige und Blätter hingen. Als sie die zusammengekniffene Augenhöhle betrachtete, schmolz sie wie Butter dahin. Vermutlich hatte er das Auge bei einem Kampf verloren. In dem New Yorker Tierheim hatten sie Katzen gehabt, die durch Katzenschnupfen Geschwüre an den Augen bekommen hatten. Ein paar der armen Geschöpfe erblindeten.

Das Tier war völlig verdreckt. Und, ja, hässlich. Aber es hatte auch etwas Faszinierendes an sich. Ihre Hand zuckte, weil sie sie ausstrecken und das matte Fell streicheln wollte. Sie beugte sich vor.

Der Kater duckte sich.

»Hab keine Angst«, sagte sie und lehnte sich beschwichtigend zurück. »Magst du ein bisschen Thunfisch mit Shrimps?« Genauso gut hätte sie Vulkanisch sprechen können. »Siehst du die Dosen auf dem Fensterbrett?«

Das Strahlen seines Auges folgte ihrem Blick zu dem Katzenfutter. Vielleicht hatte er irgendwann einmal ein Zuhause gehabt.

Sie stand langsam auf und versuchte dabei, nicht mit dem Stuhl über den Boden zu scharren.

Der Kater brachte sich Richtung Tür in Sicherheit.

Lautlos wie ein Taucher bewegte Lisa sich durch den Raum.

Die Besteckschublade klapperte, als sie den Dosenöffner herausholen wollte. Der Kater schoss davon.

Mist. Ein wenig hätte er ihr ja schon vertrauen können. Aber immerhin war sie so weit gekommen … Sie drückte den Dosenöffner auf die Dose und spürte, wie er sich in das Blech grub. Während er sich gleichmäßig um den Deckel drehte, nahm sie eine Bewegung in der Türöffnung wahr. Er war zurück. Sie leerte die Dose in eine Schüssel und stellte sie auf den Boden.

Der Kater starrte zuerst sehnsüchtig auf das Fressen, dann auf sie.

Sie war zu nah. Sie trat zurück und lehnte sich gegen den neuen Herd.

Mit einem Satz war der Kater an der Schüssel und versenkte sein Gesicht darin.

»Wie möchtest du heißen?«

Ihm einen Namen zu geben war der Beginn einer schmerzhaften Beziehung. Aber das wäre ja nichts Neues für sie.

»Zyklop?«

Für Klassiker schien er sich nicht zu interessieren.

»Marmaduke«, sagte sie und näherte sich ihm vorsichtig.

Ungerührt fraß er weiter.

»Okay, wie wär's mit etwas Simplem wie Mojo?«

Der Kater hielt inne und sah zu ihr auf. »Miau.« Seine Stimme war leiser und heller, als sie gedacht hätte.

»Mojo?«

Er blinzelte.

»Okay. Dann heißt du Mojo.« Sie beugte sich vor und streckte die Hand nach seinem verfilzten Fell aus.

Mojo zuckte zusammen, als hätte er einen elektrischen Schlag erhalten. Mit gesenktem Schwanz drehte er sich um und rannte zur Hintertür hinaus.

Kapitel 20

Es war kein Date. Natürlich nicht. Er hatte sie nur gefragt, ob sie mit ihm ausgehen wollte, weil sie ihm leidtat. Und weil sie nicht nein sagen konnte.

Er hatte gesagt, sie solle etwas Bequemes anziehen. Das bedeutete ihrer Meinung nach mehrere Schichten Deo, Concealer unter den Augen, ein Rock aus einem bunten afrikanischen Stoff und ein dunkles Top. Rote Ohrhänger aus Kronkorken steuerten eine gewisse Lässigkeit bei. Die Schuhauswahl war schwer. Sie entschied sich für schwarze Spangenschuhe.

Dreißig Minuten nach dem vereinbarten Zeitpunkt war Scott immer noch nicht aufgetaucht. Wahrscheinlich hatte er es vergessen. Zuverlässig war etwas anderes. Kein Wunder, dass Bev ihn verlassen hatte.

Ein Glas Wein war jetzt genau das Richtige. Allerdings könnte es sie redselig machen. Also musste sie sich anders ablenken. Mojo hatte sich nicht mehr blicken lassen, seit er das letzte Mal abgehauen war. Sie öffnete die Hintertür und rief nach ihm. Keine Reaktion. Das Katzenfutter hatte ihre Beziehung auch nicht gefestigt.

Das einzig Gute an der Tanzveranstaltung war, dass sie nach ein paar Stunden vorüber sein würde. Noch war es nicht zu spät, ihm eine Nachricht zu hinterlassen. Besser, die Abweisende zu sein als die Abgewiesene. Sie griff nach dem Handy.

»Hi, Scott. Tut mir leid …«

Scheinwerfer strichen über die Wandvertäfelung in der Eingangshalle. Gleich darauf klopfte es. Mist.

Seine Augen blitzten jungenhaft, als sie die Tür öffnete.

»Sie sind zu spät«, fuhr sie ihn an.

»Ja, ich weiß«, sagte er und sah zur Seite. »Todd und ich waren reiten. Das Umziehen hat etwas gedauert.«

Für jemanden, den man sitzenlassen hatte, weil er ein lausiger Vater war, wirkte Scott wie der Schutzheilige der Vaterschaft. Vielleicht wollte er Beverley ja zurückerobern.

»Sie sehen nett aus«, sagte er und hauchte ihr seinen Pfefferminzatem ins Gesicht.

Von allen Komplimenten mochte sie »nett aussehen« am wenigsten. Aber es war ja kein Date.

»Sie aber auch.« Es war das erste Mal, dass sie ihn in langen Hosen zu Gesicht bekam. Er sah erstaunlich erwachsen aus – mal abgesehen von dem breiten Grinsen, mit dem er sie gerade blendete.

»Hey, danke!«, sagte er und wippte in seinen Stiefeln mit Gummizug. Gott sei Dank hatte sie ihre nicht angezogen. Seine Haut schimmerte im Dämmerlicht. Manche Männer waren weniger attraktiv, wenn sie sich frisch rasiert hatten, besonders wenn die Stoppeln ein fliehendes Kinn verbargen. Scott sah ohne Bartschatten sogar noch besser aus. Er roch nach Zimt und Seife.

Sie bot an, ihr Auto zu nehmen. Er bestand auf dem Pritschenwagen und öffnete schwungvoll die Beifahrertür. Die Fahrerkabine roch staubig. Es war angenehmerweise nichts Unnötiges darin, sah man von dem Duftbäumchen ab, das vom Rückspiegel baumelte.

Auf der Fahrt in die Stadt sickerten leise Jazztrompetentöne aus dem Radio.

»Haben Sie Ihre Schritte geübt?«, fragte er. Sein Profil ähnelte dem eines Kriegers auf einem griechischen Fries.

»Kann ich nicht einfach nur zusehen?«

»Nur keine Aufregung.«

Leicht gesagt, wenn man wie er die Entspanntheit eines Zen-Meisters besaß.

»Buschtanz klingt nach etwas unter freiem Himmel mit offenem Feuer und Bumerangs.«

»Nicht ganz«, sagte er und wechselte den Gang. »Stellen Sie sich einfach vor, Sie wären im England des 19. Jahrhunderts und hätten gerade einen Tag bei der Ernte auf dem Feld verbracht.«

»Wer wird da sein?«, fragte sie.

»Eigentlich alle.«

»Die Wrights auch?«

»Die gehen nicht mehr viel aus. Warum fragen Sie?«

Sie erzählte ihm von dem Karottenkuchen. Er sagte, sie solle sich keine Gedanken wegen Tante Mary machen.

»Sind Sie miteinander verwandt?«

»Sie wissen doch, wie es auf dem Land ist. Da nennt man jeden Tante oder Onkel, auch wenn sie's gar nicht sind.«

Noch eine australische Besonderheit.

»Ich wollte Sie etwas wegen der Ställe fragen. Wer hat sich dort umgebracht?«

Scott riss das Lenkrad herum, um einer mannshohen Gestalt auszuweichen, die über die Straße sprang.

»Känguru«, erklärte er. »Die Ställe? Das ist ewig her. Ich würd mir keine Gedanken deswegen machen.«

Sie machte sich aber Gedanken. Viel schlimmer als die finsteren Gerüchte um die Ställe war im Moment jedoch die Aussicht, mit Scott vor ganz Castlemaine zu erscheinen. Die Leute würden sich das Maul zerreißen. Wenn er ihren Ruf nicht sowieso schon ruiniert hatte, indem er lächerliche Geschichten über sie in der Stadt verbreitete, dann würde er es jetzt tun.

Sie erreichten das Zentrum des Städtchens. Alles war still, die Fenster des Rathauses beruhigend dunkel.

»Wir scheinen uns im Tag geirrt zu haben«, sagte sie hoffnungsvoll.

»Nein, nein«, sagte er und zog die Handbremse. »Die Frauen haben den ganzen Nachmittag Suppe gekocht.«

Suppe? Bei einem Tanz? Sie folgte ihm am Haupteingang vorbei in eine Gasse an der Seite des Gebäudes. Aus einer Tür fiel Licht.

»Ich hab's mir anders überlegt«, sagte Lisa und packte ihn am Ellbogen.

»Was?«

»Ich kann nicht tanzen.«

»Ach, kommen Sie schon.« Er nahm sie bei der Schulter und führte sie durch die Tür in ein hell erleuchtetes Foyer.

An einem Tisch saßen mehrere Frauen, die gleichzeitig die Köpfe hoben. Ihre Augen schossen von Scott zu Lisa und wieder zurück.

»Guten Abend, die Damen«, sagte Scott, ohne etwas von der Spannung, die plötzlich in der Luft lag, zu bemerken. »Das ist Lisa Trumperton. Sie ist neu in der Stadt.«

Die Frauen bedachten sie mit einem breiten, nicht ganz echten Lächeln. Lisa erkannte Juliet aus dem Gartencenter. Sie trug schwarze Spitze und ein Frida-Kahlo-Haarband mit falschen Rosenblüten.

»Wo kann ich zahlen?«, fragte Lisa.

»Schon erledigt«, sagte Scott, holte zwei kleine Eintrittskarten aus seiner Hosentasche und drückte sie ihr in die Hand.

Juliet fragte, ob sie ein Zwei-Dollar-Los kaufen wollte. Um einen guten Eindruck zu machen nahm Lisa zehn.

Scott ging zu einem älteren Paar. Er überragte die beiden um Haupteslänge und unterhielt sich angeregt mit ihnen. Der alte Mann lachte, und die Augen der Frau glänzten. Scott konnte also durchaus charmant sein, wenn er wollte.

Lisa reichte die Eintrittskarten einem Mann, der eine Doppeltür bewachte. Als sie aufschwang, kam Lisa ein Schwall warmer Luft und das Gefiedel einer Geige entgegen. Sie spähte besorgt zu den wogenden Massen hinein.

»Dann wollen wir mal«, sagte Scott, schritt rückwärts durch die Tür und zog sie mit.

In der Halle hatten sich Paare in einem großen Kreis aufgestellt.

»Und jetzt die Busch-Polka«, nuschelte eine Stimme aus den Lautsprechern. »Die Herren nach innen, die Damen nach außen.« Eine Art Gandalf in rotem Karohemd dirigierte die Tänzer von der Bühne aus. Er ließ seinen Blick über die Menge schweifen wie Julius Cäsar über seine Truppen. In seiner knotigen Hand baumelte eine Geige. Neben ihm stand ein mürrischer Gitarrenspieler mit glatten dunklen Haaren. Eine Frau in einem hellgrünen Kleid hob ihre Geige ans Kinn und nickte freundlich dem Schlagzeuger zu, der hinter seinem Instrument kauerte. Ein Flötenspieler mit einem braunen Akubra fuhr sich mit der Zunge über die Lippen.

»Den Blick nach vorne auf euern Tanzpartner!«

»Den lass ich aus«, murmelte Lisa und sah sehnsüchtig zu den Kindern und den alten Leuten, die im hinteren Teil des Saals an Tischen saßen.

Scott nahm ihren Ellbogen und schob sie in den Kreis.

»Gut, meine Damen und Herren«, rief der Zeremonienmeister. »Am Anfang geb ich euch noch ein paar Anweisungen, dann seid ihr auf euch gestellt.«

Mit einem näselnden Jaulen setzten die Geigen ein. Es

war die Musik, zu der eine irische Granny in ihrem Schaukelstuhl strickte. Der Schlagzeuger gab ein gesetztes Tempo vor.

Scott legte einen Arm um Lisas Taille und umfasste ihre Hand. Sie legte die Linke auf seine Schulter. Seine Muskeln unter dem Hemd fühlten sich fest an. Sie schwebte geradezu in seinen Armen, aber es war genug Abstand zwischen ihnen, dass selbst eine Nonne nichts zu beanstanden gehabt hätte.

»Hacke, Spitze, Hacke, Spitze …«, dröhnte der Ausrufer. »Vier Schritte rechts, vier Schritte links …«

Für einen so kräftigen Mann war Scott erstaunlich leichtfüßig.

»Klatscht mit der Rechten …«

Scott hob seinen Arm und nickte ihr zu, damit sie dasselbe tat. Ihre Hände trafen aufeinander.

»Jetzt die Linke.«

Es klappte.

»Und jetzt beide Hände.«

Ergeben hob sie beide Hände. Scott klatschte sie mit solcher Kraft ab, dass sie beinahe umfiel.

»Jetzt klatscht auf die Knie … und dreht euch.«

Eingehakt an den Ellbogen wirbelten sie herum.

»Und Wechsel.«

Plötzlich befand sie sich in den Armen eines Mannes mit rotblondem Schnauzbart.

Lisa warf Scott einen Blick über die Schulter zu. »Und jetzt?«, rief sie.

Die Musik beschleunigte zu einem leichten Galopptempo. Kein Wunder, dass die meisten Tänzer schlank und fit wirkten. Wenn das länger als ein Lied ging, würde man sie vom Boden kratzen müssen.

Der Schnauzbart schleuderte sie in die Arme eines Mannes mit verschwitzten Händen. Sie trat ihm auf die Füße. »Tut mir leid. Ich bin nicht so gut …« Bevor sie den Satz zu Ende sprechen konnte, machte sie Hacke, Spitze mit einer jungen Frau in bodenlangem Kleid.

Die Musik steigerte sich zu einem schwindelerregenden Tempo, und die Frau machte eine Extradrehung, mit der sie zu einem Mann wechselte und Lisa in die Arme einer anderen Frau.

Lisa reckte den Hals, um zu sehen, wer vor ihr war. Sie war in der Männerreihe gelandet. Ihre nächste Partnerin war ein Mädchen, das seine Enttäuschung, mit einer Frau zu tanzen, nicht verbarg.

»Ich hatte eine Geschlechtsumwandlung!«, rief Lisa.

Eine ältere Frau in einem Blümchenrock hob ihre Arme, sodass Lisa die Haltung des männlichen Tanzpartners einnehmen musste. Wer wollte schon mit einer anderen Frau tanzen – außer vielleicht die junge Frau mit dem Kurzhaarschnitt und der Latzhose.

Hacke, Spitze, Hacke, Spitze …

Lisa fragte sich, ob sie sich beim nächsten Partnerwechsel nicht davonstehlen und an einen der Tische setzen könnte. Aber das würde eine arme Frau büßen müssen, die dann ganz ohne Tanzpartner dastünde. Sie wirbelte herum und fand sich Brust an Brust mit einer rosa Paillettenjacke wieder. »Beverley!«, rief sie.

Die Maklerin warf ihr ein falsches Lächeln zu. Sie hatte ihre hochgetürmten Haare mit Glitzersteinen geschmückt. An ihrem Hintern klebte ein winziger rosa Minirock. Wie sie das mit Hacke, Spitze auf den Zehn-Zentimeter-Absätzen hinbekam, war Lisa ein Rätsel.

Beverley drehte sich zum nächsten Mann und kratzte Lisa dabei mit ihren falschen Fingernägeln am Arm.

Lisas nächster Partner war ein Junge, dünn und durchscheinend wie eine Garnele. Seine Hand lag feucht in ihrer. Irgendwie war auch er Opfer einer Geschlechtsumwandlung geworden.

»Willst du ein Mann sein?«, rief Lisa über die Musik hinweg.

Der Junge sah sie an, als hätte sie ihm einen unsittlichen Antrag gemacht. Aber das war nicht die richtige Gelegenheit, sich politisch korrekt zu verhalten.

»Bist du bereit, ein Mann zu sein?«

Er nickte ernst.

Bei der nächsten Drehung vollzogen Lisa und der Junge eine zusätzliche Halbdrehung und reihten sich zufrieden wieder unter das eigene Geschlecht ein.

Lisa warf einen Blick auf die andere Seite des Kreises. Scott und Beverley klatschten sich gerade in die Hände. Sie wirbelte in die Arme von Ron von der Grey Army. Mit elegantem Schwung reichte er sie an Ken weiter, der wegen seines Knies mit leichter Schlagseite tanzte. Doug war vor der Tür und rauchte.

Über ihrem Rückgrat bildete sich ein feuchter Streifen. Ihre Lunge pumpte. Zwischen ihren Zehen bildeten sich Blasen. Sie kümmerte sich nicht mehr um die richtige Schrittfolge. Es ging nur noch darum, aufrecht zu bleiben. Der Tanz verselbständigte sich, und sie wurde zu einem Teilchen in einem wirbelnden Universum. Sie musste sich immer weiterdrehen, bis die Musik verstummte. Doch gerade, als die Band langsamer zu werden schien, hoben die Geiger das Kinn und setzten erneut an.

Kein Wunder, dass solche Tänze früher so beliebt gewesen waren. Sie waren das Speed-Dating der vorindustriellen Zeit. In Gesellschaften, in denen der körperliche Kontakt bis zur völligen Verhinderung reglementiert war, boten Tanzveranstaltungen eine gute Gelegenheit, sich ohne Worte auszutauschen. Jede Begegnung war Sex als Versuchsanordnung in einer kontrollierten Umgebung. Der aufgeblasene Typ, der sie wegen ihrer falschen Schritte zurechtwies, hatte mit Sicherheit keine Vorstellung davon, wie man einer Frau im Bett Vergnügen bereitete. Der hübsche Arbeiter, der sich für unwiderstehlich hielt und dann ihre Zehen zermalmte, zeigte alle Anzeichen, dass er an vorzeitigem Samenerguss litt. Hinter dem unscheinbarsten Äußeren verbargen sich ungeahnte Talente. Ein kleiner Mann mit Rosinenaugen führte sie mit sanfter Sicherheit. Er hielt sie fest, aber behutsam in den Armen. Mit Nachsicht und Rhythmusgefühl verwandelte er sie in eine bessere Tänzerin. Ein Mann in blauem Hemd drückte sie gegen seinen Bauch, sodass sie mehr von seiner Anatomie kennenlernte als nötig. Ihr wurde fast schlecht in seiner Aftershavewolke, Brut wahrscheinlich.

»Hallo, schöne Frau! Wie heißen Sie denn?«

»Lisa.«

»Freut mich, Sie kennenzulernen. Bob Hogan.«

»Von Hogan & Hogan?«, fragte sie keuchend.

»Ja, genau«. Er riss sie an sich und hob sie dabei fast vom Boden. »Der Jüngere.« Bevor er sie an den Nächsten weiterreichte, drückte er ihr die Hand, als verabschiedete er sich nach einer gemeinsamen Nacht.

Zwei Schuljungen, ein potenzielles Infarktopfer und einen Farmer später verstummte die Musik. Der Kreis löste sich auf, und die Tänzer kehrten zu ihren Tischen zurück. Lisa wartete, dass sie wieder zu Atem kam. Die ganze Stadt hatte sich hier versammelt – von Babys über Schulkinder bis zu alten Leuten in Rollstühlen. Sie suchte nach Scott. Er stand in einem Kreis von Männern und schien sie nicht zu bemerken. Sie ging zu einem Tisch, an dem Juliet Getränke ausschenkte, und bat um ein Glas Wein.

»Da haben Sie Pech«, sagte Juliet und reichte ihr einen Plastikbecher. »Es gibt nur Sirup. Orange oder Limette.«

Sie wählte Limette.

Juliet musterte sie kurz. »Dann sind Sie und Scott also ein Paar?«, fragte sie und schenkte ihr die leuchtend grüne Flüssigkeit ein.

Das Zeug brannte Lisa in der Kehle. Sie hustete ausgiebig. »Um Himmels willen, nein!«, sagte sie, bevor sie sich rasch davonmachte und Zuflucht bei einem Grüppchen Frauen suchte, die vor der Damentoilette standen.

Als die Band um halb zehn die Instrumente zusammenpackte, protestierte niemand – der Tanzboden-Workout hatte seinen Tribut gefordert. Einen Moment lang gesellte sich Scott zu ihr, nur um gleich wieder zu verschwinden und sich ausgiebig von allen möglichen Leuten zu verabschieden. Lisa verkürzte sich die Warterei, indem sie mit der Osteopathin von Castlemaine plauderte. Die Frau war vor ein paar Jahren mit ihrem Kind hierhergezogen. Im Elektriker des Ortes hatte sie eine neue Liebe gefunden. Lisa hatte die beiden auf der Tanzfläche gesehen, ein hübsches Paar, zwischen dem es unverkennbar knisterte.

Schließlich klopfte ihr Scott auf die Schulter. Wie ein Hirtenhund trottete sie ihm zu seinem Pritschenwagen hinterher. Schweigend fuhren sie nach Hause.

»Tanzen können Sie, Ms Trumperton, das muss man Ihnen lassen«, sagte Scott, als der Wagen vor dem Portikus ruckelnd zum Stehen kam.

»Danke.« Sie tastete nach dem Türgriff.

»Darf ich?«, sagte er und beugte sich über sie.

Sie nahm seinen holzigen Geruch wahr. Sein Atem strich in sanften Zimtwölkchen über ihre Wange. Wollte er sie etwa küssen? Seine rechte Hand schwebte gefährlich nah vor ihrem Busen.

»Es war mir ein Vergnügen, Ms Trumperton«, fügte er hinzu und neigte sein Gesicht zu ihrem.

Sie zuckte zurück und saß stocksteif in ihren Sitz gedrückt da wie Queen Victoria, wenn sie mal wieder unter Hämorrhoiden litt.

Ein Ausdruck kindlicher Verletztheit huschte über sein Gesicht.

Rasch nahm sie ihre Handtasche vom Boden, sprang aus dem Wagen und humpelte über den Kies zur Haustür. Auf der obersten Stufe drehte sie sich um und winkte. Aber er fuhr bereits auf das Tor zu.

Kapitel 21

Es war völlig verrückt zu erwarten, dass er sie am nächsten Tag anrief. Besonders nach einem Nicht-Date. Er hatte allerdings erwähnt, dass er vielleicht kommen und den Garten ausmessen würde.

Egal. Endlich war sie in Fahrt gekommen mit ihrem Buch.

Auf ihrem Laptop-Bildschirm fing es zwischen Emily und dem Stallburschen an zu knistern.

Frederick gab sich schockiert, als Emily sich weigerte, im Damensitz zu reiten. Sie galoppierte durch den Wald und genoss jeden Stoß des schwarzen Hengstes zwischen ihren Schenkeln. Auf dem weißen Pferd, das sie ihm überlassen hatte, ritt er neben ihr her, wie gebannt vom Rhythmus ihres keuchenden Atems. Eins mit ihrem Hengst, flog sie über einen Graben. Ihre Haare wanden sich unter dem Netz hervor und fielen ihr über die Schultern.

»Reiten können Sie, Miss Brontë, das muss man Ihnen lassen«, sagte Frederick und strahlte sie mit seinem schiefen Eckzahn an.

Sie sah auf ihr Handy. Nicht einmal eine SMS.

Ihre Pferde blieben an einem Bach stehen und tauchten ihre Nasen in das Wasser. Frederick stieg ab und fing sie auf, als sie aus dem Sattel glitt. Sie nahm seine Hand, so groß und fest, und führte ihn zu einem Kiefernhain. Die Bäume hatten einen vollendeten Wuchs, ihre kräftigen Stämme ragten in den Himmel …

Sie überlegte, ob sie ihn anrufen sollte. Das gehörte sich eigentlich so, oder?

Die Bäume drehten sich in Emilys Kopf, als sie sich küssten. Ihre Schenkel zitterten vor Begehren. Frederick drückte sie auf ein Bett aus Kiefernnadeln, sein warmer zimtiger Atem …

Oder eine SMS. Aber dann dachte er vielleicht, sie würde ihm nachlaufen.

Lavaströme der Lust flossen durch Emilys Leib, brachten Stellen zum Glühen, die über Jahre erkaltet gewesen waren.

Lisa seufzte und streifte die Ugg-Boots ab. Ihre Füße taten höllisch weh.

Fredericks Hand schlüpfte unter ihr Korsett und holte ihre Brüste an das gesprenkelte Licht. Vollkommene Brüste, die Brustwarzen fest und braun …

»Aber Liebste«, sagte Frederick und wich erschrocken ein wenig zurück. »Sie werden ja immer weniger! Sie müssen mehr essen!«

Etwas Feuchtes kitzelte ihren Zeh. Eine Fliege musste durch die Hintertür hereingekommen sein. Lisa schüttelte ihren Fuß. Die Fliege verschwand.

Brüste.

Wenn sie Scott dorthin hätte vordringen lassen, hätte er

sich entsetzt abgewandt. Oder schlimmer noch, so getan, als machte es ihm nichts aus.

Ein Stück Sandpapier rieb über ihren großen Zeh. Sie warf einen Blick unter den Tisch. Ein einzelnes Auge sah sie durch struppiges orangenfarbenes Fell an.

»Mojo!«, rief sie und streckte ihm die Hand hin.

Er zuckte zusammen und musterte misstrauisch ihre Finger.

»Komm schon, ich tu dir nichts.«

Vielleicht war es ihr Tonfall, jedenfalls schob sich der Kater an sie heran und stupste mit der Stirn gegen ihre Fingerknöchel. Sie konnte es kaum glauben. Er suchte ihre Nähe.

Sie kitzelte ihn unterm Kinn und mied sorgsam die verfilzten Haarnester. Sie hätte nie damit gerechnet, dass sie so weit kommen würden. Zu ihrer Überraschung machte er noch einen Schritt nach vorne, sodass sie ihm über den Rücken streicheln konnte. Er hob den Schwanz, drehte sich um und ließ sich noch mal von ihr streicheln – und noch mal.

Mojo fasste Vertrauen.

»So ist es brav.«

Der Kater gab ein leises, melodisches Schnurren von sich. Wenn er sich schon so bereitwillig streicheln ließ, ließ er sich vielleicht auch auf den Arm nehmen. Mojo jaulte laut. Rasch wand er sich aus ihrem Griff und huschte zur Tür. Sie biss sich auf die Lippe. Es musste unangenehm sein, in einem derart verfilzten Fell zu hausen. Wenn einen jemand hochzuheben versuchte, fühlte sich das sicherlich an, als würden die Haare in sämtliche Richtungen gerissen.

Sie wartete darauf, dass er verschwand. Er setzte sich neben die Tür, den Schwanz über die Vorderpfoten gelegt, und bedachte die Situation.

Sie stand auf und bewegte sich mit den gleitenden Bewegungen einer Pantomimin und mit sicherem Abstand zu ihm zur Küchenablage. Er sah zu, wie sie eine Dose Katzenfutter öffnete und den Inhalt in eine Schüssel löffelte.

Dann kehrte sie zu ihrem Stuhl zurück und tat so, als achtete sie nicht auf ihn. Nach einer halben Ewigkeit schlich er leise über den Boden und verschlang das Futter.

Langsam verstand sie Mojo. Er war ein Kater, der nach seinen eigenen Gesetzen lebte. Wenn er nicht von sich aus den Kontakt suchte, wollte er ignoriert werden.

Seufzend wandte sie ihre Aufmerksamkeit wieder Emily Brontës Brustwarzen zu.

»*Was* hast du gemacht?«

Lisa beugte sich zum Bildschirm vor. Sie war sich nicht sicher, ob die Flecken auf Portias Hals Schatten oder Knutschflecken waren.

»Ich bin mit jemandem tanzen gegangen. So eine Gemeindeveranstaltung.«

»Wahnsinn, Mom!« Portia tat gerade so, als hätte Lisa ihr verkündet, sie wäre nach der Menopause schwanger geworden. »Sieht er gut aus?«

Sie sah Scott vor sich, wie er göttergleich durch das Gartencenter strich. Dieses Bild wurde sogleich abgelöst von dem, wie er sich beim Tee mit Tante Caroline danebenbenommen hatte.

»Was für Kenner.«

»Und? Ist was gelaufen«

Lisa wusste nicht, was damit gemeint war. Bei Portia und ihren Freunden »lief« immer irgendetwas oder nicht. Das klang zwar relativ harmlos, hatte aber offenbar etwas mit Biologie zu tun.

»Natürlich nicht!«

Portia warf die Haare zur Seite. Sie langweilte sich offensichtlich. Gleich würde sie das Gespräch wieder auf die Absage für die Rolle der Blanche in *Endstation Sehnsucht* bringen.

»Wobei es später in seinem Pritschenwagen schon so einen Moment gab …«

»Du hast doch nicht etwa versucht, ihn zu küssen!«

»*Nein!*«

»Gott sei Dank. Küssen ist Politik. Ich kenne ein paar Frauen, die gerne den ersten Schritt machen, aber damit gibt man die Macht aus der Hand. Ich find's besser, wenn es … organischer passiert.«

War das dasselbe Mädchen, das türenknallend aus dem Zimmer gelaufen war, als Lisa ihr die Menstruation zu erklären versucht hatte?

»Viel kann man auf der Sitzbank von so einer Karre ohnehin nicht machen. Die Dinger sind verdammt unbequem. Hat er seinen Arm auf die Rückenlehne gelegt?«

Lisa hatte schon länger den Verdacht, dass ihre Tochter sehr viel weniger unbedarft war als sie. »Ich glaube nicht.«

»Hat er dir den Arm um die Taille gelegt und versucht, die Hand bis zu deinen Möpsen gleiten zu lassen?« Portia erwärmte sich langsam für das Thema.

»Um Himmels willen, nein!«

»Was hat er denn dann gemacht?«

»Er hat mich … angeatmet.«

Portias Interesse war augenblicklich wieder wie weggeblasen. »Irgendein alter Typ in einem Pritschenwagen hat dich *angeatmet*?«

Weiter wollte Lisa sich nicht mehr erniedrigen. »Kommst du zu Weihnachten nach Australien?«

Kapitel 22

Mojo schien es nicht zu stören, in der Küche herumgejagt zu werden. Bei der zweiten Runde verlangsamte er sein Tempo und ließ sich von Lisa fangen. Er versuchte nicht einmal, sie zu kratzen. Geschmeichelt hob sie ihn in den Picknickkorb und schloss vorsichtig den Deckel.

Der Kater miaute ein paarmal resigniert. Es schien ihm klar zu sein, dass er, sollte ihre Beziehung eine Zukunft haben, der Begegnung mit dem Tierarzt nicht ausweichen konnte.

Sobald Lisa ihn in der Praxis abgeliefert hatte, eilte sie zurück nach Hause, um sich auf das Treffen des Women's Monthly Book Club vorzubereiten. Ihr Plan, ein paar Leute aus der Gegend kennenzulernen, war bisher nicht aufgegangen. Als sie die Nummer des Buchklubs gewählt hatte, war ihr die heisere Stimme am anderen Ende irgendwie bekannt vorgekommen.

»Nehmen Sie neue Mitglieder auf?«

»Aber immer doch. Wollen Sie beitreten?«

Alles in ihr hatte *Nein!* gebrüllt. »Ja.«

»Super! Jedes neue Mitglied lädt zu seinem ersten Klubtreffen zu sich nach Hause ein, das ist so Tradition bei uns.«

»Okay.«

»Das wäre dann nächsten Dienstag um halb drei. Ach ja, Sie sollten sich noch eine Ausgabe von unserem Buch des Monats besorgen.«

»Wie lautet der Titel?«

»Sie werden sich einen Ast lachen. Irgend so eine affige Schriftstellerin ist hier in die Gegend gezogen. Ich hab ihr ein Haus verkauft, eine völlig überteuerte Bruchbude. Jedenfalls haben wir uns gedacht, wir schauen uns mal an, was sie so schreibt. Ihr Buch heißt ... Moment mal. Irgendwo muss das Ding rumliegen. Da ist es ja. *Drei Schwestern: Charlotte.*«

Das Telefon hatte zwischen ihren Fingern zu glühen angefangen.

»Ach, ich hab ganz vergessen, Sie nach Ihrem Namen zu fragen«, hatte Beverley Hogan noch gesagt.

Schlimmer, als einen Buchklub bei sich zu Hause zu empfangen, war nur, eine Gruppe fremder Frauen – Nachbarinnen und potenzielle Freundinnen – vor ihren Augen *Drei Schwestern: Charlotte* zerpflücken zu sehen.

Lisa sauste mit dem Staubsauger durchs Haus. Wenigstens kamen keine Fans, das war schon einmal gut. Wenn glühende Verehrerinnen zu ihren Lesungen kamen, besonders wenn sie viele Kilometer gefahren waren, spürte sie nämlich oft eine gewisse Enttäuschung bei ihnen. Die weniger Taktvollen bemerkten, sie sehe ja ganz anders aus als auf ihrer Website. Offenbar war ihnen nicht klar, dass »kürzlich« die letzten zwei Jahrzehnte umfasste.

Vielleicht gehörten die Buchklubmitglieder zu diesen konkurrenzsüchtigen Hausfrauen, die Blumen im Badezimmer erwarteten. Lisa eilte die Auffahrt hinunter, um Akazienblüten von einem Baum zu schneiden. Die Grey-Army-Mitglieder, die gerade die Fensterrahmen strichen, sahen ihr verwirrt hinterher. Dann machte sie stapelweise Eisandwiches – die eine Hälfte für die Grey Army, die andere für ihre Gäste. Für den Appetit von Landbewohnern kam es ihr reichlich wenig vor.

Karottenkuchen brachte Pech, also rührte sie Muffins

mit weißer Schokolade und Himbeeren nach eigenem Rezept zusammen. Im Vergleich zu denen von Maxine kamen sie eingesunken und anämisch aus dem Ofen.

Lisa sah auf die Uhr. Ihr blieb gerade noch genug Zeit, um in die Stadt zu fahren und Mojo vom Tierarzt abzuholen. Sie wollte sein Leiden nicht unnötig verlängern.

Der Tierarzt trat mit einem vorsichtigen Lächeln auf sie zu. Zur Beruhigung teilte er ihr als Erstes mit, dass es dem Kater gutgehe, auch wenn er für seine Größe leichtes Untergewicht habe. Die Kastration sei problemlos vonstattengegangen, allerdings habe er sein Lebtag noch nicht so viele Flöhe gesehen. Mojos Zähne waren gereinigt worden, seine Krallen geschnitten, und er war jetzt gegen jede mögliche und unmögliche Katzenkrankheit geimpft. Der Tierarzt schätzte, dass Mojo drei Jahre alt war. Er bestärkte sie darin, ihn nachts im Haus zu behalten, um die hiesige Tierwelt zu schützen.

Mojo hatte ein Upgrade zu einer richtigen Transportbox mit Luftlöchern erhalten. Als der Tierarzt ihr die Box gab, bereitete er sie darauf vor, dass das Äußere des Katers sich verändert habe. »Sein Fell war so verfilzt, dass ich ihn rasieren musste«, sagte er.

Sie linste durch eines der Löcher und sah eine katzenähnliche Silhouette. Ein schläfriges Auge blinzelte zurück. »Wollen Sie damit sagen, dass er kahl ist?«

»Nein, nein«, erwiderte der Tierarzt mit einem kleinen Lachen, das auch ein Hüsteln gewesen sein könnte. Er erklärte, dass man bei einem Tier in diesem Zustand nichts anderes machen könne. Außerdem werde das Fell in ein, zwei Monaten nachgewachsen sein.

Die Transportbox schwieg.

Ein Friseur hatte Lisa genau dasselbe gesagt, nachdem er ihr einen Irokesenschnitt verpasst hatte. Aber Lisa hatte jetzt keine Zeit mehr, der Sache auf den Grund zu gehen. Nachdem sie dem Tierarzt die Hälfte des Budgets für seine nächste Thailandreise ausgehändigt hatte, stellte sie Mojos Box auf den Rücksitz ihres Autos. Auf der Heimfahrt wich sie sämtlichen Schlaglöchern aus, weil sie sich daran erinnerte, wie ihre Operationswunde wehgetan hatte, als Jake sie vom Krankenhaus abgeholt hatte.

Der Dino zockelte eine Allee von Gummibäumen entlang. Früher einmal hatte sie die australische Landschaft hässlich und langweilig gefunden und nichts Schönes an der roten, zu kargen Hügeln aufgeworfenen Erde gesehen, oder an den Bäumen mit abplatzender Rinde und grauen, ledrigen Blättern. Selbst die seltsamen Tiere hatten ihren eurozentrischen Ansprüchen nicht genügt. Dieses Urteil, entstanden aus Unsicherheit in Sachen Kultur, hätte nicht falscher sein können.

Als sie um die Biegung der Auffahrt fuhr, sah sie mit Schrecken ein halbes Dutzend Leute vor ihrer Haustür stehen. Der Buchklub war überpünktlich. Eine Kameralinse blitzte in der Sonne auf. Zack hatte gebeten, das Buchklubtreffen filmen zu dürfen. Das Herz rutschte ihr in die Hose.

Lisa stellte den Dino vor den Ställen ab, nahm Mojos Transportbox und lief auf ihre Gäste zu. »Tut mir leid! Kommen Sie bitte herein.«

Wild in alle Richtungen abstehende lila Haare näherten sich ihr. Juliet aus dem Gartencenter überreichte ihr einen Topf mit gelben Stiefmütterchen.

»Wie hübsch!«, zwitscherte Lisa. Seit Juliet sie gefragt hatte, ob sie und Scott ein Paar seien, war sie in ihrer Gegenwart nervös. »Sie haben bestimmt einen grünen Daumen.«

»Ach, die kann hundert Sachen«, sagte Beverley. »Sie ist

eine begnadete Handwerkerin, und außerdem leitet sie das Heim zur Rettung wilder Tiere.«

Lisas Interesse erwachte. »Sie retten Tiere?«

»Wenn's nötig ist.« Juliet lächelte und trat über die Schwelle. »Kommen Sie doch mal vorbei.«

Ausnahmsweise war Beverley im Freizeitlook und trug einen schwarzen Velourstrainingsanzug mit einem pinkfarbenen Logo auf der Brust. Vom Rand ihrer Kappe blitzten Strasssteine. »Sharky und ich haben gerade einen kleinen Spaziergang gemacht, nicht wahr, mein Schätzchen?«, sagte sie zu einer zotteligen weißen Handpuppe in ihrer Armbeuge.

Lisa beugte sich vor, um das Ding genauer zu betrachten. Es schoss vor und entblößte die Zähne. »Ach! Es lebt ja!«

»Er ist kein es! Sharky ist eine süße kleine Chihuahua-Malteser-Kreuzung, nicht wahr, mein Kleiner?« Beverleys Tonfall war nicht wiederzuerkennen.

Lisa erkannte den kleinen fliegenfressenden Hund aus dem Schaufenster von Hogan & Hogan wieder.

»Er heißt Sharky nach Greg Norman, dem Golfer«, sagte Juliet in neutralem Ton.

Zacks Kamera wanderte zwischen den Buchklubmitgliedern umher. Einige Gesichter waren Lisa bekannt. Mit June aus der Tagesklinik hatte sie beim Buschtanz während ihrer Männerphase getanzt. Eine gepflegte ältere Frau mit Goldrandbrille stellte sich als Dorothy Thatcher vor, die Historikerin des Ortes.

Ein Gesicht stach heraus, weil es einem Mann gehörte. Er trug seine Haare zurückgekämmt wie Fred Astaire. In der Brusttasche seines Tweedjacketts steckte ein Paisley-Taschentuch, das aus demselben Stoff war wie seine Krawatte. Cordhosen hatte Lisa das letzte Mal an Teds Freunden gesehen, die sie allerdings mit ironischer Geste getragen hatten.

»Dexter ist der Alibimann«, sagte Beverley. »Außerdem ist er unser Superhirn, oder, Dex?«

»Emeritierter Englischprofessor«, stellte er sich vor und neigte in falscher Bescheidenheit den Kopf. »Ich leite die heutige Sitzung.«

Lisa seufzte innerlich. Akademiker neigten dazu, ihre Bücher zu verreißen. Es war schwer zu sagen, ob die Wissenschaftler neidisch auf ihre Verkaufszahlen waren, oder ob sie wirklich so schlecht schrieb.

Lisa führte ihre Gäste in Alexanders Zimmer. Sie musterten die Möbel mit der Neugier von Tieren, die in ein neues Gehege kamen. Dorothy steuerte schnurstracks auf den Kamin zu und betrachtete das Foto von Alexander. Zack folgte ihr auf den Fersen.

»Mein Großvater«, sagte Lisa.

Dorothy drehte sich um und fixierte sie über den Rand ihrer Brille hinweg. »Ich weiß.«

»Ehrlich?« Lisa war erstaunt. »Ich würde so gerne mehr über ihn erfahren. Und natürlich auch über das Haus.«

Dorothy machte einen zurückhaltenden Eindruck. »Nun, von dem schrecklichen sogenannten Unfall in den Ställen haben Sie ja sicher gehört …«

»Eigentlich nicht …«

Dorothy wandte den Blick ab. »Wenn Sie etwas über Ihre Familiengeschichte wissen wollen, sollten Sie mit Ihren Nachbarn reden«, sagte sie.

»Den Wrights?«

»Später ist noch genug Zeit zum Schwatzen«, unterbrach Beverley sie. »Lasst uns anfangen.«

Die Mitglieder des Buchklubs setzten sich in einen Kreis und holten ihre Ausgaben von *Drei Schwestern: Charlotte* hervor. Beverley verstaute Sharky zwischen ihren Brüsten und zog den Reißverschluss der Jacke hoch. Er schob seinen Kopf ans Tageslicht und knurrte die Transportbox auf dem Sofatisch leise an.

»Ich stell nur noch schnell Wasser auf«, verkündete Lisa, nahm die Box und trug sie in die Halle. »Keine Sorge, Mojo«, flüsterte sie und verfrachtete Box samt schläfrigem Inhalt auf den Küchentisch.

Als sie zurückkehrte, hatte Dexter bereits zu einer Schmährede angesetzt. »Nach vielen Jahren Brontë-Forschung an der Bind University muss ich sagen, dass ich ein gewisses Unbehagen verspüre, das tragische Leben dieser jungen Frauen fiktionalisiert zu sehen, noch dazu in einen Softporno Disney'scher Prägung …«

Lisa blieb in der Tür stehen und verschränkte die Arme. Sie meinte noch ein Auto vorfahren zu hören. Wenn es nicht das Geräusch des hilflosen Zorns war, der durch ihre Adern rauschte.

Juliet kritzelte etwas auf die Innenseite des Umschlags ihrer Ausgabe von *Drei Schwestern: Charlotte*. Dorothy Thatcher betrachtete den Fleck an der Decke, den die Grey Army vergessen hatte, ein zweites Mal zu überstreichen. Lisa hörte, wie in der Halle eine Leiter verschoben wurde. Die alten Herren hatten sich einen Platz zum Arbeiten gesucht, von dem aus sie lauschen konnten.

»Früher oder später musste das aber vermutlich passieren«, fuhr Dexter fort. »Gab es nicht einmal einen Autor, der Jane Austen zu einem Zombie mutieren ließ?«

Gleich würde das K-Wort fallen.

»Dass Charlotte Brontë lesbische Neigungen an den Tag legt, ist doch ein bisschen zu viel. Das kommt mir schlechterdings … *kommerziell* vor.«

Lisa sprach das Wort lautlos mit. »Fänden Sie es besser,

wenn ich Bücher schriebe, die niemand lesen will?«, entgegnete sie.

Dexter pumpte sich auf wie ein Kugelfisch. »Ich will unsere Gastgeberin nicht beleidigen, aber ich wäre Ms Trumperton sehr verbunden, wenn sie uns ihre Motive genauer auseinandersetzen könnte.«

Zacks Kamera schwenkte zu ihr.

»Die Leute wollen unterhalten werden.«

»Auf Kosten der Seriosität!«, rief Dexter und richtete sich zu seinen vollen ein Meter sechzig auf.

»Nein, überhaupt nicht. Das Leben heutzutage ist schwer genug. Die Nachrichten kann man gar nicht mehr anschauen. Jeder hat irgendwelche Krankheiten. Die Menschen sind müde. Und traurig.«

»Drei der bedeutendsten Schriftstellerinnen der Welt zu Abziehfiguren zu machen ist billig.«

Jetzt reichte es ihr. Gebannt sah der Frauenbuchklub zu, wie Lisa vor dem Kamin in Position ging. »Ich bin nicht die erste Autorin, die dachte, sie müsse das traurige Leben der Brontës neu schreiben, Dexter. Elizabeth Gaskell ist Ihnen sicherlich ein Begriff.«

»Ja«, nickte er. »Sie kannte Charlotte Brontë. Gaskell verfasste die berühmte Biografie über sie.«

»Ebendiese Elizabeth Gaskell sagte, dass Charlotte ihre Hauptfigur in *Shirley* danach geformt hat, wie Emily Brontë gewesen wäre, wenn ihr gute Gesundheit und Wohlstand beschieden gewesen wären.«

Darauf erwiderte Dexter nichts.

»Ich bin keine Charlotte Brontë«, fuhr sie fort. »Aber …«

Beverleys Brüste jaulten feindselig auf. Sharky knurrte und fletschte seine Stummelzähne in Richtung Tür.

Die Augen der Buchklubmitglieder folgten Sharkys Blick. Im Chor schrien sie auf. Auf dem Dielenboden kauerte eine höchst seltsame Kreatur. Sie hatte die Mähne eines Löwen, Plüschstiefel und einen Staubwedel als Schwanz. Der Rest war nackt. Die Gestalt ähnelte einem Löwen, war aber nicht größer als eine Hauskatze. Das eine Ohr war zerfetzt, und sie besaß nur ein Auge.

»Mojo! Wie bist du denn aus der Kiste gekommen?«

Ein Stiefelpaar Größe 47 erschien hinter dem Kater.

Scotts Brauen gingen verwirrt in die Höhe, als er die Versammlung erblickte. »Entschuldigung, ich hab geklopft, aber …«

»Was machen Sie denn hier!?«

»Ich hab grade ein paar Sachen in den Ställen abgeladen, als ich Hilferufe gehört hab«, sagte er.

»Und da sind Sie einfach hier reinmarschiert und haben die Transportbox auf dem Küchentisch geöffnet?«

Mojos gesundes Ohr zuckte, als wollte er sein Einverständnis bekunden. Aber er wandte keine Sekunde sein Auge von dem Feind ab, der zwischen Beverleys Brüsten lauerte.

»Brechen Sie eigentlich immer in fremde Häuser ein?«, fragte Lisa.

»Das hat er schon als Teenager gerne gemacht«, kicherte Beverley. »Hallo Scottie. Suchst du Arbeit?«

Sharky fletschte die Zähne und knurrte.

»Sicher nicht«, zischte Lisa. »Ich zieh den Auftrag zurück.«

Mojo kauerte sich hin und fauchte.

»Wie?« Scott war verwirrt. »Ich hab doch schon einen Schaufellader gemietet.«

»Waren wir nicht noch in der Planungsphase?«, sagte Lisa.

»Klar. Deshalb hab ich den Schaufellader ja gemietet, damit wir uns eine bessere Vorstellung machen können …«

Japsend wand Sharky den Kopf und strampelte. Zwei weiße Pfoten tauchten aus Beverleys Dekolleté auf.

»Na, dann geben Sie ihn eben wieder zurück.«

Dexter zog sein Taschentuch aus der Brusttasche und tupfte sich die Stirn ab. »Nachdem das also geklärt wäre, würde ich gerne zum ersten Kapitel kommen …«

In dem Moment flog Sharky in einem eleganten Bogen durch die Luft. Er landete ein paar Zentimeter vor Mojo und zog sich augenblicklich wieder ein Stück zurück. Es war immerhin Sharkys erste Begegnung mit einem einäugigen, halb kahlen Löwen.

»Scottie, du solltest dieses Ding besser auf den Arm nehmen, bevor es zerfetzt wird«, sagte Beverley ruhig. »Sharky hasst Katzen.«

Die zwei Tiere schätzten sich gegenseitig ab. Mojo war größer als das knurrende Wollknäuel. Seine angespannten Muskeln zeichneten sich unter der Haut ab. Sharky knurrte im Falsett und machte einen Satz.

Scott beugte sich hinunter, um Mojo hochzuheben, aber der Kater entschlüpfte seinen Händen und stürzte sich auf den Hund. Vor Schreck aufheulend machte Sharky auf seinen Plüschfüßchen kehrt. Ein weißer Blitz raste kreuz und quer zwischen den Stühlen und Tischen herum. Der rotbraune Minilöwe war jedoch dabei, Boden zu gewinnen.

»Mojo, lass das!«, rief Lisa.

Aber nach ein paar Jahren in der Wildnis war ihr neues Haustier nicht bereit, sich von einem kläffenden weißen Wattebausch erniedrigen zu lassen. Sharky legte an Tempo zu und rannte noch einmal um das Zimmer, bevor er sich zwischen Beverleys Brüsten in Sicherheit brachte.

Mojo sprang ihm nach und kollidierte mitten in der Luft mit Beverleys Hardcover-Ausgabe von *Drei Schwestern: Charlotte*.

»Schaff dieses Ding da raus«, befahl Beverley, legte das Buch wieder auf den Tisch und zog ihren Reißverschluss hoch. Sharky ruderte mit seinen Beinchen, dann rollte er sich zu einer Kugel zusammen, sodass Beverley aussah, als wäre ihr eine dritte Brust gewachsen.

Mojo lag benommen von der Kollision mit dem Buch auf dem Boden. Lisa hob ihn hoch und sperrte ihn in die Bibliothek.

Bei ihrer Rückkehr war wieder Ruhe im Frauenbuchklub eingekehrt. Scott hatte sich glücklicherweise verzogen.

»Wie wär's mit Tee?«, fragte sie.

»Also, ehrlich gesagt …«, setzte Beverley an.

Lisa schob das Kinn vor. Sie hatte genug von Beverley, mehr als genug.

»Ich glaube, Dexter, Sie irren sich, was das Buch angeht«, fuhr Beverley fort. »Es ist lustig.«

»Es hat Ihnen gefallen?«, fragte Lisa erstaunt.

»Und wie! Und die Sexszenen sind der Kracher.«

Beverley war also doch kein Monster in rosa Pailletten.

Der Frauenbuchklub wand sich in Schweigen.

»Sie hat recht«, meldete sich Juliet schließlich zu Wort. »Vielleicht sind Sie einfach nicht das Zielpublikum, Dexter. Mir hat es auch sehr gut gefallen.«

Kapitel 23

Am nächsten Morgen wachte Lisa mit einer Puderquaste im Gesicht auf. Sie versuchte sie wegzupusten, aber sie drückte sich auf ihre Nase. Sie schob sie zur Seite und drehte sich um. Etwas strich über ihre Lippen. Was es auch war, es war über das Kissen gestiegen. Es klopfte auf ihre Augenlider, versuchte sie dazu zu bringen, sie zu öffnen. Eine zottelige Mähne kam ins Blickfeld. Ein bernsteinfarbenes Auge glühte wie eine aus der Achse geratene Sonne. Sie entfernte die Ohrstöpsel. Sie halfen sowieso nichts gegen die an Schlaflosigkeit leidenden Kookaburra.

Mojo miaute leise.

»Na du«, sagte sie und streichelte seine Stirn. Sie war froh, dass er kein Mensch war, denn dann hätte sie aufpassen müssen, ihn nicht anzuatmen, falls sie aus dem Mund roch. Jake war immer zusammengezuckt und hatte die Lippen aufeinandergepresst, wenn sie ihn morgens küsste.

Sie spürte Mojos Schnurren bis in die Brust. Er sah eher wie eine Zirkusattraktion als ein Haustier aus, aber sie freute sich, dass er da war. Unter Menschen Freunde zu finden war einfach zu schwierig. Lisa hatte sich zwar für Patrick Brontë, den Vater, nie recht erwärmen können, aber langsam verstand sie ihn besser. Kurz nach dem Tod seiner Frau hatte er in einem Brief geschrieben: »Man war hier sehr zuvorkommend zu mir, und ich war, so hoffe ich, zuvorkommend zu allen, aber es war mir nicht daran gelegen, Freundschaften zu schließen, noch habe ich jemanden getroffen, zu dem ich eine Geistesverwandtschaft empfunden hätte.« Auch die Brontë-Schwestern waren bekannt für ihre Menschenscheu. Ein heutiger Psychologe hätte seine Freude an ihnen gehabt. Emily nuschelte. Anne »war selbst ihren nächsten Verwandten gegenüber reserviert« (Sozialphobie?). Wenn Charlotte sprach, drehte sie ihren Stuhl herum und verbarg ihr Gesicht (Asperger?). Von Geburt an von der Außenwelt abgeschirmt, interessierten sich die Brontë-Schwestern für kaum jemanden außerhalb des engsten Familienkreises. Im Vergleich zu den phantastischen Welten, die sie gemeinsam ersannen, war ihr Alltag langweilig. Wenn man sie mithilfe von Medikamenten zu aufgeschlosseneren, »normaleren« Frauen gemacht hätte, hätten sie niemals solche Meisterwerke schaffen können.

Normalerweise würde sich um diese Zeit die Grey Army bereits im Gästezimmer vergnügen und tapezieren. Da Ted und James am häufigsten zu Besuch kamen, hatten sie die Einrichtung ausgesucht. Eine beflockte goldfarbene Tapete und ein riesiges Himmelbett aus der Restorers Barn entsprachen zwar nicht ganz Lisas Geschmack, aber die beiden waren begeistert. Heute jedoch hatten sich die alten Herren den Tag freigenommen, um zu einem Begräbnis in Daylesford zu gehen. Vierundzwanzig Stunden göttlicher Ruhe lagen vor ihr.

Mojo sprang vom Bett und wollte auf den Balkon hinaus. Als sie die Tür öffnete, kitzelte der scharfe Eukalyptusduft ihre Nase. Die Sonne überzog die Bäume mit 24-Karat-Gold. Die kühle Luft füllte ihre Lunge. Der Kakadu hopste an der Stelle durch das hohe Gras, wo Scott eine Pergola aufstellen wollte.

Mojo tänzelte auf sie zu und schlängelte sich um ihre Beine. Er machte einen Buckel und erschauerte genussvoll, als sie über sein Rückgrat strich. Doch als sie sich über ihn beugte, um ihn auf den Arm zu nehmen, wand er sich aus ihrem Griff. Dass er sich auch jetzt noch, da er nicht mehr unter seinem verfilzten Fell litt, nicht von ihr hochheben lassen wollte, verletzte sie ein wenig. Entweder machte er das aus Gewohnheit, oder er wollte seine Unabhängigkeit nicht aufgeben. Dennoch, er bewegte sich über die Dielenbretter, als könnte er nicht glauben, dass er geliebt wurde, und war eindeutig zufrieden, ein Zuhause zu haben.

Sie warf eine alte Strickjacke über ihr Nachthemd und lief die Treppe hinunter. Mojo trottete ihr nach und sah ihr gebannt zu, wie sie ein Stück Hühnerbrust in Scheiben schnitt. Sie stellte es vor ihn hin, und einen Moment lang zögerte er, so als wäre er eines solchen Festmahls nicht würdig.

»Nur zu«, sagte sie und biss von einem übrig gebliebenen Eisandwich ab.

Der Kater verspeiste das Hühnchen mit begeistertem Schmatzen, bevor er die Schüssel ausleckte. Dann sprang er auf ihren Schoß und schnurrte zufrieden. Er legte eine Pfote auf ihre Hand, seufzte tief und sah zu ihr hoch, als wäre sie Mond und Sterne zugleich.

Sie hatte gelesen, dass Blinzeln eine Liebesbekundung bei Katzen war. Sie blinzelte ihn an. Er blinzelte zurück.

»Ich mag dich auch, Mojo.« Menschen waren unerträglich. Gott sei Dank gab es Katzen.

Ein Klopfen an der Tür unterbrach ihre stumme Zwiesprache. Lisa fuhr sich durch die Haare. Wenn der Besucher ihr irgendetwas verkaufen wollte, würde ihr Anblick ihn sofort verjagen.

Sie machte die Tür auf. Ihr Atem stockte. Scott stand auf der Schwelle, er sah ernst und frisch gewaschen aus.

»Keine Sorge«, sagte er und vermied es geflissentlich, sie genauer anzusehen, »ich hab das Auto auf der Straße abgestellt. Ich wollte nur meine Sachen aus den Ställen holen, wenn es Ihnen recht ist.«

»Kein Problem«, sagte sie. »Was ist da von Ihnen?«

»Nur ein paar Spaten und ein Rechen.«

»Okay. Warten Sie. Ich hol die Sachen.« Zwar war das Letzte, wonach ihr der Sinn stand, zu den Ställen zu gehen, ganz zu schweigen davon *hinein*zugehen, aber Scott hatte schon genug bei ihr herumgeschnüffelt.

»Nette Katze haben Sie da«, sagte Scott, ging in die Hocke und schnippte mit den Fingern. »Es ist doch eine Katze, oder?«

Zu ihrem Missfallen hob Mojo seinen Löwenschwanz, trottete laut schnurrend zu ihm und stupste Scotts Hand mit dem Kopf an.

Lisa schlüpfte in ihre Ugg-Boots, marschierte über den Hof und drückte die Stalltür auf. Es war dunkel darin und die Luft trocken wie in einer ägyptischen Grabkammer. Es roch erdig nach altem Holz und verrottendem Heu. Als sich ihre Augen an das Dämmerlicht gewöhnt hatten, konnte sie dicke Balken ausmachen, die quer über die Decke verliefen. Lisa fragte sich, was für ein »schrecklicher Unfall« hier passiert sein konnte. Drei brusthohe Türen hingen schief in den Angeln. Ein Schauer lief ihr über den Rücken, als sie an den Boxen vorbeiging. Sie meinte fast, das Wiehern von Geisterhengsten zu hören.

Wo hatte Scott nur seine blöden Spaten gelassen? Lisa machte den Umriss einer Schubkarre und ein paar anderer Gerätschaften aus, die an der rückwärtigen Wand lehnten. Vorsichtig tapste sie darauf zu, aber dann stieß sie gegen einen Eimer. Es schepperte. Kurz dachte sie, es sei nichts passiert, und wollte weitergehen. Gleich darauf spürte sie ein Knirschen in ihrem Fuß, als sie schief aufkam. Der Eimer kippte. Sie streckte einen Arm aus, aber nicht um den Eimer festzuhalten, sondern um den Sturz abzufangen. Das machte man instinktiv, aber hatte sie nicht irgendwo gelesen, dass das völlig falsch war? Dass man sich das Handgelenk oder irgendetwas anderes brechen konnte, wenn man auf der Hand landete? Aber was, dachte sie, als sie der Schwerkraft folgte, waren die Alternativen? Auf dem Kopf oder der Schulter landen? Eine Gehirnerschütterung oder eine Schulteroperation war bestimmt schlimmer als ein gebrochenes Handgelenk, oder? Vielleicht sollte sie sich wie eine Raupe zusammenziehen und sich abrollen?

Sie krachte auf den Stallboden, und in ihrem Handgelenk schnalzte etwas wie eine Gitarrensaite. Der Boden war hart wie Beton, über die Jahre festgetrampelt von vielen, vielen Hufen. Ihre Knie taten weh. Ihr Knöchel pochte. Ein Brennen lief ihren rechten Arm hoch.

Das hatte sie ja wieder gut hingekriegt. Sich aus dieser lächerlichen Lage zu befreien würde schwierig werden. Eines würde sie auf jeden Fall nicht tun. Sie würde nicht auf hilflose Frau machen und nach Scott rufen.

Vor ihr ragte eine Leiter empor, auf die aus einem Loch im Dach ein Lichtstrahl fiel. Es fehlten ein paar Sprossen, und sie sah so krumm und zerbrechlich wie das Rückgrat einer alten Frau aus, aber mit etwas Glück war sie stabil genug, dass Lisa sich daran hochziehen konnte. Gerade als sie mit ihrem unverletzten Arm nach der Leiter greifen wollte, spürte sie etwas über ihren Unterschenkel streichen. Es bewegte sich geschmeidig wie die Hände eines Masseurs.

Lisa sah nach unten. Etwas, das einem von Tante Carolines Zugluftstoppern ähnelte, schlängelte sich über ihre Wade. Reptilienschuppen glänzten im Dämmerlicht.

Sie schrie. Dagegen waren die Schreie, mit denen sie Jake verfolgt hatte, nichts. Das hier war der reine, unverfälschte Horror.

Die Tür wurde aufgerissen, und Licht flutete herein. Scott rannte zu ihr. Sie deutete auf den Schwanz der Schlange, der gerade unter der Schubkarre verschwand.

Scott stemmte die Hände in die Hüften und lächelte. »Deswegen brüllen Sie so?« Er lachte. »Das ist doch nur eine alte Braunschlange.«

»Also bloß die zweitgiftigste Schlange der Welt.« Lisa hatte sich abends im Bett mit *Australiens gefährlichsten Tieren* vergnügt.

»Na und? Mit denen hab ich schon als kleiner Junge gespielt. Bei der momentanen Hitze sind sie aktiver. Hier …« Er nahm ihren unverletzten Arm und half ihr auf die Beine.

Sie zog ihr Nachthemd nach unten.

»Etwas gebrochen?«

Sie vermutete nicht.

»Die sucht hier bestimmt nach Mäusen und anderem Kleinzeug.« Scott ging in die Ecke und nahm einen Spaten.

»Nein!«, rief Lisa voller Panik.

»Ich will sie doch nicht erschlagen! Ich bring sie nur raus.«

Für wen hielt er sich eigentlich – für Crocodile Dundee? Sie humpelte zu den Pferdeboxen und rieb sich dabei das Handgelenk.

»Na, Freundchen, wo steckst du?«, säuselte Scott, während er die Schubkarre von der Wand zog. »Schluss mit dem Versteckspiel.«

Die Schlange streckte sich und glitt leise über den Boden zu der Leiter.

»Wow! Das ist ja ein richtiges Monstrum«, rief Scott. »Fast zwei Meter, schätz ich.« Er stand mit gespreizten Beinen da, die Knie gebeugt, was in Lisas Augen ein bisschen fahrlässig war. »Man muss sie nur am Schwanz zu packen kriegen.« Scotts Stimme war höher als sonst, und er atmete flach vor Aufregung.

Schnell schlängelte sich das Tier über den Boden. Scott packte die Schwanzspitze der Schlange und hielt sie in die Luft. »Hab sie!«, rief er.

Lisa versuchte so zu tun, als wäre sie unbeeindruckt von dem Macho-Gehabe.

Die Schlange wand sich und versuchte mit einer ausholenden Bewegung nach ihrem Fänger zu schnappen.

»Sie ist böse auf mich«, sagte Scott und ließ sie fallen.

Die Schlange wand sich zu einem S. Dann hob sie den Kopf, riss ihr rot leuchtendes Maul auf und fixierte Scott.

»Sehen Sie das? Das machen sie, bevor sie … AUAAA!« Scott krümmte sich.

Die Schlange senkte den Kopf und glitt zur Tür hinaus.

»Mein Gott! Ist alles in Ordnung?« Lisa lief zu ihm. Scott beugte sich über zwei rote Punkte knapp unterhalb des Saums seiner Shorts. »Zum Glück hat sie mich nicht weiter oben erwischt«, jammerte er.

Laut *Australiens gefährlichsten Tieren* konnten Opfer eines Braunschlangenbisses innerhalb von Minuten kollabieren. Lisas Handgelenk tat plötzlich nicht mehr weh. Und sonst auch nichts. »Was soll ich tun?«, fragte sie. »Soll ich saugen oder so was?«

»Das heben wir uns für später auf«, sagte er. Seinen Witz hatte er jedenfalls nicht eingebüßt. »Haben Sie einen Verband?«

»Was denn für einen Verband?«

»Einen Verbandverband. Zum Abbinden.«

Sie riss ihre Strickjacke herunter, legte die Ärmel um seinen Oberschenkel und band einen möglichst festen Knoten.

»Ist das ein neues Nachthemd?« Er musste im Delirium

sein. Er brauchte einen Notarzt. Sie hatte keine Ahnung, wie weit weg das nächste Krankenhaus war. Scott konnte tot sein, bis der Notarztwagen eintraf.

Lisa packte Scotts Ellbogen, führte ihn eilig zu ihrem Auto und bugsierte ihn auf den Beifahrersitz. Es war keine Zeit, sich umzuziehen. Sie rannte ins Haus und schlüpfte in einen Parka. Mit zitternden Händen schnappte sie sich ihre Handtasche und tastete nach den Schlüsseln. Ausnahmsweise waren sie dort, wo sie hingehörten. Dann eilte sie wieder hinaus und fuhr mit einem jammernden und stöhnenden Scott nach Castlemaine.

Sie erkannte die Frau am Empfang der Tagesklinik vom Buchklub wieder. »Gutes Timing.« June warf einen Blick auf Lisas Aufmachung. »Ich habe gerade aufgesperrt.«

»Er hat nicht bei mir übernachtet«, erklärte Lisa. »Er wollte nur seine Sachen holen. Und da bin ich in die Ställe …«

June verzog den Mund. Sie wollte Farbe und Größe der Schlange wissen. Scott sagte, sie sei braun und mindestens zwei Meter lang gewesen. Sie führte sie in einen kleinen Raum. Es standen ein Bett und ein Stuhl darin und eine Reihe von Geräten mit Schläuchen daran.

Lisas Misstrauen Ärzten gegenüber rührte aus ihrer Kindheit her, als ein Arzt ihr eingeredet hatte, so eine Entfernung der Mandeln wäre das reinste Vergnügen, weil man danach jede Menge Eis zu essen bekäme.

Eine Krankenschwester sagte Scott, er solle sich besser auf das Bett setzen statt legen, damit der Schlangenbiss unterhalb seines Herzens sei. »Ziehen Sie ihm Stiefel und Socken aus«, sagte sie. »Beruhigen Sie ihn. Er soll sich nicht bewegen. Der Arzt wird gleich hier sein.«

Lisa kniete sich auf den Boden und schnürte seine Stiefel auf. Er sah zu, wie sie die Schnürsenkel aus den Löchern zog. Dann zog sie ihm die Stiefel von den Füßen und stellte sie unter das Bett. Er fragte sie, wie es ihrem Handgelenk gehe. Es war in Ordnung. Sie fragte ihn, ob sie jemanden für ihn anrufen könne.

Er schüttelte den Kopf. »Ich hab mich zum Vollidioten gemacht«, murmelte er.

Aber nein, sagte sie und rollte seine Strümpfe herunter. Sie hatte noch nie seine Beine angefasst. Die Muskeln unter der behaarten Haut waren fest. Sie fragte ihn, wie er sich fühle.

»Ich komm mir vor wie in einer Achterbahn.« Er atmete flach. Seine Stirn glänzte. »Es tut mir leid«, sagte er. »Ich wollte nicht …«

»Schon in Ordnung, Scott«, sagte sie beruhigend. »Haben Sie jemals Yoga-Atemübungen gemacht?«

»Nein, wie gehen die?«

»Bleiben Sie ganz ruhig und entspannt. Atmen Sie durch die Nase. Atmen Sie tief in den Bauch … einatmen, eins, zwei, drei …«

Seine Augen wanderten über die Decke. »Da sind Punkte vor meinen Augen!«

Sie sah hoch. »Das sind echte Punkte, Scott. Die Deckenfliesen haben kleine Löcher.«

Er rieb sich mit dem Handrücken über die Nase. »Sie sollten ein paar Dinge wissen, falls ich über den Jordan gehe.«

Seine Kräfte schienen zu schwinden. Sie fragte sich, ob sie den Alarmknopf hinter seinem Bett drücken sollte.

»Wegen der Geister und so brauchen Sie sich keine Sorgen zu machen«, sagte er. »Irgendein Kerl hat sich vor vielen Jahren in den Ställen erschossen, das ist alles. Es ist ewig her … Das war damals manchmal der einzige Ausweg aus einer Depression.«

»Wirklich? Und was ist mit den Wrights?«

»Die sind nur alt und spinnen«, seine Stimme wurde leiser.

»Das andere ist …«, er holte rasselnd Luft. »Ich glaube …«

Lisa beugte sich vor, um zu hören, was er sagte.

»Sie sind wirklich heiß.«

Sie zuckte zurück.

»Und Sie sind schön.«

Er fasste sie bei der Schulter und zog sie an sich. Erstaunt spürte sie, wie er seinen Mund auf ihre Lippen drückte. Das Untersuchungszimmer mit all dem unromantischen rostfreien Stahl fing an, sich zu drehen. Ein erotisches Kribbeln durchlief ihren Körper und weckte Stellen, die seit Jahren im Tiefschlaf gelegen hatten. Er musste wegen des Schlangenbisses halluzinieren. Aber das Gefühl war so schön, dass sie keine Anstalten machte, sich zu widersetzen. Sie schloss die Augen, legte die Arme um seinen Nacken und erwiderte den sanften Kuss. Während sie sich ihrem Verlangen hingab, dachte sie, dass sich so Astronauten nach einer langen Reise durchs All fühlen mussten, wenn ihre Füße das erste Mal wieder irdischen Boden berührten. Oder eine Wüste nach Jahren der Dürre bei einem Regenguss. Sie lebte. Ihre Zähne stießen gegen seine. Wie ungeschickt. Sie war aus der Übung.

Er tat so, als hätte er es nicht mitbekommen.

»Entschuldigung.« Eine kalte, missbilligende Stimme.

Lisa wollte sich schnell aus der Umarmung befreien, aber Scott hielt sie fest.

Ein Mann mit dem Gesicht eines Boxermischlings stand in der Tür. »Der Patient braucht absolute Ruhe«, sagte der Arzt. »Könnten Sie bitte draußen warten?«

Scott seufzte und ließ sie los.

Lisa rückte ihren Parka zurecht und tapste den Flur hinunter ins Wartezimmer. Sie blätterte durch eine *Women's-Weekly*-Ausgabe von März 2007. Angst kroch in ihr hoch. Falls Scott sterben sollte, musste sie auch noch ein paar Dinge loswerden.

– So schwierig er war, er hatte ein gutes Herz.

– Wenn er nicht aufgetaucht wäre, hätte sie vor der Flut kapituliert.

– Ohne ihn hätte sie nie die Grey Army kennengelernt. Gut, irgendwann vielleicht schon, aber es hätte länger gedauert.

– Dass sie vielleicht ein wenig überreagiert hatte, weil er ein paarmal in ihr Haus eingedrungen war.

– Seine Ideen für den Garten waren sehr anregend. Es war gemein gewesen, dass sie ihn wegen der Aussprache von »Pergola« verbessert hatte.

– Außerdem war es dumm gewesen, dass sie ihn gefeuert hatte.

Wenn er überlebte und der Kuss nicht nur ein dummer Einfall gewesen war, schwor sie sich, dass sie ihm von der Mastektomie erzählen würde. Was ihn sowieso für alle Zeiten vertreiben würde.

Eine alte Frau schlurfte ins Wartezimmer. Sie war die erste Patientin an diesem Tag und musterte Lisas seltsame Aufmachung.

»Notfall«, erklärte Lisa.

Die Frau zog ein iPhone aus der Hosentasche und fing an, Candy Crush zu spielen.

Inzwischen müsste Target geöffnet haben. Lisa fragte sich, ob sie genug Zeit hatte, um hinüberzufahren und ein Sweatshirt und eine Jogginghose zu kaufen. Länger als zehn Minuten würde es nicht dauern. Aber kaum war sie aufgestanden, tauchte der Arzt mit einem Klemmbrett in der Hand auf. Sie versuchte seine Miene auf Zeichen des Triumphs oder der Niederlage zu lesen.

»Kommt er wieder in Ordnung?«

Der Arzt kritzelte etwas auf das Klemmbrett.

»Es war ein trockener Biss.«

»Was heißt das?«

»Er hatte Glück. Die Schlange hat kein Gift abgesondert. Ich würde ihn trotzdem gerne für den Rest des Tages hierbehalten.«

Kapitel 24

Lisa fuhr die Auffahrt hoch und stieg vorsichtig aus ihrem Auto. Ein Kakadu kreischte. Keine Schlange in Sicht. Sie fragte sich, wie Mojo so lange in freier Natur hatte überleben können und unter welchen Umständen er sein Auge verloren hatte.

Nach der Dusche schlüpfte sie in ein Sommerkleid mit Blumenmuster, das Scarlett-O'Hara-Kleid, von dem sie gedacht hatte, sie würde es nie tragen. Jetzt passte es irgendwie zu ihrer Stimmung.

Scotts Auto stand immer noch am Straßenrand. Sie würde ihn nachher von der Tagesklinik abholen. Wer weiß? Vielleicht würde er heute nicht nach Hause fahren.

Sie machte sich eine Tasse Instantkaffee und setzte sich an den Küchentisch, um zu arbeiten. Die Sonne fiel durch die Fenster. Es wurde langsam warm in der Küche. Normalerweise würde sie die Hintertür öffnen, aber draußen war es noch wärmer als drinnen. Außerdem konnte sie auf Stippvisiten von Schlangen verzichten. Sie stellte einen Tischventilator auf und richtete ihn auf ihr Gesicht.

Mojo tappte über den Fußboden und legte den Kopf zur Seite.

»Scott geht's gut, wenn du das wissen willst.«

Der Kater sprang auf den Tisch und wollte auf der Tastatur Platz nehmen. Sie setzte ihn auf den Boden. Er sprang erneut auf den Tisch, dieses Mal warf er den Ventilator um. Sie setzte ihn auf den Boden. Er sprang hoch …

»Wenn das nicht aufhört, musst du raus.«

Mojo hüpfte auf ihren Schoß, drehte sich dreimal um die eigene Achse und ließ sich dann nieder. Lisa streichelte seine Ohren. Langsam lernte er, wie man sich als Schriftstellerkatze zu benehmen hatte.

Im Brontë'schen Pfarrhaus hatte es immer Haustiere gegeben. Die gesamte Familie mochte Tiere, und ganz besonders Emily. Ihr Porträt von Grasper, einem der Hunde, war voll zärtlicher Details, jedes Haar bis zu den Schnurrhaaren genau gezeichnet. Graspers aufgeregte, erwartungsvolle Freude sprang einem noch heute aus dem Bild entgegen.

Emilys Liebling war allerdings ein Bullmastiff namens Keeper. Sie malte ihn, wie er auf einem Flecken Gras lag, der runde Kopf ruhte auf den Vorderpfoten, und er sah gebannt auf etwas außerhalb des Bildfeldes. Seine Kraft war förmlich greifbar; mit Keeper sollte man sich besser nicht anlegen. Die Zuneigung war gegenseitig. Als Emily gestorben war, legte sich Keeper zu Füßen der Trauergäste in der Kirche und lauschte dem Gottesdienst. Keeper trauerte tief – mit der manchen Hunden eigenen Ahnung wachte er nächtelang wimmernd vor ihrem verwaisten Schlafzimmer.

Zwei Stunden lang flossen Lisa die Worte in die Tasten. Emily machte Schluss mit dem Earl, der darüber so unglücklich war, dass er seinen gesamten Besitz verkaufte und nach Amerika auswanderte. Nach jedem Liebesakt mit Emily bereitete Frederick für sie köstliche Suppen, Teigtaschen und Eintöpfe zu. Emily hörte auf, Essen als psychologische Waffe gegen diejenigen einzusetzen, die sie liebten, sie nahm ein wenig zu und bekam eine gesunde Farbe.

Lisa nahm ihr Handy und einen Teller mit alten Eisandwiches mit auf die Veranda hinaus. Mojo folgte ihr und setzte sich neben sie auf das Sofa. Durch den Wind fühlte es sich an wie im Inneren eines Wäschetrockners. New York konnte im Sommer unerträglich sein, wenn Straßen und Gebäude die Hitze abstrahlten, aber diese australische Hitze wehte direkt von der Wüste her.

Sie rief in der Tagesklinik an. June sagte, dass es Scott gutgehe und er gegen fünf nach Hause entlassen werde. Sie legte das Telefon zur Seite und wollte sich über die Sandwiches hermachen. Sie waren nicht mehr essbar. Sie warf ein Stück von der Kruste in das hohe Gras. Ein weißer Blitz schoss hinterher.

»Da bist du ja!«

Eine gelbe Federhaube leuchtete zwischen den Grashalmen auf. Sie warf noch ein Stückchen Brot hin. Der Kakadu verschlang es. Währenddessen beobachtete Mojo den Vogel mit dem scharfen Blick eines Jurors bei *Australia's Got Talent.* Zu Lisas Entsetzen wackelte der Kakadu auf sie beide zu und hüpfte die Stufen herauf. Sie legte eine Hand auf Mojos Rücken, falls er auf die Idee kommen sollte, dass dieses Jahr Thanksgiving früher stattfinden könnte.

Der Kakadu starrte sie mit glänzenden Augen an. Er hatte keine Angst. Lisa fragte sich, ob der Kater den Vogel aus seinem früheren Leben in der freien Natur kannte. Nach diesen Krallen und seinem Schnabel zu schließen, war er gewiss keine leichte Beute.

»Na, wenigstens einer, dem meine Sandwiches schmecken«, sagte sie und kippte den Rest vom Teller auf die Stufe.

Der Kakadu verschlang das Ei genauso wie das Brot und versuchte mit zur Seite gelegtem Schnabel noch den letzten Krümel zu erwischen. Nachdem er sich versichert hatte, dass es nichts mehr zu fressen gab, hüpfte er die Treppe hinunter und wackelte zurück ins Gras.

»Bis bald!«

Der Vogel hielt inne und breitete die Flügel aus, als wollte er sich bedanken.

»Gern geschehen.«

Sie wartete darauf, dass er losflog. Er spreizte seine prachtvollen hellgelben Flügel, schwang sich jedoch nicht in die Höhe. Es musste derselbe Kakadu sein, der sich seit ihrem Einzug hier herumtrieb. Er war stets allein. Der Schwarm, zu dem er gehört hatte, hatte ihn wahrscheinlich ausgestoßen, weil er nicht mit den anderen mithalten konnte. Seit seiner Verletzung musste er bestimmt um sein Überleben kämpfen.

Lisa ging ins Haus und begann das nächste Kapitel, aber der Wind machte sie ruhelos. Außerdem konnte sie es nicht erwarten, Scott von dem Kakadu zu erzählen. Sie fuhr den Computer herunter, trug etwas Lipgloss auf, ließ den Dino an und fuhr in die Stadt.

In der Tagesklinik begrüßte June sie mit einem süffisanten Lächeln. »Er ist nicht mehr da. Hat sich vor einer Stunde selbst entlassen.«

Als Lisa nach Hause zurückkam, sah sie von dem Pritschenwagen nur noch ein paar Reifenspuren am Straßenrand. Sie nahm ihr Handy. Ihre Finger zögerten bei seiner Nummer. Portias Stimme erklang in ihrem Kopf: *Es ist Politik, Mom.* Ihr Daumen scrollte von »Scott« zu »Takeaway Pizza«. Sie bestellte eine Funghi und fand sich damit ab, den Abend mit Mojo auf dem Schoß vor einem BBC-Historienschinken zu verbringen.

Kapitel 25

Lisa lag mit Mr Rochester im Bett, als Beverley mit einer brennenden Fackel auftauchte. »Ich hab gelogen, als ich sagte, dass ich Ihr Buch mag«, rief Beverley, bevor sie das Laken in Brand setzte. »Es ist totaler Scheiß.« Lisa wachte in dem Moment auf, als sie Mr Rochester zurief, er solle einen Nachttopf suchen, um die Flammen zu löschen.

Ein Miniaturlöwe erschien auf dem Kissen neben ihr. Mojo wirkte über ihren Schrei eher verwundert als verängstigt. Menschen verhielten sich eindeutig seltsamer als alles, was ihm in der Wildnis begegnet war. Sie streichelte seinen Rücken. Sein Fell wuchs langsam nach und bildete einen hübschen rotbraunen Flaum. »Ehrlich, Mojo. Je schneller ich mit der Trilogie fertig bin, desto besser. Diese Frauen machen mich verrückt.«

Aber auch als der Traum langsam verblasste, verzog sich der Rauchgeruch nicht. Sie stand auf, stellte sich an den oberen Treppenabsatz und schnüffelte. Vielleicht hatte sie den Herd angelassen. Glücklicherweise schien der Rauch nicht von unten zu kommen. Aber er lag schwer in der Luft. Ihre Augen brannten. Sie hatte am Abend wegen des Windes die Balkonläden geschlossen. Mojo hüpfte vom Bett und trottete ihr nach. Sie öffnete den Riegel und trat in eine fremde Welt hinaus.

Eine rote Sonnenblase glühte in dem kohlschwarzen Dunst, der über dem Tal lag. Lisa sah nicht weiter als bis zu den Umrissen der Gummibäume am Ende der Wiese. Über ihr kreischten Vogelschwärme. Ein Grüppchen Kängurus sprang durch das Gras. Alle Tiere waren in einer Richtung unterwegs – weg vom Grundstück der Wrights und an ihrem vorbei. Sie machte sich Sorgen um den Kakadu. Wie sollte er fliehen, wenn er nicht fliegen konnte?

Sie hustete. Der leicht nach Eukalyptus riechende Rauch wurde dichter. Sie stellte sich auf die Zehenspitzen und sah über die Bäume hinweg die Auffahrt hinunter. Von den Kiefern hinter dem Haus der Wrights züngelten Flammen hoch. Sie knisterten leuchtend rot und gelb gegen die schwarze Rauchdecke. Der Wind trieb Ascheflocken auf ihr Haus zu.

Sie rannte hinein und schnappte sich das Handy von ihrem Nachttischchen. Das Ladegerät hing halb aus der Steckdose. Das Handy hatte keinen Saft. Am liebsten hätte sie geschrien und sich in einer Ecke zusammengekauert. Sie zwang sich, ruhig nachzudenken, was sie über Buschfeuer gehört und gelesen hatte. Mit kalter Logik wurde ihr klar, dass sie allein das Haus nicht schützen konnte. Ihr blieb nichts anderes übrig, als zu fliehen.

Rasch warf sie sich einen Mantel über und setzte die rosa Mütze auf. Irgendwo hatte sie gelesen, dass Wolle bei einem Feuer am besten schützte, keinesfalls eines der vielen Hightech-Gewebe. Sie schlüpfte in ihre Halbstiefel. Dann nahm sie Mojo auf den Arm und rannte die Treppe hinunter. Die Transportbox stand noch in der Küche. Sie ließ ihn hineinspringen und griff sich die Schlüssel vom Fensterbrett.

Als sie die Hintertür öffnete, blies ihr der heiße Wind ins Gesicht, brachte ihre Wangen zum Glühen und versengte ihr die Kehle. Mit zusammengekniffenen Augen suchte sie den Garten nach dem Kakadu ab. Er war nicht zu entdecken.

Sie schloss die Tür und füllte eine Flasche mit Wasser. Dann hielt sie ein Geschirrtuch unter den Hahn und band es sich vors Gesicht. Der Bankräuber-Look würde vermutlich in Mailand der neueste Schrei werden.

Ihre Hand lag auf dem Wasserhahn. Da sie im Begriff war, ihren gesamten weltlichen Besitz zu verlieren, fiel ihr die Wahl nicht schwer. Sie rief die Datei von *Drei Schwestern: Emily* auf ihrem Laptop auf und speicherte sie auf einem USB-Stick. Dann eilte sie, das zu zwei Dritteln fertige Manuskript um ihren Hals baumelnd, in Alexanders Zimmer und nahm sein Foto vom Kaminsims. Sie packte Mojos Transportbox, rannte aus dem Haus und kletterte in den Dino.

Der Motor sprang hustend an, und sie raste die Auffahrt hinunter zur Straße. Entsetzt stellte sie fest, dass das Feuer bereits auf ihrer Seite war. Einige der Bäume neben ihrer Auffahrt brannten lichterloh. Der Weg zu den Wrights war eine Allee aus Flammen. Das Haus sah noch unbeschädigt aus, aber von der Dachrinne stiegen Rauchwolken hoch. Die alten Leute hatten sich doch hoffentlich in Sicherheit gebracht? Sie trat aufs Gas. Dann entdeckte sie den Holden in der Auffahrt. Sie warf noch einmal einen Blick zu dem Cottage. Etwas bewegte sich hinter einem der Fenster. Es sah wie eine Hand aus.

Sie beugte sich vor, drückte das Gaspedal durch und raste zum Cottage.

Vor der Hintertür der Wrights blieb sie schlitternd stehen. Sie sprang aus dem Auto und rannte die Stufen hoch. Die Tür war zugesperrt. Sie lief zurück in den Garten und schnappte sich den Gartenzwerg, der unter dem Vogelbad stand. Völlig gleichgültig gegenüber der dramatischen Lage, grinste er sie an. Sie umklammerte die Gipsfigur, lief zurück zur Tür und warf sie gegen die Glasscheibe. Das

Glas zersprang mit einem befriedigenden Klirren. Lisa streckte den Arm zwischen die herausragenden Scherben und drehte den Riegel.

Beißender Rauch schlug ihr entgegen. »Mrs Wright?«, rief sie.

Keine Antwort. In der Ferne heulte eine Sirene.

Lisa ging den Flur hinunter zum Wohnzimmer. Ein dunkelhaariges Kind lächelte von einem Foto an der Wand. Eine angefangene Häkeldecke hing über einem Stuhl.

»Hilfe! Bitte! Helfen Sie mir!« Die Stimme einer Frau.

Lisa rannte durch den Flur ins Schlafzimmer.

Mr Wright lag bewusstlos auf dem Boden. Lisa vermutete, dass er eine Rauchgasvergiftung hatte. Eine zerbrechliche alte Frau kniete an seiner Seite und hielt seine Hand. Um sie herum waren Stapel alter Zeitungen, Schachteln, kaputte Möbel – idealer Brennstoff für ein Inferno. Die Wrights schienen nichts wegzuwerfen. Ein einzelner Funke, und das alles würde in Flammen aufgehen.

»Wir wollten rauslaufen, aber er ist hingefallen«, jammerte die alte Frau. »Es ist seine Hüfte.«

»Kommen Sie!«

»Ich geh nicht ohne ihn!«, rief die alte Frau und klammerte sich an ihren Mann.

Lisa lief der Schweiß in Strömen von der Stirn. Jeden Moment musste das Haus explodieren. Sie überlegte, wie schwer der alte Mann war. Er war nicht dick, und das Alter hatte an ihm gezehrt. Sie beugte sich hinunter und stemmte seinen Oberkörper hoch. Schien machbar, wie Ted sagen würde. Sie hievte Mr Wright über ihre Schulter und wollte aufstehen, aber er war doch zu schwer. Taumelnd ließ sie ihn aufs Bett sinken.

»Lassen Sie uns zurück!«, schluchzte die Frau. »Gehen Sie, gehen Sie schon!«

Verzweifelt sah sich Lisa in dem Zimmer um. In der Ecke ächzte ein altmodischer Kinderwagen mit großen Gummireifen unter einem Berg von Zeitungen. Sie warf die Zeitungen hinunter, zog Mr Wright vom Bett und legte ihn quer über den Kinderwagen. Dann warf sie eine Decke über ihn.

»Los!«, rief sie, wickelte die Frau in eine zweite Decke und trieb sie durch den Flur.

Sie half Mrs Wright die Stufen hinunter und verstaute sie auf dem Beifahrersitz, dann rannte sie zurück, um den Kinderwagen zu holen. Als sie ihn die erste Stufe hinunterschob, glitt Mr Wrights schlaffer Körper nach vorne. Jeden Augenblick würde er herausrutschen und auf den Betonboden stürzen. All ihre Kräfte zusammennehmend, stemmte sie die Vorderreifen des Kinderwagens in die Höhe und ließ ihn Stufe um Stufe hinunterpoltern. Als sie den Gartenweg erreichte, drehte sie sich um und sah zum Cottage zurück. Flammen schossen aus dem Dach.

Schnell öffnete sie die hintere Tür des Dinos, packte Mr Wright unter den Achseln und wuchtete ihn auf den Rücksitz. Sie wusste nicht, ob er überhaupt noch am Leben war, legte ihn gekrümmt wie einen Fötus auf die Seite und breitete die Decke über ihn.

Dann trat sie aufs Gaspedal und raste zur Straße.

Als mit heulenden Sirenen zwei Feuerwehrautos vor ihnen zum Stehen kamen, wäre sie vor Erleichterung beinahe in Tränen ausgebrochen. Das erste Feuerwehrauto bog in die Einfahrt der Wrights. Aus dem zweiten sprangen mehrere Feuerwehrmänner in gelben Anzügen und richteten Wasserschläuche auf die Bäume auf ihrer Seite der Straße.

Ein stämmiger Feuerwehrmann stolzierte auf den Dino zu und lehnte sich mit einem Ellbogen aufs Dach. Lisa kurbelte das Fenster herunter und riss sich das Geschirrtuch vom Gesicht. Es war trocken.

»Bisschen früh in der Saison für ein Feuer, was?«, sagte er grinsend.

Kapitel 26

Als Charlotte Brontë in *Jane Eyre* über ein Feuer schrieb, war das reine Symbolik. Für Charlotte stand Feuer für Sex und Leidenschaft, Reinigung und Erneuerung. Für Lisa stand es, als sie endlich nach Hause zurückkehren konnte, für Schmerz. Während sie drüben bei den Wrights gewesen war, hatte das Inferno in ihrer Auffahrt gewütet und die Ställe verschlungen. Das Dach war zusammengebrochen und hatte eine schwelende Ruine zurückgelassen. Dann waren die Flammen auf den Dienstbotentrakt übergesprungen. Ein drittes Feuerwehrauto war gerade rechtzeitig eingetroffen, um zu verhindern, dass die Flammen auf die Küche im Haupthaus übergriffen.

In der Zwischenzeit war ein glühender Ascheregen auf die vordere Wiese niedergegangen, und das trockene Gras hatte lichterloh zu brennen angefangen. Die Feuerwehrleute hatten alles in ihrer Macht Stehende getan, um das Feuer einzudämmen, aber es hatte immer weiter um sich gegriffen, bis es den Fluss erreichte.

Nachdem die Gefahr für das Haus gebannt war, hatten sich die Feuerwehrleute den einzelnen Brandstellen auf der anderen Seite des Flusses zugewandt. Schon drohten die Flammen über das Wasser zu springen und durch das Tal auf die Stadt zuzurasen, da hatte der Wind die Richtung gewechselt und war schließlich ganz abgeflaut.

Für australische Verhältnisse war es ein kleines Feuer, das nur ein paar Hektar erfasst hatte und schnell gelöscht worden war. Aber es würde Monate, wenn nicht Jahre dauern, bis sich alles erholt hatte und wiederaufgebaut war.

Laut der Nachrichten aus dem Krankenhaus befand sich Mr Wright in einem kritischen Zustand, er hatte einen Hitzschlag und eine Rauchgasvergiftung erlitten. Mrs Wright stand unter Schock und war dehydriert, würde sich aber wahrscheinlich erholen. Man hatte sich ihr Haus angesehen. Es war zwar stark in Mitleidenschaft gezogen, würde sich aber reparieren lassen.

Die Feuerwehrleute packten gerade ihre Sachen zusammen. Lisa war beeindruckt von ihrem Mut und fröhlichen Pragmatismus und umarmte einen nach dem anderen. Sie winkten, als sie davonfuhren, um die Lage jenseits des Hügelkamms zu begutachten.

Nachdem sie weg waren, holte Lisa Mojos Transportbox aus dem Auto und ging auf die Veranda. Die Luft war noch immer von Rauch erfüllt. Die vordere Wiese war schwarz verkohlt. Gegen den orangenfarbenen Himmel erhoben sich Baumskelette. Der Kakadu hatte wohl keine Chance gehabt. Die Ställe und der Dienstbotentrakt waren zerstört. Ihr Vorgarten war dahin. Beinahe hätte sie das Haus verloren, das sie sich ohnehin kaum leisten konnte.

Ein Schluchzen entstieg ihrer Kehle und hallte durch das Tal. Irgendwo in ihrem Kopf hörte sie Tante Carolines Stimme. *Reiß dich zusammen, Mädchen.* Wo war Scott, wenn sie ihn brauchte?

Sie beugte sich vor und öffnete die Riegel an Mojos Transportbox. Er sprang auf die Veranda und hielt die Nase in die Luft. Dann tappte er mit gesenktem Schwanz die Stufen hinunter und schnüffelte an dem verkohlten Gras. Mit schief gelegtem Kopf streckte er vorsichtig eine Pfote aus und klopfte auf die geschwärzte Erde. Er schüttelte sich, als verstünde er die Welt nicht mehr, schlich die Treppe wieder hoch und verschwand im Haus.

Lisa seufzte und ging um die Ecke. Verkohlte Balken ragten wie Rippen aus den traurigen Überresten der Ställe. In der geschwärzten Ruine schwang die Tür zu einer der Pferdeboxen an ihrem halb zerstörten Rahmen. Vom Dienstbotentrakt war nur mehr ein schwarzes Skelett übrig. Leere Fenster starrten sie an. Er hätte das Feuer besser überstanden, wenn er wie der Rest des Hauses aus Ziegeln gebaut worden wäre.

Erstaunlicherweise hatten die Feuerwehrleute es geschafft, den Obstgarten zu retten. Der Apfelbaum streckte verwundert seine frischen grünen Äste aus.

Wie betäubt ging sie zum Ende der Auffahrt. Alle ihre Lieblingsbäume – die Magnolie, die Goldakazien und die Gummibäume – waren nur mehr verkohlte Stangen. In atemberaubender Geschwindigkeit war das Feuer über sie hinweggerast. Blätter, Büsche, alles, was grün gewesen war, war jetzt grau. Lisa fühlte sich wie eine Figur aus einem Kinderbuch, die durch ein großes Tor in eine schwarz-silberne Welt getreten war. Aus der aschebedeckten Erde erhoben sich kohlschwarze Baumstämme. Maxine hatte recht gehabt. Wer mit großen Träumen nach Castlemaine kam, musste auf die Nase fallen.

Lisa legte schützend die Arme um sich. Ihre Haut war rußverschmiert und klebrig – sie musste dringend duschen. Als sie sich umdrehte, um zum Haus zurückzugehen, bemerkte sie eine Gestalt, die an einem verbrannten Baumstamm kauerte. Sie sah wie irgendein Tier aus. Lisa stapfte durch die Asche auf die Gestalt zu.

Es war ein Mensch, stellte sie verwundert fest, der mit dem Rücken zu ihr am Boden kauerte. Ein Mann in einem dunkelbraunen Kapuzenpulli.

Scott drehte sich um und sah zu ihr auf. Er legte einen Finger an den Mund und winkte sie zu sich. Äste knackten unter ihren Sohlen. Beim Näherkommen sah sie, was er betrachtet hatte. Vor ihm saß ein verwirrter Koala.

»Geht's dir gut?«, flüsterte er.

Sie nickte.

»Tut mir leid, dass ich es nicht früher hergeschafft hab, aber ich musste nach Todd sehen. Sie wohnen ein Stück die Straße runter.«

Darauf hätte sie auch selbst kommen können.

»Ist alles in Ordnung mit ihm?«

»Ja, alles in Ordnung. Sie konnten dein Haus retten.«

Sie sah zurück auf die Silhouette des herrschaftlichen Hauses. Stolz erhob es sich in der rauchgeschwängerten Luft, und der Anblick erinnerte sie an die Bilder von London nach den Bombenangriffen im Zweiten Weltkrieg. »In letzter Sekunde.«

»Ich hab das Auto auf der Straße abgestellt. Ich weiß, du hast was dagegen, wenn ich hier einfach reinplatze …«

»Nein«, sagte sie leise. »Nicht mehr.«

»Ich hab gehört, was du für die alten Leute getan hast. Das ist unglaublich.«

Sie sehnte sich danach, dass er aufstand und sie in die Arme nahm. Allerdings würde sie dann bestimmt anfangen zu heulen. Deshalb war es ganz gut, dass sich seine Aufmerksamkeit zumindest halb auf den Koala richtete.

Das Tier blickte aus schwarzen Knopfaugen zu ihnen auf. Mit seinen flauschigen, runden Ohren sah es aus wie ein niedlicher grauer Teddybär. Der weiße Pelz unter seinem Kinn reichte ihm bis zur Brust, so als würde es ein Lätzchen tragen. Auf seiner ledrigen Nase war eine wunde Stelle.

Der Koala drehte sich um und wackelte auf seinen krummen Beinen davon.

»Er ist völlig verwirrt«, sagte Scott, als der Koala neben einem geschwärzten Baumstamm stehen blieb und sich setzte. Scott zog eine Wasserflasche aus seiner Tasche und ging langsam auf ihn zu. Der Koala rührte sich nicht. Scott ging neben ihm in die Hocke und streichelte ihm über seine hohe Stirn. »Du bist durstig, was?«, sagte er, drehte den Verschluss ab und hielt die Flasche an das Maul des Tiers.

Das begriff offenbar sofort, worum es ging, denn es hob seinen Kopf und trank gierig.

»Na also«, sagte Scott mit einer Zärtlichkeit in der Stimme, die Lisa noch nicht an ihm gehört hatte. »Der Kleine ist halb verdurstet.«

Die Flasche leerte sich Schluck um Schluck. Lisa schmolz dahin wie Butter in der Sonne, als der Koala seine Pfote hob und sie auf Scotts Hand legte. Das war ein völlig anderer Scott. Seine Stimme war sanft, jede Bewegung ruhig und bedacht. Er schien mit dem Koala eins zu sein.

»Wir müssen ihn ins Tierheim bringen«, sagte Scott. »Er hat Verbrennungen an den Pfoten.«

»Heißt das, er wird den Rest seines Lebens im Zoo verbringen?«

»Natürlich nicht! Er hat zwar sein Zuhause verloren, aber wir werden ein neues für ihn hier in der Nähe finden. Oder, Kleiner?«

Die Flasche war fast leer. »Kannst du noch mehr Wasser holen?«, fragte er leise. »Und ein Handtuch.«

Lisa lief schnell ins Haus und füllte ihre Wasserflasche. Dann rannte sie die Treppe hoch und schnappte sich ein Handtuch aus dem Badezimmer. Das Haus stank nach Rauch, aber sie dankte Gott, dass es weitgehend heil war.

»Woher wusstest du, dass er Wasser braucht?«, fragte Lisa, als der Koala sich über die zweite Flasche hermachte.

»Ich hab mal in der Tierrettung gearbeitet – auch wenn man nach meinem Zusammentreffen mit der Schlange nicht unbedingt darauf käme.«

»Ehrlich? Ich habe in einem Tierheim in New York gearbeitet. Das Übliche. Katzen, Hunde ... das eine oder andere Krokodil.«

»Ich hab ein kleines verwaistes Känguru hinten auf der Pritsche«, sagte er. »Seine Hinterläufe müssen versorgt werden.«

»Darf ich es mal sehen?«

Sie sah ehrfürchtig zu, wie Scott sanft wie eine Hebamme das Handtuch um den Koala wickelte. Dann stand er vorsichtig auf und ging mit dem Koala im Arm über den verkohlten Boden.

»Komm mit«, sagte er.

Über der Ladefläche lag eine silbrige Abdeckplane. Scott hob eine Ecke hoch. Zwei große Ohren und glänzende Augen tauchten unter einer Decke auf. »Ich hab dir einen Kumpel mitgebracht«, sagte er und setzte den Koala in eine Pappschachtel neben das Känguru.

Lisa entdeckte auf dem Beifahrersitz ein seltsames rundes Ding mit einer karierten Decke darüber und fragte, was das sei.

Scott zog die Plane wieder über die Pritsche. »Das wird dir gefallen.« Er ging zur Tür und hob die Decke an. In einem Käfig saß ein Kakadu, die gelbe Federhaube flach an den Kopf gedrückt. »Ich hab sie auf der Obstwiese herumwackeln sehen«, sagte er. »Ich glaube zumindest, dass es eine Sie ist.«

»Woran erkennt man das?«

»Die Kakaduweibchen haben dunkelrote Augen. Die Augen der Männchen sind schwärzer. Ist letztlich aber schwer zu sagen. Sicher kann man sich nur sein, wenn man sie mit in einen McDonald's nimmt und schaut, auf welches Klo sie gehen.«

Der Kakadu neigte den Kopf und blinzelte Lisa an. Sie streckte ihm vorsichtig die Hand entgegen. Er beugte sich vor und rieb den Kopf an ihren Fingern.

»Es geht ihr gut«, fügte Scott hinzu. »Allerdings glaube ich, dass ein Flügel kaputt ist. Die Kleine kann nicht fliegen.«

Lisa lächelte. Tränen der Dankbarkeit liefen über ihre verrußten Wangen. »Ich kenne den Vogel!«

Später am Abend nahm Lisa eine ausgiebige Dusche. Das Wasser floss grauschwarz an ihrem Körper hinunter. Ihre Kehle fühlte sich völlig verdörrt an. Sie wusch sich zweimal die Haare. Es würde ewig dauern, bis sie den Rauchgeruch los war. Nach der Dusche füllte sie die Wanne mit lauwarmem Wasser. Als sie sich hineingleiten ließ, dachte sie an Scott. Vielleicht hatte sie vorschnell ein Urteil über ihn gefällt. Vielleicht hatte sein wirres Gerede in der Tagesklinik etwas bedeutet. Während sie den Kopf unter Wasser tauchte, dachte sie, dass es hoffentlich kein Fehler war, seine Einladung anzunehmen und am nächsten Morgen mit ihm zusammen das Tierheim zu besuchen. Wie es auch ausging, sie würde seine Hilfe beim Garten brauchen.

Am nächsten Tag stand sie früh auf. Froh, einen Grund zu haben, die trostlose Umgebung zu verlassen, kletterte sie in ihr Auto und rumpelte die zerstörte Auffahrt hinunter. Die »zwei, drei Kilometer« auf der Straße nach Maldon, von denen Scott gesprochen hatte, entpuppten sich als fast zehn. Wenn Lisa nicht Sorge gehabt hätte, die Abzweigung zu übersehen, hätte sie den Anblick der graugrünen Landschaft und das Summen des Asphalts unter ihren Reifen vielleicht genossen.

Sie wusste, dass sie richtig war, als sie Scotts Pritschenwagen sah, der schräg auf dem Kiesweg abgestellt war. Das Haus passte zu Juliet – ein aus Holz gebautes Haus im edwardischen Stil, das hinter einer hohen Hecke stand.

Das Tor öffnete sich mit einem einladenden Quietschen. Lisa ging einen von Lavendelbüschen gesäumten Ziegelweg hinauf. Ein Traumfänger schwang in der leichten Brise hin und her. Scotts Stiefel lagen wie zwei betrunkene Matrosen unter der Treppe. Sie klopfte an.

Juliets Umriss erschien in einem Lichtstrahl am Ende des holzvertäfelten Flurs. »Sind Sie das, Lisa? Kommen Sie nur rein.«

Lisa zögerte. War das eines dieser halb spirituellen Barfußhäuser? Um sicherzugehen, streifte sie ihre Spangenschuhe ab, dieselben, die sie zu dem Tanz getragen hatte, und ging auf Strümpfen an alten Fotos und bunter moderner Kunst vorbei.

Das Zimmer am Ende des Flurs versank in einem gemütlichen Chaos. Teller und Nuckelflaschen verteilten sich auf einer Arbeitsplatte und warteten darauf, gespült zu werden. Ein Berg Wäsche lag in einem Korb auf einem der Stühle. Ein Kalender von der Castlemaine Arts Fair hing an der Wand über dem Toaster. Neben fast jedem Tag stand ein Name.

»Das ist der Dienstplan für die Ehrenamtlichen«, sagte Juliet. »Hätten Sie Lust, zu uns zu stoßen?«

Lisa erwiderte, dass sie das liebend gerne tun würde, sobald sie ihr Buch beendet habe, was aber nicht mehr lange dauern werde. Sie erkundigte sich nach dem Koala. Juliet sagte, sie habe sich am Abend zuvor um die Verbrennungen gekümmert. Sie habe ihm etwas zur Beruhigung gegeben und ihn an den Tropf gehängt. Sie hofften auf das Beste.

»Sie machen hier eine tolle Arbeit«, sagte Lisa.

»Ach, das ist nur eins von vielen hundert Tierheimen in Australien«, sagte Juliet und löffelte Instantkaffee in Becher. »Sie werden alle von ausgebildeten Ehrenamtlichen wie uns betrieben.« Sie lächelte. »Ich hab schon von Ihrer Heldentat gehört.«

Lisa bekam rote Ohren. »Meinen Sie das mit den Wrights? Das war doch nichts. Ich habe nur nach Instinkt gehandelt.«

»Ich weiß nicht, was ohne Sie aus ihnen geworden wäre.«

Lisa zuckte die Achseln. Sie wollte lieber mehr über Juliets Tierheim erfahren und über die Tiere, die sie gerettet hatten. Buschfeuer und Zusammenstöße mit Autos stellten nur einen Teil der Bedrohung für die heimische Tierwelt dar, erklärte Juliet. Mit jeder neuen Flächenerschließung wurde mehr von ihrem natürlichen Lebensraum zerstört. Wenn Menschen neue Häuser für sich bauten, verloren Tiere ihr Zuhause. »Wir tun, was wir können, um ihnen zu helfen und sie wieder auszuwildern«, sagte Juliet und fuhr sich gedankenverloren durch die Haare. Sie gehörte zu den Frauen, die einen Sack und Gummistiefel tragen konnten und dennoch so aussahen, als gingen sie auf eine Modenschau.

Aus ihrer Zeit im Bideawee-Tierheim kannte Lisa Leute, die sich mit Überzeugung für Tiere einsetzten. Aber selbst daran gemessen war Juliets Arbeit bewundernswert. Wenn Juliet im Gartencenter arbeitete, sah ein anderer Ehrenamtlicher nach den pelzigen Patienten. Einige der Tierjungen mussten rund um die Uhr gefüttert werden. Juliets Helfer blieben oft über Nacht und stellten sich den Wecker, damit ihre Schützlinge keine Mahlzeit ausließen.

»Man muss hier schon einiges aushalten können«, sagte

Juliet. »Die Verletzungen sind zum Teil schrecklich. Wir verlieren eine Menge Tiere. Das kann einen ganz schön mitnehmen.«

»Ich hätt gerne einen Soja-Latte ohne Zucker«, rief Scott grinsend von der Tür aus.

Juliet lachte und reichte ihm einen dampfenden Becher. Er schaufelte vier Löffel Zucker hinein. Zwischen seinen Fingern sah der Kaffeelöffel wie ein Zahnstocher aus.

Lisas Blick wanderte zu Juliet. Ihr hübsches Gesicht hatte einen liebevollen Ausdruck, als sie zusah, wie Scott seinen Kaffee in Milch ertränkte. Dann fing Scott Juliets Blick auf und schenkte ihr ein vertrautes Lächeln.

Hitze kroch Lisas Nacken hinauf, als sie sich an den Kuss in der Tagesklinik erinnerte. Waren Scott und Juliet ein Paar? Wie hatte sie nur so dumm sein können?

Lisa war sowieso nicht in Scott verliebt. Sie hatte kein Recht auf ihn. Er war nicht mal ihr Typ.

Mr Rochesters Worte hallten in ihrem Kopf wider. *Sie waren noch nie eifersüchtig, nicht wahr, Miss Eyre? Natürlich nicht, ich brauche nicht zu fragen, Sie haben ja noch nie geliebt.*

»Ach ja«, sagte Scott nach einem lauten Schlürfen. »Da will dich jemand sehen.« Er stellte seinen Becher auf die Arbeitsplatte und holte einen zugedeckten Käfig unter dem Tisch hervor. »Der Tierarzt hat sie heute Morgen untersucht. Ihr Flügel ist lahm, aber es ist nichts Schlimmes«, sagte er und hob die Decke hoch. »Vielleicht lernt sie sogar wieder fliegen.«

Der Kakadu neigte den Kopf vor Lisa und hob eine Klaue zum Gruß.

»Wenn sie ein Feuer überlebt und deinen Kater, dann übersteht sie alles«, fügte er hinzu. »Nimm sie mit nach Hause und schau, wie's ihr weiter geht.«

»Wenn Sie Lust haben, können Sie gerne mit nach hinten kommen und sich die Tiere ansehen«, sagte Juliet. »Seien Sie nur bitte möglichst leise. Laute Geräusche erschrecken sie. Und machen Sie keine unvermittelten Bewegungen.«

Lisa folgte Juliet und Scott auf die ehemalige Veranda. Sie war vergrößert und geschlossen worden, an den Fenstern hingen Rollos. An den Wänden entlang waren Matratzen und Kisten aufgereiht.

Als sich Lisas Augen an das Dämmerlicht gewöhnt hatten, sah sie den Umriss eines Rollstuhls. Ein junger Mann mit langen dunklen Locken und einem Gesicht, das auf die Leinwand gehörte, saß darin. Der Teenager hielt ein kleines Känguru im Arm und fütterte es mit einer Nuckelflasche. Sein Gesicht strahlte eine Sanftmut aus, die an den heiligen Franziskus erinnerte.

»Darf ich vorstellen, das ist mein Sohn Todd«, sagte Scott und räusperte sich.

Todd sah mit dunkelbraunen Augen zu Lisa auf und lächelte.

Kapitel 27

Später an diesem Abend stieg Lisa auf einen Stuhl und tastete im obersten Regal nach den Tim Tams, die sie neulich gekauft hatte. Warum sollte sie noch auf ihre Figur achten. Sie riss die Packung auf, steckte sich zwei Kekse auf einmal in den Mund und kletterte wieder hinunter.

Der Kakadu sah ihr von seinem Käfig aus zu. Lisa nahm einen Keks, brach ihn auseinander und schob eine Hälfte zwischen den Stäben durch. Anmutig nahm der Vogel das Geschenk mit einer Klaue entgegen. Lisa hatte ihn längst ins Herz geschlossen. Das änderte jedoch nichts daran, dass er ein Wildtier war. Sie würde ihn bald wieder freilassen müssen, damit er ein neues Zuhause fand.

Als sie sich vor den Computer setzte, sprang ihr Mojo auf den Schoß. Sie fuhr ihm durch die Mähne und griff mit der anderen Hand nach einem weiteren Keks. Mojo schlug träge mit dem Schwanz. Morgen würde sie sich der schrecklichen Aufgabe stellen und mit den Aufräumarbeiten nach dem Feuer beginnen. Aber heute Abend musste sie erst noch etwas anderes erledigen.

KAPITEL 35

An dem Tag, als Emily Frederick in den Armen von Amy, der Wirtstochter, überraschte, wusste sie, dass es vorbei war.

»Leb wohl, Frederick«, sagte Emily und verschloss den Schmerz tief in ihrem Herzen.

»Wie soll ich ohne dich leben?«, rief er.

»Ich denke, du und Amy, ihr werdet schon zurechtkommen.«

Seine Augen wurden so dunkel wie ein Glas Guinness.

»Und du, meine Liebste?«, fragte er mit Tränen in den Augen.

Emily zog ihr Schultertuch zurecht, drehte sich um und schlug den Weg durchs Moor ein. Sie ging nach Hause, um ihren Schmerz und ihre Wut in ihrem Tintenfass zu ertränken. Ohne Mann und in der Blüte ihres Lebens, schrieb sie den ersten von vielen großartigen Romanen.

ENDE

Lisa hatte erwartet, dass sie dieses letzte Wort mit einem Gefühl des Triumphs tippen würde. Es hätte sie überglücklich machen müssen, das Buch zu beenden – und dann auch noch eine Woche vor der Deadline. Stattdessen fühlte sie sich wie ein ausgewrungener Spüllappen. Jetzt lagen drohend die Tage vor ihr, an denen sie die Fassung überarbeiten musste. Ihr graute vor der Vorstellung, sich noch einmal von vorn bis hinten durch das Manuskript zu quälen und auf jeder Seite ihrer eigenen Unzulänglichkeit zu begegnen. Da war es doch einfacher, die gesamte Datei zu löschen und im Cyberspace verschwinden zu lassen.

Die Kekspackung war leer. Mit schlechtem Gewissen machte Lisa sich einen Becher Pfefferminztee. Sie konnte sich nicht erklären, warum Scott Todd wie ein peinliches Geheimnis vor ihr versteckt hatte. Er hatte jeden Grund, stolz auf seinen Sohn zu sein. Todd war klug und witzig, ein toller Junge. Sie war noch nie jemandem in seinem Alter begegnet, der so viel Empathie für Tiere aufbrachte.

Offensichtlich wollte Scott seinen Sohn um jeden Preis beschützen und tat alles für ihn, auch wenn er die Wahrheit zweifellos ein bisschen zurechtgebogen hatte, was das Rafting und das Reiten betraf. Aber das war nicht weiter verwunderlich. Ihre Beziehung zu Scott – nicht, dass es da eine gegeben hätte – war von Anfang an auf Lügen aufgebaut gewesen. Nachdem sie Scott und Juliet heute Morgen im Tierheim gesehen hatte, hatten sich die einzelnen Puzzlesteinchen zu einem Bild gefügt. Kein Wunder, dass Scott nur dann zur Arbeit erschienen war, wenn es ihm gerade passte. All die Geschichten, dass sein Sohn ihn brauchte, waren eine praktische Ausrede. Juliet war eine erstaunliche Frau, und er war in sie verliebt. Es musste so sein. Wahrscheinlich hatte er unzählige Nächte bei ihr verbracht. Kein Wunder, dass Juliet so seltsam reagiert hatte, als Scott Lisa zum Buschtanz mitgebracht hatte. Dass zwischen den beiden etwas lief, war unübersehbar.

Es war bereits nach Mitternacht, als Lisa ein Tuch über den Vogelkäfig warf und Mojo die Treppe hinauffolgte. Ihr Herz war so schwer wie eine der Steinplatten auf dem Küchenboden. Die Schwestern Brontë wussten, wie es sich anfühlte, mit eingekniffenem Schwanz zu flüchten. Charlotte hielt es nur wenige Monate als Gouvernante aus. Emily gab ihre Stelle als Lehrerin in Halifax nach einem halben Jahr wieder auf. Dankbar waren sie zurück ins Moor gekrochen.

Lisa musste nicht ganz bei Trost gewesen sein, als sie in dieses unwirtliche Land gezogen war. Sie konnte sich den Erwerb von Trumperton Manor kaum leisten, geschweige denn die Renovierung. Es würde ein Vermögen kosten, die durch das Feuer verursachten Schäden zu beseitigen. Buschbrände wurden von ihrer Versicherung nicht gedeckt. Jetzt, da die Ställe niedergebrannt waren, würde sie nie mehr herausfinden, was dort geschehen war, weil niemand mit ihr reden wollte und sie sowieso keine Freunde hatte.

Ihr blieb keine andere Wahl, als den Schaden zu begrenzen und das Haus wieder zu verkaufen. Sobald sie es los wäre, würde sie einen Billigflug nach New York buchen, wo sie wahrscheinlich den Rest ihres Lebens unter einer Brücke schlafen müsste. Und als wäre das alles nicht schlimm genug, hatte sie morgen auch noch Geburtstag. Schon wieder.

Sie war so versessen darauf gewesen, *Drei Schwestern: Emily* zu Ende zu bringen, dass sie Maxine und Gordon gesagt hatte, sie sollten bitte nicht kommen. Auch gut: Es war jetzt wichtiger denn je, dass sie mit ihren Kräften haushaltete. Außerdem gab es keinen Grund, den Tag zu feiern, an dem Jake sie verlassen hatte.

Lisa ließ sich ins Bett sinken und setzte Zahnschiene und Ohrstöpsel ein, dann rollte sie sich auf die Seite und wartete auf das beruhigende Geräusch, mit dem Mojo auf der Decke landete. Als sich der Kater in ihre Kniekehle schmiegte, fiel sie in einen unruhigen Schlaf.

Lisa wurde davon wach, dass Mojo miaute und an den Vorhängen zerrte. Sie sah auf ihr Handy und sagte sich, dass sie keinen Grund hatte, enttäuscht zu sein: Kalifornien lag achtzehn Stunden hinter Australien zurück, da konnte sie so früh noch keine Nachricht von Portia erwarten. Sie schlüpfte in ihren Kimono und öffnete die Balkontüren. Wenn doch nur über Nacht irgendein Wunder geschehen wäre. Aber es roch wie am Tag nach einem Kannibalenfestmahl, und die Aussicht, bei der ihr bis vorgestern das Herz weit geworden war, ließ sie heute in Depressionen versinken.

Beim Anblick von Maxines Golf vor dem Haus zuckte

sie zusammen. Dann stellte sie erleichtert fest, dass dahinter der Kombi parkte. Ted wirkte immer neutralisierend auf das Gift, das Maxine verspritzte. Zu ihrer Überraschung ratterte auch noch Dougs alter blauer Honda die Auffahrt hoch. Was wollte denn die Grey Army an ihrem freien Tag hier? Dem Honda folgte ein silbernes Auto, und dann noch eins. Sie rieb sich die Augen. Das war ja eine regelrechte Invasion.

»Juhu!«, rief Maxine und winkte ihr zu. »Ich hab Muffins mitgebracht.«

Lisa winkte mit einem Finger zurück. Sie sah, dass Ted und seine Freunde damit begonnen hatten, verbrannte Äste einzusammeln und sie zur Straße zu schleppen. Ein Mann, an den sie sich vom Buschtanz her erinnerte, hievte eine Kettensäge von der Ladefläche seines Lasters. Doug dirigierte ihn zu den Überresten einer verbrannten Kiefer, die sich bedenklich zur Seite neigte.

Lisa zog ihre Arbeitshose und das grüne Karohemd aus der Männerabteilung von Target an und vervollständigte das Outfit mit dem blauen Cancer-Council-Hut, dessen Krempe so ausladend wie ein Sonnenschirm war. Dann eilte sie in die Küche hinunter und zog ihre Schnürstiefel an. Sie hörte, dass noch mehr Autos kamen.

Unter dem Tuch krächzte der Kakadu. Lisa zog es herunter. Aufgeregt schlug er mit einer Klaue gegen die Käfigtür. Das arme Geschöpf sehnte sich nach Freiheit. Kaum hatte Lisa die Käfigtür einen Spaltbreit geöffnet, zwängte sich der Kakadu durch und flatterte auf den Boden.

Dexter vom Frauenbuchklub segelte durch die Hintertür in die Küche, in der Hand eine Flasche Whisky. Der Kakadu nutzte die Gelegenheit, um zwischen seinen Beinen durchzuschlüpfen und die Verandastufen hinunterzuhüpfen.

»Ich denke, ein Friedensangebot ist angebracht«, sagte Dexter. »Single Malt.«

Bei Whisky musste Lisa immer würgen, aber sie freute sich über die Geste. Sie nahm ein Glas aus dem Schrank.

»Du lieber Himmel, nein! Für mich ist das noch *viel* zu früh«, sagte Dexter. »Wie spät ist es denn eigentlich, zehn?«

»10 Uhr 37, um genau zu sein«, Maxine kam hereingerauscht und breitete die Arme aus wie ein Fluglotse. »Herzlichen Glückwunsch zum Geburtstag!«

»Sparen wir uns das für ein anderes Jahr auf«, sagte Lisa, ließ sich aber an Maxines Busen drücken. Sie wartete auf das unvermeidliche »Ich hab's dir doch gleich gesagt«.

»Ich bin so froh, dass dir nichts passiert ist«, flüsterte Maxine. »Ich setz schon mal den Kessel auf. Gordon regelt den Verkehr, er sagt den anderen, wo sie parken sollen und so weiter. Jetzt geh raus und begrüß deine Freunde.«

Ihre Freunde? Mojo begleitete Lisa nach draußen. Dexter beschloss, im Haus zu bleiben und sich zu vergewissern, dass der Whisky nicht schlecht geworden war. Ein paar der Leute standen vor den verkohlten Resten des Dienstbotentrakts.

Ein Mann mit einem wettergegerbten Gesicht trat vor sie und umschloss ihre Hand mit seiner schwieligen Pranke. »Ich bin John aus dem Eisenwarenladen«, sagte er. »Wir räumen hier ruck, zuck für Sie auf. Das ist Lawrie, der Elektriker.«

Ein Mittdreißiger, der etwas auf dem Kopf hatte, das wie eine Socke aussah, nickte ihr freundlich zu.

Sie blickte über seine Schulter zu den etwa zwanzig Männern, Frauen und Kindern, die Asche zusammenkehrten und auf Schubkarren verkohltes Holz zur Straße rollten. »Das ist sehr freundlich von Ihnen, aber ich kann es mir nicht leisten ...«

»Vergessen Sie das Geld«, unterbrach sie Juliet. Sie hatte ihre Haare unter einer roten Baskenmütze versteckt, sodass Lisa sie zwischen den anderen nicht bemerkt hatte. »Wir alle wissen, was Sie für die Wrights getan haben«, fuhr Juliet fort. »Wir wollen einfach nur danke sagen.«

»Ja«, schloss sich der Mann mit dem rotblonden Schnauzbart vom Buschtanz an. »Wir wollen Ihnen helfen.«

Ted kam über die Auffahrt gejoggt, und wie immer sah es so aus, als würden seine Beine dabei in alle Richtungen schlenkern. In seinem Kielwasser folgte James mit Heidi und Stella. Sie schlossen sie in die Arme.

»Alles Gute zum Geburtstag!«, sagte Ted und küsste sie auf die Wangen.

»Psst!«, sagte Lisa und senkte den Blick.

»Einen Container haben wir schon voll. Ein zweiter ist unterwegs«, sagte Ted. »Diese Leute sind einfach unglaublich!«

Lisa nahm eine Ecke ihres Kragens und wischte sich damit die Tränen ab.

»Rotzalarm!«, verkündete Ted und zog ein frisches Papiertaschentuch aus der Hosentasche. »Im Ernst, Mom, dieser Brandschaden ist eine Chance.«

»Du klingst wie Oprah.«

»Der Dienstbotentrakt war sowieso irgendwie gruselig. Wir reißen den Rest auch noch ein und schaffen die Trümmer weg. Vielleicht stellen wir da irgendwann mal einen schicken Küchenanbau hin. In der Zwischenzeit legt James erst mal einen Kräutergarten an.«

Ted bot ihr an, ein neues Gebäude als Ersatz für die Ställe zu entwerfen. Das alte Gebäude würde als Vorbild dienen, es wäre jedoch vollisoliert und würde den höchsten Umweltstandards entsprechen. Auf dem Dach könnte man Solarzellen installieren, die man von unten nicht sah.

Und da, wo sich früher der Heuboden befunden hatte, käme die Flitterwochensuite hin, wie Ted sagte – ein großzügiges Gästezimmer mit eigenem Bad. Für das gesamte Haus gäbe es eine Grauwasseranlage einschließlich neuer Installationen. Das Abwasser aus Küche und Waschküche würde gefiltert und aufbereitet, damit man es im Garten verwenden könnte. Im unteren Geschoss des neuen Stallgebäudes wäre reichlich Platz für Autos und Geräte. Und es würde nach heutigem Standard gegen das Eindringen von Schlangen und anderem Getier geschützt werden.

»Das klingt ja alles ganz toll, aber –«

Juliet unterbrach sie. »Alle Handwerker hier bieten ihre Dienste kostenlos an. Und das Material besorgen wir zum Einkaufspreis.«

Lisa fehlten die Worte. Eine solch großzügige Hilfsbereitschaft hatte sie noch nie erlebt.

»Betrachten Sie es als Geburtstagsgeschenk«, rief Juliet.

»Ja, herzlichen Glückwunsch!«, fiel John ein.

»Vielen Dank. Ein Tag wie jeder andere«, sagte Lisa und wurde rot.

Mit Mojo vorneweg ging sie die Auffahrt hinunter. Unten an der Straße waren ein paar Leute in der Nähe eines Containers zugange. Lisas Lächeln wurde breiter, als sie ihr winkten und zum Geburtstag gratulierten. Dorothy Thatcher vom Frauenbuchklub war in ihren kurzen Hosen, dem Hawaiihemd und mit einem an ein Ufo erinnernden Hut auf dem Kopf kaum zu erkennen. Zusammen mit dem Kettensägenmann stapfte sie zwischen den verkohlten Bäumen herum und deutete auf die Äste, die er absägen sollte.

»Sie ist Botanikerin«, erklärte Juliet.

»Viele von den Bäumen bleiben Ihnen erhalten«, rief Dorothy, als Lisa sich ihr näherte. »Der australische Busch ist äußerst widerstandsfähig. Ein Feuer alle paar Jahre ist ganz normal. In einigen Wochen wird dieser Stamm hier wieder ausschlagen.«

Lisa wusste, dass Dorothy mit den Wrights befreundet war, und erkundigte sich, wie es den beiden ging. Mr Wright befinde sich außer Lebensgefahr, sein Zustand sei aber immer noch ernst, sagte Dorothy. Mrs Wright mache stetige Fortschritte. Obwohl die Renovierungsarbeiten an ihrem Cottage bereits begonnen hätten, würde es noch einige Zeit dauern, bis sie wieder einziehen könnten.

»Kann ich sie im Krankenhaus besuchen?«, fragte Lisa.

So wie Dorothy reagierte, konnte man meinen, Lisa hätte gefragt, ob sie einen Tag lang die Kronjuwelen tragen dürfte. »Ach, die beiden können sich kaum retten vor Besuchen«, sagte Dorothy rasch, drehte sich um und marschierte auf einen großen geschwärzten Baum zu, der aussah, als könnte er jeden Moment umfallen. Dorothy zückte eine Spraydose und sprühte ein großes weißes X auf seinen Stamm.

Lisas Aufmerksamkeit wurde von einem Rollstuhl vor dem Haus angezogen. Sie entschuldigte sich und eilte wie üblich mit Mojo als Vorhut darauf zu. Zu ihrer Enttäuschung war es jedoch nicht Scott, der neben Todds Rollstuhl stand, sondern Beverley und eine ältere Frau. Als Todd Mojo sah, fing sein Gesicht an zu leuchten. Der Junge schien die Sonne mit sich herumzutragen. »Ist das Ihre Katze, Ms Trumperton?«

»Ja, das ist Mojo.«

Mojo umrundete den Rollstuhl und schnüffelte interessiert daran.

»Vergiss es«, sagte Beverley. »Sharky ist im Auto.«

Mojo sprang auf Todds Schoß und machte unter der Hand des Jungen einen Buckel.

»Sie sollten ihn in Leo umbenennen«, sagte Todd. »Oder, Nan?«

»Für mich sieht er eher wie ein Pirat aus«, erwiderte die ältere Frau. »Ich würde ihn Long John nennen.«

»Hast du den Kakadu gesehen?«, fragte Lisa.

»Der ist hinter dem Haus und dreht Runden um den Apfelbaum«, sagte Todd.

»Sie sind das Tagesgespräch«, sagte Todds Großmutter zu Lisa. »Für gewöhnlich dauert es drei Generationen, bis man hier akzeptiert wird.«

»Ja, aber mein Großvater –«

»Sie kann auch toll schreiben«, fiel ihr Beverley ins Wort und warf ihr einen Blick zu.

»Ich glaube, Dexter sieht das anders«, sagte Lisa seufzend.

»Ach, machen Sie sich wegen dem keine Gedanken. Er ist ein verrückter alter Säufer.«

Ein gelber Bulldozer kam angerattert. »Du kannst froh sein, dass es hier gebrannt hat«, rief Scott über das Dröhnen des Motors hinweg. »Dadurch sparst du ein Vermögen fürs Roden. Ich fang jetzt mal mit dem Planieren an. Noch einverstanden mit unserem Plan?«

»Ja, aber …«

»Alles Gute zum Geburtstag übrigens.« Er zwinkerte ihr zu. »Wie alt wirst du eigentlich?«

»Das geht dich gar nichts an«, erwiderte sie.

»Ich war sowieso nie gut in Mathe«, sagte er und ließ den Motor aufheulen. »Ich markier mal die Wege und den Pool. Später können wir dann immer noch das eine oder andere ändern.«

Er ratterte zur Wiese hinüber und walzte Asche und Steine unter den Gleisketten seines Bulldozers platt.

»Sie legen einen Pool an?«, fragte Beverley.

Kapitel 28

Schließlich packten die freiwilligen Helfer ihre Sachen zusammen und machten sich auf den Heimweg. Scott ließ den Bulldozer auf der Wiese stehen und fuhr mit Juliet in seinem Pritschenwagen weg. Sie sahen glücklich aus.

»Du kannst dankbar sein«, sagte Maxine, die dabei war, ein Picknick im Obstgarten vorzubereiten.

Das war eine dieser Plattitüden, bei denen sich Lisa normalerweise die Nackenhaare aufstellten. Doch beim Anblick der Decken und Kissen unter dem Apfelbaum musste sie zugeben, dass Maxine recht hatte. Die großzügige Hilfe ihrer Familie und ihrer Freunde aus Castlemaine war ihre Rettung. Als sie auf ihren Geburtstag anstießen, musste sie sich zusammenreißen, um nicht vor Rührung in Tränen auszubrechen. Dieser Geburtstag war eine gewaltige Verbesserung gegenüber dem mit der Null.

Gordon machte seine Hüfte zu schaffen, deshalb ging er zum Auto und holte sich einen Klappstuhl, auf dem er dann thronte und den Blick über die Häupter der anderen schweifen ließ wie ein Shakespeare'scher König, dem sein Reich abhandengekommen war. Stella und Heidi breiteten eine weitere Decke aus. Lisa freute sich, dass sie Zack aufforderten, sich zu ihnen zu setzen. Sie machte sich Sorgen um den Jungen. Manchmal kam es ihr vor, als würde er seine Kamera als Schutzschild gegen die Welt benutzen.

Sie genossen die Nachmittagssonne, und James schleppte mit Hühnerpastete und Salat beladene Tabletts an. »Die

Frauen haben genug Essen für ein ganzes Jahr dagelassen«, sagte er und schenkte Wein ein. »Ich muss überhaupt nicht mehr für dich kochen.«

»Sag, dass das nicht wahr ist«, entgegnete Lisa und dachte an James' Schokoladenmousse.

Ted unterbrach sie. »Seht mal, wer da kommt!«

Unter einem Ginsterbusch tauchte der Kakadu auf und trippelte auf sie zu. Vor Lisas Decke blieb er stehen und beäugte ihren Teller. Lisa brach etwas von der Pastete ab und hielt es ihm hin.

Der Vogel reckte den Hals, öffnete seinen gefährlich aussehenden Schnabel und pickte Lisa das Stückchen Pastete aus der Hand.

»Ein merkwürdiger Vogel«, sagte Maxine. »Wie heißt er?«

»Er hat keinen Namen.«

»Da er nicht fliegen kann, sollten wir ihn Kiwi nennen«, schlug Ted vor. »Zu Ehren unseres neuseeländischen Freundes.«

Der Vogel krächzte zustimmend.

Ted hob sein Glas. »Wo wir gerade dabei sind, würde ich gern etwas bekanntgeben.«

»Vorsicht!« Lisa deutete auf einen Schatten, der zwischen den Bäumen herumschlich. Es war Mojo auf Patrouillengang. Er versteckte sich hinter dem Stamm eines Birnbaums und fixierte den Kakadu mit seinem Teleskopblick.

»Die beiden sind natürliche Feinde«, sagte Heidi leise.

Lisa wollte Kiwi gerade verscheuchen, als Mojo hinter dem Baum hervorsprang und auf den Vogel zuschoss. Kiwi fing an zu kreischen, breitete die Flügel aus und starrte den Angreifer an. Mojo legte eine Vollbremsung ein.

Mit offenem Mund verfolgten die menschlichen Zuschauer, wie die beiden Tiere einander umkreisten, Mojo geduckt wie ein Panther, Kiwi hoch aufgerichtet.

»Der Kater hat nicht die geringste Chance«, sagte Heidi, bedeutete ihren Freunden, zur Seite zu rücken, und hob langsam die Decke hoch, auf der sie gesessen hatten. »Habt ihr gesehen, was dieser Vogel für Krallen hat?«

Lisa setzte eher auf Mojo. Er war ein zäher Bursche. Aber so oder so, eins stand fest: Wenn niemand eingriff, würden Fell oder Federn fliegen.

Heidi bewegte sich langsam auf die beiden Kontrahenten zu und hob die Decke. Offenbar hatte sie vor, den Kakadu einzufangen und an einen sicheren Ort zu bringen – auch wenn Lisa keine Ahnung hatte, wo der sein sollte. Abgesehen davon war eine Decke mit einem um sich schlagenden und beißenden Kakadu darunter ein Problem für sich.

Mojo und Kiwi tänzelten weiter vorsichtig umeinander herum, ihre Bewegungen hatten etwas Würdevolles, geradezu Gravitätisches. Spannung lag in der Luft. Es konnte nicht mehr lange dauern …

Heidi setzte zum Sprung an.

Plötzlich blieb der Kakadu stehen und sah den Kater an. Mojo erstarrte und kauerte sich ins Gras. Kiwi hob eine furchterregende Klaue und machte in Zeitlupe einen Schritt auf ihn zu.

Heidi schwang die Decke.

»Noch nicht«, rief Lisa.

Mojo schob sich auf dem Bauch näher an den Kakadu heran. Zur allgemeinen Überraschung senkte der anmutig den Kopf und legte ihn hinter Mojos Ohr. Mojo reckte das Kinn, um sich von Kiwis Schnabel sanft kraulen zu lassen. Er hob eine Pfote und legte sie Kiwi auf den Rücken.

Ted lachte. »Die beiden sind Freunde!«

Wahrscheinlich kannten sie sich aus vergangenen Tagen in der Wildnis. Sie waren beide Ausgestoßene und hatten schwere Verletzungen davongetragen. Vielleicht hatten sie sich gegenseitig geholfen oder waren so etwas wie Gefährten gewesen.

Lisa war erleichtert, dass sie nicht die Rolle des Aufpassers bei den beiden übernehmen musste. Sie war ja eher die Neue hier.

Heidi hatte inzwischen Decke gegen Handy getauscht und machte Fotos von Mojo und Kiwi, um sie ihren Kommilitonen zu zeigen.

In der einsetzenden Dämmerung jagten sich die Tiere zwischen den Bäumen hin und her. Die Menschen streckten sich auf den Decken aus und sahen den Mücken bei ihrer Luftakrobatik zu.

Als Maxine meinte, es sei langsam an der Zeit, ins Haus zu gehen, stand Ted auf und räusperte sich. Er winkte James zu sich. »Falls ihr euch erinnert, ich wollte etwas bekanntgeben.«

O ja, dachte Lisa. Ted hatte schon immer eine Neigung zur Theatralik gehabt.

Gläser wurden verteilt und mit Sekt von der Südinsel Neuseelands gefüllt.

»Wie die meisten von euch ja wissen, haben James und ich letzte Woche einen Ausflug nach Neuseeland gemacht. Wir waren Bungeespringen und haben die tollsten Landschaften gesehen …«

Lisas Aufmerksamkeit ließ nach. Ted musste ein paar Gläser zu viel erwischt haben.

»Und wir haben geheiratet.«

Lisa sprang auf. »Was?!«

»James und ich haben in einer wunderschönen alten Kapelle am Ufer des Lake Tekapo offiziell geheiratet.«

Gordon verschluckte sich und bekam einen knallroten Kopf. Heidi und Stella vollführten ein kleines Tänzchen. Zack griff nach seiner Kamera.

»Du liebe Güte!«, rief Maxine. »So was geht?«

»Dort ist es legal«, erwiderte James.

»Toll!«, sagte Lisa mit zitternder Stimme. Sie war sich nicht ganz sicher, wie ernst sie das meinte, bis sie die Gesichter ihres Sohnes und … seines Ehemannes sah. Wer konnte etwas gegen die Liebe einwenden? »Herzlichen Glückwunsch!«, sagte sie und umarmte die beiden. »Warum habt ihr mir nichts davon gesagt?«

»Wir tun es ja jetzt. Außerdem war es eine ganz private Feier. Aber wenn du nichts dagegen hast, Mom, würden wir hier auf Trumperton Manor gern noch ein richtiges Fest veranstalten.«

»Und goldene Ringe tauschen«, fügte James hinzu. »Bei unserer ersten Hochzeit waren wir so aufgeregt, dass wir sie vergessen haben.«

»Gut, aber …«

Ein Kreis von Gesichtern sah sie erwartungsvoll an.

»Was habt ihr gedacht, wann?«, fragte sie.

»Bis November könnte hier aufgeräumt sein«, sagte Ted.

»*In einem Monat*?!«

»Wozu warten? Das wird toll. Es sollen alle dabei sein, die wir gernhaben.«

Lisas innerer Machiavelli meldete sich. Auch wenn es Portia schaffte, sich vor Weihnachten zu drücken, die Hochzeit ihres Bruders würde sie auf keinen Fall versäumen. Die Wände des Hauses waren mit Geschichte getränkt. Da konnte es nichts schaden, das Glück einer neuen Generation hinzuzufügen, bevor sie ihre Sachen packen und das Haus zum Verkauf anbieten musste.

»Wird es Brautjungfern geben?«, erkundigte sich Maxine.

»Scharenweise«, erwiderte James.

»Meinst du, Tante Caroline wird die Einladung annehmen?«, fragte Ted.

Gelächter schallte durch den Obstgarten. Sie leerten ihre Gläser und gingen zurück ins Haus. Über dem Apfelbaum ging ein großer orangenfarbener Mond auf.

Kapitel 29

Aus der verbrannten Erde begann es auf wundersame Weise grün zu sprießen. Kiwi wurde mutiger. Morgens wartete der Kakadu meistens vor der Hintertür, und mit einer kleinen Ermutigung von Mojo hüpfte er schon bald über die Schwelle und trippelte in der Küche herum. Ihre Freundschaft war die von Ebenbürtigen. Unterdessen wurde Mojos Bauch von Tag zu Tag ein bisschen runder.

Lisa machte es Spaß, dem ungleichen Paar dabei zuzusehen, wie es sich putzte und abwechselnd jagte. Es gab nur einen Reibungspunkt. Kaum, dass Mojo außer Sichtweite war oder sich von einer Fliege am Fenster ablenken ließ, steuerte Kiwi schnurstracks auf seinen Futternapf zu. Kiwi verschlang alles von Trockenfutter bis zu frischem Hühnchen. Es dauerte nicht lange, und der schlitzohrige Kakadu erweiterte seinen Aktionsradius und stibitzte Bananen aus der Obstschale. Eines Morgens erwischte Lisa ihn dabei, wie er in der Speisekammer Körner aus einer umgeworfenen Müslipackung pickte. Er blickte sie an und krächzte frech. Sonnenblumenkerne wurden ein fester Bestandteil der wöchentlichen Einkaufsliste.

Lisa bekam ein schlechtes Gewissen, weil Kiwi nachts draußen bleiben musste. Sie war zwar offensichtlich eine Überlebenskünstlerin, aber ihre lädierten Flügel machten sie verletzlich. Sie schien dankbar zu sein, als sie das erste Mal die Nacht im Haus verbringen durfte. Sie hockte sich auf die Lehne ihres Lieblingsstuhls, steckte den Kopf unter den Flügel und schloss die Augen. Lisa breitete Zeitungspapier auf dem Boden darunter aus, schloss die Tür und folgte Mojo nach oben.

Die Grey Army unterbrach die Malerarbeiten im Arbeitszimmer im ersten Stock und richtete ihre Energie stattdessen auf die Beseitigung der Trümmer, die von Dienstbotentrakt und Ställen übrig geblieben waren. Lisa verbrachte ihre Tage am Küchentisch, Mojo auf dem Schoß und Kiwi auf der Rückenlehne eines Stuhls, und ackerte sich durch *Drei Schwestern: Emily*, überarbeitete und feilte. Wenige Stunden vor Ende des Abgabetermins schickte sie das Manuskript schließlich an Vanessa. Jetzt konnte sie sich endlich auf das bevorstehende Fest konzentrieren, und Informationen über schwule Hochzeiten zu sammeln wurde ihr neuestes Hobby.

Lisa war verblüfft, als die beiden jungen Männer den Großteil der Einladungen über Facebook verschickten, James versicherte ihr jedoch, angesichts des Zeitrahmens ginge es kaum anders. Dennoch vergaßen sie auch die Computeranalphabeten nicht. James besorgte einen kleinen Stapel Einladungskarten und beschriftete sie in Schönschrift mit dem Füller, bevor er sie an die Älteren und »total Zurückgebliebenen« verschickte, die sich Handy und Computer verweigerten. Zu jedermanns Erstaunen traf umgehend die schriftliche Zusage von Tante Caroline ein.

Ted bestand darauf, die Grey Army einzuladen sowie alle anderen aus dem Ort, die nach dem Feuer geholfen hatten – und diesen »Gärtnerfritzen«.

Lisa war überglücklich, dass Portia als eine der Ersten zusagte. Lisa buchte einen Flug für sie, mit dem sie bereits ein paar Tage vor der Hochzeitsfeier eintreffen und zwei Wochen bleiben würde. Nicht, dass sie sich große Hoffnungen gemacht hätte – wahrscheinlich würde Portia einen Vorsprechtermin oder ein veganes Festival vorschützen, um möglichst bald wieder abreisen zu können.

Jake und Cow Belle besaßen die Frechheit, ihr mitzuteilen, sie würden eine Woche früher kommen und bei ihr in Trumperton Manor wohnen. Lisa war nahe dran, sie in einem Motel unterzubringen, Ted bat sie jedoch, die beiden bei sich aufzunehmen. Offenbar hielt er es für eine romantische Vorstellung, dass seine Eltern am Vorabend seiner Hochzeit unter einem Dach schliefen.

Am Ende standen 150 Namen auf der Gästeliste, einschließlich James' neuseeländischer Verwandtschaft.

Scott kam fast jeden Tag, um an der Gestaltung des Gartens zu arbeiten. Der Schlangenbissverband war schon länger einem schlichten Pflaster gewichen. Zweifellos hatte Juliet sich darum gekümmert. Lisa beschränkte sich bei ihren Gesprächen auf das Thema Gartengestaltung. Ganze Lkw-Ladungen an Felsbrocken, einige davon so groß wie ein Kleinwagen, wurden geliefert und mit einem Kran ausgeladen. Scott überwachte ihre Verteilung höchstpersönlich, und in Einklang mit der Landschaft ringsum entstand nach und nach eine beeindruckende Kulisse. In der Abenddämmerung begannen die Felsen rötlich zu leuchten, und Lisa konnte dem Drang nicht widerstehen, hinauszugehen und mit der Hand darüberzustreichen. Sie fühlten sich zugleich glatt und sandig an und schienen vor uralter Energie zu vibrieren.

Scheinbar willkürlich wanden sich Pfade zum Fluss hinunter und zurück. Die Formen und Wege, die Scott mit seinem Bulldozer geschaffen hatte, waren das Werk eines Künstlers. Das Einzige, was den Anblick trübte, war das aberwitzig große Loch für den Pool, es war mindestens drei Meter tief und hatte die Ausmaße eines Massengrabs. Scott zeigte Lisa seinen Entwurf und versicherte ihr, dass es großartig aussehen würde, wenn das Loch erst einmal mit Beton ausgekleidet, mit Wasser gefüllt und mit einer *Per*gola überdacht wäre.

Sie mochte gar nicht daran denken, was das alles kostete. Mit etwas Glück würde das Autorenhonorar für *Drei Schwestern: Emily* die Ausgaben decken, und nach dem Verkauf des Hauses bekäme sie das Geld zurück.

Da es bis zur Hochzeitsfeier nur noch ein paar Wochen waren, trieb Lisa Scott an, mit der Bepflanzung voranzumachen. Die meisten Setzlinge waren zwar klein, überzogen aber bereits jetzt alles mit einem grünen Teppich. Die Wiese vor dem Haus verwandelte sich in einen atemberaubenden Landschaftsgarten.

Je näher die Hochzeit rückte, umso öfter kamen die Jungs nach Trumperton Manor. Ein Freund von James, der ebenfalls Koch war, übernahm den kulinarischen Teil und kreierte ein Menü mit einem beeindruckenden australischen Motto. Als Vorspeise würde es Pfahlmuscheln und Weißfisch aus nachhaltigem Fang geben, gefolgt von einem Zwischengang aus Walnusspüree mit Edelreizkerspänen und einer Kohlblume. Als Hauptgang war Filet mit Tasmanischem Pfeffer vorgesehen (es würde natürlich auch eine Alternative für Vegetarier geben). Und das Dessert bestand aus Crème Caramel mit Akaziensamen in einem Kranz von Wüstenlimette und Emu-Apfel. Das Menü klang so schräg, dass Lisa Einspruch erhoben hätte, wäre sein Schöpfer nicht zum besten Koch Australiens gekürt worden.

Wann immer sie wegen des Blumenschmucks oder der Sitzordnung oder sonst etwas in Stress geriet, erklärten die Jungs, es bestehe kein Grund zur Panik. Sie hätten alles unter Kontrolle. Einen Tag nachdem sie gejammert hatte, sie wisse nicht, was sie zur Hochzeit ihres Sohnes anziehen solle, brachte James seinen Freund Terence mit, einen

Stylisten aus der Stadt. Terence riss ihren Kleiderschrank auf und gab Laute des Missfallens von sich. Lisa krümmte sich innerlich. Sie hasste es, in Kleidergeschäfte zu gehen, vor allem seit ihrer Mastektomie, ganz zu schweigen von der Vorstellung, sich in Begleitung eines perfekt gestylten jungen Mannes im italienischen Anzug durch die Collins Street zu schleppen.

Zu ihrer Erleichterung konnte Terence Gedanken lesen. Er sagte, er werde nach Melbourne fahren und ihr gegen Ende der Woche ein paar Kleider zur Anprobe vorbeibringen. Es war nur fair, dass sie ihn über ihre Prothese informierte. Er winkte ab und meinte, er liebe Herausforderungen. Sie hätte die Spitzen seiner handgenähten Schuhe küssen können.

Den Jungs zufolge war ein anderer Freund, Damien, ganz versessen darauf, sich am Hochzeitstag um ihre Frisur und ihr Make-up zu kümmern. Als sie sich über den katastrophalen Zustand der Auffahrt aufregte, buchten sie eine Massage für sie.

Es gab keine hysterische Braut, und es wurden keine Tränen über Schleier vergossen. Die Jungs waren mit den Besten der Besten vernetzt. Ihr Geschmack war unfehlbar. Allmählich begann Lisa zu glauben, dass nichts einfacher war, als die Mutter eines der Bräutigame bei einer schwulen Hochzeit zu sein.

Eine Gepäcklawine ergoss sich in den Flur. Koffer und Taschen in identischem Mittelbraun mit hellbrauner Einfassung. Lisa beugte sich hinunter, um sie zu inspizieren. Die Flecken, die sie für Vogeldreck gehalten hatte, entpuppten sich als die kunstvoll ineinander verschlungenen Initialen L und V. Sie erkannte nie den Unterschied zwischen dem Original und dem Abklatsch, der in den Gassen von Bangkok verkauft wurde. Sie fragte sich, ob es einen Sammelbegriff für Designergepäck gab – Protzkoffer?

Es wäre eine Untertreibung gewesen zu sagen, dass ihr davor graute, ihren Exmann und seine Freundin bei sich zu haben. Bei dem Gedanken, ihr Badezimmer mit den beiden teilen zu müssen, ja vielleicht sogar die flachsblonden Haare von Cow Belle aus dem Abfluss fischen zu müssen, bekam sie eine Gänsehaut.

»Schön, dich zu sehen!«, flötete Jake und wuchtete einen Trolley die Treppe hoch. Zweifellos hatte ihn Belle zu dem taillierten Hemd überredet. Er sah darin aus, als wäre er im sechsten Monat schwanger. Grau hatte ihm noch nie gestanden. Belle hatte ein Händchen für lächerliche Klamotten.

In Jakes Augen blitzte Verzweiflung auf, als er Lisa die Hände auf die Schultern legte. Widerstrebend ließ sie es zu, dass er sie an sich zog. Sein Geruch, eine abgestandene Mischung aus Büro und Flugzeug, war so vertraut, dass sie einen Moment lang ein Gefühl des Verlusts empfand.

Es wich jedoch rasch dem Unmut. Belle, hinter einer großen Sonnenbrille versteckt, schwebte auf sie zu. »Ziemlich klein für ein Herrenhaus, oder?«, sagte sie. »Aber ich nehme an, in Australien sind die Gepflogenheiten anders. Jedenfalls war ich in den Hamptons in Strandhäusern, die größer waren als das hier. Wie kommen Sie mit der Hitze zurecht?«

Lisa und Jake schleppten das Gepäck nach oben, während Belle sich auf der Veranda Luft zufächelte.

»Es ist nicht leicht für sie, hier zu sein«, flüsterte Jake. »Sie kommt sich jetzt schon wie das fünfte Rad am Wagen vor.«

»Handtücher liegen auf dem Bett«, sagte Lisa und führte ihn ins Gästezimmer.

Es hatte sie einige Mühe gekostet, das Zimmer herzurichten. Sie hatte das Bett frisch bezogen und einen Krug Wasser mit Gläsern auf eines der Nachttischchen gestellt. Nicht zu erwähnen die Vase mit einem Strauß Zylinderputzern, das Buch mit dem Titel *Die schönsten Routen in Victoria* und einige Ausgaben von *Vogue Living*. Sie hatte sogar den Staubsauger die Treppe hochgeschleppt und war damit einmal durchs Zimmer gekurvt. Die Handtücher waren ihr zum Schluss noch eingefallen. Dem Drang widerstehend, sie mit Gift zu tränken, hatte sie jeden Stapel mit einem kleinen Stück Gästeseife dekoriert (ein rätselhaftes Geburtstagsgeschenk von Maxine).

Damit nicht genug, hatte sie im Bad alle ihre Schminksachen und die alten Handtücher zusammengeklaubt und das Klo mit irgendeinem Zitronenzeugs geschrubbt, von dem ihr die Hände juckten.

»Das muss ja ein furchtbares Feuer gewesen sein«, sagte Jake und zog den Vorhang zurück. »Geht es dir gut?«

Warum fragte er das eigentlich ständig? Glaubte er, sie könne ohne ihn nicht atmen?

»Danke, mir geht's bestens.«

»Wer ist das denn?«

Lisa trat zu ihm ans Fenster. Scott ging über die Auffahrt, mit nichts weiter am Leib außer Stiefeln, Shorts und einem Sonnenhut. Er sah aus wie ein Centerfold aus der *Cosmopolitan*.

»Ach, er hilft mir im Garten.«

»Ich nehme an, der kostet mehr als ein Mexikaner.«

Scott legte eine Hand über die Augen, sah zu ihnen hoch und winkte. Seine beeindruckenden Brustmuskeln wurden durch seine Bräune noch unterstrichen. Lisa starrte auf die verführerische Vertiefung, die sich von der Brust zum Bauchnabel zog. Ihr Blick blieb an dem Streifen schwarzer Haare über dem Bund seiner Shorts hängen. Zwischen ihren Schenkeln breitete sich eine feuchte Hitze aus, sie vertrieb sie jedoch rasch. Scott war vergeben.

»Der Bursche sollte aufpassen, dass er sich keinen Hautkrebs holt«, sagte Jake und zog den Vorhang wieder zu.

»Wo ist unser Badezimmer?«

Lisa und Jake drehten sich um. In der Tür stand Belle. Sie hatte ihre Sonnenbrille nach oben geschoben und umklammerte eine mit goldenen C verzierte Handtasche. Sie keuchte leicht und sah dabei aus wie der Neuzugang an der Schule der Brontë-Schwestern für die Töchter verarmter Pfarrer.

»Wir teilen uns das Bad.«

Belle wurde blass.

»Früher war man in dieser Hinsicht nicht so zimperlich«, sagte Lisa schulterzuckend. »Ich sage nur Nachttöpfe.«

Belle ließ ein paarmal laut den Verschluss ihrer Handtasche auf- und zuschnappen.

»Was soll's, Schatz«, sagte Jake. »Ein paar Tage halten wir das schon aus.«

Lisa lag es auf der Zunge zu sagen, in der Stadt gebe es ein gutes Motel. Doch dann dachte sie an Ted.

»Da unten ist irgendein wildes Tier«, erklärte Belle und stöckelte auf Jake zu.

»Meinen Sie Mojo?«, fragte Lisa.

»Es sieht wie ein Dingo aus. Das sind die, die Babys fressen, oder?«

»Wie viele Augen hat es?«

»Keine Ahnung. Ich bin schnell weggelaufen.«

»Ach Schatz«, säuselte Jake und nahm Belle in die Arme, was etwas merkwürdig aussah, weil sie mindestens fünfzehn Zentimeter größer war als er.

Lisa überkam leichte Übelkeit. »Das kann schon sein«, sagte sie. »Wir hatten im Haus tatsächlich ein paar wilde

Tiere, die Zuflucht vor dem Feuer gesucht haben. Killerkängurus und so weiter.«

Belle wimmerte. Jake warf Lisa einen warnenden Blick zu.

»Und Scott wurde von einer Schlange gebissen. Ganz ehrlich. Einer großen braunen.«

»Hör auf damit, Lisa«, sagte Jake.

»Gut, dann lass ich euch mal in Ruhe auspacken. Kommt zum Essen runter, wenn ihr fertig seid.«

Lisa flüchtete in die Küche und schenkte sich ein großes Glas Merlot ein. Die nächsten Tage würde sie nur mit einer regelmäßigen Dosis Alkohol überstehen.

Wo steckte Mojo? Auch von Kiwi war weit und breit nichts zu sehen. Sie deckte den Tisch und warf für den Salat Babyspinat, Orangenspalten und Walnüsse in eine Schüssel. Wäre sie Jake freundlich gesinnt gewesen, hätte sie um der alten Zeiten willen seinen Lieblingslammbraten mit Kartoffeln und Knoblauch gemacht. So holte sie stattdessen ein fertig gegrilltes Huhn aus dem Kühlschrank und zerlegte es.

Der Wein begann sich in ihren Adern auszubreiten und machte sie Belle gegenüber etwas milder gestimmt. Immerhin hatte die Frau die Mühe auf sich genommen hierherzukommen. Vielleicht sollte sie zur Entspannung ein bisschen Musik hören. Lisa schaltete das Radio ein und ließ Beethoven durch die Küche schweben. Der Musikgott war in ausgelassener Stimmung, galoppierte über Hügel, lachte dem Regen ins Gesicht. Lisa leerte ihr Glas, schenkte sich nach und prostete ihrem Spiegelbild in der Fensterscheibe zu. Sie drehte die Musik lauter, schwenkte ihr Glas im Takt zu Beethoven und stimmte in sein Lachen ein.

»Entschuldigung?«

Belle näherte sich zögerlich dem Tisch. Sie trug ein

enges schwarzes Abendkleid, dessen Rückenteil irgendwie verlorengegangen zu sein schien. Ihre Haare fielen ihr in einer glamourösen Welle über die Schulter.

Lisa erstarrte mit ihrem erhobenen Glas.

»Ich dachte, es wäre eher förmlich.«

»Was?«

»Das Abendessen in einem Manor.«

»Oh. Irgendwo gibt es ein Speisezimmer, aber ich bin noch nicht dazu gekommen, es herzurichten. Momentan stapeln sich dort noch die Kisten.«

Belle stand da wie ein begossener Pudel.

»Ich kann mich gerne umziehen, wenn Sie wollen. Aber es gibt nur Geflügelsalat. Ich könnte allerdings Apfel-Crumble …«

»Ich bin auf Diät«, sagte Belle.

»Ich auch.«

Zumindest eine Gemeinsamkeit – abgesehen von dem Wissen um das Muttermal auf der Unterseite von Jakes –, rasch vertrieb Lisa das Bild, das vor ihrem geistigen Auge erschienen war.

Sie kramte in einer der Schubladen nach Kerzen und steckte sie in mexikanische Kerzenhalter aus Keramik. Sie überlegte, ob sie sie anzünden sollte, aber neuerdings hatten Flammen ihre Faszination eingebüßt.

Jake betrat die Küche. »Worüber unterhaltet ihr euch?«, fragte er und rieb seine Hände aneinander. »Mir haben da oben die Ohren geklungen.«

»Es geht nicht immer nur um dich«, murmelte Lisa und trank verstohlen einen Schluck Wein.

»Mein Gott, du siehst hinreißend aus!«, rief er.

Belle warf die Haare zurück und kicherte.

»Will jemand Wein?«, fragte Lisa und kippte den Rest in zwei Gläser.

Jake war die Missbilligung in Person – er mochte es nicht, wenn sie beschwipst war, was praktisch nie vorkam. »Macht es dir etwas aus, die Musik leiser zu stellen?«, rief er.

Während Beethoven im Hintergrund versickerte, klopfte es an der Tür. Jake schlüpfte sofort in die Rolle des Hausherrn, marschierte durch die Küche und streckte die Hand nach dem Knauf aus. Begleitet von einem aufgeregten Krächzen flog die Tür auf. Ein weißer Federball schoss über ihre Köpfe hinweg und drehte mit ungelenken Flügelschlägen eine Runde in der Küche. Kiwi konnte fliegen!

»Ein Geier!«, kreischte Belle.

In nächsten Moment kam ein jaulender kleiner Löwe in die Küche gestürmt und jagte dem Vogel hinterher. Mojo hopste auf einen Stuhl und setzte zum Sprung auf Kiwi an.

»Das ist es!«, jammerte Belle in Mojos Richtung. »Das ist … dieses Ding!«

Mit einem Kreischen warf sie den Stuhl um. Mojo segelte durch die Luft und wäre um ein Haar mit dem Kakadu zusammengestoßen. Während Kiwi eine zweite Runde flog, rannte Belle aus der Küche. Jake machte Anstalten, ihr zu folgen, hielt jedoch inne, als sein Blick auf die beeindruckende Gestalt im Türrahmen fiel.

Scott hatte gnädigerweise ein Hemd übergezogen, auch wenn er vergessen hatte, die Knöpfe zu schließen. »Klasse, was?« Er sah strahlend zu Kiwi hoch. »Ich hab ihr fliegen beigebracht.«

»Ach ja?«, sagte Jake.

»Ja, wir haben im Obstgarten geübt. Allerdings kann sie noch nicht landen.«

»Sie kann nicht *landen*?«, wiederholte Lisa ungläubig. »Warum hast du sie dann hier reingelassen?«

»Hab ich doch gar nicht.« Scott zuckte die Schultern.

»Ich dachte, du willst vielleicht sehen … Sie hat sich selbst reingelassen.«

Kiwi flatterte über den Tisch, verlor rasch an Höhe und warf die Kerzen um.

»Sie wird bald erschöpft sein«, fügte Scott hinzu.

Kiwi umkreiste ihren Lieblingsstuhl, streckte ihre Klauen aus und versuchte zu landen. Der Stuhl kippte nach hinten. Der Kakadu schlug verzweifelt mit den Flügeln, um wieder an Höhe zu gewinnen.

Mojo hatte sich inzwischen hingesetzt und sah mit einer Mischung aus Bewunderung und Besorgnis zu, wie Kiwi gerade noch einmal die Kurve kriegte – nur um gleich darauf gegen die Speisekammertür zu prallen.

Lisa stieß einen Schrei aus, als der Kakadu zu Boden rutschte und reglos vor ihren Füßen liegen blieb. Kiwis Augen waren geschlossen, ihr Schnabel stand ein wenig offen, wie zu einem Lächeln erstarrt. Sie lag da wie tot.

Mojo kam angetrottet und untersuchte den hingestreckt daliegenden Kakadu. Vorsichtig stupste er den Kopf des Vogels mit der Pfote an und leckte ihm liebevoll über die Brust.

Zu Lisas Verblüffung öffneten sich Kiwis faltige Augenlider langsam, und glänzende rote Augen kamen zum Vorschein. Kiwi rieb ihren Schnabel an Mojos Stirn, als wollte sie danke sagen.

»Du solltest die beiden bei YouTube reinstellen«, sagte Jake.

Lisa bekam vor Erleichterung weiche Knie, als sich der Kakadu herumrollte und hochrappelte. Kiwi schüttelte den Kopf und spreizte die Federn, als wäre sie ebenso überrascht wie alle anderen, dass sie noch am Leben war. Nachdem sie sich noch kurz gesammelt hatte, trippelte sie durch die Tür hinaus in den Garten. Mojo trottete hinterher.

Abgesehen vom Radio, aus dem inzwischen Mozart erklang, herrschte in der Küche eine Weile völlige Stille. Lisa hob die beiden Stühle auf und stellte die Kerzenhalter zurück auf den Tisch.

»Freut mich, Sie kennenzulernen«, sagte Jake, streckte die Hand aus und überschüttete Scott mit Alphamännchen-Charme.

»Willkommen in Tumbledown«, erwiderte Scott.

Jake hob verwirrt die Augenbrauen.

Kapitel 30

In der Ankunftshalle herrschte ein unglaubliches Gedränge. Trauben von Menschen drückten sich gegen die Absperrung und warteten darauf, dass die Automatiktüren sich öffneten und ihnen ihre Lieben präsentierten wie den Gewinn bei einer Spielshow.

Lisa wartete am Rand der Menge in der Nähe des Cafés. Vielleicht lebte sie ja schon zu lange auf dem Land, aber für ihren Geschmack waren hier zu viele Menschen auf zu engem Raum zusammengequetscht. Ihr Herz begann einen Schmetterlingstanz, auch wenn die Vorfreude, Portia wiederzusehen, von einer gewissen Angst gedämpft wurde.

Sie besorgte zwei Kaffee und reichte einen Pappbecher an Zack weiter, der dringend mal seine Jeans hochziehen sollte. Der Kaffee in ihrem Becher schwappte hin und her. Ihre Handflächen waren feucht. Vielleicht hatte sie eine neue Phobie entwickelt.

Wenn sie sich weiter hinter all den Menschen versteckte, würde Portia sie niemals sehen, also holte sie tief Luft und stürzte sich in das Gewühl.

Zwei Stunden später vibrierte ihr Handy und zeigte den Eingang einer SMS an. »Wo bist d?«

»Rechts, wenn d rauskommst. Kanns kaum erwarten! Wo bist d?«

»Taxistand. Wart schon ewig.«

Zack trottete hinter ihr her zum Taxistand, wo an einem

Pfosten ein stolzer Beduine lehnte. Die Gestalt winkte und lief ihnen mit wehenden Tüchern entgegen.

»Mein Schätzchen!«, rief Lisa, küsste ihre Tochter auf die eingefallenen Wangen und sog den Duft eines Parfüms ein, das wie Aftershave roch.

Portia schien nicht überrascht zu sein, von einem Fotografen empfangen zu werden. Sie bedachte Zack mit einem professionellen Lächeln. In einem ungewohnten Anfall von Galanterie hievte Zack ihre Koffer auf einen Gepäcktrolley und schob ihn zum Auto.

Lisa verlor keine Zeit und startete umgehend ihre zweiwöchige Aufpäppelkampagne. Auf halbem Weg nach Castlemaine bog sie nach Macedon ab und hielt vor einem Café.

Wie immer wenn sie mit Portia unterwegs war, stand in Sekundenschnelle ein Kellner mit einem strahlenden Lächeln an ihrem Tisch.

»Mmmh, die Schwarzwälder Kirschtorte sieht gut aus«, sagte Lisa und durchforstete die Speisekarte nach weiterem kalorienreichen Futter.

»Lecker!«, pflichtete Portia ihr bei.

Mit hungrigen Augen hörte sie zu, wie Lisa die Torte und dazu noch eine Portion Eis mit Sahne bestellte. Zack entschied sich für Meat Pie mit Tomatensoße.

»Und ich nehme einen kleinen grünen Salat, ohne Dressing«, sagte Portia.

Lisa verspürte einen Anflug von Ärger. »Ich dachte, wir teilen uns die Torte?«

»Klar, machen wir auch«, sagte Portia. »Aber ich habe solchen Hunger, dass ich außerdem ein Hauptgericht esse.«

Wenige Minuten später stellte der Kellner schwungvoll ein Schälchen Salat vor Portia auf den Tisch. Die Portion hätte locker gereicht, um eine Heuschrecke sattzumachen. Portia bedankte sich mit einem hinreißenden Lächeln.

»Entschuldigung«, sagte der Kellner und schaffte es mit Mühe, seinen Blick Lisa und Zack zuzuwenden. »Ich habe leider vergessen, was Sie bestellt haben.«

Eine Weile später kehrte er mit dem Pie und einem gewaltigen Stück Schokoladentorte zurück. Die Torte schwamm in einem Sahnetümpel und wurde von zwei Kugeln Eis und drei symbolischen Erdbeeren flankiert. Lisa hatte zwar um drei Löffel gebeten, aber Portia war mit ihrem Salat beschäftigt und bereitete sich mental darauf vor, ein Spinatblatt aufzuspießen. Zack machte mit seinem Pie kurzen Prozess. Lisa war froh, dass wenigstens er ihr bei der Torte helfen konnte.

»Also, was ziehst du zur Hochzeit an?«, fragte Lisa auf der Suche nach einem unverfänglichen Thema.

»Ich habe in einem Wohltätigkeitsladen ein phantastisches Kleid gefunden«, sagte Portia und schüttelte ihr Bein.

Dieses Beinschütteln war neu. Vielleicht litt sie an Magnesiummangel.

»Willst du dir nicht lieber was Neues kaufen? Wir könnten zusammen losziehen.«

Portia warf ihr einen vernichtenden Blick zu. Lisa würgte einen weiteren Bissen Torte hinunter.

Portia stieß einen Seufzer aus. »Du hast einfach keine Ahnung. Der momentane Trend ist, so auszusehen, als hätte man gerade Sex gehabt.«

Zack kratzte mit seinem Löffel über den Teller, um den letzten Rest Sahne zu erwischen.

»Tatsächlich? Zu meiner Zeit …« Lisa verschluckte den Rest des Satzes. »Was ist mit deinen Haaren?«

»Dito. Möglichst ungekämmt.«

Lisa bestellte einen Cappuccino mit fettarmer Milch.

Zack leerte einen Becher heiße Schokolade und verputzte dazu vier Marshmallows, bevor er aufs Klo verschwand.

»Was ist mit dem netten Jungen, mit dem du ausgegangen bist? Charlie, oder?«, fragte Lisa leise.

»Welcher Charlie?«

»Ich dachte, es wäre etwas Festes.«

Portia spießte mit der Gabel eine Tomatenscheibe auf und schüttelte ihr Bein so heftig, dass Lisa drauf und dran war, etwas zu sagen. »Wir haben nicht Händchen gehalten oder so.« Portias Stimme klang gereizt.

Lisa war sich sicher, dass Portia nicht nur einmal mit Charlie geschlafen hatte.

»Ich meine, du kannst mit so vielen Männern Sex haben, wie du willst«, fuhr Portia fort. »Aber Händchen halten … das ist was Ernstes.« Sie griff nach einem Glas Mineralwasser. Von ihrem Handgelenk grinste Lisa ein lila Glücksbärchi entgegen. Langsam gewann Lisa den Eindruck, dass auch für sie das Limit bei zwei Wochen lag.

Auf der Weiterfahrt war Lisa zu wütend, um sich zu unterhalten. Schweigend ließ sie unter einem strahlend blauen Himmel die Landschaft an sich vorbeiziehen, während Zack und Portia über Filmhochschulen und die Gefahren Hollywoods redeten. Lisa musste sich auf die Zunge beißen, als beide übereinstimmend erklärten, sie wären lieber berühmt als reich. Es machte ihr Angst, welchen Stellenwert Berühmtheit bei den jungen Leuten hatte. Aus eigener Erfahrung mit einer *sehr* unbedeutenden Form von Berühmtheit wusste sie, dass das völlig überschätzt wurde.

Ihre Gedanken schweiften zu den *Drei Schwestern: Emily*. Sie hatte noch nichts von Vanessa gehört, obwohl sie das Manuskript inzwischen bestimmt gelesen hatte. Vielleicht hatte es ihr ja nicht gefallen. Lisa stellte sich vor, wie Vanessa vor ihrem Computer saß und sich mit einer

E-Mail abquälte, um ihr taktvoll mitzuteilen, dass ihr Buch Schwachsinn war. Wenn es abgelehnt wurde, sah es mit ihren Finanzen zappenduster aus.

»Wow!«, sagte Portia beim Anblick der verrußten Torpfosten von Trumperton Manor. »Das muss ja ein irres Feuer gewesen sein.«

Als Lisa in die Auffahrt bog, ragte vor der Windschutzscheibe plötzlich wie aus dem Nichts eine große Leiter auf. Lisa riss das Lenkrad herum und konnte einen Zusammenstoß gerade noch vermeiden. Ron winkte ihr von der zweitobersten Sprosse aus luftiger Höhe aus zu. Ted stand am Fuß der Leiter und hielt etwas, das wie ein Betttuch aussah.

Portia sprang aus dem Auto und fiel ihrem Bruder um den Hals. Als Lisa ihre beiden Kinder so zusammen sah, war für einen kurzen Moment ihre Welt in Ordnung.

»Was hältst du davon?«, fragte Ted und schwenkte das Tuch. Die Auffahrt mit Betttüchern zu dekorieren, war zwar nicht besonders phantasievoll, aber es war schließlich seine Hochzeit.

Ted schob Portia zurück ins Auto. Als sie um die Biegung kamen, sah Lisa zwei Gestalten auf der Veranda sitzen. Kiwi hockte wie eine Fernsehrichterin auf der Balustrade und führte den Vorsitz über den kleinen kahlköpfigen Mann und den Hünen in Arbeitsstiefeln.

Mojo hatte sich zwischen die beiden Männer gequetscht und den Kopf auf Scotts Schoß gelegt. Der Kater öffnete sein Auge, gab ein Begrüßungsmiauen von sich und schloss es wieder. Zu Lisas Erleichterung endeten Scotts Shorts auf halber Höhe seiner Oberschenkel, und auf seinem T-Shirt prangten nicht irgendwelche Science-Fiction-Figuren.

Allerdings machte Portia der Jetlag zu sehr zu schaffen, als dass sie viel von ihrer Umgebung mitbekommen hätte. Sie ging die Stufen hoch und hielt ihrem Vater eine Wange hin. »Danke für die Unterstützung, Dad. Ich war total pleite.« Anschließend verschwand sie mit dem desinteressierten Lächeln, das Leuten über dreißig vorbehalten war, im Haus.

Die beiden Männer erhoben sich höflich, Zack bestand jedoch darauf, Portias Gepäck ins Haus zu tragen. Dem jungen Mann schienen urplötzlich Oberarmmuskeln gewachsen zu sein.

»Oben links, zweite Tür«, rief Lisa ihm nach.

Jake ließ sich wieder zurücksinken und verschränkte die Hände hinter den Kopf, wodurch die feuchten Flecken unter seinen Armen sichtbar wurden. »Scott hat mir gerade vom Leben im Outback erzählt«, sagte er mit der Selbstzufriedenheit eines Fürsten, der den Vormittag mit einem Bauern verbracht hatte.

»Das hier ist wohl kaum das Outback«, sagte Lisa. »Hat sich Belle von gestern Abend erholt?«

Aus dem Zustand des Badezimmers hatte sie geschlossen, dass Belle die Tierinvasion überlebt hatte. Auf dem Toilettentisch stapelten sich Kosmetika, die zu exorbitanten Preisen aus den Föten bedrohter Meeressäuger gewonnen worden waren.

»Sie ist zu einer Gesichtsbehandlung in die Stadt gefahren, oder was immer man hier so macht. Vermutlich nimmt sie an einer Zeremonie teil, bei der sich die Eingeborenen mit Lehm beschmieren.«

»Das klingt eher nach dem Peninsula Spa in New York.« Lisa war sich dessen bewusst, dass ihre Abwehrhaltung ein Zeichen von Unsicherheit war.

Scott räusperte sich und streckte die Beine aus, weiter gespreizt als nötig. »Der gute Jake würde gern ein bisschen klettern gehen. Ich dachte, wir könnten runter in die Grampians fahren.«

Mojo sprang auf den Boden und stolzierte mit einer eleganten Schwanzbewegung ins Haus.

Jake hatte in seinem ganzen Leben noch keinen Felsen erklommen, noch nicht einmal das Rockefeller Center mithilfe eines Aufzugs. Außerdem säße sie dann hier mit der Ehemanndiebin fest, wenn er mit Scott zu diesem Selbstmordkommando in die Grampions aufbrach. »Was ist mit Belle?«

»Ach, sie wollte was mit Portia unternehmen«, erwiderte Jake. »Eine Shoppingtour in der Stadt.«

Lisa kochte vor Wut. »Aber ich sehe Portia kaum! Wir sind hier wegen der Hochzeit ihres Bruders … nicht wegen irgendwelcher Shoppingorgien.«

Scott stand auf und wischte ein paar imaginäre Krümel von seinen Oberschenkeln. »Also, so wild bin ich nun auch nicht aufs Abseilen«, sagte er und strich dem Kakadu über den Kopf. »Hab's erst ein paarmal gemacht. Ich hab noch ein paar Dosen Bier im Auto. Wollen Sie auch eins?«

Jake nickte. Als Scott weg war, klopfte Jake neben sich auf das Sofa zum Zeichen, dass Lisa sich zu ihm setzen sollte. »Ich würde gern mal mit dir reden«, sagte er in vertraulichem Ton. »Belle hat das Gefühl, dass du sie wie ein blondes Dummchen behandelst …«

»Tu ich das?«

»Sie hat einen Uniabschluss, weißt du.«

»Das überrascht mich nicht. Sie ist viel klüger als ich.«

»Ihre Familie ist bettelarm aus Russland gekommen. Sie mussten um alles kämpfen.«

»Um die Ehemänner anderer Frauen zum Beispiel?«

Jake schüttelte missbilligend den Kopf, als hätte sie eben am Grab seiner Mutter geflucht.

Scott kam mit einem Sechserpack Bier zurück.

Jake räusperte sich. »Scottie hat hier ganze Arbeit geleistet. Ich versuche ihn zu überreden, dass er für mich ein paar Entwürfe für einen Dachgarten macht.«

»Ja, aber mein Drucker funktioniert gerade nicht«, sagte Scott, öffnete eine der goldfarbenen Dosen mit einem Zischen und reichte sie Jake.

Jake nahm sie mit einer leichten Verbeugung entgegen, als würde er an einem Eingeborenenritual teilnehmen. Vorsichtig probierte er einen Schluck.

Scott riss eine zweite Dose auf. Sie funkelte in der Sonne, als er sie an den Mund hob. Entweder zeigte sich Scott gerade ungewohnt einfühlsam oder … »Ich hab mir übrigens ein paar Gedanken über die Auffahrt gemacht«, sagte er an Lisa gewandt. »Nichts Aufwendiges, aber wir müssen uns ein bisschen beeilen, wenn es bis zur Hochzeit fertig sein soll.«

»Das wäre toll«, log sie. In Wahrheit würde sie Scotts hochfliegenden Plänen einen Riegel vorschieben müssen, zumindest bis sie einen positiven Bescheid von Vanessa hatte.

»Wenn du morgen Abend zu mir rüberkommst, kann ich alles, was du anders haben willst, gleich am Bildschirm ändern.«

»Ja, aber …« Bis zur Hochzeit war es nur noch eine Woche, und im Haus wimmelte es von anspruchsvollen Gästen.

»Bring deine Tochter mit.«

Kiwi strich mit dem Schnabel über Scotts Hand und kitzelte ihn mit ihrer grauen Zunge.

Nun ja, es wäre zumindest ein Tapetenwechsel. Und eine Gelegenheit, Scott in seinem Eifer zu bremsen.

Kapitel 31

Portia wanderte in einem durchsichtigen Nachthemd in den Trümmern des Dienstbotentrakts herum, und ihr Gesichtsausdruck wechselte zwischen Sehnsucht und Verzweiflung. Mit den über ihre Schultern fallenden Haaren erinnerte sie Lisa an ein präraffaelitisches Gemälde.

»Solltest du nicht besser Schuhe anziehen?«

Portia schien sie nicht zu hören. Sie bückte sich und hob ein Stück verkohltes Holz auf.

»Dreh den Kopf jetzt langsam in Richtung Sonnenuntergang«, rief Zack ihr hinter seiner Kamera zu. »Ja, genau so! Gut …«

»Tut mir leid, wenn ich störe, aber wir haben eine Verabredung.«

»Mom! Siehst du denn nicht, dass wir arbeiten?«

Eigentlich hätte Lisa sich denken können, dass Portia irgendeine Ausrede einfallen würde. Das Kind gehörte einer Generation an, deren Neugierde nicht über das eigene Spiegelbild hinausreichte.

Aus der Küche fiel ein gelblicher Lichtschein. James bereitete das Abendessen zu. Einen Gourmetkoch zum Schwiegersohn zu haben war mit größeren Vorteilen verbunden, als sie gedacht hätte. Sie hatte gesagt, sie wäre nicht lange weg. Er hatte gelächelt und erwidert, sie solle sich ruhig Zeit lassen. Er werde ihr etwas aufheben und in den Kühlschrank stellen.

Lisa faltete den Zettel auseinander, auf den Scott eine

Wegbeschreibung gekritzelt hatte, und stieg ins Auto. Wenig später schnurrte der Dino die Kammlinie entlang, während sich die Hügel auf der gegenüberliegenden Talseite langsam von Blau zu Violett verfärbten. Ein Schwarm Rosellasittiche schoss über den Himmel wie ein roter Pfeil. Lisa bog von der Hauptstraße auf eine gewundene Schotterpiste ab. In einem Eukalyptuswäldchen kurbelte sie das Fenster herunter und sog tief die Luft ein. Der Geruch versetzte sie in ihre Kindheit zurück, und sie erinnerte sich daran, wie ihr Vater ihr einen Löffel Hustensaft eingeflößt und versprochen hatte, es werde ihr bald bessergehen.

Sie erhaschte einen Blick auf den Fluss, der sich wie ein silbernes Band zwischen den Bäumen dahinschlängelte, und gleich darauf sah sie vor sich eine Rauchfahne, die aus dem Kamin von Scotts Haus kommen musste. Sie fragte sich, wie sie ihm beibringen sollte, dass ihr Traum, Trumperton Manor zu behalten, in immer weitere Ferne rückte, solange die Veröffentlichung ihres Buchs ungewiss war, und dass sie nach Teds Hochzeit vermutlich ihre Sachen packen und ausziehen musste.

Scotts Höhle war der Umgebung perfekt angepasst, die Flusssteine, aus denen das Haus errichtet war, fügten sich ineinander, als wäre das ihre ursprüngliche Bestimmung. Auch der Schornstein auf dem Holzschindeldach bestand aus solchen Steinen, nur waren sie kleiner und runder.

Lisa hielt auf dem freien Platz vor dem Haus. Sie griff nach ihrer Handtasche und stieg aus. Irgendwo unterhalb von ihr plätscherte der Fluss. Eine breite beleuchtete Rampe führte zur Eingangstür – beim Entwurf des Hauses hatte man an Todds Rollstuhl gedacht. Als sie an das roh behauene Holz klopfte, ging die Tür auf. Irgendwo im Inneren des Hauses bellte Tom Waits »Burma Shave«.

»Komm rein!«

Lisa betrat einen Raum, in dem es nach unbehandeltem Zedernholz roch. Sie war überrascht, eine ganze Ecke voller Bücher zu entdecken, auch wenn sie mit einem raschen Blick feststellte, dass es vor allem Bücher über Gartenarchitektur oder Tiere waren. Von einem Foto in einem der Regale strahlte ihr Todd als pausbäckiges Baby entgegen. Daneben stand ein neueres Foto von ihm im Rollstuhl, das offenbar bei einer Geburtstagsfeier aufgenommen worden war und ihn lachend im Kreis von Freunden zeigte.

In einem großen Kamin, aus den gleichen Steinen erbaut wie der Schornstein, brannte ein Feuer. Überall auf dem Fußboden lagen Tierfelle, und dazwischen stand ein ausladendes dunkles Wildledersofa. Eine Stehlampe aus Edelstahl warf einen hellen Kreis auf den Beistelltisch.

Scott stand in der Küche. Er trug ein am Kragen offenes olivgrünes Hemd, das zur Farbe seiner Augen passte, und Shorts, die knapp oberhalb seiner Knie endeten. Nach seinen Maßstäben geradezu förmlich. Sie sah ihm zu, wie er Käse in Scheiben schnitt und zusammen mit grünen Weintrauben auf einer Platte anrichtete.

»Ich hoffe, deine Tochter mag Brie.«

»Sie ist nicht mitgekommen.«

Sein Kopf zuckte in die Höhe. »Äh, also … magst du Brie?«

»Sogar sehr.«

»Du trägst dein hübsches Kleid«, sagte er und schenkte zwei Gläser Rotwein ein.

»Meine Jogginghose ist in der Wäsche.«

Das stimmte. Sie hatte es nicht darauf angelegt, besonders weiblich zu wirken. Aber zu dem geblümten Kleid musste sie nun mal die Sandalen mit Absatz anziehen, die vermutlich ihre elegantesten Schuhe waren. Make-up und Ohrringe waren sozusagen ein nachträglicher Einfall.

Er reichte ihr ein Glas.

»Schön hast du es hier«, sagte sie, ließ ihre Handtasche auf das Sofa fallen und ging quer durch den Raum zu einer Glasfront mit Schiebetüren. Sie führten auf eine große Terrasse mit Blick auf den Fluss. Selbst in der einfallenden Dämmerung war die Aussicht atemberaubend.

»Danke. Ich bin erst vor ein paar Monaten fertig geworden. Es hat mir geholfen, mir über ein paar Dinge klarzuwerden.«

»Ich muss dir etwas sagen«, setzte sie an.

Plötzlich stand er neben ihr, er roch nach Seife, frisch geduscht. Sie blickte auf seine nackten Füße auf dem Holzboden. Dass er sich ein oder zwei Tage nicht rasiert hatte, machte ihn nur noch anziehender.

»Was da in der Tagesklinik passiert ist …«, sagte er und stieß mit seinem Glas gegen ihres.

»Du hast unter Schock gestanden.«

»Schon möglich, aber ich hab es ernst gemeint. Ich halte dich für eine außergewöhnliche Frau.«

»Und was ist mit Juliet?«

Auf seinem Gesicht erschien ein verwirrter Ausdruck.

»Seid ihr beiden denn kein Paar?«

Er lachte und schüttelte den Kopf. »Juliet ist meine Cousine! Ersten Grades. Außerdem ist sie praktisch mit Jacko verlobt, dem Tierarzt.«

Lisa war sich nicht sicher, ob sie das eher freute oder beunruhigte. »Aber dir laufen die Frauen doch bestimmt scharenweise hinterher«, sagte sie und trank einen Schluck von dem Wein. Ein Merlot, gar nicht übel.

»Hast du noch nichts von dem Frauenmangel im ländlichen Australien gehört?«, fragte er augenzwinkernd.

»Ach, komm schon!«

»Im Ernst«, sagte er und hob ergeben die Hände. »Du

kennst doch diese Sendung *Bauer sucht Frau*, oder? Da suchen immer nur Männer eine Frau, nie andersrum. Aber was wolltest du mir eigentlich sagen?«

Sie holte tief Luft und trank noch einen Schluck Wein. »Na ja, es ist so … nach dem Feuer … außerdem fürchte ich, dass meine Lektorin mein neues Buch ablehnen wird, deshalb bin ich mir nicht sicher …«

Scott fuhr mit den Fingern am Stil seines Weinglases entlang. »Ich weiß, dass ich mich ein paarmal ziemlich bescheuert benommen habe«, murmelte er. »Aber Todd kommt nun mal an erster Stelle …«

Lisa wurde bewusst, dass sie keinen Grund hatte, in Angst und Selbstmitleid zu versinken. Scott und Beverley standen vor wesentlich größeren Herausforderungen. »Warum hast du mir eigentlich nichts von Todd erzählt?«, fragte sie.

»Hab ich doch!«, sagte er verteidigend und trat einen Schritt zurück.

»Du hast mir nie erzählt, dass er behindert ist. Das ist doch nichts, was man verschweigen müsste.«

Tom Waits kam an die Stelle, an der das Mädchen aus dem Autowrack gezogen wird und immer noch seine Sonnenbrille aufhat. Es ging Lisa jedes Mal unter die Haut.

Scott senkte den Kopf. Auf seinen breiten Schultern schien auf einmal ein so schweres Gewicht zu lasten, dass er kaum noch aufrecht stehen konnte. »Es ist meine Schuld«, murmelte er.

Es war still im Zimmer. Draußen schrie irgendwo eine Eule.

»Wie meinst du das?«

»Ich habe sehr viel gearbeitet. Aber ich habe immer versucht, mir Zeit für Todd zu nehmen. Vor zwei Jahren bin ich auf dem Quad mit ihm in die Berge gefahren.«

Lisa hatte eine düstere Vorahnung.

»Er war völlig gesund. Ein ganz normaler Junge. Ein Naturtalent auf dem Fußfallplatz. Es war nicht unser erster Ausflug mit dem Quad … aber dieses Mal wollte er fahren.« Scott versagte die Stimme. Er rieb sich mit der Hand über das Kinn. »Er war vierzehn. In dem Alter hab ich gelernt, einen Lastwagen zu fahren. Also hab ich ihm den Lenker überlassen und mich hinter ihn gesetzt. Er hat sich geschickt angestellt. Aber dann hat er an diesem Berghang beschleunigt …«

Lisa merkte, dass ihr Mund offen stand.

»Das verdammte Ding ist auf uns draufgefallen.« Scotts Augen verdunkelten sich. »Ich hab mir an mehreren Stellen das Bein gebrochen, aber Todd hat es viel schlimmer erwischt. Wir hatten da oben keinen Handyempfang. Ich musste ihn liegen lassen und zur nächsten Farm kriechen.«

Lisas Herz zog sich zusammen. Sie ließ ihr Weinglas sinken, drehte sich um und stellte es auf den Sofatisch.

»Als wir endlich mit dem Hubschrauber bei ihm ankamen, war es schon fast dunkel. Der arme Junge hat sieben Stunden lang eingeklemmt unter diesem Quad gelegen. Ich bin zu ihm hin. Er war leichenblass. Er hat sich nicht bewegt. Ich dachte, er ist …« Scott schluckte.

Lisa trat zu ihm und legte die Hände auf seine breiten Schultern.

»Dann hab ich mich hingekniet und sein Gesicht gestreichelt. Er hat die Augen geöffnet. Er hat mich einfach angesehen und gelächelt.«

Abgesehen vom fernen Rauschen des Flusses war es still im Haus. In einiger Entfernung schrie wieder eine Eule.

Scott wischte sich mit dem Handrücken über die Augen. »Er hatte solche Schmerzen. Ich hab ihn gefragt, wie es ihm geht. Weißt du, was er gesagt hat? ›Dad, ich hab einen Leierschwanz singen hören.‹«

Lisa hätte am liebsten geweint.

»Es ist alles meine Schuld«, flüsterte Scott. Sie spürte, dass seine Brust bebte. »Er wird nie wieder laufen können.«

Sie zog ihn an sich und wiegte ihn sacht.

»Beverley hat schon recht. Ich bin wirklich ein lausiger Vater.«

»Habt ihr euch deshalb getrennt?«

Er richtete sich zu seiner vollen Größe auf. »Sie hat alles Recht der Welt, mir Vorwürfe zu machen«, sagte er nach einer langen Pause. »Ich werde den Rest meines Lebens versuchen, es bei ihm wiedergutzumachen.«

»Und Beverley?«

»Sie ist stark. War sie schon immer. Ich hab früher Fußball gespielt. Bev kam zu allen Spielen. Wir haben uns verliebt, dann wurde sie schwanger. Sie wollte das Kind wegmachen lassen, aber ich …« Seine Stimme verlor sich.

»Du hast das Richtige getan«, beendete Lisa seinen Satz. Sie verfluchte sich selbst für jedes einzelne Mal, das sie sich über Scotts Unzuverlässigkeit geärgert hatte. Die Angewohnheit, zu kommen und zu gehen, wie es ihm passte, rührte daher, dass er versuchte, ein perfekter Vater zu sein und gleichzeitig ein Geschäft zu betreiben. »Warum hast du mir das nicht erzählt?«, fragte sie leise.

Er trat einen Schritt zurück und starrte auf einen Punkt an der Zimmerdecke. »Ich wollte nicht, dass du Mitleid mit mir hast.« Einen Moment lang legte sich ein distanzierter, stolzer Ausdruck über sein Gesicht.

»So ein Unsinn«, sagte sie. »Ich halte dich für einen außergewöhnlichen Mann.«

Scott bedeckte die Augen mit der Hand. »Mein Sohn hat ein Recht auf ein normales Leben«, sagte er mit belegter Stimme. »Wir unternehmen alles Mögliche miteinander, Sachen, die Jungs in seinem Alter eben so machen.«

Sie nahm seine Hand und strich über die schimmernden Härchen auf seinem Handrücken. »Ich finde, du bist ein toller Vater. Und ich wette, Todd findet das auch.«

Ein zaghaftes Lächeln erhellte Scotts Gesicht. Aber in seinen Augen lag eine tiefe Traurigkeit. Er hob ihr Kinn an und senkte den Kopf. Als sich ihre Lippen berührten, war ihr, als würde ihr Körper mit seinem verschmelzen.

Sein großer muskulöser Körper zitterte. Sie spürte die Wärme seiner Haut. Er strich ihr mit der Hand über den Rücken, fuhr am Reißverschluss ihres Kleides entlang.

Sie verspannte sich. »Ich sollte besser gehen.« Sie befreite sich aus seiner Umarmung und blickte sich suchend nach ihrer Handtasche um.

Er sah sie verwirrt an.

»Wir dürfen das nicht tun.«

»Warum nicht?«

»Ich bin nicht normal.«

»Das dachte ich mir schon«, sagte er mit einem leisen Lächeln. »Jemand, der Tumbledown Manor kauft, muss eine Schraube locker haben.«

Sie lächelte und verzichtete dieses Mal darauf, ihn zu verbessern. »Im Ernst. Ich hatte eine Mastektomie.« Sie wartete darauf, dass er zurückzuckte.

Seine Arme lagen fest um ihre Taille. »Narben können sehr schön sein«, sagte er nach langem Schweigen.

Sie spürte den regelmäßigen Schlag seines Herzens und seinen weichen, nach Zimt riechenden Atem auf ihrer Haut, als er sie an sich zog. Er küsste sie erneut.

»Kann ich dich um etwas bitten?«

»Klar«, sagte er.

»Könnten wir das Licht …?«

Kapitel 32

Im Pfarrhaus wäre ein flüchtiger Kuss auf die Wange die angemessene Form der Begrüßung eines Freundes oder Verwandten gewesen – nicht, dass die Brontës viele Freunde oder Verwandte gehabt hätten. Ein richtiger Kuss wäre überhaupt nicht in Frage gekommen. Und was Sex außerhalb der Ehe betraf – allein der Gedanke hätte die Gemüter in Wallung versetzt.

Charlotte war die einzige der Schwestern Brontë, die vor den Altar trat. Den ersten Heiratsantrag schlug die Verfasserin von *Jane Eyre* aus und erklärte, ihr Verehrer würde sie »garantiert für eine unzivilisierte, romantische Traumtänzerin halten«. Später ließ sie sich überzeugen, dass die Ehe klare und eindeutige Pflichten mit sich brachte, und ging mit dem Hilfspfarrer ihres Vaters den Bund fürs Leben ein. Lisa hoffte um Charlottes willen, dass die Braut während der Flitterwochen in Irland den Gipfel der Leidenschaft erklommen hatte. Wo es dem Hilfspfarrer an Erfahrung gemangelt haben mochte, hatte Charlotte das sicher mit ihrer Phantasie ausgeglichen.

Kurz nach der Hochzeit wurde Charlotte schwanger. Aus Übelkeit und Ohnmachtsanfällen wurde eine ernsthafte Krankheit. Einige sagten, Charlotte sei der Dehydrierung infolge von Morgenübelkeit zum Opfer gefallen. Andere wiederum behaupteten, sie habe sich bei einem Dienstboten mit Typhus angesteckt. Was immer die Ursache war, Charlotte starb am 21. März 1855 im vierten

Schwangerschaftsmonat. Im Vergleich zu ihren jüngeren Schwestern hatte sie ein geradezu biblisches Alter erreicht – sie wurde achtunddreißig.

Was Emily und Anne anging, so litten sie unter einer Krankheit mit der skandalösen Eigenschaft, das Blut zu erhitzen. Die Ärzte waren sich darin einig, dass Tuberkulose an sich sittsame Menschen in Sexbesessene verwandeln konnte. Man errichtete spezielle Krankenhäuser, um Männer und Frauen getrennt voneinander zu halten. Zwinkern, Winken und Lächeln waren verboten, desgleichen aufreizende Dinge wie Locken in die Haare drehen, das Gesicht anmalen und Briefe schreiben.

Emily und Anne blieb diese Erniedrigung erspart. Sie siechten zu Hause dahin und pflegten einander bis ins Grab. All das ungestillte Verlangen, das unter ihren Röcken gärte, floss durch ihre Schreibfedern.

»Du siehst irgendwie verändert aus«, sagte Jake am nächsten Morgen und goss sich Kaffee ein.

»Was?«

»Hast du abgenommen?«

Lisa bückte sich, um die beiden Schüsseln auf dem Küchenboden mit Futter zu füllen. Verschiedene Teile ihres Körpers fühlten sich wunderbar mitgenommen an.

»Ich habe noch nie erlebt, dass ein Vogel Katzenfutter frisst«, sinnierte Jake und sah zu, wie der Kakadu durch die Küche wackelte.

»Ach ja, und dein Abendessen hast du auch nicht angerührt«, fuhr er fort. »Es steht immer noch im Kühlschrank.«

Es war bereits auf Mitternacht zugegangen, als Lisa leise die Auffahrt hochgefahren war, und nur in Portias Fenster hatte noch Licht gebrannt. Während sie sich die Treppe hinaufgeschlichen hatte, war sie sich wie ein ungezogener Teenager vorgekommen.

Lisa ignorierte Jakes Kommentar zu dem unangerührten Abendessen. »Kiwi hält sich für eine Katze«, sagte sie und stellte die Butterdose auf den Tisch. »Sie will alles, was Mojo kriegt.«

Der Kater galoppierte zu Kiwi, und die beiden begannen einträchtig zu fressen. Kiwi versenkte den Schnabel in ihrer Schüssel und drehte zwei Brocken Trockenfutter hin und her.

»Ein Anblick für Götter«, sagte Jake.

Während Lisa einen Teller abspülte, gingen ihr die Bilder des vergangenen Abends durch den Kopf. Zu Hause hatte sie sich einfach ins Bett fallen lassen, zu müde und zufrieden, um noch unter die Dusche zu gehen. Außerdem hätte es vielleicht den Argwohn der anderen geweckt, wenn sie um diese Zeit noch geduscht hätte.

Scott, den sie mit jeder Pore zu spüren meinte, und Mojo, der sich auf der Suche nach der bequemsten Stelle in ihren Kniekehlen hin und her drehte, hatten sie kaum schlafen lassen. Sie war früh aufgestanden und hatte geduscht, die Spuren der Lust weggespült. Von einer seltsamen Energie erfüllt, hatte sie anschließend geradezu hektisch die Böden gewischt.

»Ist das ein neues Parfüm?«, wollte Jake wissen, als sie ihm die Zuckerdose reichte.

Roch sie immer noch nach Pheromonen? Sie schüttelte den Kopf und stellte vier weitere Teller auf den Tisch. Das Hochzeitspaar würde frühestens in einer Stunde aufstehen. Und Portia schaffte es nie vor elf aus dem Bett.

Ein bleiches Gesicht erschien in der Tür. Belle warf einen ängstlichen Blick auf die Tiere.

»Schon gut, Schatz. Sie beißen nicht«, sagte Jake.

Das schien Belle anders zu sehen. Lisa bückte sich, nahm die Schüsseln und trug sie nach draußen. Kater und Kakadu trotteten ihr wie Pilger hinterher.

»Es sind weniger die Tiere als die Hygiene, die mir Sorgen macht«, sagte Belle und setzte sich an den Tisch.

Lisa öffnete den Kühlschrank und genoss das leichte Brennen an ihrem aufgescheuerten Hinterteil. Tierfelle …

»Saft, Belle?«, fragte sie, ganz die zuvorkommende Gastgeberin.

Während sie Belles Glas mit Orangensaft füllte, kam ihr der Gedanke, dass Jake die gleiche Mischung aus Schuld und Lust empfunden haben musste, als er sie wochenlang betrogen hatte. Kein Wunder, dass er jedes Mal vor Charme gesprüht hatte, wenn er nach Hause gekommen war.

»Schließlich gibt es so was wie Vogelgrippe, oder?«, sagte Belle und wischte den Rand ihres Glases mit einem Taschentuch ab. »Und Katzen können Aids kriegen.«

»Ja, aber sie können Menschen nicht damit anstecken«, sagte Jake im gleichen Ton, in dem er Portia etwas erklärt hatte, wenn er ihr bei den Hausaufgaben half.

»Bist du nicht allergisch auf Katzen?«, fragte Lisa.

»Mittlerweile ist es nicht mehr so schlimm«, erwiderte Jake und biss in eine Scheibe Toast mit Himbeermarmelade.

Belle wischte ihren Löffel ab und rührte in ihrem Müsli.

»Und, wie gefallen dir Scotts Pläne für deinen Garten?«, fragte Jake.

Lisa merkte, dass sie rot wurde. Scott hatte überall Spuren an ihr hinterlassen, innen wie außen. Sie waren nicht einmal in die Nähe seines Computers gekommen.

»Sie sind toll.«

»Was hat er sich denn ausgedacht?«

Lisa trank einen großen Schluck kalten Kaffee. »Einen Fischteich.« Sie war selbst erstaunt, wie leicht ihr die Lüge über die Lippen kam.

»Was für Fische?«

Sie hätte nicht sagen können, ob Jake sich wirklich dafür interessierte oder ob er misstrauisch war. Vielleicht hatte er sie die Treppe hinaufschleichen hören. »Goldfische.«

»Werden die nicht von den Vögeln gefressen?«

»Nicht, wenn es genug Wasserpflanzen gibt.«

Belle scrollte sich durch das Display ihres Handys.

»Was habt ihr beide heute vor?«, fragte Lisa und machte sich am Spülbecken zu schaffen.

»Also, ich geh hier garantiert nicht zum Friseur. Ist Ihnen schon mal aufgefallen, dass alle Frauen im Ort den gleichen Haarschnitt haben?«, plapperte Belle drauflos.

»Tatsächlich?«

»Ja, alle haben so eine Hinten-und-an-den-Seiten-kurz-Frisur. Als hätten sie die Läuse gehabt oder so was. Wir fahren zum Einkaufen nach Melbourne. Was trägt man denn bei einer schwulen Hochzeit – Pailletten und Federn?«

Jake grinste. Lisa hätte ihm am liebsten eine runtergehauen. Sie versicherte den beiden, dass sich die Kleiderordnung nicht von der bei einer traditionellen Hochzeit unterschied.

»Jake braucht sowieso neue Socken«, fuhr Belle fort.

Er hatte schon immer Schweißfüße gehabt. Lisa klapperte so laut mit dem Geschirr, dass sie das Klopfen an der Hintertür überhörte.

»Scottie, mein Freund!«, sagte Jake und hielt dem Besucher die Hand hin. »Wir haben gerade von Ihnen gesprochen.«

Einen Moment spiegelte sich auf Scotts Gesicht Verunsicherung, die jedoch rasch einem liebevollen Blick wich, als er Lisa ansah. Einen Wimpernschlag lang teilten sie die Erinnerung an die Vertrautheit der vergangenen Nacht, bevor sie sich wieder hinter einer Maske der Höflichkeit versteckten.

Scott hievte etwas in die Küche, das wie ein großer Holzpfosten aussah. »Das hab ich heute Morgen zusammengebaut«, sagte er. »Ich dachte, es könnte Kiwi gefallen.«

Er hatte also auch nicht geschlafen. An dem einen Ende des Pfostens war ein Standfuß angebracht und am anderen eine Sitzstange und ein Futternapf.

»Sie wird begeistert sein«, sagte Lisa strahlend.

Scott platzierte den Pfosten in der Ecke und rieb das Holz mit einem Tuch ab. Für eine Vogelstange war das Ding wirklich sehr hübsch.

»Also, wie soll dieser Goldfischteich aussehen?«, fragte Jake.

Scott hielt inne. Lisa räusperte sich. »Ich habe Jake gerade von dem Fischteich erzählt, den du neben der Auffahrt anlegen willst«, sagte sie.

In der Küche war es plötzlich mucksmäuschenstill.

»Ach so, du meinst den *Billabong*«, sagte Scott schließlich.

Sie hätte ihn küssen können.

»Was ist ein Bigglebong?«, fragte Belle.

»Ein kleiner See, der zurückbleibt, wenn ein Fluss seinen Lauf ändert. Wenn wir ein bisschen graben, stoßen wir vielleicht auf einen und können ein Feuchtgebiet anlegen.«

»Faszinierend«, sagte Jake.

Lisas Begeisterung darüber, Jake hinters Licht geführt zu haben, erhielt einen leichten Dämpfer. Scott schien das Lügen auch nicht schwerzufallen. Vielleicht hatte sie ihm ihr Vertrauen zu rasch geschenkt.

»Ja, ich hab übrigens den Drucker wieder in Gang bekommen«, fuhr Scott fort. »Ich hab die Pläne im Auto, wenn du einen Blick drauf werfen willst.«

Es gab also tatsächlich einen Billabong. Lisa war unbeschreiblich erleichtert.

Kapitel 33

Alles war organisiert und bestellt, Caterer, Musiker, Blumenschmuck und Zelebrantin. Zwar befand sich der neue Garten noch in einer Art Urzustand, aber die geschwungenen Pfade gingen als Landschaftsskulptur durch, und in den bepflanzten Beeten hatte es bunt zu sprießen begonnen. Das hässliche Loch, das nach wie vor an der Stelle des zukünftigen Pools klaffte, lag glücklicherweise so, dass man es von der Veranda aus nicht sah.

Der Obstgarten hinter dem Haus war in frühsommerliches Grün getaucht. Der alte Apfelbaum in der Mitte hatte seine Äste zu einem Blätterbaldachin ausgebreitet. Die Jungs wollten sich in seinem Schatten das Jawort geben, unter dem in den uralten Stamm eingeritzten Herz.

Nachdem die Grey Army mit der Trümmerbeseitigung fertig war, widmete sie sich der dringlicheren Aufgabe, die Auffahrt mit weißen Fahnen zu schmücken. Sie flatterten lustig im Wind und lenkten die Aufmerksamkeit von den durch das Feuer in Mitleidenschaft gezogenen Bereichen des Anwesens ab.

Wie Terence versprochen hatte, brachte er Lisa eine Auswahl Kleider samt dazupassenden Schuhen zum Anprobieren. Eins war schöner als das andere, und die meisten schmeichelten ihr auf eine verblüffende Weise. Lisa hatte sich eigentlich schon für ein schlichtes graues Kostüm entschieden, als Terence sie dazu überredete, ein langes kobaltblaues Kleid aus einem seidig glänzenden Stoff mit einem etwas dunkleren Unterkleid anzuprobieren. Dazu gehörte noch eine locker fallende Jacke, die (Halleluja!) ihre Oberarme bedeckte. Der Ausschnitt war nicht prüde, reichte aber hoch genug, dass sie sich damit unbesorgt zu sitzenden Gästen hinunterbeugen konnte.

Terence ließ sie dazu ein Paar hochhackiger Sandaletten anziehen. Er strich das Kleid über ihren Hüften glatt und forderte sie auf, sich im Spiegel anzusehen. Als sie sich musterte, fiel ihr Blick auf das Muttermal, das Scott in ihrer gemeinsamen Nacht entdeckt hatte. Er hatte recht. Mit etwas Phantasie konnte man darin eine umgedrehte australische Landkarte erkennen. Das Kleid umfloss sie. Lisa mochte die Farbe.

»Wunderschön!«, sagte Terence.

Das Wort weckte von einem Lustschauer begleitet die Erinnerung in ihr. Seit jener Nacht in Scotts Haus hatte sie es nicht mehr gehört.

Scott erschien jeden Tag in aller Frühe und fuhrwerkte mit einem Grabenbagger in der Nähe des Tors herum. Die Mühe lohnte sich, er schien tatsächlich einen Billabong gefunden zu haben. Jake meinte, ihn erinnere es eher an einen Sumpf. Lisa war jedoch zuversichtlich, dass es am Ende großartig aussehen würde. Scotts Entwurf sah einen Wasserfall, einen Steg und einen Teich vor, der tief genug war, um darin einheimische Fische zu züchten. Seit jener Nacht war keine Rede mehr davon gewesen, die Arbeit am Garten erst einmal ruhen zu lassen. Vanessa hatte sich zwar immer noch nicht gemeldet, aber Lisa machte sich deswegen keine Gedanken mehr. Sie erinnerte sich an das, was ihr Vater immer mit einem philosophischen Lächeln gesagt hatte … *Das wird schon, Pandabär.*

Scott schlug die Einladung aus, zusammen mit den anderen im Haus zu essen. Er verbrachte seine Pausen lieber im Schatten eines angekokelten Gummibaums in einiger Entfernung zum Haus. Lisa versorgte ihn mit Tee und Sandwiches, aber eigentlich wollten sie beide etwas anderes. Als er eines Morgens versuchte, sie zu küssen, entwand sie sich ihm und sah besorgt zum Haus. Sie erzählte ihm von Portias Regel. Sich vor den Augen anderer zu küssen wäre beinahe so schockierend, wie Händchen zu halten.

Es bestand nicht die geringste Hoffnung, dass Scott bis zur Hochzeit auch nur annähernd fertig sein würde, deshalb hängte Ted mit der Grey Army noch mehr Fahnen auf, um die Baustelle zu verbergen.

Jake ließ sich von der Energie, die in der Luft lag, anstecken. Er legte sich ein Paar Shorts zu und gewöhnte es sich an, früh aufzustehen und auf seinen dünnen weißen Beinen die Straße entlangzujoggen. Belle, die immer zickiger wurde, unternahm währenddessen lange Spaziergänge, von denen sie mit schlechter Laune und Sonnenbrand zurückkehrte, ihr Handy wie eine Fliegenklatsche schwenkend. Selbst jetzt, da Kiwi mit ihrer neuen Vogelstange hygienisch einwandfrei in der Ecke untergebracht war, weigerte sie sich, zum Frühstück in die Küche zu kommen. Stattdessen brachte ihr Jake gutmütig wie ein zahnloser Hund ein Tablett mit Müsli und steviagesüßtem Kaffee nach oben.

Die Abende verbrachte Belle damit, mit den Leuten in ihrem Büro zu telefonieren, und Lisa begann sich zu fragen, ob sie möglicherweise mit einem Handy in der Hand auf die Welt gekommen war. Beim Essen stellte Belle das Ding in einer Art kleiner Wiege vor sich auf, als wäre es ein heidnischer Altar. Alle Versuche höflicher Konversation wurden unweigerlich durch ein schrilles Klingeln oder das nervtötende Pling, das den Eingang einer neuen SMS anzeigte, gestört. An ihrem Arbeitsplatz war zweifellos irgendeine Krise ausgebrochen – rund um die Uhr riefen irgendwelche Lakaien von Belle an.

Währenddessen kontrollierte Lisa jeden Tag ihre E-Mails, ob eine Nachricht von Vanessa dabei war. Und dann traf sie endlich ein, einen Tag vor der Hochzeit. Lisas Hand schwebte über der Maus. Wenn sie die Nachricht einfach ungelesen löschte, müsste sie nicht mit der Schmach leben. Sie holte tief Luft und klickte …

»Hallo Lisa, entschuldige die Verzögerung, aber ich habe das Ms. für das neue ›Krieg und Frieden‹ reingekriegt und musste alles stehen- und liegenlassen, um es zu lesen. Ich finde dein neues Buch GROSSARTIG! Glückwunsch. Die vom Marketing glauben, es wird der Renner. Bald mehr, sei umarmt, Vanessa xxx«

Lisa lehnte sich auf ihrem Stuhl zurück und genoss das Gefühl der Erleichterung. Die endlosen Stunden, die sie an ihren Computer gekettet verbracht hatte, waren also nicht umsonst gewesen. Vanessas Begeisterung nach zu urteilen, würde sie genug Geld für die Gestaltung des Gartens haben.

An diesem Nachmittag stellten James und Ted im Obstgarten zwei Tische auf Böcken auf und veranstalteten ein wunderbares Barbecue für ihre Freunde und Verwandten. James' Eltern, Bill und Sue, waren mit einem großzügigen Vorrat an Sauvignon Blanc aus Neuseeland angereist. Bills blaue Augen strahlten aus einem Gesicht, das wie eine zerklüftete Klippe wirkte. Sue hatte kurzgeschnittene dunkle Haare und freundliche haselnussbraune Augen, die von einem Kranz Lachfältchen umgeben waren. Falls ihnen die Entscheidung ihres Sohnes irgendwelche Probleme machte, ließen sie es sich nicht anmerken.

Stella, Heidi und ihre Freunde belegten einen der Tische mit Beschlag, während sich die ältere Generation, einschließlich Maxine und Gordon, um den anderen versammelte. Portia unterhielt sich angeregt mit Zack. Zu ihrer großen Freude sah Lisa, dass ihre Tochter sich nicht nur ein Stück Brot nahm, sondern es sogar in den Mund steckte.

Jake erschien mit einer mürrischen Belle im Schlepptau. Als Lisa vorschlug, es wäre doch vielleicht eine gute Idee, das Handy eine Weile auszuschalten, sah Belle sie an, als hätte sie Drogen genommen, und stellte das Telefon wie üblich vor sich auf den Tisch, wo es heimtückisch blinkte.

»Sie sind doch bestimmt erschöpft«, sagte Lisa.

»Das können Sie laut sagen.« Belle stieß einen Seufzer aus und trank einen Schluck von dem Sauvignon. »Ich kann es kaum erwarten, zu heiraten und eine schöne lange Babypause einzulegen.«

Lisa unterdrückte ein Kichern. Auf der anderen Seite des Tischs hockte Jake auf seinem Stuhl wie ein zu Forschungszwecken gefangenes Tier. Fast tat er ihr leid. Wenngleich sie sich keine bessere Strafe für ihn vorstellen konnte, als dass er auf seine alten Tage einen Kinderwagen, am besten einen für Drillinge, durch Soho schieben musste.

»Was höre ich da?«, sagte Portia, die plötzlich neben ihrem Vater aufgetaucht war. »Ich bekomme ein Geschwisterchen?«

Jake tupfte sich den Mund mit einer Serviette ab. Auf einmal war die Aufmerksamkeit aller Anwesenden auf ihn gerichtet. »Na ja, nicht so schnell …«, murmelte er.

»Was soll das denn heißen?«, fragte Belle in einem so frostigen Ton, dass man förmlich die Eiszapfen klirren hörte.

»Es ist vielleicht noch ein bisschen früh …«, erwiderte

Jake und starrte in den Himmel. »Merkwürdig, dass heute Abend gar keine Sterne zu sehen sind. Was machen wir, wenn es während der Trauung morgen regnet?«

Ted versicherte ihm, sie hätten einen Plan B.

»Du findest also, mit achtunddreißig ist es zu *früh*, um Mutter zu werden?«

Irgendwo auf der anderen Seite des Tals begann ein Tier kläglich zu heulen.

»Das hat doch keine Eile«, sagte Jake.

James' Vater stand auf und erhob sein Glas. »Äh, ich würde gern die Gelegenheit ergreifen, um meinen Dank …«

»Ach ja? Dann soll ich wohl mit fünfundvierzig mit IVF anfangen?« Belles Stimme überschlug sich fast.

Bill setzte sich wieder.

»Wenn du glaubst, es wäre einfach für mich, so zu tun, als würde ich mich hier wohlfühlen, mit deiner Exfrau und ihren seltsamen Tieren und dieser … dieser … *schwulen* Hochzeit …« Belle zitterte am ganzen Leib.

»Haben Sie ein Problem damit?«, fragte Ted. Seine Stimme klang kühl und ernst, und Lisa wäre am liebsten aufgesprungen und hätte ihn umarmt.

»Jeder weiß, dass Gott die Ehe zu einem heiligen Bund zwischen Mann und Frau bestimmt hat«, erklärte Belle.

»Sie ist religiös?!«, fragte Portia erschüttert.

»Republikanerin«, murmelte Jake.

Inzwischen war Belle vor Wut in Tränen ausgebrochen. Sie stieß ihren Stuhl zurück, drehte sich um und schleuderte ihr Glas in hohem Bogen in den Obstgarten, bevor sie schluchzend in der Dunkelheit verschwand.

Gott sei Dank hatten sich die Jungs zu Plastikgläsern überreden lassen, dachte Lisa.

»O Gott!«, rief Jake.

»Was ist denn, Dad?«

»Sie hat ihr Handy vergessen!«

»Kein Problem«, sagte Portia, entthronte das Ding und schaltete es aus.

Jake schien einen Moment lang hin- und hergerissen. Als Ted ihm den Arm um die Schultern legte und ihn zum Tisch der jungen Leute führte, leistete er jedoch keinen Widerstand. Daraufhin begannen auch andere Gäste, den Platz zu wechseln, und die Generationen vermischten sich an beiden Tischen. Stella holte eine Gitarre und winkte Heidi zu sich. Sie sangen »Till There Was You«, und die beruhigende Melodie löste die Spannung. Jubel ertönte, als James das berühmte neuseeländische Dessert servierte – Baiser mit Schlagsahne und Kiwi –, das man unter dem Namen Pavlova kannte.

»Weißt du denn nicht, dass das eine Erfindung von uns Aussies ist?«, witzelte Ted.

»Nicht schon wieder!«, sagte James. »Auf alles Gute, das aus Neuseeland kommt, erhebt ihr Australier Anspruch.«

»Deshalb erhebe ich ja auch Anspruch auf dich«, konterte Ted und küsste James auf die Wange.

Beifall schallte durch den Obstgarten. Als Echo war in einiger Entfernung ein Aufschrei zu vernehmen – der klang jedoch alles andere als fröhlich, sondern vielmehr verzweifelt.

Jake sprang auf. »Belle!«

Lisa holte die Stirnlampe, die Ted ihr geschenkt hatte. Jake setzte sie auf und eilte um das Haus herum, die anderen folgten ihm.

Es war eine mondlose Nacht, über allem lag pechschwarze Finsternis. »Wenn wir uns aufteilen, finden wir sie bestimmt schneller«, sagte Jake, der offensichtlich vergessen hatte, dass er als Einziger eine Lampe hatte. »Belle!«

Als Antwort ertönte etwas, das eine Mischung aus Brüllen und Stöhnen war.

»Da drüben!«, rief er und stürzte in Scotts Gartenlabyrinth. Schließlich kamen sie zu dem Loch für den zukünftigen Pool. Jake richtete den Strahl seiner Lampe in die Tiefe.

Von unten funkelten ihm Belles Augen entgegen. »Hol mich sofort hier raus!«, schrie sie. »Das hast du mit Absicht gemacht!«

»Was denn?«, fragte Jake.

»Mich vor allen gedemütigt.«

»Belle … ich …«

»Ach übrigens, ich habe eine Mitteilung vom Chef für dich. Du bist gefeuert.«

Kapitel 34

Mojo sprang auf Lisas Bauch und spazierte über ihre Brust, wobei er seine Pfoten in sie grub, als wollte er ihr eine thailändische Massage verpassen. Lisa drehte sich um. Wie ein Snowboarder glitt Mojo über das Laken und landete elegant auf dem Boden.

Lisa streifte ihren Kimono über und folgte dem Kater, der mit steil aufgerichtetem Schwanz auf den Balkon sauste. Vor ihr hoben sich scherenschnittartig die Hügel von einem blassen Horizont ab. Die Sonne tauchte das Tal in ein theatralisches goldenes Licht und erweckte alles zum Leben, was sie mit ihren Strahlen berührte.

Mojos gesundes Ohr zuckte, und seine Schnurrhaare richteten sich nach vorne. Er schob den Kopf durch die Streben der Balustrade. Der Kater hörte alles immer schon vor ihr.

Zwei Lieferwagen näherten sich durch das Fahnenspalier und blieben vor der Küche stehen. Ted und James waren bestimmt schon aufgestanden und erteilten Köchen und Kellnern Anweisungen.

Ein Paar weißer Flügel kam um die Ecke des Hauses geflattert. Mit einiger Anstrengung schaffte es Kiwi, sich so weit in die Luft zu erheben, dass sie über dem Balkon schwebte.

»Komm, Mädchen, du schaffst es!«, rief Lisa und bewunderte Kiwis hellgelben Bauch.

Kiwi krächzte. Sie rotierte mit den Flügeln wie ein Hubschrauber und legte eine riskante Landung auf der Balustrade hin.

»Gut gemacht!«

Stolz reckte Kiwi die Brust, sobald sie das Gleichgewicht wiedergefunden hatte. Mojo sprang auf die Balustrade, um seiner Freundin zu gratulieren. Anschließend begleitete der Kater Lisa ins Bad, das erfreulich geräumig wirkte, seit Belles Toilettenartikel über Nacht verschwunden waren.

Mojo sprang in die Badewanne und leckte die Wassertropfen auf, die sich um den Abfluss herum gesammelt hatten. Lisa zog ihr Nachthemd über den Kopf und stellte sich unter die Dusche. Das Wasser lief in wohltuenden Rinnsalen über ihren Körper. Ein ungewohntes Geräusch drang in ihr Bewusstsein – es war ihr eigenes Summen.

Rasch zog sie Sweatshirt und Hose über und folgte Mojo nach unten. Damit den Caterern niemand im Weg herumstand, baute sie auf der Veranda ein improvisiertes Frühstücksbüfett mit Kaffee, einem Berg Croissants und (speziell für Portia) einer Schale Äpfel auf.

Portia war erstaunlich früh wach. So wie Zack, der sein Lager demonstrativ bei Stella und Heidi im alten Speisezimmer aufgeschlagen hatte. Wie es schien, war er nicht länger mit seiner Kamera verheiratet. Lisa jubelte im Stillen, als Portia ein Stück von einem Croissant und einen Apfel aß.

Von Jake war weit und breit nichts zu sehen.

Ein Kleinlaster mit Stühlen und Tischen traf ein, ihm folgte der Lieferwagen eines Floristen. Das Geklapper und die fröhlichen Stimmen sagten Lisa, dass alles wie am Schnürchen lief. Mojo wollte unbedingt den köstlichen Gerüchen nachgehen, die aus der Küche drangen, aber sie scheuchte ihn nach draußen und ging mit ihm um das

Haus herum. Der Bereich, wo früher die Ställe gestanden hatten, war zum Parkplatz für die Hochzeitsgäste umfunktioniert worden.

Auf der Rückseite des Hauses wurde gerade der Obstgarten einer Verwandlung unterzogen. Stella und Heidi stellten in einem Halbkreis um den Apfelbaum Reihen weißer Stühle auf. Rote Läufer bildeten zwei Gänge, die sich vor einem einfachen Tisch unter dem Baum trafen. Auf einer Seite standen lange Tische um eine Tanzfläche herum. Jemand hatte einen Sichtschutz aufgestellt, hinter dem das Küchenpersonal ungesehen seiner Arbeit nachgehen konnte. Und Ted hängte Papierlaternen in einem Baum auf. Sie sahen sehr hübsch aus, aber der Gedanke an ein weiteres Feuer ließ Lisa innerlich zittern.

Als hätte Ted ihre Gedanken gelesen, versicherte er ihr, es gebe keine offenen Flammen, die Beleuchtung sei batteriebetrieben. »Ich wollte dich noch was fragen«, sagte er und sprang in einem Blätterregen auf den Boden. »Erinnerst du dich noch, wie du mich, als ich klein war, dazu gebracht hast, dich liebste Mutter zu nennen, wenn ich etwas Bestimmtes wollte?«

Lisa kicherte. »Das war der gerechte Ausgleich für die vielen Male, die ich deine Lego-Steine aufräumen musste.«

»Also, liebste Mutter, würdest du mir als die Frau, die mich auf die Welt gebracht und meine Lego-Steine aufgesammelt hat, die Ehre erweisen, mich zum Altar zu geleiten?«

»Was ist mit deinem Vater?«

»Der kennt mich doch kaum«, sagte Ted nach einer langen Pause.

Sie umarmten sich. Lisa wünschte, sie könnte die Zeit verlangsamen, um diese glücklichen Momente bis zur Neige auszukosten. Mittlerweile war jedoch Terence mit

Lulu, der Friseurin, eingetroffen, und sie wurde nach oben geführt.

Gehorsam zog Lisa ihr Kleid an und versuchte sich in Geduld zu üben, während Lulu sie auf Vordermann brachte. Mit mehreren Schichten Make-up im Gesicht und glatten, hochgesteckten Haaren hätte sie sich beinahe selbst nicht erkannt, als sie in den Spiegel blickte.

Terence wühlte in ihrer Schmuckschatulle und fischte ein Paar sonnenförmige silberne Ohrringe heraus, die sie nicht mehr getragen hatte, seit sie ein Teenager gewesen war. Er erklärte, sie würden perfekt zu ihrem Outfit passen, und seltsamerweise taten sie das auch.

»Der kann auch ein bisschen Styling vertragen!«, erklärte Terence und schwang eine Bürste vor Mojo. Für einen einäugigen verwilderten Kater war Mojo erstaunlich eitel und machte schnurrend einen Buckel, während Terence die Puschel an seinen Pfoten und seine Mähne bürstete. Besonders viel Aufmerksamkeit widmete Terence dem Staubwedel an Mojos Schwanz, den er mit einer weißen Schleife verzierte.

»Die bleibt da genau fünf Minuten«, sagte Lisa.

Doch nachdem Mojo daran geschnuppert und sie einige Male mit der Pfote betastet hatte, akzeptierte er sie.

Lisa hörte Autos vorfahren. Die ersten Gäste trafen ein. Sie eilte hinaus auf den Balkon. Maxine, in einem umwerfenden jadegrünen Kostüm mit passendem Fascinator, eskortierte Tante Caroline, die mit ihrer silbergrauen Perücke und der leuchtend gelben Jacke phantastisch aussah. Gordon bildete die Nachhut und hatte sich zur Feier des Tages in einen Anzug gezwängt.

Ihre Tochter Nina forderte ihre Eltern auf, kurz stehen zu bleiben, damit sie ein Foto von ihnen machen konnte, während Dan, der Kolorektalchirurg, ihre lebhaften Kinder zu bändigen versuchte. Lisa rief ihnen eine Begrüßung zu und winkte – ohne Kinder fehlte bei einer Hochzeit etwas. Dann zwängte sie ihre Füße in die Sandaletten und stakste hinter Mojos wackelnder Schleife nach unten, um die Gäste zu begrüßen.

Jemand hatte aus Rosen einen Bogengang gezaubert, der den immer zahlreicher eintreffenden Gästen den Weg in den Obstgarten wies – eine Schar neuseeländischer Verwandter, Juliet und ihr Fastverlobter, der Tierarzt, die Männer der Grey Army und ihre Frauen. Beverley war in Scharlachrot gehüllt, passend zur Gesichtsfarbe ihres Ehemannes Bob. »Ach, wie süß«, sagte sie zu Lisa. »Sie haben Ihre Katze mitgebracht.«

Lisa lächelte. »Ich fürchte, er hat sich selbst mitgebracht«, erwiderte sie, während Mojo, im Sharky-Alarmmodus, unter ihren Rock flüchtete und sich um ihre Knöchel wand.

Hinter ihrem Gastgeberinnenlächeln fragte sich Lisa leicht besorgt, ob sich wohl die beiden Männer in ihrem Leben blicken lassen würden. Nicht, dass Jake offiziell noch etwas in ihrem Leben zu suchen hatte, aber sie wollte nicht, dass er Ted verletzte, indem er unter irgendeinem Vorwand fernblieb. Was Scott anging, wäre sie nicht überrascht gewesen, wenn er kalte Füße bekommen hätte. Schwule Hochzeiten waren nun mal nicht nach jedermanns Geschmack.

Die Spannung stieg. Ein befracktes Streichquartett nahm auf der einen Seite unter dem Apfelbaum Platz und stimmte Vivaldis »Frühling« an. Bienen summten um die Hüte der Damen. Lisa ließ den Blick über die Gäste schweifen. Die meisten saßen bereits. Ein unglaublich gutaussehender junger Mann gab ihr einen Kuss auf die Wange. In dem dunklen Anzug mit der taubenblauen Fliege sah Ted aus wie ein Prinz. Sie steckte ihm eine weiße Gardenie ins Knopfloch.

»Es ist so weit«, sagte Ted und führte sie vom Apfelbaum weg an das Ende eines der roten Läufer.

Lisa blickte hinüber zu der Stelle, wo am Ende des anderen James stand, in einem ebenso eleganten Anzug mit weißer Gardenie im Knopfloch. Neben ihm stand seine Mutter Sue in einem pinkfarbenen Kostüm und mit roten Rosen im Haar. Lisa und sie winkten sich unauffällig zu.

Als das Quartett die ersten Töne Bach erklingen ließ, nahm die Zelebrantin ihren Platz am Tisch unter dem Apfelbaum ein. Ihre grauen Haare waren zu einem Knoten geschlungen, und ihr dunkelblaues Kostüm hatte etwas von einer Uniform.

»*Dorothy Thatcher?*«, flüsterte Lisa.

»Im Telefonbuch standen nur zwei«, flüsterte Ted zurück. »Und die andere macht gerade Urlaub auf Bali.«

Lisa straffte die Schultern, atmete einmal tief durch und nahm den Arm ihres Sohnes.

Sie wollten sich gerade in Bewegung setzen, als sie ein Geräusch aus Richtung des Bogengangs noch einmal innehalten ließ. Es war Todd, der an zwei Krücken auf sie zukam. Er trug ein weißes Hemd und eine Krawatte und war genauso groß und attraktiv wie sein Vater.

Scott ging mit stolzgeschwellter Brust neben seinem Sohn her und suchte für ihn einen freien Stuhl in der hinteren Reihe. Dann kam er zu Lisa herüber und entschuldigte sich für die Verspätung. »Ihr habt einen wichtigen Gast vergessen«, flüsterte er. »Könnt ihr kurz warten?«

Ted nickte und gab James mit der Hand ein Zeichen, dass es noch einen Moment dauerte. Scott verschwand um die Ecke des Hauses und tauchte gleich darauf mit Kiwi wieder auf, die mit funkelnden Augen auf ihrer Stange saß.

Ted brach in lautes Lachen aus. »Sie haben recht! Wie konnten wir bloß den Ehrengast vergessen?«

Alle lachten, als Scott die Stange mit dem Kakadu auf einen Ehrenplatz unter dem Baum stellte. Kiwi schlug mit den Flügeln und krächzte beifällig.

Die Musik schwoll an. Scott ging zu seinem Sohn zurück und setzte sich neben ihn. Ted und James nickten sich zu. Während Lisa an Teds Arm dahinschwebte, erinnerte sie sich an den Augenblick von Teds Geburt, daran, wie die Hebamme ihr geholfen hatte, ihn aus ihrem Körper zu pressen, an das Glücksgefühl, als sie ihn zum ersten Mal im Arm gehalten hatte, an all die Jahre voller Sorgen und Freude, Weinen und Lachen.

Lediglich die Befürchtung, dass sie über Mojo stolpern könnte, der hinter einem Schmetterling hersprang, verhinderte, dass ihr die Tränen in die Augen stiegen.

Als die beiden Bräutigame mit ihren Müttern auf wundersame Weise gleichzeitig beim Altar ankamen, verstummte die Musik. Die Gäste saßen in gespannter Erwartung auf ihren Stühlen. Lisa und Sue gaben ihren Söhnen einen Kuss auf die Wange und nahmen ihre Plätze in der ersten Reihe ein. Lisa setzte sich neben Portia und dankte Stella im Stillen dafür, dass sie auf Jakes leeren Stuhl gerutscht war, sodass keine Lücke sichtbar war.

Dorothy Thatcher erwies sich als beeindruckende Zelebrantin. Sie hieß die Anwesenden willkommen und verlor ein paar Worte darüber, in welcher Beziehung Ted historisch gesehen zu Trumperton Manor stand, zu Lisas Erleichterung ohne gruseligen Unterton. »Damit wären wir dann wohl an der Stelle, an der ich frage, ob jemand Einwände gegen diese Verbindung hat. Wenn ja, soll er jetzt sprechen oder für immer schweigen«, fuhr Dorothy lächelnd fort.

Kiwi stieß einen Alarmruf aus. Hinter dem Sichtschutz, der die Küche verbarg, gab es einen kleinen Tumult. Einhundertfünfzig Augenpaare richteten sich auf die Leinwand und sahen, wie sie sich immer weiter ausbeulte, schließlich riss und den Blick auf einen etwas desolat wirkenden Jake freigab.

»Hilft mir vielleicht mal einer?!«, rief er mit dem Stoff kämpfend.

Mehrere Kellner eilten herbei und versuchten, den klaffenden Riss mit den Händen zusammenzuhalten. Gleichzeitig tauchte von irgendwoher ein Improvisationsgenie mit einem Korb Wäscheklammern auf und verschloss das Loch.

Jakes Anzug war zerknittert, und seine Haare hatten Ähnlichkeit mit einem Mopp aus Stahlwolle. Portia eilte zu ihm, klopfte ihn ab und zog seine Krawatte gerade, bevor sie ihn zu dem Stuhl führte, den Stella taktvoll wieder geräumt hatte.

Dorothy Thatcher rückte ihre Brille zurecht und ließ den Blick über die Gäste schweifen. »Können wir dann fortfahren?«

Einander in die Augen blickend, wiederholten die Jungs die Gelöbnisse, die sie verfasst und auswendig gelernt hatten. Als Dorothy um die Ringe bat, erhoben sich Portia und Eleanor und reichten ihrem jeweiligen Bruder eine weiße Rose, zwischen deren Blütenblättern ein goldener Ring steckte.

Nachdem Ted und James die Ringe getauscht hatten, verkündete Dorothy, das frischgebackene Ehepaar habe sich für einen Namen mit einem historischen Bezug entschieden. Von nun an hießen sie Ted und James Trumperton.

Lisa war tief gerührt, dass Ted beschlossen hatte, ihren

Familiennamen fortzuführen. Portia reichte ihr ein Taschentuch.

Nach der Trauung wurde ein Büfett aufgebaut, und mit viel Gelächter und perlendem Sekt ging der Nachmittag in den Abend über. Mojo verschwand und ließ auf der Tanzfläche eine zerfetzte weiße Schleife zurück. Als über den Hügeln eine perlweiße Mondsichel am Himmel erschien, begannen Teds Laternen zu leuchten und tauchten die Bäume in buntes Licht.

Tante Caroline und die etwas gesetzteren Einwohner von Castlemaine zogen sich ins Haus zurück, als eine Jazzband »It Had to Be You« zu spielen begann. Ted und James drehten eine Runde auf der Tanzfläche, bevor sie ihre Mütter aufforderten.

»Bist du glücklich?«, fragte Ted.

»Das ist einer der glücklichsten Tage in meinem Leben«, erwiderte Lisa.

Anschließend forderte Ted Portia auf, und Lisa steuerte pflichtschuldig auf Jake zu. »Ich musste Belle am Flughafen absetzen«, murmelte er. »Ihr Flug hatte Verspätung.«

Über Jakes Schulter hinweg erspähte Lisa Scott, der sich unter einem Kirschbaum mit Juliet und ihrem Verlobten unterhielt. Kiwi hockte auf Todds Schulter. Der Junge lachte, als der Kakadu ihm mit dem Schnabel durch die Haare fuhr.

Maxine tauchte neben ihr auf und legte ihren weichen Arm um sie. »Sie spielen unser Lied«, sagte sie kichernd.

Die Band gab »Anything You Can Do I Can Do Better« zum Besten. »Das ist nicht wahr!«, protestierte Lisa.

»Stimmt, ich bin keine weltberühmte Schriftstellerin«, sagte Maxine und zog sie auf die Tanzfläche.

»Und ich habe es nicht geschafft, mit einem hingebungsvollen Ehemann verheiratet zu bleiben *und* alle meine Kinder und Enkel in der gleichen Stadt um mich zu versammeln.«

»Es ist nicht alles Gold, was glänzt«, sagte Maxine seufzend und ließ Lisa eine Drehung machen. »Du sieht übrigens phantastisch aus.«

»Du auch.«

»Du bist betrunken«, sagte Maxine und hauchte Lisa weingeschwängerten Atem ins Gesicht.

»Ich nicht, aber du.«

»Tut mir leid, ich war gemein zu dir, als du das Haus gekauft hast«, lallte Maxine und wiegte sich dabei im Takt der Musik. »Aber ich hab mir Sorgen gemacht, dass das über deine Kräfte geht.«

»Schon gut. Wie geht's dem Townhouse, das ich um ein Haar gekauft hätte?«

»Mit dem Fundament war irgendwas nicht in Ordnung. Sie mussten alles wieder aufgraben. Und gleich daneben kommt ein Hochhaus mit Apartments hin.«

»Wirklich?«

»Jawohl.«

»Du meinst, in Camberwell hätte ich genauso viel Ärger gehabt?«

Portia und Zack tanzten mit synchronen ruckartigen Bewegungen an ihnen vorbei. Lisa vermutete, dass es Hip-Hop war.

»Läuft was zwischen den beiden?«, fragte Maxine.

»Aber nein. Sie halten nicht Händchen.«

Maxine hörte auf zu tanzen und legte die Arme um Lisa. »Ich bin so glücklich, dass du nach Hause gekommen bist.« Sie fixierte Lisa mit einem ernsten Blick aus ihren smaragdgrünen Augen. »Du kannst dir gar nicht vorstellen, wie viel Angst ich um dich hatte, als du krank warst.«

Lisa schmiegte sich an Maxine. Ihre Haut war nicht mehr so straff wie damals, als sie junge Mädchen gewesen waren, aber dafür fühlte sie sich weicher, weiser, nachsichtiger an. »Danke«, flüsterte Lisa. »Ich hab dich furchtbar lieb.«

Maxine straffte die Schultern und setzte einen entschlossenen Blick auf. Für Gefühlsduseleien hatte sie nicht viel übrig. »Tja«, sagte sie nüchtern, »du wirst einfach immer meine kleine Schwester bleiben.«

Während sie sich in dem sanften Licht leise hin und her wiegten, ging Lisa durch den Kopf, dass keiner der Anwesenden sie besser kannte als Maxine. Diese grünen Augen hatten über den Rand ihrer Wiege geguckt. Auch wenn ihre Schwester sie in ihrer Kindheit oft geärgert hatte, war Lisa zutiefst dankbar, dass sie beide inzwischen alt genug waren, um all ihre Unterschiedlichkeiten zu akzeptieren. Tatsächliche und eingebildete Kränkungen zu verzeihen – und sich der Liebe, die sie verband, bewusst zu sein – war alles, was zählte.

Aber ihre Schuhe brachten sie allmählich um. Sie streifte sie ab und trat sie zur Seite. Sie rutschten über die Tanzfläche und blieben wie Schiffbrüchige vor einem Paar Schnürstiefel Größe 47 liegen.

»War das eine Aufforderung abzuklatschen?«, fragte Scott mit einem Lächeln, das ihr durch und durch ging.

Maxine erfasste die Situation offenbar mit schwesterlichem Gespür. Mit einem wissenden Lächeln entschuldigte sie sich und verschwand zwischen den anderen Tanzpaaren.

»Eine sehr schöne Hochzeit«, sagte Scott, umschloss Lisas Hand mit seiner und drückte sie sanft an sich. »Du siehst einfach umwerfend aus.«

Lisa versuchte sich einzureden, dass er keine physische Wirkung auf sie hatte.

»Geht es Todd gut?«

»Schau selbst«, sagte er und deutete über seine Schulter.

Zu ihrer Freude entdeckte sie Todd mit James' Schwester Eleanor auf der Tanzfläche. Sie hielten einander an den Ellbogen und wiegten sich zur Musik hin und her. Seine Krücken lehnten an einem Stuhl. Lisa hatte ihn noch nie so lebhaft gesehen.

»Bessert sich sein Zustand?«, fragte sie hoffnungsvoll.

»Er hat eine neue Ärztin«, sagte Scott und zog sie enger an sich. »Sie meint, es besteht eine Chance, dass er irgendwann wieder gehen kann.«

»Das ist ja wunderbar!« Lisa spürte seinen Atem an ihrem Ohr. Wenn sie ihm das Gesicht zudrehte, würden sie in einem Kuss versinken. »Bitte«, murmelte sie, gegen alle Instinkte ihres Körpers ankämpfend. »Nicht hier.«

Scott lockerte die Umarmung und vergrößerte den Abstand zwischen ihnen ein bisschen. »Deine Tante Caroline hat's noch voll drauf, was?«, bemerkte er, als die alte Frau und Gordon im Foxtrottschritt an ihnen vorbeitanzten.

Eine bleiche Hand tippte Scott auf die Schulter. »Ich glaube, dieser Tanz gehört den Eltern des Bräutigams«, erklärte Jake mit lauterer Stimme, als es der Musik wegen nötig gewesen wäre.

Scott gab Lisa folgsam frei und trat zur Seite.

Jake hatte sich nie viel aus Tanzen gemacht. Er schob sie quer über die Tanzfläche und bewegte ihren rechten Arm auf und ab wie einen Pumpenschwengel. »Sie ist nicht besonders glücklich«, rief er.

»Wer?«

»Belle.«

»Oh.«

»Sie hat mehr oder weniger Schluss gemacht.«

Glücklicherweise war der Tanz zu Ende. Sie bedankte sich bei Jake, gab vor, eine Pause zu benötigen, und setzte sich zu Portia und Zack.

»Wie geht's mit der Dokumentation voran?«, erkundigte sie sich.

Zacks Lächeln wurde breiter. »Wollen Sie zuerst die gute oder die schlechte Nachricht hören?«, fragte er.

Sie hatte es seit jeher vorgezogen, zuerst den unangenehmen Teil hinter sich zu bringen.

»Es gab eine technische Panne mit der Kamera. Genauer gesagt war es mein Fehler. Ich hab vergessen, den Ton einzuschalten.«

»Ach Zack!«

»Ich hatte aber eine Deadline für das Projekt, und es war zu spät, um noch was anderes anzufangen. Also habe ich einen Stummfilm daraus gemacht.«

»Du solltest ihn sehen, Mom!«, sagte Portia begeistert. »Ein richtiger Arthouse-Film.«

Lisa bemühte sich um eine fröhliche, aufmunternde Miene, trotz dieser Katastrophennachricht.

»Na ja, jedenfalls habe ich den Film rechtzeitig eingereicht und …«

»Er hat einen Preis gewonnen!«, fiel ihm Portia ins Wort. »Für die beste kreative Arbeit des Jahres. Und …«

»Schon gut. Du musst es nicht jedem erzählen«, murmelte Zack in einem Anfall von Bescheidenheit.

»ABC zeigt ihn im Fernsehen.«

»Aber nur im Rahmen einer Kultursendung am Sonntagnachmittag«, sagte Zack und zuckte mit den Achseln.

»Und außerdem bekommt er eine Förderung für einen Kurzfilm.«

»Zack, das ist ja phantastisch!«, sagte Lisa. »Meinen Glückwunsch.«

Portia stand auf und gab Zack einen Kuss auf die Wange. Und als sie ihn zur Tanzfläche führte, stellte Lisa fest, dass sie gerade Zeugin eines bedeutsamen Ereignisses wurde – Portia und Zack hielten sich an den Händen.

Kapitel 35

An den Seitenspiegeln des Kombis flatterten rosa Bänder. Portia sprühte in großen geschwungenen Buchstaben »Just married« auf die Rückscheibe, während Zack Konservendosen an die Stoßstange band. Als Ted und James auf der Veranda erschienen, liefen sie lachend weg.

»Wart nur, wenn ich dich erwische!«, rief Ted seiner Schwester hinterher. Er hatte seinen eleganten Anzug gegen Jeans und ein helles Leinenhemd getauscht. Das von James war kariert. Es war kein Geheimnis, dass sie die Fähre nach Tasmanien erwischen wollten, um dort ihre Flitterwochen zu verbringen. James konnte es kaum erwarten, das berühmte Kunstmuseum in Hobart zu besuchen.

Die Jungs schlossen Lisa in die Arme und küssten sie auf die Wangen. »Danke für die schönste Hochzeit auf der ganzen Welt!«, sagte Ted.

»Es war mir ein Vergnügen«, antwortete sie. »Die Arbeit habt ja ihr gemacht.«

Jake kam die Treppe heruntergeeilt, um seinem Sohn und seinem frischgebackenen Schwiegersohn die Hand zu schütteln. Nach einer Runde Küsse und Umarmungen kletterte das glückliche Paar in den Kombi. Mit zitternder Unterlippe sah Lisa dem Auto nach, als es Bänder und Dosen hinter sich herwirbelnd die Auffahrt hinunterrumpelte. Das war die schönste Hochzeit, die sie jemals erlebt hatte, einschließlich ihrer eigenen.

Den Gästen schien es schwerzufallen, sich zu verabschieden und nach Hause oder ins Hotel zurückzukehren. Als schließlich die ersten aufbrachen, packte auch die Band ihre Instrumente ein, und die Kellner begannen die Tische abzuräumen. Alle waren sich einig, dass es eine tolle Hochzeit gewesen war. Lisa hatte nicht nur mit James' Vater, der Grey Army und halb Castlemaine getanzt, es war ihr sogar gelungen, zwei Walzerrunden mit Scott zu drehen.

Einige Gäste blieben noch und ließen sich auf den Verandastufen nieder. Stella holte einen Stuhl für Todd, und Scott half Heidi, noch ein paar Plastikstühle für diejenigen aufzustellen, deren Hinterteil zu empfindlich oder zu alt war, um auf Beton zu sitzen. Dann setzte er sich neben Jake, um ihre Männerfreundschaft zu vertiefen.

Sämtliche Versuche Maxines, Tante Caroline in ihren Golf zu locken, waren fehlgeschlagen. Sie thronte auf dem Sofa und hielt Hof. Eingequetscht zwischen Maxine, Gordon und Dorothy Thatcher, plapperte sie unverdrossen von ihrem Besuch auf der königlichen Yacht Britannia. »Und was diesen Oberst Gaddafi betrifft, meine Güte, der war eine Granate im Bett«, erklärte sie. Es war traurig, mit ansehen zu müssen, wie die einstmals intelligente Frau geistig immer mehr abbaute.

Lisa stellte ihrer Tante eine Tasse Tee neben die Füße, aber die alte Frau verpasste der Tasse einen Tritt und verlangte stattdessen ein Glas Portwein. Woraufhin Maxine Lisa zur Seite nahm und sie anflehte, Tante Caroline um Gottes willen keinen Alkohol mehr zu geben, sonst würde sie es niemals schaffen, sie nach Hause zu bugsieren.

Als Lisa aus der Küche zurückkam, um ihrer Tante mitzuteilen, dass der Portwein alle sei, verschlug es der alten Frau einen Moment lang die Sprache. Ron sprang in die Bresche und sagte, er habe vielleicht noch eine Flasche Dessertwein in seinem Auto.

Er ging zum Parkplatz und kehrte mit einer braunen Papiertüte in der Hand zurück.

»Der Junge gefällt mir!«, jauchzte Tante Caroline.

Mit erstaunlicher Geschwindigkeit floss die Flüssigkeit zuerst in ihr Glas und anschließend ihre ledrige Kehle hinunter. Nach dem dritten oder vierten Glas versank die Gesellschaft in ehrfürchtiges Schweigen.

Tante Carolines Wangen röteten sich. Ihre Augen begannen verdächtig zu glänzen. »Leute, keine Müdigkeit vorschützen!«, rief sie. »Wie wär's mit einem kleinen Lied?« Mit dunkler Stimme setzte sie zu »Roll Out the Barrel« an und schwang dazu ihr Glas wie einen Dirigentenstab. Stella und Heidi taten ihr es mit ihren Sektgläsern nach und stimmten mit ein. Auch Ron und Gordon schlossen sich an, und Dorothy Thatcher übernahm die Oberstimme. Maxine wurde so lange in die Rippen geknufft, bis sie schließlich nachgab und ebenfalls mitsang. Todd lächelte und nickte gehorsam im Takt.

»Sing bum-tatara!«, trällerte Tante Caroline. »Moment mal … STOPP!« Mit ihrer manikürten Klaue deutete sie auf Scott und Jake, die auf der Stufe saßen und sich unterhielten. »Wisst ihr jungen Kerle nicht mehr, wie man sich amüsiert?«, fragte sie vorwurfsvoll. »Komm sofort her.«

Scott lockerte seine Krawatte.

»Nicht du«, blaffte sie. »Der Kleine.«

Jake wurde rot, stand auf und klopfte den Staub von seinem Hosenboden.

»Komm her, mein Junge«, befahl Tante Caroline.

Maxine schien eingreifen zu wollen, doch als sie sah, wie unangenehm Jake die Sache war, ließ sie es bleiben.

»Eigentlich wollte ich gerade aufs Klo«, murmelte er.

»Quatsch!« Tante Caroline hob ihren Gehstock vom Boden auf und schwang ihn drohend. »Her mit dir.«

Jake fuhr sich mit der Hand durch die Haare. Mit einem Blick zu den anderen zuckte er die Achseln und ging die Stufen hoch.

»Nur keine Schüchternheit.« Tante Caroline hatte Ähnlichkeit mit einem Hai, der im Begriff war, einen Hering zu verschlingen. »Jetzt komm schon her!« Die alte Frau packte Jake bei den Oberschenkeln und zog ihn aufs Sofa.

Er verlor das Gleichgewicht und landete mit einem Aufschrei auf ihrem Schoß. Das Sofa ächzte und quietschte unter dem zusätzlichen Gewicht. Maxine versuchte aufzustehen, aber die Sitzfläche schlingerte wie ein sinkendes Schiff. Mit einem gewaltigen Knirschen brach das Sofa in der Mitte durch und fiel in einer Staubwolke und unter allgemeinen Entsetzensschreien in sich zusammen.

Lisa eilte herbei, nahm ihre Tante und zog sie aus dem Wrack. Die Perücke der alten Frau hing ihr übers Ohr.

»Alles in Ordnung, Tante Caroline?«, erkundigte sich Lisa und half der Neunzigjährigen auf einen Plastikstuhl.

»Ja, ja, nichts passiert.«

Lisa suchte Stock und Handtasche ihrer Tante und legte beides unter den Stuhl.

Auch Dorothy Thatcher, Ron und Maxine schienen mit dem Schrecken davongekommen zu sein. Am schlimmsten hatte es Gordon erwischt, der den Fall der alten Frau abgebremst hatte. Er war auf den Knien und tastete nach der Balustrade.

Das Sofa hatte Ähnlichkeit mit einem Tierkadaver, wie es da hingestreckt auf der Veranda lag und aus seinem Inneren verrostete Federn und Rosshaar quollen. In einer Falte des verschlissenen Stoffs entdeckte Lisa etwas, das wie eine silberne Kette aussah. Sie beugte sich vor und zog daran. An der Kette hing ein herzförmiges Medaillon. Das Silber war schwarz angelaufen, aber die Gravur war noch sichtbar. Die am Rand eingravierten Rosen bildeten zwei ineinander verschlungene Buchstaben. Sie waren schwer zu entziffern, so als handelte es sich um einen Code.

»Wer sind A und M?«, fragte Lisa langsam.

Tante Caroline stieß einen Schrei aus und sank nach vorne.

»Sie hat einen Anfall!«, rief Maxine. »Wo ist ihr Inhalator?«

»H-H-Handtasche«, keuchte Tante Caroline.

»Gordon!«, bellte Maxine. »Bring mir ihre Handtasche.«

»Wo ist sie denn?«, fragte Gordon.

Tante Caroline hob eine blaugeäderte Hand und deutete zwischen ihre Beine.

»Da fasse ich nicht hin!«, sagte Gordon.

Genervt tauchte Maxine unter Tante Carolines Rock und zog die Handtasche hervor. Die alte Frau packte den Inhalator, zog die Kappe ab und sog daran.

Als Tante Carolines Lunge wieder normal funktionierte, wandte Lisa ihre Aufmerksamkeit erneut dem Medaillon zu. »Ob es sich wohl öffnen lässt?«

Mit einem Ruck beugte sich Tante Caroline vor und packte die Kette. Lisa ließ sie nicht los. Die alte Frau nahm all ihre Kraft zusammen und zog heftig daran.

Die Kette hielt dem Druck nicht stand und riss, und das Medaillon segelte durch die Luft. Lisa schrie auf, als es auf den Mosaikboden knallte. Durch den Aufprall zerbrach das Silberherz in zwei Teile. Lisa bückte sich, um die eine Hälfte aufzuheben, und stellte fest, dass sie ein altes sepiafarbenes Foto enthielt. Der darauf abgebildete Mann hatte ein längliches, empfindsam wirkendes Gesicht, seine Augen waren dunkel und traurig. »Das ist Alexander, unser Großvater!«, rief Lisa.

Die andere Hälfte des Medaillons war unter Todds Stuhl gerutscht. Lisa kroch darauf zu, doch Tante Carolines Stock versperrte ihr den Weg. »Wahrscheinlich ist es nicht einmal Sterlingsilber«, herrschte die alte Frau sie an. »Du kannst dir die Mühe sparen.«

Lisa schob den Stock zur Seite und griff nach dem Stück Silber. Sie erhob sich, ging damit ins Licht und wischte den Staub ab. Auch in dieser Hälfte des Medaillons steckte ein vergilbtes Bild.

Es zeigte eine Aborigine-Frau mit einem Baby. Alexander und eine schwarze Frau? Und wer war das Baby? Lisa war gleichermaßen erschüttert und fasziniert.

Eine Reihe Pieptöne riss Lisa aus ihrer Versunkenheit. Maxine tippte hektisch eine Nummer in ihr Handy und schrie: »Hallo? Notrufzentrale? Wir brauchen einen Krankenwagen. Schnell.«

Kapitel 36

Ihre Tante habe eine unruhige Nacht hinter sich, inzwischen sei ihr Zustand aber stabil, erklärte die Schwester. Man tue alles, um es ihr so angenehm wie möglich zu machen, versicherte sie.

»Dieser Ton gefällt mir nicht«, murmelte Maxine, während sie der Schwester den blitzblanken Flur hinunter folgten.

Die alte Frau war so weiß wie das Kissen, auf dem sie lag, ihre Gesichtszüge wirkten wie gemeißelt, die Haare klebten ihr am Kopf wie Seetang. Ihre Augen über den Sauerstoffschläuchen in ihren Nasenlöchern glänzten unnatürlich. Beim Anblick des in Papier gehüllten Blumenstraußes in Lisas Hand verzog sich ihr Mund zu einem Lächeln, gleich darauf verwandelte er sich in einen dünnen Strich, als sie sah, was für Blumen es waren.

»Tut mir leid«, sagte Lisa. »Ich weiß, dass du Nelken nicht ausstehen kannst, aber das ist alles, was sie im Kiosk unten hatten. Sie riechen gut.«

»Wie geht es dir?«, fragte Maxine.

»Fürchterlich«, keuchte die alte Frau. »Im Zimmer gegenüber hat die ganze Nacht eine Griechin herumgeschrien.«

Maxine nahm die Blumen und machte sich auf die Suche nach einer Vase.

»Du bist also gekommen, um mich weiter zu quälen«, seufzte Tante Caroline.

»Nein, natürlich nicht.«

»Wahrscheinlich musstest du es früher oder später herausfinden. In dieser Stadt wimmelt es von Schnüfflern wie dieser Dorothy Dingsda.«

Lisa nahm die Hand der alten Frau. Sie fühlte sich wächsern und kalt an. Tante Caroline dämmerte weg. In ihrer Brust rasselte es bei jedem Atemzug.

Als Maxine mit den Blumen in einer Vase zurückkehrte, wachte Tante Caroline mit einem Ruck wieder auf. »Wo war ich? Ach ja, richtig.« Sie holte Luft und fixierte eine Stelle an der Decke. »Euer Großvater Alexander war ein schneidiger junger Mann. Alle Frauen liebten ihn. Nur waren seine Vorlieben ein bisschen … wie soll ich sagen … exotisch …«

Sie drohte erneut einzuschlafen. Lisa hielt ihr einen Pappbecher mit Wasser an die ausgetrockneten Lippen. Die alte Frau trank gierig wie eine Verdurstende.

Schließlich hob sie die Hand zum Zeichen, dass sie genug hatte, ihre Fingernägel schimmerten dunkelrot. »Er hat sich mit einem der Dienstmädchen eingelassen. Ihr Name war Maggie. Das dumme Ding wurde schwanger. Alexander wollte sie heiraten, aber das kam natürlich nicht in Frage.« Tante Caroline rang keuchend nach Luft.

Lisa schüttelte das Kissen auf, um ihr das Atmen zu erleichtern. »Du musst uns das nicht erzählen«, sagte sie sanft. »Konzentrier dich einfach darauf, dass es dir wieder bessergeht.«

Die alte Frau schnaubte. »Meine Zeit ist gekommen.«

Maxine und Lisa wechselten einen Blick. »Soll ich den Arzt rufen?«, fragte Maxine.

»Bleib mir bloß mit diesem Idioten vom Leib. Der soll zurück nach Pakistan.«

Lisa warf Maxine einen entsetzten Blick zu.

»Sag uns, was wir tun sollen, Tante Caroline«, sagte Maxine in besänftigendem Ton.

»Seid still und hört zu«, blaffte Tante Caroline. »Die Trumpertons haben sie natürlich rausgeworfen. Etwas anderes konnten sie gar nicht tun. Es ist ja nicht so, als hätten diese Leute besonders viel Verstand ...«

Lisa krümmte sich innerlich.

Tante Carolines Blick wanderte zum Fenster. Auf einem Stück Rasen spielten ein paar Jungen Fußball. In der Annahme, dass die skandalöse Geschichte damit beendet war, strich Lisa die Bettdecke glatt.

Doch die alte Frau hielt ihre Hand fest und sammelte ihre Kräfte. »Um Alexander auf andere Gedanken zu bringen, gaben seine Eltern einen Ball«, krächzte sie. »Er sollte die Tochter eines Richters heiraten. Es war das Ereignis des Jahres. Ihr könnte es euch ja vielleicht vorstellen. Pferde und Kutschen in der Auffahrt. Ein Ballsaal voller herrlicher Kleider ...« Die Lippen der alten Frau verzogen sich zu einem schwachen Lächeln. »Die Trumpertons hielten sich immer für etwas Besseres«, fuhr sie fort. »Wie sich herausstellte, stammte aber auch das Dienstmädchen aus einer bedeutenden Familie. Sie war die Tochter irgendeines Häuptlings.«

»Du meinst eines Ältesten?«, sagte Maxine.

»Ja. Aber wie dem auch sei, als er erfuhr, was seiner Tochter widerfahren war, beschloss er, den Trumpertons einen Besuch abzustatten.«

Tante Caroline trat unter der Bettdecke mit den Beinen. Lisa strich ihr über die Stirn, versuchte sie zu beruhigen, aber die alte Frau stieß ihre Hand weg.

»Am Abend des Festes versammelten sich der Älteste und seine Leute im Garten vor dem Haus. Auch Maggie war dabei, das Kind auf dem Arm. Dem alten Trumperton war das natürlich ungeheuer peinlich. Er brüllte herum, sie sollten verschwinden.«

»Was haben sie getan?«, fragte Lisa.

»Sie haben gesungen.«

»Gesungen?«

»Alexanders Vater geriet außer sich. Er hetzte die Hunde auf sie, aber sie blieben einfach stehen, deshalb verloren die Hunde das Interesse an ihnen. Und die gute Gesellschaft von Castlemaine bekam das alles mit und lachte den alten Trumperton aus. Aus seiner Sicht blieb ihm keine andere Wahl, als …« Tante Carolines Stimme verlor sich. Die Augen fielen ihr zu.

Auf der anderen Seite des Flurs galoppierten Pferde auf einem Bildschirm der Ziellinie entgegen.

»Meinst du, wir sollten sie ausruhen lasen?«, fragte Lisa Maxine.

Die alte Frau öffnete die Augen. »Dazu habe ich noch Zeit genug … Wo war ich? Ach ja. Alexanders Vater holte sein Gewehr aus der Bibliothek. Er trieb Maggies Vater zu den Ställen.«

»Mein Gott«, stieß Maxine hervor.

»Ein einzelner Schuss, in die Schläfe.«

»Unser Urgroßvater war ein *Mörder*?«

»Damals nannte man das nicht so«, sagte Tante Caroline mit einer abwehrenden Geste. »Nicht, wenn es um diese Leute ging.«

Lisa und Maxine wechselten einen Blick.

»Aber sie nahmen doch sicher Rache?«, fragte Lisa.

»Am nächsten Tag ging der Dienstbotentrakt in Flammen auf. Niemand wurde verletzt.«

»Hat man unseren Urgroßvater verhaftet?«

»Er wurde niemals angeklagt, aber unter dem Skandal litt das Geschäft. Die Familie verlor ihr gesamtes Vermögen und wanderte nach Neuseeland aus. Dort lernte Alexander meine Mutter kennen, eure Großmutter Geraldine.« Tante Caroline ließ sich in die Kissen zurücksinken. Die Augen der alten Frau drehten sich unter halb geschlossenen Lidern nach oben.

»Und was ist mit dem Kind geschehen?«, fragte Lisa.

Das verrunzelte Gesicht wandte sich ihr zu. »Frag die Leute in dem Haus auf der anderen Seite der Straße«, flüsterte Tante Caroline.

»Du meinst Mrs Wright?«

Tante Caroline nickte. »Eine unselige Angelegenheit. Ich habe versucht, dich davon fernzuhalten.«

»Willst du damit sagen, dass Mrs Wright Maggies Kind ist?«

»Nein, nicht sie«, stieß Tante Caroline hervor. »Es gab noch einen Jungen. Ein Trumperton mit der falschen Mutter.«

Die alte Frau begann heftig zu zittern. Aus ihrer Kehle drangen unverständliche Laute.

»Sie will etwas sagen«, sagte Maxine.

»Was denn?«, fragte Lisa und beugte sich tief über die vertrockneten Lippen.

»Bring das nächste Mal Champagner mit. Aber achte darauf, dass es französischer ist.«

In Tante Carolines Brust rasselte es. Das Leben wich aus ihren Augen.

Kapitel 37

Kiwi richtete eines ihrer roten Augen auf Lisa, als sie in die Küche kam. Lisa nahm eine Packung Müsli aus dem Regal und dachte über die Unwägbarkeiten des Lebens nach, während Mojo sich um ihre Knöchel wand. Jahre, manchmal Jahrzehnte, konnten verstreichen, und alles ging seinen gewohnten Gang. Veränderungen vollzogen sich so langsam und schleichend, dass man kaum etwas davon mitbekam. Die Kinder wurden größer, die Falten tiefer. Es war so einfach, sich von einem falschen Gefühl von Sicherheit, ja sogar Langeweile einlullen zu lassen, und so träge zu werden wie Haferflocken in einer Müslipackung.

Und dann kam jemand – oder etwas – und brachte alles gründlich durcheinander. Körner, die ganz unten in der Packung gelegen hatten, wurden plötzlich nach oben befördert. Rosinen stießen mit Nüssen zusammen. Haferflocken wurden über den Fußboden verstreut. Leute ließen sich scheiden und zogen in ein anderes Land.

Während sie zusah, wie die Haferflocken in die Schüssel fielen, zeigte ihr Handy mit einem Piepton den Eingang einer SMS an. Sie war von Maxine: »OMG! TC hat i Heim Verfügung f Pappsarg hinterlassen.«

Maxine hatte es übernommen, sich um Tante Carolines Beerdigung zu kümmern und war ganz in ihrem Element.

»War sie Umweltschützerin?«, tippte Lisa.

»Nein, geizig. Nehme Furnier.«

Portia schwebte in die Küche, ihre Haare glänzten wie

gesponnenes Gold. »Dieses neue Shampoo ist cool, Mom. Wo hast du das her?«

»Belle hat es vergessen.«

Portia öffnete den Kühlschrank und nahm einen Teller mit übrig gebliebener Lasagne heraus. Lisa hielt den Atem an – das Kind wollte tatsächlich etwas essen! Ihre Aufregung wich der Enttäuschung, als Portia ein Stück abbrach und Kiwi damit fütterte.

»Können wir die alten Leute gegenüber besuchen?«

Lisa bereute es, dass sie Portia am Abend zuvor von Tante Carolines Enthüllungen erzählt hatte. Jetzt platzte Portia beinahe vor Neugier.

Seit dem Feuer war Lisa nicht mehr in der Nähe des Wright'schen Hauses gewesen. Ein paar Wochen lang hatten die Autos von Handwerkern vor dem Cottage gestanden. Nach und nach war das Kreischen von Kettensägen vom Ratschen von Handsägen und dem Klopfen von Hämmern abgelöst worden. Mittlerweile parkte wieder der alte Holden in der Einfahrt, aber Lisa hatte Angst davor hinüberzugehen.

»Ich bin mir nicht sicher, ob sie uns sehen wollen.«

Kiwi pickte Portia ein weiteres Stück Lasagne aus der Hand.

»Es gibt nur eine Möglichkeit, das herauszufinden«, erwiderte Portia.

Es sah Portia gar nicht ähnlich, sich für jemanden, der nicht ihrer Generation angehörte, zu interessieren, deshalb setzte Lisa einen Sonnenhut auf und schob einen zweiten über den Tisch. Portia inspizierte ihn kurz und schob ihn mit einem Grinsen zur Seite. Die Empfehlungen des Cancer Council waren so was von uncool.

Auf dem Weg zu den Wrights musste Lisa in einen leichten Laufschritt fallen, um mit den ausholenden Schritten ihrer Tochter mitzuhalten. In dem Flaschenputzerbaum am Ende der Wright'schen Einfahrt trällerte eine Elster, ihr schwarzweißes Gefieder bildete einen scharfen Kontrast zu den leuchtend roten Blüten des Baums, der das Feuer auf wundersame Weise unbeschadet überstanden hatte.

Eine bringt Unglück … Lisa war nicht abergläubisch, aber es war praktisch unmöglich, nicht nach der zweiten Elster Ausschau zu halten. Sie konnte sich nicht mehr daran erinnern, wann ihr Vater ihr das Lied zum ersten Mal vorgesungen hatte. Zweifellos hatte Alexander es ihm beigebracht, so wie sie es ihren Kindern beigebracht hatte.

»Da ist sie!«, rief Portia und deutete auf den zwischen den Büschen herumspazierenden Gefährten der Elster im Baum. »Zwei bringen Freude.«

Lisa blieb stehen und sah sich nach weiteren Elstern um. *Drei bringen einen Brief* ergab keinen Sinn. Es sei denn, man zählte E-Mails mit.

Beeindruckt stellt Lisa fest, dass die Zweige der geschwärzten Baumstämme links und rechts des Wegs zum Haus neue Knospen hervortrieben. Auch aus dem Boden spross frisches Grün. Vom australischen Busch konnte der Mensch noch einiges über Widerstandsfähigkeit lernen.

Das Cottage der Wrights hatte einen neuen aprikosenfarbenen Anstrich mit einer grünen Einfassung um die Fenster. In der Sonne schimmerte ein neues Wellblechdach. Unkraut und ein paar Büschel Gras kämpften sich durch ein Stück verbrannte Erde, das einmal eine Wiese gewesen war, ans Licht. Lisa warf einen Blick um die Ecke des Hauses. Unter dem Vogelbad blies der Gartenzwerg immer noch in seine Flöte, aber die Spitze seines Huts fehlte. Sie musste ihm abhandengekommen sein, als sie das Fenster mit ihm eingeschlagen hatte.

Mrs Wright öffnete die Tür. Um ihren winzigen, gebeugten Körper war eine geblümte Schürze gebunden. Weißes Haar ringelte sich um ein faltiges Gesicht mit dunkelbraunen Augen, die sie verwirrt anblinzelten. Lisa merkte, dass sie rot wurde. Sie kam sich vor wie ein kleines Mädchen, das an Halloween an der falschen Haustür um Süßigkeiten bettelte.

Plötzlich wurden die Gesichtzüge der alten Frau weich, und sie begann zu strahlen. Offenbar hatte sie Lisa erkannt. »Ach, Sie sind es!«, rief sie. »Kommen Sie rein.« Auf ihren Stock gestützt, bedeutete sie ihnen mit einer Geste einzutreten.

Portia und Lisa folgten der Aufforderung.

»Ich kann Ihnen gar nicht genug danken«, sagte die alte Frau, nahm Lisas Hand und sah ihr in die Augen.

Lisa dachte, dass nur alte Menschen und Babys es schafften, mit ihrem strahlenden Lächeln einen ganzen Raum zum Leuchten zu bringen. Vielleicht erlebten diejenigen, die besonders nah am Anfang oder am Ende des Lebens standen, jeden Augenblick bewusster und intensiver. Verlegen murmelte sie etwas davon, dass sie nicht lange bleiben könnten.

»Aber Sie kommen gerade recht für eine Tasse Tee«, beharrte ihre Nachbarin. »Und nennen Sie mich doch bitte Tante May.«

Lisa und Portia streiften ihre Schuhe ab und folgten ihr gehorsam den Flur entlang. Im Haus roch es nach frischer Farbe und Lavendel. Lisa warf einen verstohlenen Blick ins Schlafzimmer. Gardinen bauschten sich leicht im Wind. Über einer bestickten Bettdecke hing ein Hochzeitsfoto aus den 1950er Jahren. Auf der Kommode stand griffbereit eine ganze Batterie Tablettenfläschchen. Ohne all die Kisten und das Gerümpel wirkte das Zimmer geradezu kahl.

In der Küche am Ende des Flurs saß Mr Wright zusammengesunken an einem Resopaltisch und studierte mit einem Vergrößerungsglas in der Hand die Rennseite in der *Herald Sun*.

»Das ist die junge Frau, die uns das Leben gerettet hat«, rief Tante May.

Er richtete sich ein wenig auf und streckte eine Hand aus, die so zerknittert war wie Packpapier. Lisa schüttelte sie und sah ihm lächelnd in die Augen, die sie an zwei Ölpfützen erinnerten. Er ließ sich auf seinen Stuhl zurücksinken und hob wieder das Vergrößerungsglas.

»Kümmern Sie sich nicht weiter um ihn, er ist taub«, erklärte Tante May. »Wie gefällt es Ihnen hier in der Gegend?«

»Anfangs gab ein paar Schwierigkeiten, aber ich lebe sehr gern hier.«

Tante May humpelte zur Spüle und füllte den Wasserkessel, während Portia die auf dem Fensterbrett aufgereihten Fotos dunkelhaariger Kinder bewunderte.

»Ich habe gehört, dass wir einiges gemeinsam haben«, sagte Lisa und räusperte sich.

»Und das wäre, Liebes?«

»Trumperton Manor.«

»Ach das.« Tante May ließ sich seufzend auf einem Stuhl nieder. »Wir waren glücklich dort, aber der Garten wurde uns zu viel, und ich konnte die Treppen nicht mehr steigen …« Die Stimme der alten Frau verlor sich.

»Ich weiß, was passiert ist«, sagte Lisa, griff in ihre Tasche und zog das zerbrochene Medaillon heraus.

»Mein Großvater Alexander«, sagte sie und hielt Tante May das Foto hin.

Die alte Frau nickte höflich, als zeigte ihr jemand einen selbstgestrickten Schal. Lisa hielt ihr die zweite Hälfte des Medaillons vors Gesicht.

»Wissen Sie, wer das ist?«

Tante May deutete auf die Brille, die auf dem Kühlschrank lag. Portia holte sie ihr. Die alte Frau schob sie sich auf die Nase und beugte sich vor, um das Foto mit der Frau und dem Baby darauf zu mustern. Sie zuckte zusammen und schrie leise auf, so schwach und heiser, dass Lisa befürchtete, sie würde ohnmächtig werden.

Mr Wright blickte fragend zu seiner Frau hoch. »Weiberkram«, lispelte er schließlich zwischen den Stümpfen gelblicher Zähne, hob das Vergrößerungsglas und wandte sich wieder den morgigen Pferderennen zu.

»Das ist meine Mutter Maggie«, sagte Tante May, nachdem sie die Fassung wiedergewonnen hatte.

»Ihre *Mutter*?«, wiederholte Lisa.

Die alte Frau holte ein Taschentuch aus ihrer Schürze und betupfte sich damit die Augen.

»Und wer ist das Kind?«

Die alte Frau nahm ihre Brille ab und legte sie auf den Tisch. »Das ist mein Halbbruder George«, sagte sie mit einem Seufzer. »Er muss ein lieber Junge gewesen sein. Ich habe ihn leider nicht gekannt. Er starb mit sechzehn an Tuberkulose.«

Lisa bemühte sich, die Beziehung zwischen dieser Frau, ihr selbst und ihrer Tochter zu begreifen, die mit ernstem, kreidebleichem Gesicht neben dem Kühlschrank stand. Ihr Hirn schien sich in einen Schwamm verwandelt zu haben.

»Wollen Sie die Geschichte hören?«, fragte Tante May mit tonloser Stimme.

Lisa nickte.

Tante May deutete mit einer faltigen Hand auf die beiden freien Küchenstühle. »Vorsicht«, sagte sie, als Portia sich setzte. »Der wackelt.«

Portia und Lisa wechselten einen Blick, während Tante

May erneut die Brille aufsetzte und die Medaillonhälfte mit dem Foto der Frau und des Babys betrachtete. »Die Leute sagten, es habe meiner Mutter das Herz gebrochen, als in Trumperton Manor die Dinge so eine schlimme Wendung nahmen. Sie wurde sehr krank. Nachdem Alexander nach Neuseeland gegangen war, kam sie nachts immer wieder hierher zurück. Einige hielten sie für einen Geist …«

Lisa wurde schwindlig.

Tante May umschloss das Medaillon mit der Hand. »Aber sie war stark. Und sie liebte den kleinen George. Nach einer Weile begann es ihr besserzugehen. Sie lernte einen guten Mann namens Bazza kennen. Er arbeitete in der Brauerei. Sie heirateten und bekamen fünf Kinder, eins davon bin ich.«

Lisa war froh, dass es in Maggies Geschichte auch glückliche Momente gab.

»Nach allem, was in dem Haus passiert war, wollte keiner mehr dort wohnen. Damals gab es noch keine Autos, und es war sehr abgelegen. Es stand lange leer. Schließlich haben es Mum und Bazza für ein Butterbrot gekauft und sind mit uns Kindern dort eingezogen. Als Mum starb, hinterließ sie es mir.«

Lisa Familienstammbaum begann allmählich eher einem Schlangenbaum zu ähneln als einer gerade gewachsenen Kiefer.

»Alexander war also der Vater Ihres Halbbruders?«, hakte Lisa nach. Die einzelnen Puzzleteile fügten sich langsam zu einem Bild.

Die alte Frau drehte das Medaillon in der Hand hin und her. Die Erinnerung an die längst vergangenen traurigen Ereignisse hing schwer im Raum. Lisa kniete sich vor Tante May und legte die Arme um ihre zierliche Taille. »Es tut mir so leid, was meine Vorfahren Ihrer Familie angetan haben«, flüsterte sie. »Mein Urgroßvater hat einen brutalen Mord begangen. Sie müssen sehr zornig sein, dass er nie dafür bestraft wurde. Es tut mir so leid …«

Die alte Frau legte ihre Hand auf Lisas Schulter. Ihre Augen waren verhangen. »In jeder Familie gibt es Tränen«, sagte sie und tätschelte Lisa sanft und beruhigend den Rücken. »Lassen wir die Vergangenheit ruhen. Wir sind jetzt eine Familie.«

Still weinten die beiden Frauen miteinander.

Kapitel 38

Ein BMW nach dem anderen hielt vor St John's in Toorak. Lisa stand am Eingang und sah zu, wie die bessere Gesellschaft von Melbourne in die Kirche strömte. Es war ein wichtiges Ereignis, aber sie konnte es kaum erwarten, dass das Ganze vorbei war und sie nach Castlemaine zurückfahren konnte. Scott hatte sie zum Essen eingeladen. Ihre Nasenflügel bebten, wenn sie an ihn und dieses Aftershave dachte, von dem er steif und fest behauptete, es sei nur Seife. Gleich darauf bekam sie ein schlechtes Gewissen.

Der Sarg war über und über mit roten Rosen bedeckt. Auf dem schmalen Ende, dort, wo Tante Carolines Füße in ihren Christian-Dior-Schuhen lagen, stand ein gerahmtes Foto, das nicht später als 1943 aufgenommen worden sein konnte. Die darauf abgebildete Person blickte verträumt an der Kamera vorbei, so als erinnerte sie sich gerade an einen Flirt mit einem arabischen Scheich. Tante Carolines Lippen waren dunkel geschminkt, die Augenbrauen bildeten zwei schmale Bögen. Sie war zweifellos eine Schönheit gewesen, aber sie hatte es auch faustdick hinter den Ohren gehabt.

Als die Orgelklänge zu schaurigen Harmonien anschwollen, sah Lisa sich nach einem Sitzplatz um. In der ersten Reihe saß Maxine in etwas Lilafarbenem, zu dem sie einen schwarzen Pillbox-Hut mit einer Pfauenfeder trug. Die wippende Feder kitzelte Gordon, der in seinem Anzug still vor sich hin schwitzte. Neben ihm saß ihr Sohn Andrew, frisch aus dem Silicon Valley eingeflogen, zusammen mit Nina und ihrem Kolorektalchirurgen. Die Enkel, im neuesten Jacadi-Outfit, vergnügten sich damit, Seiten aus einem Gesangbuch zu reißen, während die Mutter mit ihrem Handy beschäftigt war.

Lisa, die in ihrem New Yorker Anzug vor Hitze fast umkam, entdeckte eine leere Bank im hinteren Teil der Kirche. Wie immer von telepathischen Fähigkeiten gelenkt, drehte sich ihre Schwester um und warf ihr einen Blick zu. Dann deutete Maxine auf die Bank hinter sich und winkte.

»Ich bin froh, dass ich es noch geschafft habe«, flüsterte Jake, als sie ihre Plätze einnahmen. »Das hat sie gut hingekriegt.«

»Hör auf damit!«, zischte sie. Sie wünschte, Jake hätte sich nicht bemüßigt gefühlt, familiären Zusammenhalt zu demonstrieren.

Neben ihnen schoben sich Ted und James in die Bank. »Es ist so lieb von euch, dass ihr eure Flitterwochen unterbrochen habt«, flüsterte sie.

»Ist doch selbstverständlich«, erwiderte Ted und drückte ihr die Hand.

Als die Trauergemeinde sich erhob, um »Der Herr ist mein Hirte« zu singen, rauschte Portia den Gang entlang und schlüpfte neben James in die Bank. »Tut mir leid!«, sagte sie leise. »Wir hatten ein paar technische Probleme.«

Portia trug ein Diadem aus kleinen blauen Perlen und Glitzersteinen, die möglicherweise Diamanten waren. »Das hab ich in Tante Carolines Kommode gefunden«, sagte sie und drückte den Kopfschmuck etwas tiefer in die Haare. »Kann ich es behalten?«

»Da mussst du Tante Maxine fragen.«

Lisa wünschte, sie hätte nach dem Besuch bei Tante May etwas mehr Zeit mit Portia gehabt. Sie hätte gern mit ihr über ihre Familiengeschichte gesprochen, um sich über verschiedene Dinge klarzuwerden. Aber an der Straße hatte bereits Zack gewartet, um mit Portia nach Melbourne zu fahren und die Fotos für die Trauerfeier auszusuchen.

Der Pfarrer räusperte sich und sagte, dass man sich heute hier versammelt habe, um Caroline Agnes Trumpertons zu gedenken … Säule der Gesellschaft, Kunstmäzenin …

Gordon erhob sich und verlas die Trauerrede, die Maxine verfasst hatte. Er fuhr sich mit dem Finger unter dem Kragen entlang, und sein rot geflecktes Gesicht ähnelte einer Salami. Mit zitternder Stimme sprach er von der pflichtbewussten Tante, die eine hervorragende Gärtnerin gewesen war und keine Schulaufführung der Kinder versäumt hatte. Die Trauergemeinde verfiel in eine Art Halbschlaf. Tante Carolines Leben war so langweilig gewesen, wie es jeder vermutet hatte.

Dann erschien Zack neben dem Altar, wo er eine große Projektionsleinwand aufgestellt hatte. Aus seinem Laptop erklangen Cole-Porter-Songs, während eine Auswahl an Bildern die Kirche erhellte: Tante Caroline über den Rand einer Tasse lächelnd beim Tee mit der Queen, mit Castro eine Zigarre rauchend, hoch zu Kamel an der Seite eines gutaussehenden jungen Gaddafi.

Kein Wunder, dass Tante Caroline das Seniorenheim öde gefunden hatte. »Unglaublich!«, flüsterte Lisa Portia zu. »Wo habt ihr denn diese Bilder aufgetrieben?«

»Die lagen in einer Schachtel ganz hinten in ihrem Schrank. Es gab auch eins von ihr und einem Typen, der wie Mussolini aussah, aber das haben wir lieber weggelassen.«

Der Leichenschmaus fand im Gemeindesaal strikt nach Tante Carolines Anweisungen statt. Es wurde Lapsang Souchong ausgeschenkt, und die Gurkenscheiben auf den

Sandwiches waren so knackig, dass man sich die dritten Zähne daran ausbeißen konnte.

Lisa beobachtete, wie Portia an den Schmetterlingskuchen und Zitronenschnitten vorbeischwebte, ohne auch nur eine Kalorie zu sich zu nehmen. Sie begann eine Unterhaltung mit einem Admiral a. D., mit dem Tante Caroline Gerüchten zufolge einmal verlobt gewesen war, aber ihre Gedanken schweiften dauernd zu Scott. Der schiefe Zahn, der verhinderte, dass sein Lächeln allzu perfekt war, die Narbe über seiner Augenbraue, die Haare auf seinen Handrücken … Er würde sie um sieben abholen. Ihr blieb mindestens eine Stunde, um zu duschen und sich fertig zu machen.

Sie bemerkte, dass die älteren Trauergäste auf ihre Rollatoren neben dem Eingang zusteuerten. Jake stand in einer Ecke und baggerte eine hochgewachsene Blondine an. Lisa tippte ihm auf die Schulter. »Meinst du, wir können gehen?«

Er warf einen Blick auf seine Uhr. »Ein bisschen früh, oder?«

»Ich muss zurück, um … den Kater zu füttern.«

»Der kann ja wohl für sich selbst sorgen.«

Lisa lächelte die Blondine an, die älter war, als sie von weitem gewirkt hatte. Jakes Geschmack wurde besser.

»Da ist auch noch der Vogel.«

»Im Ernst, Lisa, ich denke, wir sollten noch eine Stunde bleiben.«

Seit wann war er Experte, was Anstandsregeln betraf?

»Schon gut, Mom«, sagte Portia, die plötzlich neben ihr stand. »Ich fahr mit dir nach Hause. Dad kann sich ja von einem der Ehemänner mitnehmen lassen.«

»Was ist mit Zack?« Die beiden waren neuerdings unzertrennlich.

»Er bringt die Leinwand zu seinem Freund zurück, dann sucht er sich eine Mitfahrgelegenheit nach Castlemaine.«

Lisa konnte es kaum fassen. Neunzig Minuten allein im Auto mit ihrer Tochter.

Maxine war in eine Unterhaltung mit dem neuen Präsidenten des Melbourne Club vertieft. Das Timing hätte nicht besser sein können. Lisa eilte zu ihrer Schwester, gab ihr einen Kuss auf die Wange und verabschiedete sich.

»Warte mal kurz!«, sagte Maxine, und ihre dunkelroten Fingernägel schimmerten an Lisas Unterarm. »Kommst du denn nicht mit zum Anwalt?«

»Wozu?«

»Wir sind die nächsten Verwandten.«

Tante Caroline hatte wie eine Sozialhilfeempfängerin gelebt. Die letzten dreißig Jahre hatte sie damit verbracht, Schnur und gebrauchtes Einwickelpapier zu sammeln. Zu Weihnachten hatte sie Lisa und Maxine eine Karte mit einem Fünfdollarschein geschickt. Es war eine deprimierende Vorstellung, in einer Anwaltskanzlei zu sitzen und über Tante Carolines Sammlung gepresster Blumen zu streiten.

Also ließ sie stattdessen den Dino an und fuhr Richtung Autobahn. Portia stöpselte sich weiße Kabel in die Ohren und verfiel in einen hypnotischen Zustand. Das würde wohl nicht das trauliche Mutter-Tochter-Gespräch werden, auf das Lisa gehofft hatte. »Was hörst du da?«, schrie sie.

»Nichts.«

»Eine neue Band?«

»Kennst du sowieso nicht.«

Lisa meinte den dumpfen Schlag zu hören, mit dem Portia mal wieder die Schotten dichtmachte. Bei Macedon bog sie ab und hielt vor dem Café Sitka.

»Warum halten wir an?«, fragte Portia.

»Du hast vorhin nicht viel gegessen. Ich dachte, wir trinken hier Tee.«

Portia verdrehte die Augen. »Ich geh da nicht rein.«

»Warum nicht?«

Das Diadem funkelte trotzig. »Weil du mich wieder stopfen willst, wie sie es in Frankreich mit diesen Gänsen machen. Weil du *von Essen besessen bist*!«

»Ich?« In ihrem ganzen Leben hatte Lisa noch nie so etwas Lächerliches gehört. Obwohl, wenn sie genauer überlegte, war sie diejenige mit einem Vorrat an Proteinriegeln und Süßigkeiten für den Fall, dass sie die Diät nicht durchhielt, diejenige, die keine Sexszene schreiben konnte, ohne tonnenweise Schokolade zu verdrücken. »Ich mache mir nur Sorgen um dich.«

Portia streckte die Hand nach dem Türgriff aus. »Du brauchst dir keine *Sorgen* um mich zu machen«, sagte sie mit vor Sarkasmus triefender Stimme.

»Aber …«

»Du verstehst das nicht.«

Lisa war frustriert.

»Ich bin nicht mehr dein kleines Mädchen!«

Die Worte schnitten Lisa mit der Präzision eines chirurgischen Laserstrahls ins Herz.

Portia riss die Autotür auf und rannte die leere Straße hinunter.

Einen Moment lang bekam Lisa keine Luft. Vor dem blassen Himmel schaukelten Gummibäume hin und her. Eine müde Sonne trieb auf die Hügel zu. Sie ließ den Motor an. Während sie dem vor ihr fliehenden, ungestümen, untergewichtigen Geschöpf hinterherfuhr, hatte sie eine Vision von Emily Brontës Sarg. Eine unerkannt gebliebene Anorexie hatte sicher zu Emilys frühem Tod beigetragen.

Portia bog um eine Ecke. Lisa folgte ihr und fuhr im

Schritttempo neben ihr her. Vor einem Haus mit einem weißen Lattenzaun und einer Muttergottesstatue im Fenster blieb Portia stehen. Ihr Gesicht war bleich und tränennass, vor Wut hatte sie die Hände geballt.

Lisa stieg aus und blieb auf der Straße stehen. Über den Abgrund einer Generation hinweg musterten die beiden Frauen einander.

»Ich weiß, dass du erwachsen bist«, sagte Lisa mit ruhiger, sachlicher Stimme. Sie war selbst überrascht, diese Worte aus ihrem Mund kommen zu hören, aber Portia hatte recht. Ein Teil von Lisa hatte nicht akzeptieren wollen, dass ihre Tochter erwachsen war, in jeder Hinsicht unabhängig (außer in finanzieller, hätte sie gerne eingewandt – nicht einmal eine Ameise konnte von gelegentlichem Kellnern und unbezahlten Schauspielrollen leben, deshalb stockten sie und Jake Portias Einkommen regelmäßig auf). »Können wir miteinander reden?«, fragte Lisa.

»Du verstehst es doch sowieso nicht«, sagte Portia so distanziert und unberührbar wie eine Eiskönigin.

Allmählich gelangte Lisa zu der Überzeugung, dass »verstehen« ein überbewerteter Begriff war. Empathie war schon schwer genug. Portia behandelte sie, als würde sie ewig existieren, wie das Meer. Am liebsten hätte Lisa sie gepackt und ihr erklärt, dass sie ebenfalls zerbrechlich war. Dass sie, Lisa, lange vor ihrer Tochter sterben würde, wenn das Leben auch nur ein bisschen gnädig war.

Portia verschränkte die Arme vor der Brust und starrte auf eine Wolke, die wie ein Drache aussah. Ihre Unterlippe zitterte. Lisa trat auf den Gehweg und streckte die Hand nach ihr aus.

»Du hast ja keine Ahnung, wie anstrengend das ist«, Portia Stimme wurde immer dünner.

»Was denn?«

»Schön zu sein … klug.«

»Aber das bist du doch!«

Portia schüttelte den Kopf. »Nein, bin ich nicht! Ich will … vollkommen sein.«

Lisa warf einen Blick auf die Statue der Muttergottes mit ihren zum Gebet gefalteten Händen. »Nur Allah ist vollkommen«, sagte sie, aber sie konnte Portias Schmerz nachfühlen. Ihr Vater hatte sie einmal in ein Geschäft mitgenommen, in dem Perserteppiche an den Wänden hingen und den Raum in eine in allen Farben schimmernde Grotte verwandelten. Seine Augen leuchteten, als er ihr erklärte, dass jeder einzelne Knoten handgeknüpft war und den Teppich einzigartig machte. »In jeden Teppich ist mit Absicht ein Fehler geknüpft, Pandabär. Siehst du?« Er strich mit der Hand über einen karmesinroten Läufer mit einem Muster aus Blumen und diamantförmigen Rauten. »Wenn das Muster gleichmäßig wäre, dann müsste hier auf dieser Seite eine Raute als Gegenstück zu der da drüben sein, aber der Teppichknüpfer hat sie absichtlich weggelassen, als Erinnerung daran, dass nur Allah vollkommen ist.«

»Ich bin viel zu dick«, murmelte Portia.

»Hast du in letzter Zeit mal in den Spiegel geschaut? Deine Beine sind dünn wie Zahnstocher.«

Portias Wangen röteten sich vor Zorn. »Warum machst du das immer?!«, schrie sie, und Tränen liefen ihr über die Wangen.

»Was denn?«

»Mein Aussehen kommentieren. Früher, als ich noch viel dicker war, hast du mir jeden Tag gesagt, wie hübsch ich bin«, schluchzte sie. »Jetzt sagst du mir das nie, aber alle anderen tun es.« Sie ließ sich wie ein kleines Kind von Lisa in die Arme nehmen. Und während Lisa ihre Tochter sanft wiegte, verwandelte sich ihre Verwirrung in tiefe

Sorge. Die Heilige Jungfrau, die Mutter schlechthin, konnte ein Lied davon singen, mit wie viel Schmerz Mutterschaft manchmal verbunden war. Die Augen der Statue waren gen Himmel gerichtet. »Ich hab dich so lieb, mein Schätzchen.«

»Ich dich auch«, flüsterte Portia.

Lisa drängte die Tränen zurück. Es war Jahre her, seit Portia diese kostbaren Worte zuletzt zu ihr gesagt hatte.

»Ich weiß schon, was du sagen willst«, sagte Portia, wischte sich über die Augen und rückte ihr Diadem zurecht.

»Ach ja?«

»Du denkst, ich brauche professionelle Hilfe.«

Eine Schar Rosakakadus flog über ihre Köpfe hinweg.

Lisa holte Luft. »Denkst du denn, dass du die brauchst?«

Portia schlang die Arme um sie und verbarg das Gesicht an ihrem Hals.

»Willst du, dass ich in die Staaten zurückkomme und dir helfe, jemanden zu finden?«

»Ich geh nicht zurück!«, schluchzte Portia. »Ich bleib hier!«

»Was? Moment mal«, sagte Lisa und fasste Portia bei den Schultern.

»Ich ziehe zu Zack. Wir gründen eine Theatergruppe«, sagte Portia und rieb sich die Augen. »Und ich hab mir schon einen Therapeuten gesucht.«

Als sie Arm in Arm zum Auto gingen, war Lisa gleichzeitig überglücklich und beschämt. Sie jubelte innerlich, weil Portia in Australien bleiben würde, und sie schämte sich, weil sie ihre Tochter so lange falsch eingeschätzt hatte. Portia war viel erwachsener, als ihr klar gewesen war.

Kapitel 39

Es war ein Date. Selbst Scott hatte es so bezeichnet. Lisa hatte gehört, wie er für 19 Uhr einen Tisch in einem von Castlemaines schicksten Restaurants reserviert hatte, dem Public Inn. Er wollte sie um Viertel vor sieben abholen.

Ihre Nerven lagen blank, als sie mit Portia in Trumperton Manor ankam. Auf der Straße nach Castlemaine hatte sie gerade noch einem riesigen Känguru ausweichen können, das ihr völlig unbekümmert vors Auto gesprungen war.

Portia verschwand in ihrem Zimmer, und Lisa rannte ins Bad. Sie riss sich den Anzug vom Leib, sprang unter die Dusche, zog ihr geblümtes Glückskleid an und legte sich einen hellblauen Schal um die Schultern. Um 18 Uhr 40 saß sie geschniegelt und gestriegelt auf der Verandatreppe. Mojo, dessen rotbraune Mähne immer noch etwas aufgeplustert von seiner Hochzeitsfrisur war, sprang ihr auf den Schoß. Er schmiegte seinen Kopf in ihre Hand und schnurrte.

Eine Staubwolke kam die Hauptstraße entlang. Lisas Kehle war plötzlich so trocken wie Pergament, als sie ein Paar Scheinwerfer die Auffahrt heraufkommen sah.

Aber es war nicht Scotts Pritschenwagen. Aus dem Kombi kletterten Ted und James, gefolgt von Zack und Jake.

»Hallo, schöne Frau!«, sagte Jake und stieg in seinem schwarzen Anzug die Stufen hoch. »Gehst du noch aus?«

Sie zog den Schal etwas fester um ihre Schultern und blickte demonstrativ zu den Hügeln. Zack spurtete auf dem Weg in Portias Zimmer an ihr vorbei.

»Im Kühlschrank steht noch Lasagne!«, rief sie ihm hinterher.

Jake zuckte die Achseln und folgte den anderen ins Haus.

Lisa warf einen Blick auf ihr Handy. Fünf vor sieben. Scott musste jetzt jede Minute kommen. Sie verfolgte, wie eine Kolonne Ameisen aus einem Riss im Mosaikboden kroch. Darum würde sich der nächste Besitzer kümmern müssen.

Um Viertel nach sieben wählte sie Scotts Nummer und landete umgehend bei seiner fröhlichen Voicemail-Ansage. Sie sah funkelnde Weingläser auf einem leeren Tisch vor sich, einen auf die Uhr blickenden Kellner.

Die Ameisen waren kleiner und dunkler als gewöhnlich. Vielleicht gehörten sie zu einer anderen Kolonie.

Zehn Minuten später schickte sie ihm eine SMS. Keine Antwort.

Auf der Veranda erschien eine vertraute Gestalt. »Ist hier noch frei?«, fragte Jake und ließ sich neben ihr nieder.

Vielleicht lag es an dem tröstlichen Knacken seiner Kniegelenke oder daran, dass sie wütend auf Scott war, jedenfalls war sie froh über die Gegenwart ihres Exmannes.

»Die Jungs schaufeln gerade die Lasagne in sich rein«, sagte er, nahm die Krawatte ab und verstaute sie in seiner Jackentasche. »So wie du aussiehst, verdienst du etwas Besseres.«

Sie strich Mojo mit der Hand über den Rücken. Jake ging in die Charmeoffensive.

»Was hältst du davon, wenn wir in die Stadt fahren?«, fragte er und öffnete den obersten Hemdknopf. In einem schlichten weißen Hemd hatte er schon immer gut ausgesehen.

Im Public Inn herrschte Hochbetrieb, aber auf wundersame Weise war ein Tisch für zwei frei, weil jemand anderes nicht gekommen war. Sie folgten einem sonnengebräunten jungen Kellner zu einer versteckten Nische. Lisa schob sich auf die gepolsterte Bank an der Wand, und Jake setzte sich auf den Stuhl ihr gegenüber.

»Die beste Aussicht im Restaurant«, sagte er und sah sie mit einem strahlenden Lächeln an.

Ausnahmsweise fiel Lisa keine schlagfertige Antwort ein.

»Hübsch hier«, sagte er und studierte die Weinkarte. »Was hältst du von einem Gläschen französischem Champagner?«

Echten Champagner hatte er seit Jahren nicht mehr bestellt. »Ich dachte, du magst Prosecco lieber?«

»Schon, aber heute ist ein besonderer Abend, findest du nicht auch?«

Sie war in Versuchung, aber so wie sie Jake kannte, würde er erwarten, dass sie sich die Rechnung teilten.

»Prosecco ist schon okay«, sagte sie.

Er verzichtete auf eine Diskussion. Lisa bestellte die Ente, und Jake nahm wie üblich ein Steak.

»Auf uns«, sagte er, hob sein Glas und stieß mit ihr an.

Ihre Aufmerksamkeit wurde von dem jungen Paar am Nebentisch abgelenkt. Sie konnte sich nicht mehr erinnern, wie es sich anfühlte, so verliebt zu sein.

Der Kellner stellte einen Korb Brot und ein Schälchen mit Olivenöl auf den Tisch.

»Ich hab mich gefragt …«, fuhr Jake fort. »Also, ich meine, vermisst du unser altes Leben nicht manchmal?«

»Welchen Teil davon?« Es lag ihr auf der Zunge zu fragen, ob er das Fremdgehen meinte, die Zurückweisung – oder beides.

»Ach, ich weiß auch nicht … ein Stück am Broadway, wann immer uns danach war, die Galerien, das Lincoln Center …«

Etwas in ihrer Brust gab nach. Jake wusste immer noch genau, wie er sie packen konnte. Mit Wohlwollen registrierte sie, dass seine Schläfen wieder grau wurden.

»Und unser Lieblingsrestaurant«, sagte er, in die Erinnerung eintauchend wie in ein warmes Bad. »Du weißt schon, das von Anthony Bourdain?«

»Les Halles.«

»Richtig. Und wir haben tolle Freunde.«

Das Brot sah zu gut aus, als dass sie hätte widerstehen können. Sie nahm ein Stück und brach es auseinander. Es war noch ofenwarm. »Du meinst *hatten*«, sagte sie.

Jake schluckte den Köder nicht. »Weißt du, ich habe viel gelernt, seit ich hierhergekommen bin«, sagte er nachdenklich und tauchte ein Stückchen Brot in das Öl.

»Zum Beispiel?«

Jake tupfte sich den Mund mit der Serviette ab und beugte sich zu ihr. »Nichts kommt an eine gemeinsame Geschichte heran.«

Das war ihr Spruch. Sie widerstand dem Drang zu kichern. »Belle hat dich also abserviert.«

Jake zuckte zurück und hob abwehrend die Hände. »Ich schwöre!«

»Komm schon, sie hat dich abserviert.«

Der Kellner stellte einen Teller mit verführerisch riechender Ente vor sie hin.

»Ich hab die Sache beendet«, erklärte Jake und breitete die Serviette über seinen Schoß. »Und willst du wissen, warum?«

Der Kellner beugte sich etwas vor, um ja kein Wort zu verpassen.

»Mir war bis jetzt gar nicht klar, was für eine gute Ehe wir geführt haben«, sagte Jake, während der Kellner einen Konfettiregen aus schwarzem Pfeffer auf sein Steak rieseln ließ.

Das Essen auf ihrem Teller dampfte. Sie wartete, bis der Kellner verschwunden war. »Jake, wir sind *geschieden.*«

Er legte sein Messer am Tellerrand ab. »Es vergeht kein Tag, an dem ich nicht bedaure, was geschehen ist, Lisa.«

»Aber du hast mich verlassen!«

»Du weißt, wie aggressiv junge Frauen in sexueller Hinsicht sind«, sagte er und wandte den Blick ab. »Sie hat mich verfolgt.«

Lisa trank einen Schluck Prosecco. »Du willst, dass wir wieder *zusammenkommen*?« Die Falten auf seiner Stirn waren in letzter Zeit tiefer geworden. Er hatte sich das jungenhafte Grinsen abgewöhnt. Der neue, ernüchterte Jake hatte durchaus seinen Reiz.

»Wir können dreiundzwanzig Jahre Ehe nicht einfach auslöschen«, sagte er und fixierte sie mit einem Blick wie geschmolzene Schokolade.

Lisa probierte ein Stück von der Ente. Sie war pikant gewürzt.

»Ohne dich ist mein Leben trostlos«, fuhr Jake fort. »Ich kann nicht schlafen. Ich kann kaum atmen.«

»Das liegt an dem vielen Staub in der Luft hier draußen.«

Er zuckte zusammen, als hätte sie ihn mit einer Nadel gepikst. »Vermisst du mich denn nicht?«, fragte er nach einer Pause.

Sie blickte sich nach dem Kellner um. Er war außer Hörweite. Irgendwo im Hintergrund säuselte Diana Krall, dass ihr jemand unter die Haut gehe. Es stimmte, sie vermisste Jake tatsächlich, jedenfalls das eine oder andere an ihm. Er war kein schlechter Mann. Außerdem war er der einzige Mensch auf Erden, der behauptete, er würde sie brauchen. Gebraucht zu werden war etwas Besonderes, vor allem in ihrem Alter, wie Maxine sagen würde.

»Du weißt, dass ich dich immer geliebt habe«, sagte er und nahm ihre Hand.

Sie lehnte sich zurück. »Wie etwas, das du hast oder das du begehrst?«, fragte sie. Sie rechnete damit, dass er ihr vorwerfen würde, sie sei zynisch, aber er ging nicht auf ihren Ton ein.

»Beides, Lisa«, sagte er, griff in seine Brusttasche und zog ein zusammengefaltetes Blatt Papier heraus. »Zwei Tickets erster Klasse nach New York«, sagte er, faltete den Ausdruck der Airline auseinander und strich ihn auf dem Tisch glatt. »Für nächsten Freitag.«

Einen Moment lang verschlug es ihr die Sprache. Um diese Zeit hatten sich die Bäume im Central Park rotgolden verfärbt. Unter der Statue im Rockefeller Center drehten die Schlittschuhläufer ihre Runden. In wenigen Wochen würde es das erste Mal schneien. »Aber die Kinder …«

»Die leben ihr eigenes Leben. Wir können sie besuchen, sooft du willst.«

»Und meine Tiere?«

»Wir könnten uns eine Wohnung suchen, in der Tiere erlaubt sind.«

Er musste es wirklich ernst meinen, wenn er ihr anbot, mit einem Kater und einem Kakadu zusammenzuleben. »Was ist mit Trumperton Manor?«

»Komm schon, Lisa. Du hattest mit dem alten Schuppen nichts als Ärger.«

Er hatte recht. Das Haus hatte sie an ihre Grenzen gebracht. Sie musste Beverley anrufen, damit sie es so bald wie möglich zum Verkauf anbot.

»Ich gönne mir ein Sabbatjahr, bevor ich mich nach einem neuen Job umsehe«, sagte Jake. »Wir machen diese Kreuzfahrt nach Norwegen, von der du immer gesprochen hast.«

Lisa sah Berge vor sich, die aus Fjorden aufragten, und einen Steward, der die Laken auf einem breiten Doppelbett glattstrich und ein Täfelchen Schokolade auf ihr Kissen legte.

»Ich lasse dich nicht mehr im Stich«, sagte Jake, nahm ihre Hand und führte sie allen Ernstes an seine Lippen. »Du bist das Wichtigste für mich, Liebling. Lass uns einen Zwischenstopp auf Fidschi einlegen und noch einmal heiraten.«

Ein Schatten fiel über den Tisch. Jemand hätte dem Kellner beibringen sollen, etwas diskreter zu sein, wenn er schon die Gespräche seiner Gäste belauschte.

»Alles in Ordnung, danke«, murmelte Jake und wedelte mit der Hand.

Nur dass es nicht der Kellner war, der sich erkundigen wollte, ob ihnen das Essen geschmeckt habe. Es war Scott. Frisch geduscht und in einem hellen Hemd mit offenem Kragen starrte er auf sie herunter. Er war kreidebleich.

Lisa starrte mit offenem Mund zurück. Scott machte auf dem Absatz kehrt. Ohne nach links und rechts zu blicken, bahnte er sich zwischen den Tischen einen Weg zur Tür und stürzte hinaus auf die Straße.

Lisa wand ihre Hand aus Jakes Griff. Sie stand auf und rannte Scott an den verblüfften Restaurantgästen vorbei hinterher. Die warme Nachtluft strich ihr über die Wangen, als sie vor der Tür stehen blieb und links und rechts die Straße hinunterblickte.

Stotternd sprang ein Motor an. Scotts Pritschenwagen fuhr aus einer Parklücke. Sie rief seinen Namen und winkte. Die Rücklichter des Pritschenwagens glühten wie Drachenaugen, als Scott in der Dunkelheit davonbrauste.

Kapitel 40

In dieser Nacht wurden sie von einer aus der Wüste heranrollenden Hitzewelle heimgesucht. Lisa versuchte zu schlafen, aber ihr Körper fühlte sich so schwer und klebrig wie Knetmasse an. Sie warf die Decke auf den Boden.

In seinem neuen Pelzmantel vor sich hin röstend, beobachtete Mojo sie vom Fußende des Betts aus. Irgendwann nach Mitternacht merkte sie, dass er auf den Boden sprang und davonschlich. Sie warf einen Blick auf ihr Handy. Keine Nachricht von Scott.

Nicht lange danach klopfte es an ihrer Tür. Jake. Sie spielte mit dem Gedanken, ihn hereinzulassen, aber es wäre nichts weiter als die gewohnte Routine – es sei denn, Belle hatte ihm ein paar neue Tricks beigebracht. Plötzlich sah sie die Erste-Klasse-Tickets über ihrem Bett schweben wie ein verführerisches Stück Torte. Vielleicht könnte sie mithilfe eines Therapeuten lernen, ihm wieder zu vertrauen. Sie sollten am Morgen darüber sprechen. Sie schob sich die Ohrstöpsel tiefer in die Ohren und drehte sich um.

Kurz nach Anbruch der Morgendämmerung streifte sie ihren Kimono über und riss die Balkontüren auf. Ein heißer Wind strich über sie hinweg. Rasch schloss sie die Türen wieder und zog die Vorhänge vor, dann knüllte sie die Bettwäsche zusammen und bezog das Bett mit frischen, kühlen Laken.

Auf dem Küchentisch fand sie eine unter ein Glas geklemmte Nachricht von Portia. »Bin mit Zack nach Melbourne gefahren. Er hat Aircondition xxxx.«

Kiwi schlug auf ihrer Stange mit den Flügeln und verlangte laut krächzend, nach draußen gelassen zu werden. Sie segelte hinaus in den Obstgarten, als wäre es völlig normal, bei vierzig Grad in den Himmel zu steigen. Mojo dagegen lag steif und regungslos wie ein Museumsexponat auf dem Steinfußboden.

Lisas Kehle war völlig ausgetrocknet, und ihre Augen fühlten sich an wie pochierte Eier, nachdem das Wasser verkocht war. Und dabei hatte der Tag gerade erst begonnen. Sie goss sich ein Glas Wasser ein.

»Du sieht bezaubernd aus«, sagte Jake, der wie aus dem Nichts neben ihr stand.

Sie merkte, dass er sich auf die Zehenspitzen stellte und leicht vorbeugte, um ihr einen Kuss zu geben, und hob schnell das Glas an die Lippen. Der perfekte Schutzschild.

Jake war frisch rasiert, er roch nach Moschus und trug ein schwarzes T-Shirt mit dem Aufdruck STAY CLASSY. »Schau mal, was ich gefunden habe«, sagte er und schwenkte ihr altes Fotoalbum.

Er machte für sie beide Kaffee in der Cafetiere und trug sie auf einem Tablett hinaus auf die Veranda. Das Sofa lag noch immer auf der Seite wie ein Tierkadaver. Er ließ sich auf der obersten Treppenstufe nieder und winkte Lisa, sie solle sich zu ihm setzen. Seite an Seite blätterten sie das Album durch und kicherten beim Anblick ihrer jüngeren Ichs, die unter der fidschianischen Sonne standen und denen das Begehren ins Gesicht geschrieben stand. Sein Oberschenkel drückte sich gegen ihren, so zart, dass sie es anfangs kaum merkte. Als sich der Druck verstärkte, rückte sie ein kleines Stück von ihm weg. Dann lag plötzlich seine Hand auf ihrem Oberschenkel, während sie Babyfotos von

Ted bewunderten. Sie nahm sie und legte sie sanft zurück auf sein Knie, während sie zu Portia in ihrem Kinderwagen weiterblätterten.

»Ich habe das, was ich gestern Abend gesagt habe, ernst gemeint«, sagte Jake, schlug das Album zu und näherte sein Gesicht ihrem Mund. »Lisa, willst du mich noch einmal heiraten?«

Das Knirschen von Reifen in der Auffahrt unterbrach sie.

»Himmel noch mal!«, knurrte er.

Ein quietschgrüner Golf blieb vor ihnen stehen. Heraus kletterte Maxine in einem roten Kaftan mit Paisleymuster und einem passenden breitkrempigen Hut.

»Na, sieh mal einer an, wer da kommt!«, sagte Lisa.

»Ist diese Hitze nicht fürchterlich?«, sagte Maxine, nahm ihre Sonnenbrille ab und kam die Stufen herauf. »Ich hab mal die Temperaturen beobachtet. Hier draußen ist es immer zwei Grad heißer als bei uns.« Auf der zweiten Stufe blieb sie stehen und versteifte sich. »Was machst *du* denn hier?«

Die Feindseligkeit zwischen den beiden war mit Händen zu greifen.

»Ich habe meinen Aufenthalt ein bisschen verlängert«, sagte Jake.

Lisa ging mit Maxine in Alexanders Zimmer, während Jake sich in die Küche begab, um frischen Kaffee aufzubrühen.

»Das war bestimmt die anstrengendste Beerdigung, auf der ich jemals gewesen bin«, sagte Maxine seufzend, klappte ihre Puderdose auf und verwandelte ihren Mund in eine scharlachrote Wunde.

»Tante Caroline wäre ganz deiner Meinung gewesen.«

Jake erschien mit Kaffee und Keksen, und Maxine ließ

sich in einen Sessel sinken. »Ich nehme mal an, du machst jetzt mit diesem Pool und allem anderen weiter«, sagte sie.

Jake nahm sich einen Becher Kaffee und hockte sich auf die Ottomane unter dem Fenster.

»Da müsste schon ein Wunder geschehen«, sagte Lisa und biss wehmütig in ein Tim Tam.

Maxine richtete sich in ihrem Sessel auf. »Hast du es ihr etwa nicht erzählt?«, fauchte sie Jake an.

Jake rutschte unbehaglich hin und her.

»Was erzählt?«, fragte Lisa.

»Was bei dem Gespräch mit dem Anwalt rauskam«, sagte Maxine und warf Jake einen vernichtenden Blick zu. »Der gnädige Herr hat sich nämlich einfach dazugesetzt. Ich habe versucht, es zu verhindern, aber er hat dem Anwalt weisgemacht, dass er dich und die Kinder vertritt.«

Jake schlug die Beine übereinander und zuckte die Schultern. »Das habe ich nur getan, weil du es so eilig hattest, nach Castlemaine zurückzufahren«, sagte er an Lisa gewandt.

Maxine richtete die Stacheln auf wie ein Ameisenigel.

»Sag es ihr!«

Jake holte ein Taschentuch aus seiner Hosentasche und wischte sich damit über den Nacken. »Es hat sich herausgestellt, dass eure Tante Caroline stinkreich war«, sagte er.

Vor Lisas geistigem Auge erschien ein Bild, wie Tante Caroline Weihnachtsgeschenke in das Papier vom vorigen Jahr wickelte. »Aber sie hat alte Gummibänder gesammelt«, sagte sie.

»Weiter«, sagte Maxine und schien knapp davor, Jake an die Gurgel zu gehen.

Jake räusperte sich. »Offenbar hat irgend so ein Earl sie in den dreißiger Jahren ›sehr gern‹ gehabt«, sagte er. »Er hat ihr ein Vermögen hinterlassen.«

Lisa leckte die Schokolade von ihrem Daumen. »Schön für sie. Sie war wirklich gut darin, ein Geheimnis für sich zu behalten. Oder in diesem Fall einen Geliebten …«

»Also wirklich, Lisa, du bist manchmal so naiv!« Maxine knallte ihren Becher auf den Tisch. »Tante Caroline hat von dem vielen Geld nie etwas ausgegeben. Sie hat es auf ihrem Postsparbuch liegen lassen. Und jetzt hat sie es uns hinterlassen.«

»Dir und mir …?«, fragte Lisa vorsichtig, für den Fall, dass mit »uns« doch Maxine und Gordon gemeint waren.

»Wir sind reich«, sagte Maxine. »Du und ich, wir können von jetzt an tun und lassen, was wir wollen.«

Lisa sagte lange nichts.

»Und wenn du schon mal hier bist, kannst du ihr auch gleich noch die anderen Neuigkeiten berichten«, sagte Maxine schließlich und fixierte Jake mit einem tödlichen Blick.

Jake faltete die Hände wie zum Gebet und klemmte sie zwischen die Knie. »Also, ich wollte dir noch sagen, dass meine Investitionen – ich meine, *unsere* Investitionen in die Quinoa-Produktion auf Tonga den Bach runtergegangen sind. Und zu allem Überfluss, nun ja …«

»Sag es ihr!«, fauchte Maxine.

Jake verlagerte sein Gewicht. »Ich musste Privatinsolvenz anmelden.«

Maxine verzog den Mund zu einem zufriedenen Grinsen. »Ich habe am Abend vor der Hochzeit neben seiner kleinen Freundin gesessen. Sie hat mir alles erzählt.«

Lisa wurde vor Schreck ganz schwindlig. Jake mochte seine Fehler haben, aber mit Geld war er immer sehr sorgsam umgegangen. »Du hast alles verloren?«, fragte sie.

Er nickte und starrte auf seine Hände.

Warum hatte er Erste-Klasse-Tickets gekauft, wenn ihm

das Wasser bis zum Hals stand? Die einzelnen Teile des Bildes begannen sich zu drehen und ineinanderzufügen wie die Glasscherben in einem Kaleidoskop. »Der einzige Grund, warum du so scharf darauf bist, dass wir wieder zusammenkommen, ist also der, dass Tante Caroline mir einen Haufen Geld vermacht hat?«

Er stand auf, strich seine Hose glatt und ging zur Tür. Doch ein Blütenmeer versperrte ihm den Weg. Ein riesiger Strauß aus Flaschenputzern und orangenfarbenen Eukalyptusblüten füllte den gesamten Türrahmen aus.

Und unter diesem gewaltigen Strauß lugte ein Paar ausgetretener Arbeitsstiefel Größe 47 hervor.

Kapitel 41

Lisa blickte von ihrem Computer auf. In ihrem Arbeitszimmer roch es nicht mehr nach Farbe. Mit den Regalen voller Bücher und den polynesischen Masken an den dunkelgrünen Wänden fühlte es sich richtig heimisch an. Von dem Foto sah Alexander mit seiner Frau aus Castlemaine und seinem Baby auf sie herunter. Sie hatte es vergrößern und bearbeiten lassen, und noch über die Jahrzehnte hinweg war die Zuneigung zu spüren, die dieses Paar verbunden hatte. Tante May hatte sich riesig über die Abzüge gefreut, die Lisa ihr brachte.

Drei Schwestern: Anne zu schreiben war das reinste Kinderspiel gewesen, nur das letzte Kapitel bereitete Lisa Schwierigkeiten. Anne war in Harold verliebt, den gutherzigen Bauern, dessen Sohn an den Rollstuhl gefesselt war. Harold hatte sogar schon das H-Wort fallenlassen. Aber nach allem, was sie durchgemacht hatte, konnte Anne sich mit dem Gedanken zu heiraten nicht so recht anfreunden. Oder auch nur, wie Harold es ausdrückte, »ihren Krempel zusammenzuschmeißen«. Anne meinte, es sei romantischer, alles so zu lassen, wie es war, getrennt zu wohnen und einander von Zeit zu Zeit zu besuchen. Harold war bereit, sich darauf einzulassen, als Lisa unten im Garten jemanden rufen hörte.

Maunzend wälzte sich Mojo von ihrem Schoß. Lisa stand auf und öffnete das Fenster. Über den Hügeln auf der anderen Seite des Tals ging gerade die Sonne unter.

Die Wolken färbten sich rot. Vor dem abendlichen Himmel zeichnete sich der Umriss der Pergola ab. Das rostfarbene Gerüst war größer und moderner, als es auf dem Plan ausgesehen hatte. Beim Anblick von Scotts muskulösem Körper stockte ihr immer noch der Atem. Er hatte einen Schlauch in der Hand und winkte ihr. »Komm runter! Er ist fast voll.«

Es war seine Idee gewesen, den Pool in zwei Bereiche zu teilen. Wenn aus der Wüste der heiße Wind herüberwehte, war das kühle tiefe Becken ein wahrer Segen. In kalten Nächten, wenn der Himmel funkelte wie mit Diamanten besetzt, wäre das kleinere beheizte von unwiderstehlichem Reiz.

Lisa sah zu, wie Scott den Schlauch zur Seite warf und sein Hemd auszog. Er sprang in den tiefen Pool und ließ dabei eine glitzernde Fontäne aufsteigen.

Mojo galoppierte vor Lisa her in ihr Schlafzimmer und sah ihr neugierig zu, wie sie ihren Badeanzug anzog und sich verschämt ein Handtuch um die Hüften schlang.

Sie war noch auf der Treppe, als der Kater schon aus der Tür schoss und die Wege entlangsauste. Am Rand des Pools blieb er schlitternd stehen. Er hockte sich hin, tauchte versuchsweise eine Pfote ins Wasser und schüttelte sich.

Lisa ließ ihr Handtuch auf die Fliesen fallen und glitt in das kühle Wasser. Es war tiefer, als es aussah. Scott tauchte ab und zog sie am Bein. Kreischend trat sie nach ihm.

»Es wird ein paar Stunden dauern, bis sich das Spa aufgeheizt hat«, sagte er und schüttelte das Wasser aus seinen Haaren. »Wir können es später ausprobieren, wenn es dunkel ist …« Mit zwei Kraulzügen war er an ihrer Seite. Seine Schultermuskeln glänzten. »Zwei Wochen«, sagte er.

»Was?«

»Als du hier ankamst, hab ich dir zwei Wochen gegeben.«

Sie holte Luft und ließ sich in dem weichen Wasser nach unten sinken, bis ihre Zehen den Betonboden berührten. Sie nahm den Mund voll Wasser, stieß sich ab und spritzte es ihm ins Gesicht.

»Mal ehrlich!«, sagte er lachend. »Wie sollte so eine arrogante Schriftstellerin aus New York hier draußen überleben?«

»Arrogant?«

»Ach komm schon. Du hast die Nase ganz schön weit oben getragen … Per*go*la, *Per*gola.«

»Vielen Dank.«

Sie stemmte sich auf den Rand des Pools und griff nach ihrem Handtuch. Auf ihren Armen glitzerten Wassertropfen. Jenseits des Tals schimmerten die Bäume in goldenen Herbstfarben. Scott schwang sich mühelos aus dem Wasser, zog sie hoch und nahm sie in die Arme.

In der Nacht nach der Beerdigung war sie entschlossen gewesen, ihm den Laufpass zu geben. Sie war so mit sich selbst beschäftigt gewesen, dass sie nicht darüber nachgedacht hatte, was in seinem Haus passiert sein könnte. Um die Zeit herum, als Lisa in ihr Glückskleid geschlüpft war, hatte Todd versucht, ohne Krücken zu gehen, und war böse gestürzt. Scott hatte ihn zum Arzt gefahren. Er hatte Lisa anrufen wollen, aber sein Akku war leer gewesen.

Ihr Ärger hatte sich sofort in Luft aufgelöst. Wenn Scott ein Teil ihres Lebens werden sollte, gehörte Todd ohne jede Frage auch dazu. Der junge Mann wurde zu einem regelmäßigen Besucher in Trumperton Manor und gewann rasch die Zuneigung von Mojo und Kiwi. Auch Lisa mochte ihn. Der Ehrgeiz, mit dem er wieder gehen zu lernen versuchte, versetzte die Ärzte in Erstaunen. Tatsächlich hatte er es bereits geschafft, ein paar Schritte allein zurückzulegen.

Todd häufiger zu sehen, bedeutete auch, Absprachen mit Beverley zu treffen, was das Abholen und Zurückbringen anging. Sie würden zwar nie beste Freundinnen sein, aber Lisa hatte Beverleys direkte Art respektieren gelernt, zusammen mit ihren rosa Stiefeln und den Glitzersteinen.

Als Lisa und Scott Hand in Hand zum Haus gingen, kam ein Paar weißer Flügel vom Balkon heruntergesegelt und hielt schnurstracks auf sie zu.

»Achtung, Landeanflug!«, rief Scott warnend, ließ ihre Hand los und legte sich das Handtuch um den Hals. Kiwi näherte sich Scotts Schulter und streckte die grauen Klauen aus. Es wäre die perfekte Landung geworden, wenn sie nicht um ein Haar seinen Rücken hinuntergerutscht wäre.

»Komm her, Kleiner!«, sagte Lisa und hob Mojo hoch, um ihm den Kopf zu kraulen.

Der Kater entwand sich ihrem Griff und sprang auf den Boden. Manche Dinge änderten sich eben nie.

Kiwi schwankte wie betrunken hin und her, als Scott sich bückte und Mojo mit der Hand über den Rücken strich. Der rotbraune Löwenkater schnurrte genießerisch und machte einen Buckel.

Mit den blitzblanken Fenstern und den neuen weißen Läden war das Haus im Vergleich zu damals, als Lisa es das erste Mal gesehen hatte, kaum wiederzuerkennen. Die Ställe und der Dienstbotentrakt waren verschwunden, sie hatten Trumperton Manor von seiner schmerzvollen Geschichte befreit, und es war an der Zeit, ein neues Kapitel aufzuschlagen. In dem Blumenbeet neben der Verandatreppe stand ein neues Schild. Scott hatte es eigenhändig zurechtgesägt und beschriftet. »Tumbledown Manor« stand darauf.

Der warme Geldregen von Tante Caroline war gerade

zur rechten Zeit gekommen. Er ermöglichte es Lisa nicht nur, alle ihre Schulden zu bezahlen, sie konnte auch die Renovierung und die Gestaltung des Gartens zu Ende bringen. Maxine hatte ihren Erbanteil erwartungsgemäß in ein Strandhaus in Portsea investiert.

Lisa hatte es nicht eilig damit, dass Ted mit den Entwürfen für die neuen Ställe fertig wurde. Er und James verbrachten fast jedes Wochenende hier, aber das Haus bot auch, so wie es war, genug Platz für alle.

Portia machte in ihrer Therapie gute Fortschritte. Sie hatte sogar schon ein bisschen zugenommen. Mit dem Stück, das sie zusammen mit Zack geschrieben hatte, *Bärchen-Killer*, steckten sie in den Endproben. Lisa hatte den Dienst in Juliets Tierheim mit einem anderen ehrenamtlichen Helfer getauscht, damit sie mit Scott zur Premiere nach Melbourne fahren konnte.

Der Billabong und das Feuchtgebiet zogen Vögel an, von denen Tante May sagte, sie habe sie seit ihrer Kindheit nicht mehr gesehen. Am schönsten fand es Lisa, wenn sich in der Abenddämmerung die Wasseroberfläche silbern färbte.

Als sie jetzt die Stufen zur Veranda hinaufstiegen, zogen rosa Wolken über den Himmel. Der Horizont nahm die Farbe von Bernstein an. Lisa wickelte das Handtuch fester um sich und steuerte auf das Sofa zu. Scott hatte sich wirklich alle Mühe gegeben, es zu reparieren, aber bequem war es immer noch nicht. Kaum dass sie saß, sprang ihr Mojo auf den Schoß. Kiwi fasste das als Aufforderung auf, ihren Stammplatz auf der Balustrade einzunehmen.

Scott zeigte auf seinen Werkzeugkasten, den er neben Lisa auf dem Sofa hatte stehen lassen. »Ich hab mir neue Schraubenzieher zugelegt«, sagte er strahlend. »Schau doch mal.«

Manchmal war er ein richtiger Esel. Als ob sie sich für Schraubenzieher interessieren würde.

»Mach schon«, er deutete mit dem Kopf auf den Werkzeugkasten. »Sie sind wirklich sehenswert.«

Lisa bereitete sich darauf vor, Begeisterung zu heucheln, und öffnete den Deckel. In dem Kasten lagen zwei Kristallgläser und eine Flasche Champagner. »Französischer?«, stieß sie hervor, hob die Flasche hoch und studierte das Etikett.

»Ich dachte, du hast dir den echten Stoff verdient«, sagte er, nahm ihr die Flasche aus der Hand und ließ den Korken knallen.

In dem Moment, in dem er ihr Glas füllte, ließ ein Sonnenstrahl die Flüssigkeit golden aufleuchten. Lisa sah den winzigen Bläschen dabei zu, wie sie an die Oberfläche stiegen.

Ein Känguru sprang den violetten Hügeln entgegen. Lisa sog tief die eukalyptusgeschwängerte Luft ein. Trumperton Manor und das Land ringsum hatten Besitz von ihr ergriffen. Sie gehörte hierher.

Scott grinste und hob sein Glas. »Auf die neue Herzogin von Trumperton Manor.« Lisa kicherte und versicherte ihm, sie sei alles andere als eine Aristokratin.

Sie stießen an, und Lisa trank einen Schluck. »Auf Tumbledown Manor!«, sagte sie.